KB264782

주몽

定說

下

정설 **주몽** (하)

지은이 / 박혁문
발행인 / 조유현
발행처 / 늘봄
편   집 / 이부섭
디자인 / 박준철

등록번호 / 제1-2070 1996년 8월 8일
주   소 / 서울시 종로구 충신동 189-11
전   화 / (02)743-7784
팩   스 / (02)743-7078

초판 1쇄 펴냄 2006년 5월 20일
초판 4쇄 펴냄 2006년 7월 15일

ISBN 89-88151-65-8   04810
ISBN 89-88151-63-1   04810(전2권)

*가격은 표지에 있습니다.

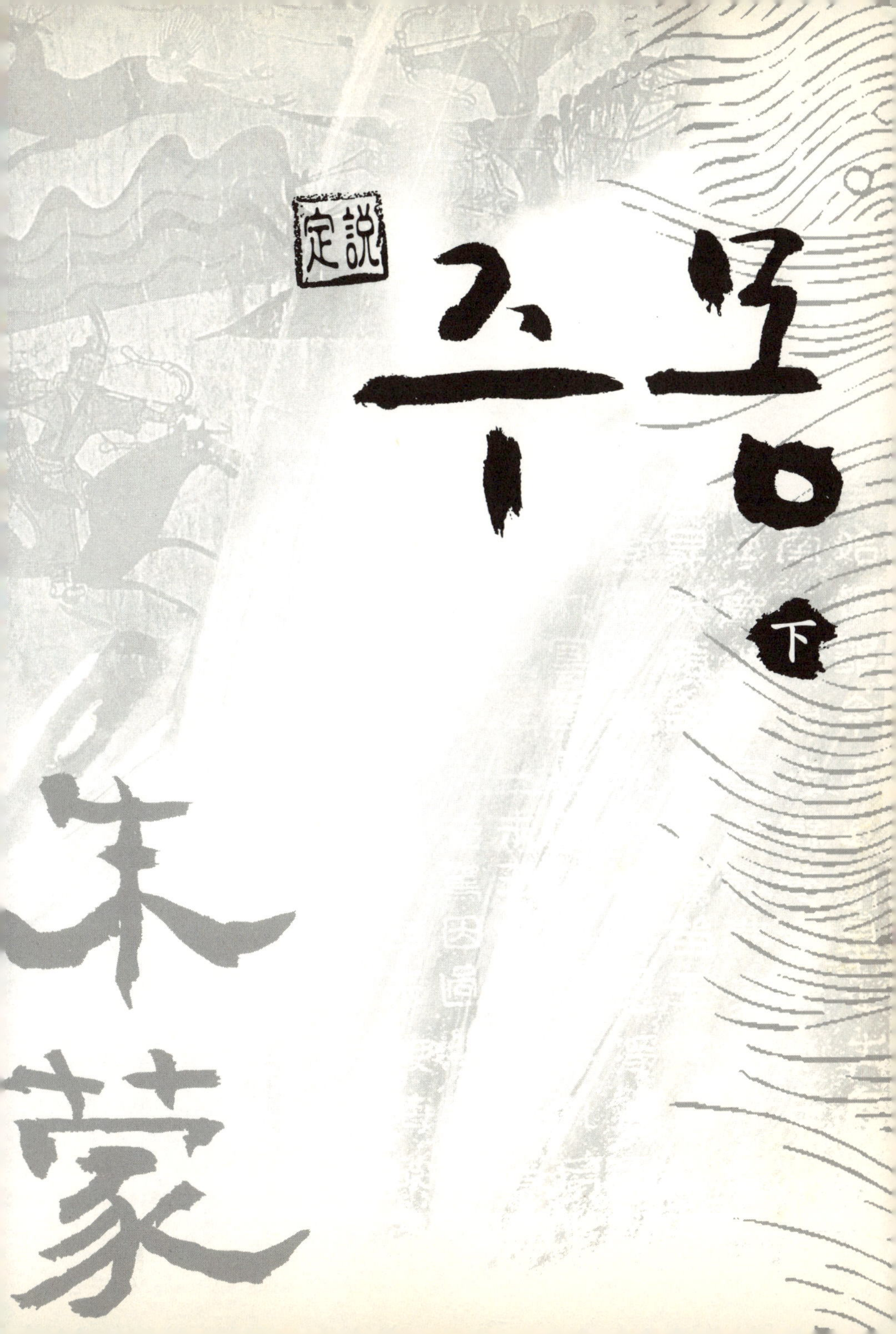
定說
주몽
下
朱蒙

I. 국중대회 國中大會

　금와왕과 왕자들이 방문한 이후 추모는 대장 말의 혀 속에 꽂아 놓았던 바늘을 빼냈다. 오래지 않아 대장 말은 다시 통통해지기 시작하였고 들판을 뛰어 다니면서 날렵하고 강한 모습을 되찾았다. 추모는 곧바로 말에 안장을 얹고 길들이기 시작했다. 이 말은 북방의 흉노족들이 타던 말을 사 들인 것으로 크지는 않았지만 매우 강하고 빨랐다. 금세 추모와 한 몸이 된 말은 이전처럼 힘차게 들판을 달리기 시작했다. 추모는 말이 너무 마음에 들었다. 이름을 '갈표범' 이라 지었다. 그가 산속에서 사냥을 할 때 가장 무섭고 빠른 동물이 표범이었다. 밀림 속에서는 호랑이보다 더 무서운 존재였다. 그래서 그는 갈색 갈기를 휘날리며 달리는 자신의 말을 '갈표범' 이라 이름 지어 준 것이다. 갈표범을 타고 달릴 때는 세상을 다 얻은 것 같았다. 이 순간보다 행복하고 즐거운 시간은 없었다. 하지만 그는 이제부터 해야 할 일이 있었다.

앞으로 국중대회는 한 달여 밖에 남지 않았기 때문이다.

오랜만에 활을 꺼냈다. 이년 전 묵거선비가 그에게 준 활이었다. 이 활을 들고 그동안 사냥도 하면서 여러 고비를 넘겼다. 칡넝쿨로 감아놓아 무소뿔로 만든 것임을 쉽게 알아 볼 수 없었지만 그의 손때가 묻은 활은 전쟁터에서 생사의 고비를 수없이 넘은 노병처럼 매우 친숙하고 정겹게 느껴졌다.

추모가 활을 꺼내자 제일 놀란 사람은 마리였다. 그는 추모의 몸에서 느껴지는 체취에서 수련활동을 한 사람이라는 것을 짐작할 수 있었지만 그가 활을 쏘고 검을 휘두르는 모습은 보지 못했다. 그런 그가 활을 들고 마장에 나타난 것이다. 마리는 그에게 아무런 말도 건네지 않고 그의 솜씨를 구경하기로 했다. 사실 활이라면 자기도 자신 있었던 것이다.

추모는 목표물을 세워두고 말을 달리면서 활을 쏘았다. 말을 달리면서 활을 쏘는 것은 정지된 상태에서 활을 쏘는 것과는 전혀 달랐다. 물론 말을 탄 채로 도망가는 동물을 쏘는 것은 더욱 힘들었다. 조그만 나무판을 목표물로 세워놓고 말을 달리면서 쏜 추모의 화살은 한 치의 어긋남도 없이 정확하게 맞추었다. 한 두 번은 우연일 수 있다는 생각에 마리는 계속 지켜보기로 했다. 단 한 번의 실수도 없었다. 마리는 깜짝 놀랐다. 활이라면 자신 있었지만 이 정도는 아니었다. 열 발을 쏘면 한두 발은 꼭 과녁을 빗나갔다. 물론 정지된 상태라면 백보든 이백보든 자신 있었다. 하지만 말을 타면서 쏘는 것은 아니었다.

"아주 활을 잘 쏘는데."

마리는 감탄하며 주몽을 칭찬했다.

"자네가 워낙 좋은 말을 골라 주어서 그렇네."

추모는 마리에게 공을 돌렸다.

"한 번 쏴 보아도 되겠나?"

"좋을 대로."

추모도 마리가 실력을 숨기고 지낸다는 것을 알고 있었다. 내심 마리의 실력을 한 번 보고 싶어 자신의 활을 건넸다.

마리는 추모의 활시위를 당겨보았다. 잘 당겨지지 않았다. 깜짝 놀랐다. 힘이라면 어느 누구에게도 지지 않을 자신이 있었는데 시위가 잘 당겨지지 않을 정도였다. 추모를 쳐다보았다. 그는 씩 웃기만 했다. 이 정도의 강궁(强弓)이면 보통 활보다는 사정거리가 두 배는 더 멀고 그 위력 또한 몇 배가 될 수 있었다.

"아주 좋은 활일세."

마리는 추모로부터 화살을 건네받은 후 말을 달렸다. 그리고 목표물을 향해 활을 쏘았다. 몇 발이 빗나가긴 했지만 나머지는 정확하게 목표물을 맞혔다.

"남의 활을 갖고 이 정도라면 아주 대단한데."

추모는 마리를 추켜세우며 말했다. 사실이 그랬다. 익숙하지 않은 활로 이 정도 목표물을 맞힐 수 있다면 그의 실력은 대단한 것이었다.

"자네에 비할 수는 없지."

마리는 추모가 자신보다 나음을 인정했다.

"이번에는 움직이는 과녁을 한 번 맞춰보게. 어차피 사냥은 움직이는 놈을 쏘는 것이니까."

사실 추모는 사냥을 할 때 말을 잘 타지 않았다. 짐승이 올만한 길목에 숨었다가 다가오는 놈을 쏘아 잡았다. 하지만 가끔씩은 말을 타고 다니면서 사냥을 하긴 했지만 익숙하지는 않았다. 그래서 그는 지금부터 그 감각을 익히기 위해 말을 타고 활을 쏘기 시작한 것이다.

추모는 말에 올랐다. 말을 달리면서 곡식을 쪼기 위해 하늘을 날고 있는 참새를 향해 활을 쏘았다. 다섯 발을 쏘았다. 그중에 제대로 맞은 것은 세 발뿐이었다.

"사냥을 많이 해보았지만 이렇게 말을 타고 사냥하는 것은 익숙하지 않아."

추모는 빗나간 화살을 찾아 나서며 마리에게 말했다.

"이게 진짜 활솜씨야. 움직이지 않는 적은 없어."

마리는 씩 웃으며 말했다.

"자네가 한 번 해보게."

이번에는 추모가 마리를 부추겼다.

"나도 잘 못하네."

마리는 몇 차례 사양했지만 그도 워낙 활쏘기를 좋아해서인지 곧 말에 올랐다. 그도 다섯 발을 쏘았다. 두 발이 명중이었다. 대단한 실력이었다.

"야, 자네 대단한 실력을 지녔구만. 만약 자네 활로 쏘았다면 백발백중이었을 것이야."

추모는 감탄하며 마리를 칭찬했다. 사실 아직까지 자신보다 더 나은 활솜씨를 지닌 자를 그는 보지 못했다. 활에 있어서만은 누구에게도 안 질 자신이 있었던 추모를 자극하는 순간이었다. 눈을 감고 소리만 듣고도 정확하게 목표물을 맞힐 만큼 활쏘기에 자신이 있는 추모는 자신을 필적하는 자가 있다는 것이 믿겨지지 않았다.

그러나 사실 더 놀란 사람은 마리였다. 엄청난 강궁을 가지고 이 정도의 명중률을 보인 사람은 지금까지 보지 못했다. 비록 기마 경험이 부족하여 달리는 목표물을 잘 맞히지는 못하였지만 이도 금방 극복해낼 것이라 생각했다.

"자네야 말로 주몽이야, 주몽. 아마도 이 예맥 땅에서는 자네를 능가할 사람이 없을 것이네."

오히려 마리가 추모를 추켜세웠다.

서로에게 자극을 받은 두 사람은 지지 않으려 매일 피나는 훈련을 했다. 특히 추모는 이제 다른 일을 다 그만두고 오로지 말을 달리며 활 쏘는 연습만 했다. 불과 열흘이 못되었을 때 추모는 단 한발도 놓치지 않는 명궁수가 되었다. 멀찍이서 이 모습을 지켜보던 마리는 그저 감탄만 할 뿐이었다.

추모의 활쏘기 수련을 지켜보는 사람은 마리만 있는 것이 아니었다. 궁궐 어느 곳이나 대소의 사람은 다 있었다. 그것이 비록 외양간이고 마구간일지라도. 따라서 추모의 활솜씨는 이미 대소에게도 전해졌다. 다만 그가 무시하고 있을 뿐이었다.

말을 탄 채 활 쏘는 일에 익숙해진 추모는 말을 몰고 아무 곳이나 달렸다. 그것이 산속이든 강이든 그러면서 움직이는 동물을 상대로 활 쏘기를 익혔다. 그의 몸은 상처투성이였으며 전신은 흙먼지로 뒤덮여 언뜻 보아서는 누군지 잘 알 수 없을 정도였다. 손에 굵은 피멍이 들어 있었다. 이 년 전 이 활을 처음 받아 활쏘기를 익힌 이후 처음이었다.

어느 날 불쑥 반가운 손님이 찾아왔다. 오이였다. 두 사람은 반갑게 해우했다. 비록 한 때는 주종이라는 묘한 관계로 인해 두 사람 사이가 소원해진 적도 있었지만 어릴 때 한 여자의 젖을 먹고 자란 사이였기에 서로에 대한 생각은 각별했다. 더구나 낯선 곳에서 다들 자기 마음대로 하지 못하고 남의 눈치를 보며 지내야 하는 상황이었기에 그 반가움은 배가 됐다. 두 사람 사이에 놓여 있던 약간의 서먹함도 순식간에 사라졌다.

"자네가 여기서 금와왕의 근위대가 되어 있는 줄은 몰랐어."

추모는 오이의 출현이 너무 반가웠다.

"자네가 금와왕의 아들이라니 믿기지 않아."

"글쎄, 나도 모르겠어. 왜 내가 금와의 아들인지."

이제 갓 스물을 넘긴 두 사람은 서로가 금와와 관련되어 있다는 것이 이상했다. 둘 다 금와에 대해서는 부정적이었기 때문이었다.

"그런데 이렇게 나와 있어도 되나? 대소가 찾지 않아?"

"지금은 근무 시간이 아니야. 누군가가 자네에 대해 대소에게 보고하는 것을 보고 시간을 내 이렇게 찾아왔네."

두 사람은 지난 이야기와 함께 대소에게 올린 추모에 관한 이야기를 했다. 오이는 추모에게 자신이 마을의 조직을 바꿔 청년들은 물론이고 어른들까지 다 군제화 시켰다는 말은 하지 않았다. 물론 추모도 자신이 해모수의 아들인 것도 밝히지 않았다. 아직까지는 마음 속 깊은 곳에서 신뢰감이 형성되어 있지 않았기 때문이었다.

"자네가 활을 잘 쏜다는 것이 이미 대소에게 보고되었어. 아직까지 특별한 조치를 내린 것 같지는 않지만 신경을 써야 할 것이네. 그는 사실상 이 궁궐 내에서 가장 실력자거든."

"고맙네. 조심하겠네."

추모는 오이의 충고를 진심으로 고마워했다.

"아참 그리고 내 한 사람 자네에게 소개시킬 사람이 있네. 자네와 같은 우가족 출신으로 내 처남일세."

추모는 오이에게 마리를 소개했다. 두 사람은 서로의 처지가 비슷해서 인지 금세 친해졌다. 아니 추모보다는 두 사람의 사이가 더 급속히 가까워졌다.

추모가 활쏘기에 전념하고 있는 시간 금와의 일곱 왕자들은 서로 간에 활발한 물밑 접촉을 하며 치열한 신경전을 벌이고 있었다. 합종 연횡의 음모가 시작된 것이다. 마씨부인은 느긋했다. 원래 수적으로도 우세한데다가 작은 마씨가 도와주기로 한 것이다. 금와왕의 아들 일곱 중에서 이미 다섯을 확보했으니 아무 걱정할 것이 없었다. 더군다나 사냥이라면 대소를 따를 자가 없었다. 모을을 다른 왕자들이 따를 만 했지만 독불장군이란 단점이 있었다. 이런 연유로 마씨부인이 큰 근심 없이 지내고 있던 중 국중대회를 불과 닷새 앞두고 둘째 부인인 작은 마씨가 그녀를 불쑥 방문했다.

"상의 드릴 일이 있습니다."

큰 마씨는 작은 마씨의 얼굴에서 뭔가 심상치 않은 기운을 느꼈다. 하지만 마씨는 웃었다. 아주 온화하게 친언니가 동생을 대하듯이.

"며칠 전부터 저씨(猪氏)가 절 찾아왔습니다."

"저씨가 왜?"

“자기들과 연합하자는 것입니다. 그렇게 되면 이쪽은 넷이고 큰 마씨부인은 셋이 된다면서 우리 모병을 후계자로 내세우겠다 했습니다.”

“저씨 소생의 모을은 어떡하고?”

“모을은 차기(次期)에 기회를 달라 했습니다.”

말이 되는 이야기였다. 뒤통수를 얻어맞은 기분이었다. 모을이 이들을 이끈다면 충분히 승산이 있는 이야기였다. 하지만 그녀는 인상을 찌푸리지 않았다. 여전히 웃는 얼굴이었다.

“그래서 뭐라 했나?”

“생각해 보겠다 했습니다.”

큰 마씨는 화가 났다. 하지만 겉으로는 전혀 내색하지 않았다. 그러나 중요한 것은 작의 마씨의 의도였다. 그녀는 작은 마씨의 말을 계속 듣기로 했다.

“그래서 드리는 말씀인데. 이번에는 대소가 왕이 되고 그 다음은 우리 모병에게 자리를 넘겨주세요.”

전혀 생각지도 못한 일이었다. 작은 마씨는 같은 마가(馬加)출신으로 늘 자기편이라 생각했다. 그런데 이런 긴박한 상황에서 뒤통수를 치고 있었다. 괘씸했다. 한 번도 의심해보지 않은 일이었다. 내명부 내에서는 최고의 권력을 지녔던 마씨부인은 둘째의 서러움을 알지 못했다. 둘째의 권력을 누리게 해준 것만으로도 고마움을 가져야 한다고 생각했다. 그런데 이렇게 말을 하고 있다. 이건 반항이었다. 그녀는 내색하지 않으려 평소처럼 웃음을 잃지 않았다.

“자네가 그동안 나에게 섭섭한 것이 있었던 모양이야. 내가 미처 헤아리지 못한 것이 있다면 말을 하지 그랬나. 나는 자네가 같은 마가 출신이라 친동생이라 생각하고 허물없이 대했는데 아마도 그것이 자네를 섭섭하게 했나 보이. 내가 자네를 섭섭하게 했다면 미안하네."

작은 마씨는 지금까지 불만이 있어도 한 번도 큰 마씨 앞에서 그것을 말한 적이 없었다. 이 번이 처음이었다. 내심 큰 마씨가 화를 낼 것이라고 생각하고 있었지만 이번엔 그냥 물러서지 않을 것이라는 각오로 큰 마씨를 만났다. 작은 마씨의 이런 생각은 기우였다. 큰 마씨의 미소 앞에서, 부족간의 의리를 내세우는 그녀의 명분 앞에서 작은 마씨는 그만 움츠려들고 있었다. 마치 부족을 배반하는 것 같은 기분이 들기도 했다.

"큰 불만이 있는 것은 아니지만……. 우리 아들의 장래가 불안해서……."

그녀는 그만 말끝을 흐리고 말았다.

"내가 말은 안했지만 생각하고 있었네. 그게 뭐 어려운 일이라고 못 들어 주겠나. 큰 집에서 한 번 작은 집에서 한 번 이렇게 하면 좋지 않겠나."

"예! 감사합니다."

너무 감격스러웠다. 큰 마씨가 이렇게까지 자신을 배려해 줄줄은 몰랐다. 큰 마씨는 온화한 미소를 띠며 자신을 바라보고 있었다. 잠시나마 이런 인자한 분을 배반하려했다는 것이 미안했다.

"당장, 저들의 부탁을 거절하겠습니다."

"그러면 안 되지."

"예! 무슨 의도신지."

"저들의 말을 들어주기로 약속 해. 그래야 저들이 모든 비밀을 털어 놓을 것 아닌가? 마지막 순간에 우리 마씨끼리 힘을 합치면 그만이지. 안 그런가?"

"예! 마~ 맞습니다."

작은 마씨는 순간적으로 큰 마씨의 온화한 미소 숨어 있는 속마음을 읽었다. 하지만 그것은 거부할 수 없는 명분이었다.

"어떤 상황에서도 우리 마가끼리는 힘을 합쳐야 해."

작은 마씨는 결국 큰 마씨의 숙소를 물러나오고 말았다. 이제 그녀는 저가와 구가가 꾸미는 계략을 일일이 큰 마씨에게 보고하여야만 했다. 혹 떼려다 혹 붙이려는 격이 되었다. 하지만 그것도 다 마가를 위한 길이었고 또 자기 아들을 위한 것이었다. 큰 마씨는 분명 대소 다음은 모병에게 왕위를 넘겨주기로 약속을 했다. 그 약속을 보장할 방법은 없었지만.

또 다시 저가가 작은 마씨를 찾았다. 요즘 들어 이들이 만나는 횟수는 점차 늘어갔다.

"혹시 최근에 큰 마씨를 만나시지는 않으시겠지요?"

"내가 큰 마씨를 왜 만나?"

"큰 마씨의 온화한 미소에 속으시면 안 됩니다. 그녀의 약속을 믿으시면 절대 안 됩니다. 그녀의 미소 뒤에는 칼날이 숨어 있습니다."

마치 저씨는 작은 마씨가 큰 마씨를 만나고 있는 것을 알고 있듯 말했다.

"큰 마씨를 안 만난다니까."

작은 마씨는 신경질적인 반응을 보였다. 저씨는 이런 마씨의 행동을 유심히 쳐다보았다.

"만난다는 것이 아니라 조심하라는 것입니다. 이번에 우리가 권력을 잡지 못하면 영원히 우리는 대소의 종이 되고 말 것입니다. 대소의 성격을 보시면 알겠지만 그는 절대 권력을 포기할 사람이 아닙니다. 그러니 우리가 힘을 합쳐야 합니다. 우리들 중 어느 한 사람이라도 이탈하면 우리는 같이 망할 것입니다. 이것이 우리가 할 수 있는 마지막 기회입니다."

저씨의 말에 작은 마씨는 또 마음이 흔들렸다. 사실 대소는 자신을 작은 어머니라 부르지도 않았다. 그냥 마씨부인이었다. 그런 그가 왕이 된다면 그는 절대 권력을 휘두를 것이고 자신의 아들들은 그 아래서 숨도 제대로 쉬지도 못하고 지낼 것 같았다. 이들은 자신의 아들에게 '왕 자리를 주겠다' 한다. 모을 정도면 충분히 자신의 아들을 지켜줄 수도 있을 것 같았다. 시간은 점점 다가오는데 어느 쪽에 붙어야 할지 결정하기가 쉽지 않았다.

결전의 날은 점점 다가왔다. 치열한 물밑작전이 펼쳐지는 가운데 추모는 아무 하는 일이 없었다. 그저 말을 타고 활만 쏠 뿐이었다. 하지만 그를 대신하여 움직이는 사람들이 있었다. 재사와 무골, 그리고 묵거였다. 이들이 유화가 거처하는 별당으로 한꺼번에 나타난 것이다.

이들은 별당에 출입할 때 항상 개마국에서 유화부인을 만나러 왔다는 말로 출입했다. 재사는 유화부인에게 자신이 해모수를 모시는 사람이라 인사를 올린 후 해모수의 안부를 전했다. 그녀의 마음속에 해모수는 이제 거의 사라지고 없었는데 또 다시 해모수를 각인 시키는 것이었다.

"단군께서는 여전히 부인을 잊지 못하고 계십니다. 이승에서는 쉽게 인연이 맺어지지 못하였지만 내세에서는 꼭 부부의 인연으로 다시 태어나시기를 바라고 있습니다."

이제는 사용하지 않는 단군(제사장)이라는 말을 쓰며 유화에 대한 해모수의 사랑의 감정을 전했다. 유화는 이들이 허황된 사람들이라 생각했다. 아들을 찾아준 것은 고맙긴 했지만.

"난 이미 그 분을 잊은 지 오래입니다. 그분에 대해 한 때는 큰 원망도 했지만 이제는 아무런 미워하는 감정이 없습니다. 그러니 제발 이제 제 앞에 나타나지 마십시오."

"두 분 사이에 태어나신 추모 공자님이 이 땅에 사시는 한, 두 분 사이의 인연은 끊어질 수 없는 것입니다. 더구나 지금 추모 공자님은 매우 중요한 시점에 있습니다. 부인께서 도와 주셔야 합니다. 저희들은 오랫동안 이 순간을 기다려왔습니다."

"중요한 시점이라뇨?"

"국중대회에 참석하는 일, 말입니다."

유화는 이들이 현실을 너무 모른다고 생각했다.

"추모는 국중대회에 참석하지 않습니다. 설령 참석한다 해도 그것 자체만으로도 의미가 있는 일 아닙니까?"

"추모는 이번 일을 계기로 금와왕의 후계자가 될 것입니다."

유화는 이들에게 현실을 말해 줘야한다고 생각했다.

"추모가 활을 잘 쏜다는 말을 듣긴 했지만 그것만으로 후계자가 될 수 있다고 생각하시면 큰 오산입니다. 이미 왕자들끼리는 합종연횡이다 끝났습니다. 뿐만 아니라 이미 군사력은 대소가 장악하고 있는 상태인데 그깟 활을 좀 잘 쏜다고 바뀔 것 같습니까? 우리 모자 이제라도 마음 편히 살 수 있게 그냥 내버려 두세요. 제발."

유화는 하소연하듯 말했다.

"하여튼 결과를 두고 보십시오. 다만 저희들이 며칠 동안 이곳에 머무르고 싶으니 양해해 주시면 고맙겠습니다."

"며칠 머무르는 것이야 반대할 수 없지만 아무튼 더 이상 우리 모자 헤어지지 않게 해주세요."

"그런 일은 없을 것입니다."

유화는 얼마 전 열어 보았던 주머니에서 무골에게 나머지 일을 맡기라고 쓰여 있던 문구를 기억해 냈다. 그동안의 행위로 보았을 때 분명 뭔가가 이뤄지고 있다는 것을 알 수 있었다. 그러나 이 상황에서 또다시 두려운 것은 아들과 헤어지는 것이었다. 그래서 그 점을 먼저 확실히 해주고 싶었다.

유화는 이들을 추모의 방에 거처하게 했다. 별당이라 하지만 방이 셋밖에 없었다. 한 방은 자신이 거처하는 곳이고 또 하나는 대청마루를 사이에 두고 딸 하희가 남편 마리와 함께 신방을 차린 곳이다. 유화가 거처하는 방과 연하여 또 하나의 방이 있었는데 이곳은 하인들을 위해 만든 곳이었다. 추모가 돌아온 후 하인들은 다 다른 곳으로 가고 추모가 이곳에 거하게 되었다. 이 방에 셋이 더 머무르게 되었으니 네 명이 한 방을 쓰게 된 셈이다. 저녁이 되어 추모가 돌아오자 방은 정말 비좁았다. 네 명이 제대로 발을 뻗고 잘 수 있을 지도 자신하지 못했다. 하지만 장소와 상관없이 추모는 반갑게 이들을 맞이했다.

"어쩐 일로 이렇게 불쑥 다들 나타나셨습니까?"

"이제 부여를 인수하기 위한 작업이 시작 되었습니다. 저희들은 이곳에 머물면서 공자님이 부여의 왕이 될 수 있도록 준비를 할 것입니다."

가볍게 인사를 건넨 추모와 달리 재사는 무거운 답변을 꺼냈다.

"이렇게 좁은 방에서 그런 엄청난 일이 시작되다니……."

추모는 안타까운 마음으로 어른들에게 미안함을 표했다.

"비록 비좁긴 하지만 이곳이 우리의 조국(肇國)의 시발점이 되는 곳입니다. 오랜 세월이 지나고 우리나라가 강성해졌을 때 이 조그만 방은 오랫동안 기억될 것입니다."

재사는 좁은 방에 거하게 된 것을 자위하며 말했다.

이틀 동안 이들은 별당에 갇혀 지냈다. 특별히 하는 일 없이 뭔가를 계속 논의했다. 사흘 째 되는 날 저녁 추모는 이들이 하는 일이 궁금했다.

"도대체, 이 좁은 별당에서 무엇을 하고 지내십니까? 답답하지 않으세요?"

"평생을 밖으로 나돈 저희들입니다. 하하하!"

"언제까지 이렇게 지내실 것입니까?"

추모는 이들의 행적이 궁금하여 슬며시 돌려서 물었다.

"오래 가지는 않을 것입니다. 조금 있으면 몇 사람들이 더 올 것입니다. 그들이 오면 이제 바빠질 것입니다."

"몇 사람이라뇨?"

"다들 아는 사람이니 긴장하시지 않아도 됩니다."

재사는 더 이상은 말하지 않았다. 묵거와 무골도 마찬가지였다. 어제와 마찬가지로 차 맛이 좋다는 등 일상적인 이야기만 나눌 뿐이었다. 한참 담소가 무르익을 무렵 뜻밖에도 낯익은 목소리가 들렸다.

"처남 있는가?"

마리였다. 추모는 얼른 다른 사람의 눈치를 살폈다. 그를 불러 들여야 할지 말아야 할지 판단할 수 없었던 것이다. 묵거가 빙그레 웃었다.

"들어오게."

추모의 말에 마리는 비좁은 방으로 들어왔다. 그리고는 방안을 살피더니 갑자기 묵거를 향해 큰 절을 올렸다

"스승님 이게 어떻게 된 일입니까? 며칠 전 집사람으로부터 행랑에 손님이 들었다는 말을 듣긴 했지만 그 속에 스승님이 계신 줄은 몰랐습니다."

"인사 올리게. 이분들은 다 나와 동무들일세."

묵거는 마리를 재사와 무골에게 소개했다.

"예! 이분들이……."

마리는 얼마 전 무골에게 대들던 일이 떠올랐다.

"죄송합니다. 제가 어르신을 몰라보고."

"괜찮네. 젊은 혈기에 그 정도의 의기도 없으면 안 되지."

무골은 웃음을 머금었다.

"내가 말한 분이 바로 이분일세."

묵거는 이번에는 추모를 소개했다.

"예! 처남이 바로 그분이었단 말입니까?"

마리는 매우 놀란 표정이었다. 놀라기는 추모도 마찬가지였다.

그때 또 한 사람이 인기척을 냈다. 이번에는 오이였다. 추모와 마리 그리고 오이는 셋 다 왜 여기서 만나게 되었는지 놀랄 뿐이었다.

"오이는 저에게 수련 받은 제 제자입니다."

이번에는 무골이 나섰다.

결국 오이는 무골에게, 추모와 마리는 묵거 선비에게 수련을 받은 선비였던 것이다. 서로는 서로의 정체를 모르고 있었을 뿐 결국 생각의 뿌리는 같은 것임을 알고 웃고 말았다.

비로소 오이는 왜 마리와 생각이 같았는지 이해가 되었다. 물론 마리도 마찬가지였지만. 이들 두 사람은 추모가 자신들이 고대하던 단군의 혈통을 이어받은 정통성을 지닌 아리씨의 후손임을 꿈에도 생각하지 못했다.

밤은 점점 깊어 갔다. 그믐이라 창밖에 어리는 그림자마저 없었다. 인기척이 나더니 또 한 사람이 들어왔다. 놀랍게도 협보였다. 양맥에서 목숨을 구한 후 추모는 처음 그를 만났다. 그가 이 자리에 나타난 것이 너무 이상했다.

"여기엔 어쩐 일이십니까?"

추모는 벌떡 일어나 그를 반겼다.

"오늘 이 순간을 기다린 사람입니다. 저의 가르침을 받은 사람이니 개인적으로는 공자님의 사형(師兄)이 되는 사람입니다. 물론 우리와 뜻을 같이하는 사람입니다."

묵거가 나서서 협보를 일행에게 소개했다.

추모의 놀라움은 매우 컸다. 모든 것이 다 치밀하게 준비되고 계획되었다는 것을 이전에도 느끼고 있었지만 이 정도 일 줄은 몰랐다. 두 사람은 반갑게 서로를 맞이했다.

"협보는 원래 양맥의 왕자입니다."

묵거가 협보에 대해 간단하게 설명하기 시작했다.

그의 아버지는 양맥의 왕이었는데 아버지가 죽자 왕위 계승자인 협보를 몰아내고 삼촌이 왕권을 빼앗으며 조카인 협보를 나라밖으로 추방했다는 것이다. 이런 그를 거둬들여 수련을 시킨 사람이 묵거 선비였다. 그는 양맥을 되찾기 위해 자신을 지지하는 사람들을 모아 양맥에 저항하였지만 실패한 후 산속에 은거하면서 또 다시 기회를 엿보고 있다고 말했다. 이들은 다 선비 교육을 받은 자로서 이 시대 마지막 단군인 해모수의 혈통을 이어 받은 아리씨가 예맥 지역을 통일하여 다시 한 번 옛날 조선처럼 강력한 제국이 만들어 지기를 소원한다고 말했다. 단군의 혈통인 아리씨가 다스려야만 정통성을 인정받게 되고 그래야만 대수맥과 소수맥, 그리고 옥저 동예까지 굴복할 수 있다는 생각이었다.

"오늘 우리가 여기 모인 것은 추모 공자님을 부여의 왕으로 옹립하기 위한 준비와 계획을 위해서 입니다. 이 번 일에는 여러분들만 동원되었지만 선비교육을 받은 제자들은 이미 예맥의 곳곳에 퍼져 있습니다. 따라서 우리의 싸움은 절대 무모한 싸움이 아님을 아시고 함께 힘을 내어 도와주시기 바랍니다."

재사는 서로에 대한 인사와 소개가 끝난 후 회의를 주재하기 시작했다. 그는 해모수를 대신하는 선비집단의 참모였다.

"예맥조선의 통일을 위한 제일 빠른 방법은 추모님이 부여의 왕이 되는 것이라는 것은 이미 말씀드렸습니다. 지금 우리는 이것을 이루느냐 마느냐라는 중요한 순간에 서 있습니다. 이 순간은 그것을 위해 우리의 모든 것을 집중해야 합니다. 그것을 위한 제일 중요한 것은 추모 공자님의 활솜씨입니다. 지금 현재 우리가 입수한 정보에 의하면 마씨부인들끼리 연합하거나 아니면 작은 마씨와 저가, 구가가 연합세력을 형성하는 것 두 가집니다. 어느 쪽이 되든지 이들을 이기는 것입니다. 만약 이것이 실패하면 우리는 부여국을 포기하고 남하할 것입니다. 그 길은 멀고 험한 노정이 될 것입니다. 어쩌면 공자님 대(代)에서는 통일이 불가능해질 수도 있습니다."

"만약 제가 승리자가 된다면 분명 대소가 가만있지 않을 것입니다."

"당연합니다. 그는 분명 우리를 공격할 것입니다. 이를 위해 저희가 그동안 준비했던 군사들을 동원할 것입니다. 물론 이 싸움은 대규모의 전투가 될 수도 있지만 여기서 밀리면 우리는 역시 남하할 수밖에 없습니다."

추모는 지금까지 재사를 비롯한 세 사람이 오랜 기간 이를 위해 준비한 것을 알고 있었다. 더구나 오늘 그들의 실체가 하나씩 드러나긴 했지만 뜻있는 사람 몇 명만으로 될 일이 아니었다. 그래서 그는 내심 불안하였다.

"구체적으로 어떤 군사들이 동원됩니까?"

"우리의 군사들은 예맥의 전 지역에 걸쳐 분포되어 있습니다. 그리고 그들은 생업에 종사하고 있는 상황이라 전부 다 이곳으로 동원할 수는 없습니다. 그래서 이 지역에 있는 군사들을 동원할 것입니다."

"협보의 군사와 우가족입니다."

협보의 군사라면 이미 경험한 바가 있었다. 그들은 소수이긴 하지만 무척 잘 훈련되어 있었다. 하지만 우가에 대해서는 잘 몰랐다.

"우가라면?"

"오이가 이끄는 옥지 쪽의 병사 오십여 명과 매제인 마리의 군사들입니다. 이미 협보의 군사는 부여성 외곽에 기다리고 있습니다."

"예! 벌써 이곳까지 와 있단 말입니까?"

"협보의 군사가 가장 빠르게 이동할 수 있습니다. 매인 것도 없고."

"대략 얼마나 됩니까?"

"이백 명."

"이백 명이면 적지 않습니까?"

추모는 내심 불안하여 계속 되물었다.

"궁궐 내에서 대소를 진압하기에는 이백 명이면 충분합니다. 어차피 나머지 부족이야 권력을 쥔 쪽에 붙게 되어 있습니다."

"하지만 마가는 막기가 쉽지 않을 것 같습니다."

"우리도 외곽의 군사는 많이 있습니다. 우가를 다 동원한다면 마가와 맞설 수도 있습니다."

재사는 자신감을 보였다. 나머지 사람들은 재사의 말을 묵묵히 듣고만 있었다.

"그러면 저는 뒷일을 여러분께 맡기고 활만 열심히 쏘면 되겠습니다."

추모는 자신이 염려한다고 될 일이 안 되고, 안 될 일이 되지 말라는 법이 없다고 생각했다. 그래서 그는 일단 뒤로 한 발 물러섰다.

재사의 이야기는 계속 이어졌고 이들의 모임은 밤이 깊도록 이어졌다.

드디어 맞이굿(迎鼓, 영고)이 열리는 날이 돌아왔다. 들판은 이미 푸른 색의 생명력 넘치는 옷을 벗고 노란 색으로 털갈이를 했으며 산에는 붉고 노란 단풍들이 보는 사람의 마음을 설레게 했다. 사람들은 올 한 해도 하느님의 보살핌으로 많은 추수를 할 수 있었고 풍성한 한 해를 보낼 수 있게 되었다며 감사했다. 왕과 제사장직을 동시에 맡고 있는 금와는 돼지머리와 떡과 과일을 한 상 차린 후 신나게 굿을 했다. 사람들이 금와를 따라 장단을 맞추고 노래도 불렀다. 금와왕이 술을 따라 하느님에게 진상한 후에 사람들은 서로의 잔에 술을 따르며 덕담을 나눴다. 그들의 얼굴에는 웃음이 끊이지 않았다. 한 해 동안의 노고를 서로 치하하며 모든 액운들이 다 사라지기를 기원했다. 이들의 맞이굿은 밤새 이어졌다.

다음날 아침, 금와왕은 피곤한 몸을 이끌고 사냥터로 나와 국중대회를 선포했다.

"내 나이 이제 오십이다. 내가 부여를 통치할 날이 많이 남지 않았다. 그래서 이제 내 후계자를 정하려 한다. 우리 예맥 지역은 여전히 칠십여 개의 나라들로 나뉘어져 서로 다투고 있다. 하지만 산 건너 물 건너 소수맥 지역을 벗어난 곳에는 땅 위에서 가장 강한 나라인 한나라가 여전히 우리 예맥 땅을 넘보고 있다. 이런 상황에서 내 아들 대에 해야 할 가장 큰 일은 예맥조선의 통일이다. 이 대업을 이루기 위해 나는 내 아들 중에서 가장 강한 자를 내 후계자로 삼아 이 땅을 다스리게 하려 한다. 그 후계자를 뽑는 날이 바로 오늘이다. 가장 많은 사냥물을 잡아오는 자가 바로 가장 강한 자다."

금와왕의 연설이 이어진 후 고각소리가 울리며 국중대회가 시작되었음을 알렸다. 일곱 명의, 세인들에게 잘 알려진 왕자들은 화려한 사냥복을 입고 좋은 말을 타고 나타났다. 그런데 그 뒤를 이어서 알지 못하는 또 한 명의 사람이 짐승가죽으로 만든 낡은 옷을 입고 강인하고 날렵하게 보이는 말을 타고 서 있었다. 이들의 뒤에는 각자 데려갈 수 있는 하인 두 명 씩이 서 있었다. 사냥물을 실어 나를 사람들이었다. 추모의 뒤에는 마리만이 서 있었다.

"근위병들이 짐승몰이를 하면 너희들은 각자에게 주어진 화살만을 이용하여 짐승을 잡아오면 된다. 시간은 신시(申時 오후3시부터 5시까지)까지며, 화살은 열 개다."

"근위병 출발!"

창과 칼 대신 북과 꽹과리를 든 근위병들이 출발한 후에 왕자들은 사냥터인 산속으로 들어갔다. 대소와 그의 형제들이 앞장을 서고 뒤에는 작은 마씨의 아들들과 저씨, 구씨의 아들이 뒤를 따랐다. 추모는 이들보다 한 발 떨어져서 일행을 뒤쫓았다. 봉우리 하나를 넘을 때까지는 말이 없었다. 그러나 얕은 봉우리를 하나 넘어서자 상황은 달라졌다. 벌써부터 북소리가 들려오기 시작했다.

"너 이리 와 봐!"

갑자기 대소가 추모를 불렀다.

"왜 그러십니까?"

"너 활을 잘 쏜다는 말이 있는데, 여기는 네가 낄 자리가 아니야. 그러니 화살을 다 내놔!"

대소가 협박을 하자 곁에 있던 그의 형제들이 몰려들어 에워쌌다.

'이것이었구나.'

자신이 활을 잘 쏜다는 것이 이미 대소에게 보고되고 있다는 오이의 말이 기억났다. 그가 그런 보고를 받고도 가만히 있었던 이유를 이제야 알 수 있었다. 위기였다. 이번 국중대회에서 일등을 하는 것이 자신의 대의를 펼치기 위한 가장 빠른 방법임을 알고 있는 추모는 긴장하기 시작했다. 그렇다고 이들을 상대로 지금 싸움을 벌일 수도 없었다.

"그 화살을 형님 혼자 다 가지면 반칙이니 골고루 나눕시다."

저가부인의 아들인 모을이 나서며 합세했다. 모을과 대소 이들 둘은 가장 경쟁관계에 있었다. 특히 모을은 나이는 대소보다 어렸지만 무예와 힘이 오히려 그를 능가했기에 대소도 함부로 하지 못했다. 다만 그가 나은 것은 형이라는 지위와 동복(同腹)의 형제가 많다는 것이었다.

대소는 무심코 작은 마씨의 형제들을 살펴보았다. 이럴 때 그들이 나서서 자신을 지지해주어야 했다. 그런데 이상하게 이들이 침묵을 지키고 있었다. 대소는 혹시 이들이 자신을 배반하지나 않을까하는 의심이 들었다.

"너희들은 어떻게 생각하느냐?"

대소는 작은 마씨의 아들인 모병을 향해 물었다.

"하나씩 나눠 갖는 것이 공평하다고 생각해요."

공평하기는 당연히 그것이 공평했다. 하지만 진짜 공평한 것은 힘 있는 자가 가지는 것이 공평한 것이라고 대소는 생각했다. 그런데 모병이 이렇게 말을 함으로써 수세에 몰릴 수밖에 없었다.

"좋다. 그러면 우리 일곱 명이 하나씩 나눠 갖고 나머지는 나이순대로 하나씩 더 갖는다."

나이순대로 하면 첫째가 대소, 둘째가 대소의 동복동생인 모갑, 셋째가 저씨부인의 아들인 모을이었다.

"그러지 말고 하나씩 나눠 갖고 형 하나, 나 하나 그렇게 나눠 가집시다. 저 아이도 사냥대회에 참석했으니 한 번은 쏴봐야 하지 않겠습니까?"

모을은 새로운 제안을 했다.

"……."

그것이 세력을 고려한 가장 이상적인 분배였기에 대소는 선뜻 대답을 하지 못하고 잠시 머뭇거렸다.

"좋다. 그렇게 하자."

대소는 이렇게 해도 자신이 이익이라는 것을 짧은 시간에 계산했다. 그리고는 추모의 전통을 뺏으려 했다. 뜻밖에도 추모가 반발했다.

"너희들은 이것이 공평한 것이라고 생각한단 말이지."

추모는 이들에게 밀려서는 안 된다는 생각에 칼을 뽑았다. 이들이 두 패로 나눠지는 것을 보고 칼을 뽑은 것이다. 둘로 나눠진다면 해 볼 만 하다고 판단한 것이다. 하지만 잘못된 생각이었다. 언제 다퉜냐는 듯 일곱 명이 동시에 칼을 뽑아 추모를 겨누는 것이다. 잠시 긴장감이 흘렀다. 위기였다. 그러나 이왕 하늘에 던진 윷가락이었다. 한 번 붙어 보기로 마음을 굳게 먹었다.

"추모 칼을 거둬!"

마리였다. 그는 이 상황에서 이들과 맞서서는 안 된다는 것을 알고 있었다. 추모는 칼을 거뒀다.

"건방진 놈"

대소의 강한 발길질이 곧바로 이어졌다. 그리고는 전통(箭筒)을 뺏었다.

"네 이놈! 내일 다시 한 번 보자."

대소와 그 형제들은 화살을 나눠 가진 후 한 대의 화살만 남기고 수렵장으로 떠났다.

"일어서라. 어차피 화살 하나로 짐승 한 마리를 잡는 것이다. 네 실력이면 많이 필요 없다. 단 한 대의 화살이면 충분하다. 허공에 날려 버리지 않으면 된다."

마리가 추모를 일으켜 세웠다.

"이제부터는 절대 저놈들에게 당하지 않을 것이다."

추모는 땅바닥에서 일어나 앉으며 되뇌었다.

"가자"

두 사람은 깊은 산속으로 말을 달렸다. 다른 형제들과 부딪히지 않기 위해서 그는 깊은 산속으로 들어갔다. 깊은 산에는 큰 짐승이 있다는 것이 더 큰 이유였지만. 사냥꾼 출신인 추모는 길목을 알았다. 몰이꾼들이 짐승을 몰아올 때 깊은 산속에 있는 짐승들이 먼저 움직인다는 것을 그는 알고 있었다. 그래서 그는 큰 짐승들이 지나갈 길목에 자리를 잡았다. 그가 노리는 것은 표범이나 호랑이였다. 다른 소소한 것 여러 마리보다는 이것이 더 나아 보였다.

산 아래쪽에서 북소리와 꽹과리 소리 그리고 짐승을 몰아오는 사람들의 소리들이 메아리가 되어 온 산을 울렸다. 짐승들의 우짖는 소리와 함께 온갖 새들이 하늘 높이 날아올랐다. 본격적인 사냥이 시작된 것이다.

추모는 눈 앞으로 지나가는 토끼와 노루 등은 아예 쳐다보지도 않았다. 숨죽이며 큰 동물이 나타나기만을 기다렸다.

시간은 오시(午時)를 넘어서고 있었다. 추모가 잡은 것은 하나도 없었다. 초조해지기 시작했다. 지금쯤이면 포위망을 벗어난 큰 짐승들이 나타날 때가 되었다고 생각했다. 하지만 여전히 작은 짐승들의 움직임밖에 없었다.

갑자기 말의 태도가 이상했다. 뭔가 겁을 먹은 듯한 표정이었다. 시간이 지날수록 말의 행동은 다급해졌다. 고삐를 묶은 끈을 풀려고 몸부림을 쳤다.

기마전에서 중요한 것은 활이었다. 특히 평원에서 살아가는 부여와 같은 나라에서는 전쟁의 승패를 결정짓는 것이 활이었다. 적진 속을 달려 들어가 활을 쏘고 또 신속하게 빠져나오고 또 다시 적진을 돌격해 들어가 활을 쏘고 빠져 나오는 것, 이것이 이들의 기본 전술이었다. 따라서 지금 금와왕도 활 잘 쏘는 사람을 원하는 것이다. 이번 사냥대회에서도 창은 사용하지 못하게 했다. 검은 지닐 수 있었지만 창은 지닐 수 없었다. 오직 활로만 사냥을 해야 하는 것이다.

오직 한 대의 화살만 지닌 추모는 단 한방에 호랑이든 표범이든 곰이든 쓰러뜨려야 했다. 만약 그렇지 못하면 목숨이 위태로울 수도 있었다. 추모와 마리는 근처에 맹수가 있다는 것을 느꼈다. 말의 움직임으로 보아 호랑이가 분명했다. 이전에도 추모는 호랑이를 사냥한 적이 여러 번 있었다. 하지만 그때는 길목에 잠복해 있다가 거리를 두고 여러 대의 화살을 쏴서 잡았다. 하지만 지금은 상황이 달랐다. 정확성을 높이기 위해서는 정면에서 활을 쏘아야 했다. 단 한 번의 실수도 허용되지 않았다.

말이 더 이상 견디지 못하고 몸부림을 칠 때 마리는 고삐를 풀었다. '갈표범'이라 부르는 추모의 말은 힘껏 달렸다. 그러자 바로 근처 숲에서 호랑이 한 마리가 쫓아 나왔다. 하루 종일 아무 것도 먹지 못하고 쫓긴 호랑이가 갈표범을 추격해 왔다. 매우 가까운 거리였다. 추모는 화살을 꺼내 호랑이를 겨냥했다. 정수리 부분을 정확하게 맞춰야 호랑이가 즉사할 수 있었다. 말이 필사적으로 달리면서 자신의 몸도 심하게 움직였다. 추모는 그 움직임에 활을 맡겼다. 드디어 숨이 멈춰지는 순간 추모는 활을 발사했다.

"우르렁, 우르렁."

포효하는 짐승의 소리가 온 산을 울렸다. 까마귀 떼들이 푸른 하늘을 새까맣게 뒤덮고 있었다. 초겨울의 짧은 해가 어느새 뉘엿뉘엿 산봉우리 너머로 넘어가기 시작했다. 대소는 자신이 사냥한 것들을 끌어 모았다. 노루가 세 마리, 사슴이 한 마리, 토끼도 세 마리나 사냥했다. 이 정도면 장원감이었다. 다만 아쉬운 것은 맹수가 한 마리도 없다는 것이다. 맹수를 화살로 잡기란 쉽지 않았다. 멧돼지를 한 마리 잡을 뻔도 하였지만 그놈은 화살을 맞은 채 그냥 도망가고 말았다. 창이 있었으면 잡을 수도 있었지만. 다른 사람들도 처한 상황은 마찬가지라 생각했다. 그는 사냥물을 하인들이 이끄는 말에 싣고 일차 집결지를 향해 천천히 내려갔다. 동생들을 만나기로 한 장소였다. 모갑은 벌써 기다리고 있었다. 그도 제법 큰 수확을 올렸다. 노루 두 마리와 토끼

한 마리 그리고 꿩 한 마리였다. 그는 꿩 한 마리를 제외한 나머지 사냥물을 자신의 말에 실었다. 오래지 않아 막내 모정도 산을 내려왔다. 그는 사슴 한 마리에 토끼 두 마리를 잡았다. 토끼 한 마리를 제외한 나머지를 역시 자신의 말에 실었다.

이제는 작은 마씨부인의 소생인 모병과 모무만 오면 다 되었다. 그런데 약속이나 한 듯 둘 다 나타나지 않았다. 이들이 배반하면 모을이 장원을 할 수도 있는 일이었다. 물론 이 둘의 사냥 실력은 자신에 비할 바가 아니었지만 모을은 달랐다. 그는 자신을 필적할 수 있었다. 초조해졌다. 산 아래에서는 북소리가 세 번 크게 울렸다. 이제 사냥을 끝내고 대회장으로 내려오라는 신호였다. 더 이상 기다릴 수가 없었다. 하지만 사방이 어둑해질 때까지 기다렸다. 더 이상 기다릴 수 없게 되어서야 그는 작은 모씨네가 배반했다는 결론과 함께 하인들을 이끌고 산 아래로 내려갔다.

만약 모을이 장원을 하면 큰일이었다. 그는 만만한 상대가 아니었기에 다시 왕위를 뺏어 오기가 싶지 않았다. 특히 작은 마씨네까지 합세를 하였다면 자신의 외가 쪽 군사만으로는 상대하기가 쉽지 않았다. 그의 머릿속은 매우 복잡했다.

산 아래 대회장의 모습이 어렴풋이 보였다. 이미 어둠이 내려앉기 시작하여 자세히는 보이지 않았지만 분명 자신을 제외한 나머지 여섯 형제의 모습이 다 보였다. 분명 어제 저녁때 굿판을 벌일 때만 해도 작은 마씨네는 자신에게 협조하기로 철석같이 굳게 약속하였다. 그런데 약속을 깬 것이다. 완전 뒤통수를 얻어맞은 꼴이었다. 대소는 작은 마씨네 형제를 쳐다보았다. 이들은 애써 대소의 눈을 피하는 듯 했다.

대소는 모을의 사냥물을 힐끔 쳐다보았다. 수북이 쌓여 있었다. 엇비슷해 보였다. 만약 모을이 승리자가 되면 이제는 돌이킬 수 없는 상황이었다. 분노와 초조감이 뒤엉긴 그의 마음은 뛰기 시작했다.

"자 이제 다 내려온 것 같으니 한 사람씩 사냥물을 내 놓으시오."

대소는 두 형제의 것까지 다 합쳐 노루 다섯 마리 사슴 두 마리, 토끼 네 마리였다.

"다음은 모병과 모무 왕자 나오시오."

대소는 초조한 마음으로 이들의 사냥물을 지켜보았다. 그런데 뜻밖에도 제법 많은 사냥물이 쌓여 있었다. 모병은 노루 두 마리에 토끼 한 마리, 모무는 사슴 한 마리에 토끼 두 마리. 그렇다면 이들은 그 어느 편에도 붙지 않았을 수도 있었다. 한숨이 놓이는 것 같았다.

"다음은 모을 왕자님"

대소는 숨죽이며 모을의 사냥물을 응시했다. 가슴이 두근거렸다. 노루 세 마리에 사슴 세 마리, 그리고 토끼 네 마리였다. 구씨 소생의 모경이 토끼 한 마리인 것으로 보아 두 사람이 힘을 합친 것이 분명했다. 두 사람이 합친 사냥물이 자신의 형제 세 사람이 모은 것과 엇비슷했다. 근소한 차이로 자신이 승리했다. 만약 정당하게 겨뤘다면 자신이 진 시합이었다. 그는 가슴을 쓸어 내렸다. 작은 모씨가 조금만 마음을 잘못 먹었어도 장원을 모을에게 빼앗길 뻔했다. 천만 다행이었다.

이해할 수 없는 것은 작은 마씨네였다. 비록 중립을 지켜 승리하긴 했지만 이는 처음의 약속을 어긴 것이다. 아무래도 이쪽저쪽을 재다가 마지막까지 결론을 내리지 못하고 중립을 지킨 것 같았다. 하지만 배반은 배반이었다. 한 번 배반을 했으면 앞으로도 이익을 앞두고 또 배반할 수 있는 것이다. 이들은 다시는 상종하지 않아야겠다는 생각을 다졌다.

"형님 축하드립니다. 장원입니다."

작은 마씨네 형제들이 먼저 축하인사를 건넸다. 아주 얄미웠다. 그러나 그는 오늘은 내색하지 않기로 했다.

"고맙네."

"오늘의 장원은 대소 왕자님이십니다."

마침내 시험관이 공식적으로 대소의 장원을 선언하였다. 사방에서 축하 인사가 건네졌다. 모을도 축하 인사를 했다. 내심 그는 모을 같은 부하가 하나 있으면 좋겠다는 생각을 했다.

"아닐세. 아직 한 사람이 오지 않았어."

갑자기 아직 시합이 끝나지 않았음을 말하는 사람이 있었다. 금와왕이었다.

"아직 추모가 오지 않았어."

"시합은 이미 끝났습니다."

"깊은 산에 들어갔으면 아직 도착하지 않을 수도 있어."

금와왕은 조금만 더 기다리라 했다. 사방은 이미 어두워져 주변이 잘 보이지 않을 정도였다. 대소는 짜증이 났지만 좀 더 기다려 주기로 했다. 시합 도중 추모를 한 번도 보지 못했다. 다른 사람들은 말을 타고 달리면서 한 번 씩 다 마주쳤는데 유독 추모의 모습은 보이지 않았다. 그것이 당연하다고 생각했다. 한 대의 화살을 들고 수렵장에 들어설 수는 없었기 때문이다.

순간 멀리서 움직이는 것이 있었다. 사람이었다. 두 명의 거한이 말을 끌고 산을 내려오고 있었다.

'저 놈도 사냥을 했단 말인가?

한 대의 화살을 가지고 사냥에 나섰을 리는 없다고 대소는 생각했다.

추모였다. 그는 육중한 사냥물을 싣고 나타났다. 사방은 이미 어둑해져 잘 보이지 않을 때였다. 시험관은 불을 밝히게 했다.

"추모냐?"

"그렇습니다."

금와왕이 어둠을 헤치고 묻자 어둠 속에서 낮고도 묵직한 저음이 들려왔다.

"왜 이제 오느냐?"

"사냥물이 너무 무거워 좀 늦었습니다."

금와는 내심 놀랐다. 어쩌면 그가 이변을 만들어 낼지도 모른다는 생각을 하긴 했지만 그가 사나운 형제들 틈에서 실력을 발휘할 수 있을까 생각했다.

추모의 모습이 불빛에 뚜렷이 보였다. 기겁을 했다. 추모와 마리는 커다란 짐승을 어깨에 둘러메고 있었다. 말 위에는 또 한 마리의 큰 짐승이 실려 있었다. 구경꾼들은 벌어진 입을 다물지 못했다. 매일 바보라고 놀리던 마리가 저 정도의 장사일 줄은 상상을 하지 못했다. 별당지기라고 생각하며 쳐다보지도 않던 추모가 단 한 발의 화살로 저 큰 짐승을 사냥하고 또 그것을 둘러메고 여기까지 걸어왔다는 것에 놀랄 뿐이었다. 추모는 사냥물을 내려놓았다. 육중한 것이 무거운 소리를 내며 땅 바닥에 떨어졌다. 횃불을 가까이 댔다. 호랑이였다. 세 마리의 호랑이를 잡은 것이다.

대소는 경악했다. 하나의 화살만 가지고 사냥을 나선 그가 어떻게 호랑이를 잡을 수 있단 말인가? 그것도 세 마리씩이나. 그는 벌어진 입을 다물지 못했다.

다른 사람도 마찬가지였다. 그들은 눈앞에 벌어진 사실을 믿을 수 없었다.

"오늘의 장원은…… 추모다."

금와왕이 둘러 선 백성들에게 국중대회의 장원은 추모임을 공포했다. 하지만 그의 목소리로 떨려 나왔다.

사방에서 웅성거리는 소리가 들렸다.

"뭔가 이상합니다. 저 자는 정해진 곳에서 사냥을 하지 않았습니다."

"맞습니다. 저 자를 사냥터에서 한 번도 보지 못했습니다."

비로소 정신을 차린 대소의 형제들이 거친 항의를 했다.

"오늘의 장원은 추모다. 그리고 약속대로 이제 그는 나의 공식적 후계자다"

금와는 흔들리지 않았다.

2. 왕위 계승자 추모

추수를 끝낸 뒤의 북국(北國)은 모든 것들이 빠른 속도로 생명을 잃어갔다. 몇 십 년을 들판에 우뚝 서 있는 큰 나무들도 한 번의 거센 바람에 모든 잎들을 잃고 앙상한 가지만 남긴 채 매운 바람을 이겨내야만 했다. 화려한 단풍으로 퇴조와 쇠락을 버텨보려 했지만 하늘의 섭리는 막을 수 없었다. 형형색색 채색된 아름다움은 이제 하양으로 저물어야 하는 것이다.

다툼도 분쟁도 경쟁도 다 한꺼번에 묻어 버리는 하늘의 조화로움에 산천은 온통 하양이었다. 금와의 궁궐도 마찬가지였다. 지난날의 색채는 찾을 수 없는 침묵과 분노와 또 새로운 희망이 뒤엉키게 되었다. 추모가 공식적인 계승자로 나서자 대소와 마씨부인의 분노는 극에 달했다. 특히 대소는 당장이라도 추모를 죽일 듯이 덤벼들었다. 하지만 추모는 그가 생각하듯 만만한 사람이 아니었다.

추모가 사냥대회에서 장원이 되어 후계자가 되었다는 소식에 마씨 부인 또한 더 이상 인자하고 온화한 미소를 띠고 있을 수 없었다. 존재도 없던 유화의 아들이 후계자가 된다는 것은 있을 수 없었다. 더구나 이십 년 전에 자신이 갖다 버린 아이가 죽지 않고 불쑥 나타나 후계자가 되었다는 말에 무슨 음모가 있다고 생각했다. 그녀는 금와왕을 찾아 추모의 후계자 옹위에 대해 강력히 반발했다. 어떻게 개국공신인 자신과 자신의 부족을 버릴 수 있냐며 따졌다.

"나는 국중대회를 통해서 내 후계자를 내세우겠다고 약속했소. 온 백성들이 모이는 자리에서 대소를 후계자로 내세우기 위해 모든 것을 준비하고 계획했소. 그리고 많은 시간을 주었소. 그런데 그 기회를 대소가 잃어버렸으니 내가 어떻게 해야 하오. 백성들이 모인 자리에서 공식적으로 발표를 했는데 어떻게 취소하느냐 말이오."

"누구 자식인지도 모르는 아이를 국중대회에 참여시킨 것이 더 큰 문제입니다."

"그가 내 아이가 아니라는 증거는 없소."

"아닙니다. 그 아이는 대왕의 자식이 아닙니다. 따라서 그가 후계자가 된다는 것은 무효입니다. 앞으로 제가 모든 것을 다 동원해서라고 그가 대왕의 자식이 아니라는 것을 밝히겠습니다."

"그 아이는 당신이 죽으라고 갖다 버렸는데도 살아남았소. 형제들에게 화살을 다 뺏기고 단 한 대의 화살로 그런 큰 짐승을 잡고 후계자 자리를 차지한 아이요."

"지금 그 아이를 두둔하시는 것입니까?"

"잘 들으시오. 나는 내 후계자가 꼭 내 자식이 아니라도 된다고 생각하오."

"예! 그게 무슨 말입니까?"

"나도 해부루의 양자였소. 해부루께서는 민족의 운명을 생각하시어 나를 양자로 삼고 왕위를 양위하신 것이오."

"그래서 추모를 꼭 후계자로 삼으시겠다는 것입니까?"

마씨부인은 따지듯 물었다.

"나는 대소와 추모 둘 사이에 승자를 쓸 것이오."

마씨부인은 두 사람이 싸운다면 당연히 대소가 이길 것으로 생각했다.

"그 말씀 바꾸지 마십시오."

"그 아이도 만만한 존재가 아니오."

"그건 염려 마십시오."

"나는 이정도 밖에 나라를 만들지 못했지만 내 후대는 반드시 예맥 땅을 통일해야 하오. 그래서 옥저와 동예를 복속시키고 대수맥과 소수맥의 수많은 종족을 통일할 수 있는 자를 내 후계자로 삼겠다는 것이오. 그렇지 않으면 결국 우리는 한나라에 잡아먹힐 것이오. 옛날 조선 땅 중에 지금 한나라의 지배를 받지 않는 지역은 예맥과 남쪽의 삼한밖에 없소. 이들마저 한나라에 넘어간다면 이천 년 이어진 우리 조선의 존재는 영원히 묻힐 것이며 다시 일어서기도 쉽지 않소. 그래서 나는 강한 자를 세우려는 것이오. 내 혈통보다."

금와는 굳이 추모가 자신의 혈육이 아니라도 상관하지 않겠다는 태도를 밝혔다. 마씨부인은 추모가 금와의 친자식이 아니라는 것을 말하여 그가 후계자라는 선언을 무효화 하려 했다. 그런데 금와가 이런 태도를 밝히자 오히려 마음이 놓였다. 힘으로 뺏으면 되었기 때문이다. 지금 부여에서 힘이라면 자신의 친정을 따를 부족이 없었다. 그녀는 순순히 대전(大殿)을 물러 나왔다.

마씨부인은 대소를 불러 금와의 뜻을 전했다.

"대왕께서는 네가 추모를 쫓아내거나 죽인다면 너를 왕으로 삼겠다고 했다."

상상하지 못했던 일에 분노가 극에 달했던 대소는 어머니의 말을 듣고는 곧바로 추모를 죽이기로 결심했다. 근위대는 권력의 상징이었다. 근위대를 장악하는 자가 곧 궁궐의 실력자였다. 근위대는 사실상 대소의 사병이나 다름없었다. 그가 근위대장을 임명하고 인사권을 행사해 왔다. 따라서 대소의 말이 이들에게는 법이었다. 근위대를 소집시켰다. 그가 소집명령을 내렸음에도 불구하고 많은 수의 군사들이 소집에 불응했다.

"다들 어디로 갔나?"

"추모 진영으로 넘어갔습니다."

근위대장이었다. 임금의 근위대는 천 명 정도였다. 이들은 우가를 제외한 전 부여에서 모집한 군사들로 부여성 외곽에서 훈련을 하며 임금의 부름에 응했다. 궁궐에 주둔하는 군사는 백 명 정도로 궁궐의 경계를 주로 담당했다. 그 중 삼십여 명 정도의 군사들이 이탈한 것이다. 대소는 화가 났지만 이 정도면 추모를 제압하고도 남을 숫자였다. 이중에서도 무예가 출중한 삼십여 명을 이끌고 추모가 있다는 별궁으로 향했다.

별궁으로 들어가는 중문을 발로 박차고 들어갔다. 기세 좋게 안으로 들어간 대소는 아연 긴장할 수밖에 없었다. 어디서 어떻게 모았는지 모르는 무장한 군사들이 활을 겨눈 채 대소를 맞이한 것이다.

추모가 공식적인 부여국의 계승자가 되자마자 재사는 재빨리 부여성 외곽에 머무르고 있던 협보와 그의 부하들을 불러들여 추모의 신변을 보호하고 나섰다. 오이도 자신에게 우호적인 근위대의 병사들을 이끌고 추모진영에 가담했다. 그리고는 대소의 공격을 예상하여 방어벽을 친 후 기다리고 있었던 것이다.

"무기를 버리고 투항하라."

추모가 별당에 들어선 대소와 그의 군대를 향해 소리 질렀다.

대소는 처음에 당황하긴 했지만 곧바로 평정심을 찾았다. 저들의 차림새를 보아 급하게 모은, 훈련도 제대로 받지 않은 사람들 같았다. 마의를 걸치고 있는 그들이 활을 들고 있었지만 활이나 제대로 쏠 수 있을지 의심스러울 정도였다.

"하하하! 네 놈들이 우리 근위대를 상대할 수 있을 것 같으냐. 투항하는 자는 살려는 준다. 그렇지 않은 자는 용서하지 않을 것이다."

대소는 오히려 추모 진영을 향해 큰 소리 쳤다. 추모진영에서 약간의 웅성거림이 나는 듯 했다. 아무래도 상대가 부여국의 근위병들이라는 점이 마음에 걸리는 듯 했다.

"쏴라. 저들은 이제 반란군이다. 망설이지 말고 쏴라."

추모는 조금도 망설임이지 않았다. 정당성이 확보된 만큼 숨길 것도 머뭇거릴 이유도 없었다. 그는 부하들에게 생각할 틈을 주지 않고 곧바로 공격 명령을 내린 것이다.

앞에 서 있던 근위병들이 무더기로 쓰러졌다. 이들은 칼과 창을 들고 나섰을 뿐 활은 가지고 나오지 않았다. 상대가 활로 무장한 상태에서 무작정 접근한다는 것은 무모한 것처럼 보였다. 하지만 대소는 이런 상황에 개의치 않았다. 오히려 추모가 먼저 공격한 것이 화가 난 것이다.

"공격."

곧바로 공격 명령을 내리고 추모 진영을 향해 달려들었다. 그러자 이어서 또 수없이 많은 화살이 날아들었다. 순식간에 또 십 수 명의 병사들이 쓰러졌다. 거리가 가까워 활은 정확했고 또 치명적이었다. 접근 전을 벌이기도 전에 삼분의 일 가량의 병사들을 잃고 말았다. 도저히 맞설 수가 없었다.

"후퇴하라."

결국 대소는 군사를 물릴 수밖에 없었다. 무모한 공격을 감행하여 아까운 군사들을 잃기 보다는 후일을 기약하는 것이 훨씬 나을 것 같았다.

대소의 공격이 있은 후 추모는 곧바로 다음 행동을 취했다. 금와왕을 찾아갔다. 이전과 달리 그가 금와왕을 만나는 것은 쉽게 허락되었다. 대소의 공격이 있었던 것을 알렸다.

"그것은 이미 예상 되어진 일이 아니냐?"

금와는 의외로 태연했다.

"추모야, 내가 너를 나의 후계자로 세운 이유가 무엇이라 생각하느냐?"

"약속을 지키기 위해서가 아닙니까?"

금와는 추모의 말에 웃었다. 그리고는 곧바로 표정을 바꾸어 정색을 했다.

"옛날 성인들은 굳이 왕위를 자식에게 물려주지 않았다. 가장 백성을 위할 수 있는 사람을 찾았어. 하나라의 요임금은 어진 사람을 찾아 기산과 엄수라는 곳까지 찾아가 허유와 소부라는 은둔자에게 왕위를 물려주려했지. 물론 퇴짜를 맞았지만. 나는 네가 내 혈육이 아니라도 상관없다."

"예!"

추모는 바싹 긴장하기 시작했다.

"나도 한 때는 이를 두고 고민했었다. 네가 내 혈육인지 아닌지, 하지만 지금은 그것을 따지지 않기로 했다. 그냥 너는 내 아들이다. 마치 내 아버지 해부루가 변방의 곤연 땅 출신인 나를 아들로 삼아 왕위를 물려주었듯이 나도 너를 내 아들로 믿고 왕위를 물려주려 하는 것이다."

금와의 말이 이어지는 동안 추모는 아무 말도 하지 못했다. 금와의 의중을 듣기는 이번이 처음이었다. 그도 왜 금와가 자신에게 왕위를 물려 주려하는지 그것이 궁금하던 차였다.

"해부루께서 내게 왕위를 물려주려한 가장 큰 이유는 예맥조선의 통일이었다. 하지만 뜻하지 않은 해모수의 등장으로 그 꿈은 깨어졌다. 나도 마찬가지다. 나도 대수맥과 소수맥을 치기에는 너무 힘이 약해. 이제 겨우 부여국 백성들을 통합했을 뿐이야. 그래서 이루지 못한 나와 내 아버지 해부루의 꿈을 이룰 수 있는 사람이 나의 후계자가 되길 바라는 것이다. 그것이 내 혈육이라면 더욱 좋겠지만 그렇지 않아도 개의치 않는다. 그래서 훨씬 개방적이고 또 강한 너를 택한 것이다.”

“그 기대를 절대 저버리지 않겠습니다.”

“…… 나는 네가 어떤 사람인지 대충 알고 있다.”

금와는 갑자기 추모의 혈통을 들먹였다. 그의 목소리는 약간 비애에 젖은 듯했다.

“악연이다…….”

금와는 크게 한 숨을 내쉬었다.

“하지만 그 분이나 나나 이루려고 한 뜻은 똑 같았다. 다만 나는 혈통을 중시하지 않았고 그분은 혈통을 중시하였다는 것이지. 나는 강한 자가 왕이 되어야 한다는 것이고 그분은 아리씨의 후손이 왕이 되어야 한다는 것이지.”

금와는 지난날의 회한에 휩싸인 듯 한동안 말을 잇지 않았다. 추모도 숨죽이며 다음 말을 기다렸다.

“그분이 나보다 더 정통성이 있음을 나는 부정하지 않는다. 하지만 나는 여전히 혈통을 중시하지 않는다. 그런데 그 두 요소를 다 갖추고 등장한 사람이 바로 너다. 그래서 네게 거는 기대가 크다.”

추모는 깜짝 놀랐다. 혈통을 알고 있으면서도 자신을 포용했다는 것에 그저 놀랄 뿐이었다.

“아버님 말씀 명심하겠습니다.”

추모는 그를 아버지라 불렀다. 자신을 향한 금와의 뜻이 그대로 전달되어와 그의 심금을 울렸다. 비록 혈통적 아버지는 아니지만 길러준 아버지였고 또 정신적 아버지라는 것을 부정하고 싶지가 않았다.

“고맙다, 내 뜻을 알아줘서. 하지만 명심할 것이 있다. 나는 대소가 너를 이기고 나오면 또 그를 인정할 수밖에 없다는 것이다."

"무슨 말씀인지 알겠습니다."

"대신 너를 공식적 후계자로 인정한 이상 지금부터는 너를 돕겠다. 내가 해줄 일이 무엇이 있느냐?"

"인사권입니다."

"그것은 내가 얼마든지 도와줄 수 있다."

이 날 추모는 금와왕의 재가(裁可)를 받아 이날 밤중으로 오이를 근위대장, 마리를 경비대장으로 임명하여 궁궐 내의 군사를 순식간에 장악했다. 금와왕은 공식적인 후계자가 되었으면 대소가 누리던 정도의 지위는 가질 수 있어야 후계자로서의 위치가 안정적이 될 것이라며 궁궐 내의 인사권은 그에게 넘겼다.

금와왕을 만난 이후 추모는 그를 존경하기 시작했다. 친아버지와 다름없는 존재임을 깨달은 것이다. 자신의 모든 것을 알고 있는 금와가 자신을 택한 이유를 분명하게 들은 이상 자신에게 주어진 역사적 소명은 반드시 이뤄야겠다는 생각을 갖게 되었다. 그의 태도는 이전과는 완전히 달라졌다. 보다 신중해졌으며 사람들을 폭넓게 대하기 시작했다.

근위대는 추모의 재빠른 행보에 반발하지 못했다. 어차피 권력자의 편에 서야 하는 것이 그들의 존재이유였다. 물론 대소의 심복들은 곧바로 직위 해제되어 쫓겨났다. 이렇게 되지 궁궐 내에 그 많던 대소의 사람들은 순식간에 자취를 감추었다. 어느 가을 날 강한 서리바람에 모든 잎들이 순식간에 떨어져 나간 경우였다.

추모가 순식간에 궁궐을 장악하자 가장 놀란 사람은 마씨를 비롯한 금와왕의 여인들이었다. 이들은 자신들끼리 권력 다툼을 하는 사이 전혀 생각하지도 못한 추모라는 자가 나타나 왕위 계승자가 되자 당황했다. 그렇다고 지금 추모가 하고 있는 행보를 볼 때, 한 순간의 행운으로 보기에는 만만치 않은 실력을 지니고 있었다. 왜 이런 자를 진작 주목하지 않았을까 싶을 정도의 후회가 들뿐이었다. 금와왕 입장에서 생각해본다면 자신의 이루지 못한 소망을 성취할 수 있는 가장 적합한 인물일 수도 있다고 여겨질 정도였다.

그렇다고 이십여 년이 넘도록 궁궐을 지배해 온 이들이 하루아침에 등장한 신성(新星)에게 나라를 통째로 넘길 수는 없었다. 이들은 어색한 관계를 극복하고 다시 뭉치기 시작했다. 제일 먼저 나선 사람은 막내격인 구가(狗加)였다. 그녀는 이제 완전 찬밥이었다. 그나마 저가부인의 아들인 모을이라도 권력을 잡으면 왕비족으로 살아남을 수 있지만 지금과 같은 상황이면 구가족의 미래는 암담했다. 그녀는 이런 기회에 뭔가 공적을 남겨 부여국 내에서 구가의 위상을 높이고 싶었다. 일단은 대소가 권력을 되찾는데 앞장 서야할 것 같았다. 그동안 친밀한 관계를 유지하던 저씨부인 대신 큰 마씨부인을 찾아갔다.

마씨부인은 저가와 구가에 대해 감정이 좋지 않았다. 그들만 잘 협조해 주었어도 이런 상황까지는 벌어지지 않았을 것이라 생각했기 때문이다.

"자네가 여긴 웬일인가?"

가식적이든 아니든 평소의 온화한 미소는 이미 그녀에게서 사라져 있었다.

"드릴 말씀이 있습니다."

그녀는 대소가 다시 권력을 잡을 수 있게 힘을 돕겠다면서 유화를 제외한 모든 네 부인들의 연합을 제의했다. 부인들의 연합이란 곧 우가를 제외한 나머지 전 부여족이 연합하는 것이다. 이렇게 된다면 수적 싸움에서 절대적 우위를 차지할 수 있었다. 실상 부여국을 이루는 부여족 중에서 현재 가장 강한 부족이 마가이긴 했지만 혼자의 힘으로 금와의 군사를 맞상대 하기는 힘들었다. 더구나 마가도 둘로 나눠진 상태였다. 이런 상태에서 나머지 부족이 힘을 합친다면 해볼 만한 싸움이었다. 오래지 않아 마씨부인의 얼굴에 다시 미소가 떠올랐다.

"자네 말처럼 그렇게만 된다면 얼마나 좋을까? 하지만 저가가 협조해 줄까? 그동안 많은 서러움을 받았는데?"

"제가 나서서 설득하겠습니다. 대신 거사에 성공하고 나면 우리 구가의 사람들도 기억해 주셔야 합니다."

"당연하지. 내가 어떻게 하면 되겠나?"

마씨부인은 특유의 미소를 되찾았다.

"우리 구가의 여인들이 왕비가 될 수 있게 해주십시오."

구가부인은 당당하게 자신의 요구를 밝혔다. 마씨부인은 내심 불쾌했지만 곰곰이 생각해보니 괜찮은 것 같았다. 그동안 너무 마가만 생각했지만 이렇게 약한 부족 한 둘과 연합을 맺어두면 권력은 확고해질 것 같았다.

"그동안 내가 자네들을 너무 못 챙긴 것 같아 미안하네. 이세부터는 내가 자네들을 내 동생처럼 여길 테니 잘 지내보세나."

마씨부인은 온화한 미소는 띄었지만 구씨부인의 말에 확답을 하지 않았다.

"그럼 제 요구를 들어주시는 것으로 믿고 일을 시작하겠습니다."

구가는 자신의 요구를 다시 한 번 확인했다.

"그렇게 하게나."

마씨부인도 그녀의 말을 더 이상 얼버무릴 수가 없었다. 구씨부인은 이제 자유롭게 마씨와 저씨부인의 방을 드나들면서 연합 세력을 형성하기 위해 분주히 움직였다.

추모의 발걸음도 자연히 바빠졌다. 표면적으로는 궁궐 안의 군사력은 장악한 상태였다. 물론 안으로 들어가 보면 숨죽이고 있는 병사들 중에는 여전히 대소에 충성하는 사람들이 있었다. 이는 단 시간에 해결할 수 있는 문제가 아니었다. 그리고 당장 시급한 문제도 아니었다. 중요한 것은 이제부터 벌어질 대소의 공격을 막는 일이었다. 비록 첫 싸움에서는 미리 준비한 추모가 이겼지만 다음은 장담할 수 없는 일이었다.

추모의 거처는 동궁으로 옮겨졌다. 별당에 있던 유화부인도 안전상의 이유로 거처를 옮겨 이제 동궁의 시대를 열어가기 시작했다. 동궁에는 매일 추모의 참모들이 모여 회의했다. 회의를 주재하는 사람은 주로 재사였다. 그는 이미 해모수 아래서 나라를 다스려 본 경험이 있기 때문에 국정을 다루는데 능수능란했다. 무골과 묵거가 장수라면 그는 재상 같은 사람이었다. 그리고 그는 해모수를 대신하는 사람이기도 했다.

"이제 궁궐의 군사력을 장악했습니다만 아직 우리의 세력은 미미합니다. 이런 상황에서 우리가 해야 할 가장 시급한 일은 우리의 세(勢)를 확산하는 일입니다. 다행히 대소가 나머지 부족들과 연합하지 않고 있지만 저들이 힘을 합친다면 우리가 막기 어려울 것입니다. 따라서 우리도 지지기반을 빨리 확보해야합니다."

"어떻게 지지기반을 확보하면 됩니까?"

추모는 일일이 재사에게 물었다. 그는 아직 세상사, 특히 권력에는 익숙하지 않았다. 그러기에 한 번 권력을 잡았다가 다시 축출당한 적이 있는 재사의 경험은 매우 소중했다.

"우리의 지지(支持) 기반은 그동안 소외받았던 우가가 되어야 할 것입니다. 우가를 무장시킨다면 대소가 이끄는 마가에 충분히 저항할 수 있을 것입니다."

우가라는 말에 오이와 마리는 서로의 얼굴을 쳐다보며 환한 웃음을 지었다. 그들은 마가가 주도하는 부여사회에 불만을 갖고 언젠가는 부여의 주도권을 확보해야겠다는 생각을 가진 젊은이들이었고 또 그렇게 아버지로부터, 무골로부터 묵거로부터 교육을 받아 왔었다.

"그를 위해서 제가 무슨 일을 해야 합니까?"

"먼저는 혼맥(婚脈)을 형성해야합니다. 우가의 여인을 공자님의 아내로 맞아들여야합니다. 우가족 중에서도 가장 강한 부족이라 할 수 있는 마을이 구추 마을과 옥지 마을입니다. 구추 마을은 이미 마리님이 공자님의 여동생과 혼맥을 맺었으니 옥지의 여인을 부인으로 맞이하는 것이 좋을 것 같습니다."

혼맥을 맺어야 된다는 말에 추모는 제일 먼저 예린을 떠올렸다. 그가 소박하게 꿈꾸던 꿈속의 주인공은 항상 예린이었다. 그런데 뜻밖에도 옥지 마을이 거론되자 내심 기뻤다.

"저는 여기 있는 오이의 여동생인 예린을 제 부인으로 맞이하겠습니다."

추모는 거침없이 말했다.

"하하하! 그것은 이미 정해진 일이었습니다."

재사는 만면에 웃음을 띠고 말했다.

"예?"

"그것은 이미 오래 전에 해모수님과 옥지 추장 두무실 사이에 약속된 일이었습니다. 그리고 공자님께서 종살이 하신 것도 사실은 데릴사위로서 처가살이를 하신 것입니다."

재사는 이십여 년 전에 해모수가 북부여를 세웠을 때 그를 도와 권력의 밑바탕을 제공해준 부족이 우가라는 사실을 말하며 우가와 해모수와의 관계를 이야기 했다. 그때 이미 우가와 해모수 집안에는 혼인 이야기가 오갔다는 것이다. 해모수가 아들을 낳으면 옥지나 구추 마을의 여인 중에서 적합한 자를 골라 결혼시키기로 이미 약속이 되었다는 것이다.

추모는 깜짝 놀랐다. 이전까지의 자신의 삶이 이미 누군가의 치밀한 계획에 의한 삶이었다는 것을 알고 있었지만 자신의 짝까지 정해져 있었다는 것이 결코 기분 좋은 일만은 아니었다. 하지만 자신의 짝이 마음 속에서 한시도 떠나지 않았던 예린이라는 것은 그래도 용납할 만한 일이었다. 아니 기분 좋은 일이었다. 그래서 그는 이 부분은 그냥 물 흘러가는 대로 맡겨야겠다는 생각했다.

"그러면 선비님은 그때 무엇을 하셨습니까?"

갑자기 추모는 재사의 정체가 궁금해졌다. 아버지를 수행하며 지내긴 했지만 그 이전의 삶이 궁금했다. 그는 묵거나 무골과는 달리 아버지의 일을 모두 대신했는데 특히 그는 무예보다는 조선의 역사와 전통 그리고 제사의식 등에 훨씬 능통했다.

"나도 해모수단군님을 도왔지요. 그때 우리 북부여를 지탱한 힘은 셋이었습니다. 하나는 해모수 단군님의 선비들이었고, 또 하나는 부여의 우가, 또 하나가 위만조선의 마지막 우국지사인 성기의 후손이었던 송양입니다."

"비류국의 송양을 말씀하시는 것입니까?"

추모가 사냥꾼으로 떠돌아다닐 때 부여국 송양에 대해서는 이미 알고 있었다.

"그렇습니다. 그 분은 금와의 공격을 받자 한사군으로부터 뺏었던 구려현으로 달아났습니다. 하지만 우리가 언젠가는 찾아야할 지역입니다."

"그러면 선비님은 그 송양 왕과 관련이 있다는 것입니까?"

"그것은 나중에 말씀드리겠습니다."

"나중이 언제입니까?"

"앞으로 공자님이 부여의 대왕이 되시면 예맥조선을 통일해야 합니다. 옥저와 동예는 물론 대수맥과 소수맥 등 모든 지역을 다 정복해야 합니다. 그래서 다시 조선의 새로운 전통을 세워나가야 합니다. 그 때쯤이 나중이 될 것입니다."

재사는 추모를 향해 말한다기보다는 다른 좌중들 특히 협보와 마리, 오이 등 아직 추모의 정체에 대해 반신반의하는 사람들을 향해 자신들의 정체성이 무엇인지를 말하는 듯 했다. 이들도 재사의 말을 숨죽이며 듣고 있었다. 가슴 속에 막연히 품고 있는 소망이 있긴 했지만 그것은 이루기 힘든 꿈이었다. 재사가 지금 그 이루기 힘들었던 꿈을 말하고 있는 것이다. 사내로서 도전해 보고 싶은 보다 큰 꿈.

"나를 포함한 여기 있는 여러분 하나하나가 다 나중에 왕이 될 사람들입니다. 예맥 지역은 땅은 넓지만 강과 산이 많아 강한 통치력을 발휘하기 힘이 듭니다. 따라서 여러분들이 한 부족과 나라들을 맡아 새로운 단군인 추모님을 옹위한다면 다시 조선의 영광을 재현할 것입니다. 물론 그 조선은 이전의 조선과는 다른 나라가 될 것입니다. 결코 종교가 우위에 있지 않을 것입니다. 단군이 아닌 대왕이 다스리는 나라가 될 것입니다. 하늘만 숭배하는 나라가 아닌 백성이 잘 사고 강한 군사력을 지닌 부강한 나라가 될 것입니다. 이를 위해 우리는 힘을 합쳐야 할 것입니다."

협보와 추모는 묵거로부터, 마리와 오이는 무골로부터 수련을 받은 사람들이었다. 그들은 이미 이런 이야기를 어렴풋이나마 들었다. 그들이 들은 이야기의 마지막은 해모수의 혈통을 이어받은 새로운 지도자가 나타날 것이며 그를 중심으로 새로운 나라를 만들어야 한다는 것이었다.

재사는 추모 진영의 사람들을 결속하려 애썼다. 그동안 다르게 생활하면서 다르게 생각한 것을 통합하려 했으며 공동의 목표를 내세우고 이를 위해 힘을 합칠 것을 호소했다. 한 식구라는, 같은 배를 탄 운명공동체라는 의식을 심어주려는 것이다.

추모의 혼사는 급물살을 탔다. 무골이 옥지 마을을 다녀온 뒤 혼사 날짜가 정해졌다. 추모의 가슴은 설레기 시작했다. 산속에서 사냥을 하며 지낼 때 그를 지탱하게 한 힘은 예린이었다. 그녀를 데려오기 위해 그는 모든 외로움도 참고 힘든 산속 생활도 견뎠던 것이다. 그런 그녀를 자신의 아내를 삼을 수 있게 되었다는 것에 매우 흥분했다.

그는 궁궐의 바쁜 일정을 협보와 마리에게 맡기고 옥지 마을을 향해 떠났다. 양맥국 왕자 출신인 협보는 행정적인 일에 능했기 때문에 큰 걱정은 없었다. 제일 맏형격인 그는 재사가 없다면 오히려 이들을 이끌 만한 사람이었다.

혼기(婚期)가 다가오면서 예린은 걱정이 많았다. 어차피 추장의 딸인 자신의 운명은 부모의 손에 달려 있었다. 일반 백성들이야 좋아하는 사람끼리도 결혼할 수 있었지만 자신은 달랐다. 부족과 마을의 이해관계가 얽혀 있었기에 원하지 않는 사람과, 심지어는 원수와도 살아야하는 것이 부족장을 아버지로 둔 딸의 운명이었다. 그래서 그녀는 자신의 운명과 미래에 대해서 걱정이 많았던 것이다. 그렇지만 아버지는 이쩐 일인지 혼기가 다 지나도록 자신의 장래에 대해 결정해주지 않았다. 오빠인 오이는 이웃 부락의 추장 딸과 결혼을 하였는데 자신의 배필은 정해주지 않았다. 그럴 때마다 이상하게 떠오르는 얼굴이 추모였다. 하지만 그것은 어디까지나 이루어질 수 없는 풋사랑이었다.

해가 바뀌고 열여덟이 되었다. 오이오빠는 부여국의 궁궐로 들어갔지만 올케와 조카가 함께 하여서 그렇게 외롭고 적적하지는 않았다. 예린이 자신의 장래를 걱정하며 이따금씩 추모를 그리워할 무렵 웬 낯선 마의(麻衣)를 입은 사람이 두어 차례 집을 드나들더니 아버지로부터 배필이 결정되었다는 뜻밖의 통보를 받았다. 놀랍게도 추모라고 했다. 그가 지금 부여국의 왕위 계승자가 되어 있다는 말은 더욱 그녀를 놀라게 했다. 하지만 그녀의 마음은 놀라움보다는 기쁜 마음이었다. 신분상의 이유로 이루어질 수 없었기에 잊고 있었지만, 아니 잊으려 애썼지만 그녀의 마음 속에 있는 유일한 남자는 추모였다. 그렇다고 그녀가 집에만 고립되어 산 것도 아니었다. 그녀는 오빠를 따라 말도 타고 활도 쏘며 밖으로 많이 나다녀보았다. 그러면서 더욱 간절히 느낀 것이었다. 그만한 사내가 보이지 않았다. 그의 언행이나 남성적인 힘, 그리고 주변 사람들을 제압하는 능력은 그녀의 마음을 사로잡기에 충분하였던 것이다.

혼사 날을 잡은 이후 예린의 행동은 급격하게 달라졌다. 좋아하는 사람을 좋아할 수 있고 사랑할 수 있게 되자 그녀는 매우 활달해졌으며 얼굴에서 웃음이 떠나지 않았다. 주위에서 누가 놀려도 전혀 개의치 않았다. 드디어 혼사 날은 다가왔고 그리던 추모가 말쑥한 비단옷을 입고 나타났다. 옥지 추장은 마을 잔치를 열어 두 사람의 혼사를 축하했다.

동네 사람들은 추모의 변신에 깜짝 놀랐다. 추모가 금와왕의 숨겨놓은 아들이며, 그가 국중대회에서 장원을 차지하여 부여왕의 후계자가 되었다는 말을 회자시키며 두 사람의 결혼을 축하했다. 더러는 추모의 활솜씨가 언젠가는 큰일을 할 것이라고 예측하였는데 그 예측이 맞았다며 스스로를 자화자찬하는 자도 있었다.

조상의 사당에 두 사람의 혼인을 알리는 것으로 식은 시작되었다. 초례청도 차려졌고 추모의 머리도 쪽쪄 올려 상투를 틀었다. 그의 머리에는 청라관이 쓰여 졌다. 그리고 식순에 따라 신랑신부가 합환주를 마심으로 부부가 됨을 알렸다. 원래 풍습대로 하면 추모는 이곳에서 아들을 낳고 아이가 일정한 수준까지 자랄 때까지 처가살이를 해야만 한다. 하지만 그는 왕의 후계자라 그럴 필요가 없었을 뿐 아니라 이전에 모진 행랑살이를 했기 때문에 그것만으로도 충분했다. 그는 옥지에 신방을 차리고 사흘 동안 머물렀다. 그동안 그는 꿈같은 시간을 보냈다. 그리고는 그리운 동무들도 만난 후 다시 궁궐로 돌아왔다.

궁궐로 다시 돌아온 추모가 할 일은 산적했다. 제일 시급한 일은 궁궐 내에서 대소의 흔적을 지우는 일이었다. 그와 더불어 과연 대소와 그의 형제들을 어떻게 처리할 것인가도 고민해야 했다. 그를 궁궐에 놓아둘 것인가 아니면 그를 궁궐에서 추방할 것인가? 그것이 문제였다. 대소가 궁궐에 있으면 알게 모르게 궁궐 내의 사람들과 결탁하여 어느 순간 반란을 일으킬지 몰랐다. 반면 그를 궁궐 밖으로 추방하여도 마찬가지였다. 권력에서 밀려난 마가세력들이 힘을 결집하여 부여성을 공격할 수도 있는 일이었다.

추모의 추종자들은 이를 놓고 여러 날 동안 고민하였다. 그 결과 대소를 궁궐 밖으로 추방하기로 합의했다. 아직 결혼하지 않은 금와의 아들을 제외한 나머지는 궁궐 밖으로 다 내보내기로 합의 했다. 하지만 실상 결혼하지 않은 왕자는 없었으므로 이들은 다 부여성 밖으로 나가야만 했다. 대신 이들이 서로 연락을 취할 수 없게 각자의 외가에 보내고 철저히 감시하기로 했다.

대소는 추모의 추방 소식을 받고 어이가 없었다. 굴러온 돌이 박힌 돌을 빼내려는 격이었다. 그는 매우 분노했다. 하지만 당장 동원할 군사가 없었다. 이미 궁궐 내에서 주요한 보직은 다 사람이 바뀌어 있었다. 그는 참기로 했다. 그리고는 어머니 마씨부인을 만났다.

"나도 소식을 들었다. 저 놈들의 허세가 오래가지 못할 것이다. 이미 외갓집에 연락을 해 두었다. 그리고 저가, 구가 등 모든 부족이 힘을 합쳐 우가와 추모를 공격하기로 합의가 되었으니 아무 불평하지 말고 곧바로 외가로 가라. 모든 준비가 다 되면 구가의 사람이 너를 찾을 것이다. 그러면 그들을 이끌고 부여성을 공격하면 될 것이다."

"아버지는 뭐라 하십니까?"

대소는 아버지 금와왕에 대해서도 분노의 마음을 가지고 있었다.

"네가 직접 한 번 만나보고 가거라. 가서 아버지가 무슨 생각을 하고 계신지 직접 여쭤봐라."

대소는 궁궐을 떠나기 전 아버지 금와를 찾았다. 금와는 이전과 다름없는 모습으로 대소를 맞이했다. 그것이 대소를 더욱 화나게 했다. 그는 아버지를 만나자 마자 금와의 조치가 부당함을 말했다.

"어떻게 단 한 번의 사냥대회로 후계자를 정할 수 있습니까?"

"나는 그 대회에 내 후계자를 보내달라고 천지신명과 조상들께 기도했다. 그리고 이미 그 사실을 천하에 다 공포했다. 그러니 나인들 어쩌겠느냐? 추모가 하늘이 보낸 자라는 것을 인정할 수밖에. 더구나 그 대회는 공정하지 않았음에도 불구하고 추모가 장원을 하였으니 나로서는 더욱 그를 인정할 수밖에 없지 않겠느냐."

할 말이 없었다. 천지신명을 내세우는데는 더 이상 따질 수가 없었다. 더구나 아버지는 자신과 모을이 추모에게 한 횡포를 알고 있는 듯했다. 그는 말머리를 돌렸다. 이제 궁궐을 떠나야함을 말했다.

"소자 이제 아버지 품을 떠나 초야로 돌아갑니다. 그러나 언젠가는 다시 궁궐로 들어올 것입니다."

"나는 네가 궁궐로 들어오면 언제든지 환영한다."

"제가 다시 돌아올 때는 피 묻은 칼을 들고 올 지도 모릅니다."

대소는 아버지가 자신이 말하는 의도를 알아채지 못한다고 생각했다.

"나도 알고 있다. 나는 천지신명께 나의 뜻을 이어갈 강한 자를 내 후계자로 보내달라고 했다. 그 말은 아직도 유효하다. 나는 최후의 승자를 내 후계자로 인정하고 왕위를 물려줄 것이다."

"예! 그 말씀은……."

아직도 자기에게 기회를 주겠다는 말이었다. 대소는 고개를 들어 아버지의 얼굴을 쳐다보았다. 그 속에 추호의 가식이 보이지 않았다. 여전히 자신을 아들로 대하고 있음을 알 수 있었다.

"이왕이면 나는 내 아들이 후계자가 되길 바란다. 하늘이 자꾸 틀면 어쩔 수 없지만……."

대소는 아버지가 무슨 말을 하는지 그 의도를 알 수 있었다.

"염려 마십시오. 소자 아버지의 뜻에 부합할 것입니다."

대소는 결의에 찬 표정으로 말했다.

"하지만 난 너를 돕지 않을 것이다."

"예?"

"물론 추모도 돕지 않을 것이다. 이긴 자를 도울 것이다."

3. 반란

검은 산천에 울긋불긋한 봄꽃들이 피어 보는 이의 가슴을 설레게
할 무렵 대소와 그의 형제들은 궁궐을 떠났다. 그들이 떠난 뒤에 추모
의 발길을 가로막는 사람은 아무도 없었다. 앞을 가로막던 큰 방어벽
에 구멍이 숭숭 뚫린 듯 궁궐 어디를 가도 이제 불편한 곳이 없게 되었
다. 그의 행로에 이제 거칠 것은 없었다. 감히 자신의 권위에 도전하는
자는 없었다. 그러나 이런 갑작스런 변화가 오히려 그를 자만하게 만
들었다.

겨울을 이겨낸 강한 풀싹들이 검은 대지의 오만을 벗겨 버리고 천
지를 푸른 색과 붉은 색, 노란 색으로 물들일 무렵, 봄기운을 이기지
못한 추모는 예린이 만들어 놓은 푸른 장막 속으로 점점 빨려 들어갔
다. 거칠고 딱딱한 것을 감쌀 수 있는 따뜻하고 보드라운 것이 있다는
것을 그는 뒤늦게 안 것이다. 해가 중천에 뜰 무렵에야 신혼 방문을 잠

깐 나서서는 아직 어둡기도 전에 다시 비단결 같은 보드라운 육체 속으로 빠져 들어가고 말았다. 이제 막 이십대에 접어든 젊은 나이의 그 욕구는 그 무엇으로도 제어할 수 없었던 것이다. 억눌렸던 욕구가 어느 순간 분출되기 시작하면서 청춘 남녀의 머릿속에는 역사적 소명도 후계자로서 해야 할 사명도 정적에 대한 두려움도 다 사라지고 오직 나신(裸身)의 꾸물거리는 환상만이 자리 잡을 뿐이었다.

궁궐을 떠난 대소가 무슨 일을 벌일 것인가는 뻔한 것이었다. 따라서 추모는 이에 대비해야 했다. 만약 저들이 연합한다면 당해 낼 수가 없었기 때문이다. 조그만 승리감에 도취된 추모는 이런 중요한 순간에 사세(事勢)를 살펴 정사에 힘쓰기 보다는 자신의 아내만을 더 챙겼다. 이런 추모의 모습을 바라보는 재사를 비롯한 선비들은 마음이 답답했다. 처음에는 신혼이라 이해했다. 하지만 너무 오래갔다. 대소는 이런 점을 파고 들 수도 있었다. 그래서 재사는 추모를 만났다.

"신혼인 것을 이해 못하는 것은 아니지만 시급히 해야 할 일이 있습니다."

"시급히 해야 할 일이라뇨?"

"지금 우가족을 끌어 모아 마가를 공격해야 합니다."

"마가를 공격한다고요?"

"마가를 외가로 둔 대소가 저가와 구가를 끌어 모아 우리를 공격한다면 우리는 저들을 당할 수가 없습니다. 저들이 미처 연합하기 전에 핵심인 마가를 공격하여 아예 반란의 싹을 잘라야 합니다."

"……"

추모는 대답이 없었다. 전에 혼자 지낼 때는 누구의 간섭도 없이 살았다. 후계자가 된 뒤로는 자신의 의지보다는 다른 사람의 뜻대로 살아야 하는 것이 싫었다. 결혼을 한 후 매사를 간섭하려 드는 재사가 귀찮아지기까지 했다.

"서둘러야 합니다."

재사는 다시 한 번 추모의 결단을 촉구했다.

"아닙니다. 저들은 쉽게 결속할 수 없습니다. 저가와 마가는 대립적 관계이며 마가도 큰 마씨와 작은 마씨의 지지 세력은 다릅니다. 쉽게 연합할 수 없습니다. 오히려 지금은 저들을 위무하고 격려하여 우리편으로 끌어들이는 것이 더 급한 일이라 생각합니다."

추모는 모처럼 맞이한 평화와 안정을 깨고 싶지가 않았다.

"저들은 금방 연합합니다. 구씨부인이 움직이고 있다는 정보가 있습니다."

"그것은 쉬운 일이 아닙니다. 서로 견원지간(犬猿之間)으로 지낸 자들이 금방 연합하기는 힘들 것입니다."

"서두르지 않는 이유가 혹시 신혼이라는 것 때문이십니까?"

"저는 태어나서 처음으로 가정의 따스함을 느끼고 있습니다. 가정이 안정 되어야만 천하의 일도 할 수 있다고 생각합니다. 부인과 저는 오랫동안 헤어져 살았습니다. 부부간의 정이 두터워야 결국은 나랏일도 안정이 될 수 있다고 생각합니다."

추모는 속마음을 숨기지 않았다.

"만약 지금 기회를 놓치면 큰 화를 당할 수도 있습니다."

"우가족이 마가족을 이긴다는 보장도 없지 않습니까?"

"그래서 저들이 생각지도 못할 때 기습하자는 것입니다."

“우가족은 아직 제대로 훈련되지 않았습니다. 저들을 좀 더 훈련시킨 다음에 여유를 갖고 대처해도 늦지 않다고 생각합니다.”

추모는 결정을 미루었다.

재사는 이후로도 몇 차례에 걸쳐 추모를 설득하려 했지만 그는 예씨의 품속에서 헤어나지 못하여 사세를 분석하려 하지 않았다.

결국 재사는 무골과 묵거 등과 의논하여 떠날 결심을 하고 추모를 찾아 하직인사를 했다.

“아직 이곳에서 할 일이 많고 또 저를 도와 주셔야 하는데 벌써 떠나시면 어떡하십니까?”

추모는 아쉬운 듯 이들을 잡으려 했다.

“어차피 떠날 생각을 하고 있었는데 이제 떠날 때가 된 것 같습니다.”

“지금 가시면 어디로 가십니까?”

“우리도 처자식이 있는 몸이니 처자식의 품으로 돌아가야지요.”

“아니 그럼 선비님께서도 결혼을 하셨단 말입니까?”

“당연하지요. 선비들이라고 결혼을 안 하겠습니까? 결혼을 하고 처자식을 거느려 보아야 다른 사람을 가르칠 수 있고 또 남을 다스릴 수 있는 법이지요.”

“그런데, 이렇게 오랫동안 집을 비우셨단 말입니까?”

“하늘의 뜻이라면 그보다 더한 것이라도 할 수 있습니다만 이제는 가족의 품으로 돌아가야 할 것 같습니다. 너무 오랫동안 집을 비웠을 뿐 아니라 아무래도 그 뜻은 이제 깨어져 나가는 것 같아서 말입니다.”

"뜻이 깨어지다뇨?"

"하늘의 뜻을 잇겠다는 분이 여자에게만 빠져 있으니 하늘의 뜻은 깨어진 것이 아니겠습니까?"

추모는 재사가 자신을 꾸짖고 있다는 것을 알았다. 잠깐 신혼의 즐거움을 맛보는 것 가지고 너무 심한 말을 하는 것 같았다.

"하늘은 자신의 일을 대신 해 줄 사람이 뜻을 저버릴 때 그 사람을 기다리기보다는 차라리 다른 사람을 찾아 나서는 분이십니다. 이 말을 명심하십시오."

추모는 가만히 듣고만 있었다. 마음 속에 점점 오기가 생기기 시작했다. 물론 지금의 자신이 있기까지 이 사람들의 도움이 절대적이었다. 하지만 이제는 자신도 어느 정도 사세를 판단할 수 있는 능력이 있다고 생각했다.

"알겠습니다. 이제 가족의 품으로 돌아가시겠다니 말리지는 않겠습니다. 부디 건강하십시오."

웃는 얼굴을 했지만 매몰찬 말이었다.

결국 재사와 무골과 묵거는 떠나갔다. 떠나면서도 대소의 공격을 대비하라는 말은 잊지 않았다. 하지만 싫어서 떠나보내는 사람의 말을 새겨들을 사람은 없었다. 오히려 추모는 이들이 궁궐을 떠나자 이제 자신을 귀찮게 할 사람이 없어졌다고 좋아했다. 사실 자신의 삶은 지금까지 누군가에 의해 기획된 삶이었기에 이제는 벗어나고 싶었다. 이들의 계획 밖의 삶을 살고 싶었다. 자신의 자유의지를 가지고 자신이 생각하는 삶을 살고 싶었다. 자유로운 삶이라는 것이 결국 한 여자의 품에 또 다시 갇혀 사는 삶에 불과했지만.

그렇다고 추모가 마냥 논 것은 아니었다. 동료이자 동무인 오이와 마리에게 자신의 일을 대신 맡겼다. 우가의 군사력을 증강시키고 근위대와 부여성 외곽을 담당하는 경비병들의 훈련 강도를 더 높이게 했다. 뿐만 아니라 마가족 마을에도 첩자를 보내 저들의 움직임을 지켜보게 했다. 협보에게는 행정적 일을 맡겼다. 사실 활솜씨는 자신이 나을지 모르겠지만 장차 부족장이 될 오이와 마리가 그 보다는 부하를 거느린 경험이 더 많았고, 산속에서 사냥꾼 생활을 하며 지낸 자신보다는 궁에서 나고 자란 협보가 행정적인 일은 더 잘 처리하는 것이 더 큰 이유였다. 덕분에 추모는 금와의 기대와는 달리 점점 나태해져 갔다.

한편, 동생들과 함께 궁궐에서 쫓겨나는 신세가 된 대소는 너무 어이가 없었다. 그렇다고 당장 추모에 맞서려 해도 이미 군사를 다 빼앗긴 상태였다. 궁궐은 자신의 것이라 단정하고 살았었는데 전혀 생각지도 않은 시골놈에게 모든 것을 빼앗기고 말았다. 아버지에게 하소연해 보았지만 아버지도 더 이상 자기편이 아니었다. 궁궐을 떠나는 것 외 다른 방도가 없었다. 궁궐 외 다른 곳에서 살아본 적이 없는 대소는 달리 갈 곳이 없었다. 마가족 추장인 외삼촌댁에 몸을 맡길 수밖에 없었다.

부여국을 형성한 가장 강한 부족인 마가족의 추장인 외삼촌은 대소가 쫓겨 나온 것에 매우 분노했다. 하지만 오십 줄에 접어든 그는 흥분하는 대소를 진정시키며 후일을 기약했다.

"지금 우리 혼자 힘으로 부여성을 공격하는 것은 무리다. 그러니 우리 쪽으로 많은 사람들을 끌어들인 다음에 공격하는 것이 나을 것이다."

"그까짓 시골놈들 우리 마가족이 한꺼번에 몰려가면 금방 두 손 들고 도망갈 것인데 뭘 그리 두려워하십니까?"

"우가가 너무 오랫동안 소외되었어. 한 때는 우리 부여를 대표하는 아주 사납고 용맹한 부족이었는데 말이야. 저들을 우습게 알고 섣불리 건드리다간 오히려 우리가 당할 수 있어. 천천히 적진을 분석한 다음 나머지 부족과 연합하는 것이 시간은 걸릴지 모르겠지만 가장 정확하게 이기는 방법이야. 더구나 저들은 분명히 너를 감시하고 있을 것이야. 그러니 형제들도 만나지 말고 세상일에 관심을 끊은 것처럼 행동해라."

외삼촌은 대소의 성질을 가라앉히며 차분히 말했다. 이미 모든 군사를 잃고 외갓집에 얹혀사는 신세가 된 대소는 모든 것을 자신의 성질대로 할 수가 없었다. 분명 어머니가 뭔가 일을 꾸미고 있다는 것을 알고 있었기에 그는 외삼촌의 말을 따라 다른 형제들을 만나지 않았다. 오로지 아내와 아이들과 어울려 시간을 보낼 뿐이었다. 가끔씩 적적할 땐 말을 타고 들판을 달리며 때가 무르익기를 기다렸다.

"형님 그동안 잘 계셨습니까?"

그렇게 오래 기다리지 않아도 되었다. 푸른 자연을 벗 삼아 말과 함께 들판을 달린 지 불과 석 달이 채 되기도 전에 구가족 출신의 이복동생 모경이 그를 찾았다. 한 때는 저가 출신의 모을의 편이 되어 자신에게 맞서던 놈이었다. 해묵은 감정이 있긴 했지만 지금은 그런 것을 따질 때가 아니었다. 일단은 동복이든 이복이든 형제들끼리 힘을 합치는 것이 중요했다. 우가의 전력이 어떤지 제대로 알지 못하는 상황에서 마가가 아무리 힘이 강하다 해도 큰 마씨부인과 작은 마씨부인 진영으로 나눠진 상태에서는 우가에 맞서는 것이 무리였다. 이런 상황에서 저가와 구가가 조금만 힘을 보태도 큰 세력이 될 수 있었다. 공훈을 따지는 일은 나중에 어머니가 알아서 한다고 했으니 크게 신경 쓸 필요 없이 이들의 도움을 받으면 되었다.

"처음에는 추모가 우리를 감시한다는 것을 느꼈는데 요즘 들어서는 뜸합니다. 낯선 자들은 물론이고 집안사람들 중에서도 저의 행동에 관심을 가진 자들이 보이지 않습니다. 아마도 모든 관심이 형님에게 집중된 듯 합니다."

"글쎄, 요즘 들어 나도 나를 감시하는 자의 눈길은 별로 느끼지 못하고 있네만."

실상 대소도 자신을 감시하는 사람이 있는지 없는지 모를 정도로 그는 세상일에 무덤덤하게 지냈다.

"이제 때가 된 듯합니다. 우리 구가와 저가의 사람들은 약 삼천 명 가량 동원할 수 있습니다."

"그렇게 많이. 고마워. 내 다시 궁궐에 복귀하면 자네를 잊지 않을 것이야."

"구체적인 작전을 제가 가지고 왔습니다. 아무래도 우리 쪽에 대한 경계는 엷으리라고 생각됩니다. 그래서 형님이 먼저 군사를 일으키십시오. 그러면 분명 추모가 군대를 동원할 것입니다. 그 때를 기다렸다가 저희들은 곧바로 부여성을 점령하겠습니다. 그러면 저들은 분명 군사를 돌이킬 것입니다. 그때 형님과 저희가 양쪽에서 공격을 가한다면 저들은 쉽게 무너질 것입니다."

작전은 간단명료했고 아주 좋은 계책이었다. 하지만 대소는 가타부타 말을 하지 않았다. 이것이 누구의 머리에서 나왔는지 궁금했다. 모을의 계책이라면 아무리 다급한 순간이라도 주의를 기울여야 했다.

"당연히 모을 형님이 세운 전략입니다."

자칫하다가는 부여성을 점령한 모을이 배반할지도 모른다는 생각이 들었다. 그렇게 된다면 그가 어부지리(漁父之利)를 누릴 수도 있는 것이다.

"자네들이 먼저 일어나서 추모를 공격하게. 그러면 내가 뒤에서 저들을 공격할 것이니."

대소는 역 제안을 했다.

"그렇게 전하겠습니다."

모경은 아무런 망설임도 없이 순순히 대소의 제안에 응했다. 대소는 좀 머쓱한 느낌이 들었지만 이런 일에서는 절대 양보해서는 안 된다며 마음을 모질게 먹었다.

재사 일행이 궁궐을 떠난 뒤 추모를 제어할 수 있는 사람은 아무도 없었다. 그는 금와왕을 대신하여 궁궐 안의 일을 책임졌다. 하지만 그가 하는 일이라고는 거의 없었다. 대부분 협보가 알아서 했고 근위대의 일은 오이가, 외곽 경비는 마리가 맡아서 했다. 하는 일이라고는 오전과 오후에 한 번 궁궐 안을 돌아보는 일이 전부였다. 그리고는 아내가 기다리고 있는 방으로 쏙 들어갔다. 혈육의 정에 굶주린 그는 결혼한 지 육 개월이 지나도록 예씨의 품에서 아직도 벗어나지 못했다. 하지만 예씨는 달랐다. 그녀는 오빠인 오이로부터 추모의 행동에 대한 염려를 들었기 때문이었다.

"서방님, 우리 이제 따로 방을 써야겠습니다."

예씨는 어느 날 아직 어두워지기도 전에 방으로 되돌아온 추모에게 뜻밖의 제안을 했다.

"그게 무슨 말이오?"

"아무래도 저 때문에 대의를 저버리실 것 같아서 그렇습니다."

"대의를 저버리다뇨?"

"대왕께서 서방님에게 왕위를 물려주시려는 이유가 무엇인지 한 번 생각해 보십시오."

예씨는 대의를 내세우며 나태한 생활을 하고 있는 추모를 꾸짖었다.

"예맥의 통일을 이루어야 하실 분이 지금 어떤 생활을 하고 계신 지 한 번 생각해 보십시오. 대소를 쫓아낸 것으로 모든 것을 다 이루신 듯 하고 계시지 않습니까? 아무래도 그 원인이 저인 듯해서 제가 당분간 은 서방님과 떨어져 있어야겠습니다. 더군다나 이제 뱃속의 아이도 오래지 않아 태어날 것도 같아 애를 낳을 때까지라도 친정집에 가 있 겠습니다."

예씨는 요즘의 무기력해 보이는 추모의 행동이 마치 자신으로 인한 것인 듯 괴로워하며 당분간 떨어져 생활하기를 강력히 원했다. 하지 만 추모는 달랐다.

"그 부분은 염려하지 않아도 되오. 나도 정탐꾼들을 풀어 대소의 소 식을 다 듣고 있소. 대소도 아무 하는 일 없이 시간을 보낸다고 하오. 그러니 나도 마음껏 신혼을 즐길 수 있는 것이오. 그리고 이런 안식도 오래가지 않을 것이오. 내년부터는 군사들을 훈련시켜 예맥의 다른 지역에 대한 공격을 시작할 것이오. 나도 다 생각이 있는 것이니 아무 염려 말고 이 곳에 그냥 있으시오."

추모는 태어나서 처음으로 맞이하는 행복을 깨뜨리고 싶지가 않았다. 더구나 그녀가 자신의 아이를 임신한 상태에서 그녀를 곁에 두지 못하는 것도 불만이었다. 그는 결혼하면서 아들이 생기면 항상 그의 곁에 있어야겠다고 다짐을 했었기 때문이다. 하지만 예씨는 주장을 굽히지 않았다. 그녀도 아버지로부터 자신의 결혼이 무엇을 의미하는지 들어서 알고 있었던 것이다. 추모는 그녀의 귀향을 막기 위해 오이를 찾아 그녀를 설득하기를 바랐지만 그녀의 생각이 옳다며 오히려 추모를 설득하려 했다.

"지금은 우리가 이렇게 손을 놓고 있을 때가 아닐세. 언제 대소가 공격할지 모르네."

오이는 추모의 정체를 인정하긴 했지만 여전히 동무로 대했다. 그래서 그는 거리낌 없이 추모에 대해 충고했다. 귀찮아진 추모는 발길을 돌릴 수밖에 없었다.

결국 예씨는 점점 불러오는 배를 안고 옥지 마을로 돌아갔다. 아내를 처갓집으로 보낸 추모의 마음은 너무 허전했다. 한동안 멍한 사람처럼 궁궐 안을 배회할 뿐 도무지 갈피를 잡지 못하는 듯 했다. 이런 추모를 그냥 내버려 두지 않은 사람이 오이였다. 어릴 때부터 함께 자란 그는 마리나 협보보다는 더 그를 편하게 대할 수 있었던 것이다.

"자네가 이렇게 갈피를 잡지 못하면 나와 마리 그리고 협보는 어떻게 되는가? 우리라고 가족이 안 보고 싶을 줄 아는가? 지금 이 상황에서 제대로 대처하지 못한다면 우리의 소망을 한 번 펼쳐 보지도 못하고 다 죽게 돼."

그는 추모를 질책 한 후에 그가 직접 현안을 챙기게 했다. 하지만 추모의 태도는 별로 변하지 않은 듯 했다. 그는 목표 의식을 잃은 사람처럼 행동하더니 급기야는 옥지 마을로 내려갔다. 하지만 그곳에서 그는 오래 머무르지 못하고 예씨에게 쫓겨 다시 궁궐로 되돌아오고 말았다. 이렇게 한 달이라는 시간을 보냈다.

시간은 추모의 편이 아니었다. 그가 아무 하는 일 없이 하루하루를 보내는 동안 대소는 반격할 준비를 다 끝냈다. 그는 막내 동생이 다녀간 뒤 동생 모갑을 작은 마씨부인의 소생인 모병에게 보내 은밀히 군사를 모을 것을 지시했다. 오래지 않아 그는 마가에서만 오천의 병력을 준비시킬 수 있었다. 그가 이렇게 병사를 모을 때까지 추모는 아무런 눈치를 채지 못했다.

협보는 자신의 부하들을 이끌고 이곳으로 들어온 이후 바쁜 나날을 보냈다. 대소의 기습에 대비하여 추모를 지켜냈고 대소가 궁궐에서 쫓겨난 후에는 추모를 대신하여 궁궐 안의 대소사를 사실상 혼자서 다 처리했다.

협보가 머나먼 이국땅인 이곳까지 오게 된 것은 원대한 꿈이 있었기 때문이다. 아버지의 죽음 이후 삼촌에게 쫓겨난 그는 삶을 포기하려 했다. 스스로 포기하지 않아도 혼자 힘으로 살아갈 자신이 없었다. 그런 그를 거둬들인 사람이 묵거 선비였다. 우연히 산속에서 만난 그는 자신에게 안식처를 제공했고 무술을 가르쳤고 또 원대한 야망을 심어주었다. 물론 그 첫 째가 삼촌에게 빼앗긴 양맥을 되찾는 일이긴 했지만 그것 말고도 그가 꿈꿀 만한 많은 이상을 제시해 주었다. 예맥조선의 통일이라는 원대한 꿈. 그리고 나아가 위만조선의 땅을 차지

한 한나라군을 몰아내고 다시 조선의 땅을 찾아 새로운 조선을 건국하려는 원대한 꿈. 이를 위해 그는 먼 이곳까지 온 것이다. 물론 그 중심에는 단군의 순수한 혈통인 아리씨의 피를 이어받은 자가 있어야 한다고 믿었다. 그래서 그는 아리씨의 등장을 기다리며 산 속 생활을 마다하지 않았다. 그러다 우연히 한 사냥꾼을 만나게 되었고, 너무나 활을 잘 쏴 감탄을 금치 못했던 그가 아리씨라는 말을 듣고 협보는 그를 따르기로 결심했다.

대소를 몰아내고 왕위 계승자가 되었을 때만 해도 모든 것은 순탄한 것처럼 보였다. 하지만 여자에게서 헤어나지 못하는 추모의 모습을 보며 점점 실망감을 느꼈다. 예맥족을 통일하기 위해서는 옥저와 동예는 물론 대수맥과 소수맥의 수십 개 나라를 정복해야한다. 그 정복전을 위한 준비를 해 나가야 하는데 그는 아까운 날들을 그냥 흘려보내고 있는 것이다. 묵거선비의 말을 믿긴 하지만 추모가 진짜 아리씨의 적통인지 의심이 들 정도였다. 하지만 일단은 기다리기로 했다. 좀 더 상황을 지켜보며 이곳에 계속 남을 것인지 아니면 양맥을 되찾기 위해 다시 산속으로 들어가야 할지를 정하기로 했다.

대소를 감시하기 위해 보낸 첩자들로부터 소식이 이어졌다. 대소는 마치 모든 일을 다 잊은 사람처럼 말만 탈 뿐 다른 일은 하지 않는다고 말했다. 형제들과의 만남도 없다고 했다. 아무런 특이한 상황을 발견하지 못하고 지내는 동안 첩자들의 발길도 뜸해지면서 대소에 대한 경계는 풀어졌다. 그럴 때마다 재사가 떠나면서 특별히 자신을 불러 한 말을 떠올리며 경계를 늦추지 않았다. '우리는 해야 할 일이 있기에 떠나가네만 이제부터 자네가 우리를 대신하게. 아무래도 자네가 세상 경험이 제일 많으니 추모 공자님을 잘 이끌어주게. 그리고 대소는 분명히 군사를 일으켜 부여성을 공격할 것이니 경계를 늦추지 말게.' 그래서 그는 일곱 왕자가 거처하는 곳에 첩자를 파견했었다. 하지만 오래지 않아 대소를 제외한 나머지 지역에서는 첩자의 수를 확 줄였다. 몇 달이 지나도록 특별한 움직임을 발견하지 못한 것이다.

추수가 끝났다. 일 년 동안 적절한 비와 때로는 강하게 때로는 약하게 햇볕을 내려준 하늘에 감사하는 맞이굿을 치러야했다. 협보는 추모가 왕위 계승자가 된 이후 처음 맞이하는 제천의식이었기에 제법 성대하게 행사를 치러야겠다는 생각을 했다. 참모들을 모아 좋은 의견들을 구했다. 그때 나온 의견이 사냥대회를 개최하는 것이었다. 예맥의 통일을 위해서는 강한 군대가 필요한데 지금처럼 우가만 중심이 되어서는 불가능하다고 판단한 협보가 능력은 있으나 부족적 한계 때문에 혹은 신분적 제약으로 인해 술을 마시며 한탄하는 인재들을 뽑기 위한 목적으로 사냥대회 개최를 주장한 것이다. 통일 전쟁을 벌이기 위해서는 부여족 내에서 탄탄한 지지를 받아야 하며 이를 위해서는 기득권층이 아닌 새로운 지지 기반을 만들어야 하며 그것을 위한 제일 좋은 방법이 사냥대회라 판단한 것이다.

"이번에 좋은 인재들을 많이 뽑아 그들을 중심으로 군체제를 개편해야 합니다. 지금 부여는 사실상 각 나부의 대가들의 도움 없이는 군대를 동원하기 힘든 구조입니다. 이를 개선하기 위해서는 대왕이 직접 지휘하는 강한 군대를 많이 보유해야 합니다. 그래야만 나부군을 제압할 수 있고 앞으로의 위업도 달성할 수 있습니다."

협보는 오이와 마리와는 달리 추모에게 반말을 하지 않았다. 그는 지도자를 높여야만 위상이 선다며 추모를 깍듯이 공대했다.

협보의 제안에 추모는 매우 긍정적이었다. 왕위 계승자가 되긴 했지만 지지 기반이 전혀 없는 그나마 자신의 지지 기반이 되는 오이와 마리의 눈치마저 보였기에 운신하기가 무척 어려웠던 것이다. 그는 금와왕을 찾아가 자신들의 의견을 말하고 재가(裁可)를 구했다. 금와왕은 긍정적으로 생각하여 적극 협조하기로 약속했다.

금와왕의 옥새가 찍힌 공고문이 한자와 국문[20]으로 각 부락의 추장들에게 전달되었다. 이 대회에서 우수한 성적을 낸 자를 앞으로 등용하여 새로운 왕과 함께 새로운 부여를 만들어 갈 것이라는 말도 함께 전했다.

추모가 갑자기 활기를 찾기 시작했다. 다시 말을 달리고 활을 쏘며 사냥도 다니기 시작했다. 이를 계기로 자신의 세력을 형성해 나갈 수 있다는 생각이 든 것이다. 사실 그동안 그가 할 수 있는 일은 예씨를 사랑하는 일밖에 없었다. 오이와 마리가 자신들의 부족을 이끌고 자신의 일을 대신 하긴 했지만 그들은 오이와 마리의 지시를 받는 그들의 군사였다. 부여성 외곽을 지키는 병사들도 금와왕의 병사였지 자신의 병사는 아니었다. 이것이 그를 위축되게 만드는 요인이었다. 아

---

20) 한글이 세종대왕 이전에도 존재했다는 증거는 많이 있다. 가림토 문자 뿐 아니라 일본의 상대문자 등 세종대왕은 이전에 존재하였지만 일부 계층(특히 선인들 사이에서 많이 쓰였다.)에 쓰이던 글자를 알기 쉽고 사용하기 편하게 다시 재 창제했다는 설이 유력하다. 「훈민정음 언해본」의 글자가 108자이며 이를 설명한 한자도 108자의 절반인 54자인 것은 많은 것을 상징한다고 볼 수 있다. 이글에서는 고조선에서는 표음문자인 가림토 문자와 표의 문자인 한자가 공존한 사회로 가정하였다.

버지 해모수가 혈통을 물려주고 사람을 많이 보내 주었지만 그들은 다 부족장 출신으로 자신의 군대를 거느린 사람들이었던 것이다.

사냥대회 소식은 대소에게도 전해졌다. 문득 이것이 계기가 될 수 있다는 생각이 든 그는 은밀히 동복의 두 동생들을 불러 대책을 논의했다. 사냥대회에 자신의 군대를 사냥꾼으로 위장하여 부여성 안으로 침투시키면 좋겠다는 생각에는 합의했지만 이미 마가는 저들의 감시 속에 들어 있기 때문에 불가능했다. 이 기회를 꼭 이용해야만 되겠는데 마땅한 방법이 떠오르지 않았다. 아무래도 모을을 불러 의논해야 할 것 같았다. 하지만 그도 감시가 있기 때문에 이곳으로 나들이하기는 쉽지 않을 것 같았다.

때마침 모경이 다시 찾아왔다. 아무래도 부여사회에서 가장 약하고 소수인 구가에 대한 경계는 소홀했기에 그가 연락책으로 나다니는 깃이 가장 안전했다. 물론 그가 이곳으로 올 때는 사냥꾼으로 위장하여 아무도 그의 정체를 알아채지 못했다. 사냥꾼들이 좋은 가죽과 고기를 들고 추장을 찾는 일은 흔한 일이었기에 그를 의심하는 사람은 별로 없었다.

"이번 사냥대회를 거사일로 잡자는 모을 형님의 전갈입니다. 이쪽에서 적절한 기회를 엿보고 있었는데 때마침 저쪽에서 좋은 기회를 마련해 주었다며 모을 형님은 아주 좋아하였습니다."

"나도 그 생각은 하고 있던 중이었는데 마침 잘 되었다. 어떤 구체적인 방법이 있는 지 한 번 말해보아라."

"제가 사냥꾼으로 위장하여 구가와 저가 등 그동안 부여 사회에서 소외받았던 부족의 젊은이들을 이끌고 사냥대회에 참석하여 부여성

안으로 잠입한 후 사냥이 끝날 때쯤 저들을 공격할 것입니다. 대소 형님과 모을 형님께서는 그사이 군사들을 부여성 인근으로 이동하여 숨겨놓았다가 성문을 장악한 후에 곧바로 공격하십시오. 그러면 손쉽게 추모를 몰아낼 수 있을 것입니다."

대소는 모을의 생각이 지금 상황에서 딱 들어맞는 계책이라 생각했다. 이 정도면 충분히 성공할 수 있을 것이라 판단했다.

"수고했다. 내 그대로 할 것이니 혹시 변동 상황이 있으면 다시 연락해라."

"사냥대회가 열리기까지는 저들이 눈치 채지 못하게 하셔야 한다는 당부도 했습니다. 군사를 모으거나 갑자기 다른 마을로 나들이를 가신다거나 하는 것을 삼갔으면 한다고 말했습니다."

말은 옳았지만 어쩐지 자신이 모을의 꼭두각시가 된 느낌이었다. 점점 모을이 거대한 모습으로 다가왔다. 하지만 지금은 그것을 따질 때가 아니었다. 일단은 권력을 되찾는 것이 중요했다. 다행히 그도 지금은 이 일에만 충실할 수밖에 없기에 그의 배신은 걱정하지 않아도 된다는 생각이었다.

"보안이 제일 중요한 것 같습니다. 별다른 연락이 없으면 지금 말씀드린 그대로 실행할 것이라 하셨으니 중간에 사람을 보내지 않으시는 것이 좋겠습니다."

"알았네."

"그럼 사냥대회 때 다시 뵙겠습니다."

모경은 다른 사냥꾼들처럼 오래 머무르지 않고 곧바로 떠나갔다. 모경이 떠난 뒤에 두 동생이 궁금해 했지만 그냥 안부인사차 들렀다는 말 외는 아무 말도 하지 않았다. 시간이 가지 않는 듯 했다. 대소는 초조한 마음을 감추기 위해 이전보다 더 열심히 말을 타고 활을 쏘며 시간을 보냈다.

드디어 결전의 날이 다가왔다. 대소는 전날 밤 두 동생들을 불러 비로소 모경이 전한 전략을 말했다. 두 동생은 섭섭한 생각이 들긴 했지만 보안유지를 위해서는 어쩔 수 없다는 생각을 했다.

"모갑은 오늘 밤 안으로 작은 어머니를 찾아가 모병과 모수에게 이 말을 전하고 내일 아침까지 군사를 이곳으로 보내 달라고 말해라. 모정은 마가족 마을을 돌아다니며 추장들에게 내일 군사들을 동원하여 이곳으로 집결시키라 전해라."

대소의 외삼촌이 마가족 대가였기에 외삼촌의 말은 이곳에서는 법이었다. 그는 외삼촌의 권위를 빌려 마가족을 동원하려는 것이다. 다만 마가는 송화강의 지류인 이통하를 마주보고 두 지역으로 나누어졌는데 강 건너편은 소규모이긴 했지만 독자적 세력을 형성하고 있었다. 그곳 출신이 작은 마씨였다. 그곳에 모갑을 보내 군대 동원을 부탁한 것이다. 마가족 전체를 동원하면 오천 명의 군사를 모을 수 있었다. 이는 대규모였다. 부여 사회에서 이와 비슷한 군사를 동원할 수 있는 부족은 오직 우가밖에 없었다.

결전의 날이 밝았다. 대소는 아침 일찍 일어나 외가이긴 했지만 사당을 찾아 정한수를 떠 놓고 자신의 출정을 알림과 동시에 성공을 기원하는 재를 올렸다. 그리고는 아내와 아들과 함께 이른 아침을 먹었다.

"아들아, 아버지는 오늘 중대한 일을 한다. 군사를 이끌고 부여성으로 들어간다. 물론 그럴 일은 없겠지만 혹시 아버지에게 무슨 잘못된 일이 일어나면 네가 어머니를 잘 모셔야한다. 할아버지 말씀 잘 듣고."

그는 아침을 다 먹고 난 뒤 장남에게 뒷일을 맡겼다. 아직 어리긴 했지만 그래도 자신의 제사를 지내 줄 사람이 그였기에 혹시 있을 지도 모르는 일을 경계했다. 남편이 지금 어떤 일을 하고 있는지 알고 있는 아내는 남편의 갑옷을 손수 입히고 가죽 전대에 검을 꽂으며 무사 귀환을 당부했다.

"염려 마시오. 내 반드시 후계자의 자리를 다시 찾을 테니."

대소는 식구들과 작별을 고한 뒤 마을의 넓은 공터로 나섰다. 공터엔 아직 군사들의 모습이 보이지 않았다. 외삼촌이 이끄는 마을의 군사들만 바쁘게 움직이고 있었다. 내심 걱정되었다. 이미 출사표는 던졌는데 군사들이 모이지 않으면 모든 것이 다 헛수고였다.

늦가을의 아침 햇살이 드디어 뒷산으로부터 솟아오를 무렵, 마을 공터를 향해 몰려드는 무리들이 보이기 시작했다. 오래지 않아 마을 공터는 마가족 군사들로 꽉 찼다. 이들은 우가족의 지지를 받는 추모가 마가족의 대소를 몰아내고 왕위를 뺏었다고 흥분했다. 예전부터 마가족과 우가족은 경쟁의식이 있었는데 요 근래 이십 년 동안은 우가족이 마가족의 적수가 되지 못한다고 생각했다. 그런데 우가족이 갑자기 마가족을 몰아내고 왕위를 뺏었다며 흥분하는 것이다. 이들은 추모가 우가족 출신인 것으로 알고 있었다. 이들의 경쟁의식을 불러 일으키기 위해 대소가 일부러 헛소문을 퍼뜨린 것이다.

"오늘 드디어 우리는 우리 마가족의 권위와 명예를 되찾기 위해 부여성을 공격합니다. 저들 우가족과 추모는 우리의 명예를 송두리째 뺏어 가고 또 우리를 내쫓은 무리들입니다. 마가족을 우습게 아는 저들에게 본때를 보여줘 마가족의 우월성을 되찾읍시다. 부여는 우리 마가족이 세운 나라입니다."

대소는 부족 간의 경쟁의식을 자극하여 군사들의 사기를 높인 후 부여성을 향해 진군하기 시작했다. 한나절이면 부여성까지 갈 수 있었다.

4. 물의 신 하백河伯의 외손外孫

사냥대회가 열리기 하루 전 성대한 맞이굿이 열렸다. 부여성 안의
백성들은 물론이고 사냥대회에 참석하기 위해 전국에서 몰려든 장정
들이 성 안에 가득 차 그 어느 때보다 흥성한 제사를 지낼 수 있었다.
백라관을 쓰고 제사를 집정한 금와는 하늘에 자신의 후계자를 정하였
음을 알리고 올해 농사가 풍년이 들었음을 감사했다. 성안의 백성들
은 그 어느 해보다 더 풍성하게 차려진 음식과 술을 먹으며 밤새 춤을
추며 흥겹게 놀았다.

곳곳에 켜 놓았던 모닥불이 사위어지고 어둔 밤을 비추던 달마저
스러질 무렵이 되어서야 성중의 사람들은 비로소 집으로 돌아갔다.
그들은 오래 잠들지 못하고 금방 다시 집밖으로 나올 것이다. 사냥대
회가 그 어느 때보다 화려한 개회식을 거행하기 때문이었다. 물론 사
냥대회에 참석할 장정들은 그 이전에 들판 곳곳에 타탕을 치고 일찍

잠자리에 들었다.

새로운 아침이 밝았다. 매일 반복되는 삶이고 매일 이 시간이면 뜨는 해지만 추모에게 오늘은 별다른 날이었다. 오늘 이후로 비로소 자신의 군대를 가질 수 있었기 때문이다. 그는 아침 일찍 동궁에 마련된 사당에 들어가 재를 올린 다음 깨끗한 비단 옷으로 갈아입은 후 금와왕을 모시고 대회가 열리는 궁궐 사냥터로 향했다.

대회가 시작되기 전이었는데도 많은 참가자들이 활을 지닌 채 대회장 근처에 몰려 있었다. 마침내 북이 울리고 대회가 시작됨을 알렸다. 참가자들은 정렬하여 금와왕과 추모의 연설을 들어야 했다.

"이제는 우리 부여가 새로운 도약을 해야 할 순간이 왔다. 예맥조선을 통일하고 한나라에게 빼앗긴 조선 땅 전체를 되찾는 거대한 발걸음을 내디뎌야 한다. 오늘이 바로 그 출발점이다. 나는 오늘 이 대회에서 우수한 성적을 거둔 무사들을 이 위업을 이루는 선봉으로 내세울 것이다. 물론 부족도 신분도 따지지 않을 것이다. 최선을 다해 주기 바란다."

추모는 왕위 계승자로서 처음으로 대중 앞에 서서 연설을 했다. 생각보다는 훨씬 만족스러운 연설이었다.

또 다시 북이 울리고 대회의 시작을 알렸다. 참가자들에게 열 대의 화살을 나눠 준 후 사냥터로 출발시켰다. 시간은 일 년 전과 마찬가지로 신시까지였다. 힘찬 함성과 함께 장정들은 사냥터로 말을 달렸다.

협보는 마리에게 혹시 있을지도 모르는 소요에 대비하여 성 주변의 경계를 강화하도록 지시했다. 또한 첩자들에게는 마가족의 움직임에 대해서 철저한 감시를 지시했다. 대회 전날까지도 아무런 변화가 없다는 대답이었다. 오후가 되자 갑자기 급보가 들어오기 시작했다. 마가족에 동원령이 떨어지고 약 오천을 헤아리는 대군이 마가촌에 집결했다는 것이다. 곧이어 마가의 군대가 부여성을 향해 출발했다는 급보였다.

'반란이다.'

아침에 출발한 첩자가 지금 도착했다면 마가군이 벌써 부여성 근처에 당도했다는 말이었다. 그는 곧바로 추모를 찾은 후 대소가 반란을 일으켰음을 알렸다. 반란소식을 접한 추모의 머리에 제일 먼저 떠오른 사람은 재사였다. 오늘과 같은 상황을 막기 위해 여러 번 마가족 기습을 주장하던 그의 말은 한 동안 그의 뇌리를 떠나지 않았다. 지금은 후회할 시간도 없었다. 다급해진 그는 마리와 오이를 급히 불러들여 대책을 논의하기 시작했다.

외곽의 경비병들을 급히 성안으로 불러들이고 근위대를 금와왕과 추모 근처로 집결시키게 했다. 문제는 사냥대회였다. 이는 다음 기회로 연기할 수밖에 없는 상황이었다. 대신 사냥대회에 참가한 이들을 이번 전투에 투입시키기로 결정했다.

급히 북을 울려 사냥대회의 종료를 알렸다. 오래지 않아 영문을 알지 못하는 장정들이 사냥한 수확물을 들고 나타났다. 그런데 금와왕과 추모의 주위에 완전 무장한 근위대들이 바삐 오가는 것으로 보아 뭔가 심상치 않은 일이 벌어지고 있다는 것을 쉽게 눈치 챌 수 있었다.

"정렬하라! 정렬하라!"

근위대장 오이는 사냥터에서 돌아오는 장정들을 정렬시켰다. 이들이 정렬하기를 기다려 추모는 단상에 올라 사태의 심각성을 알렸다.

"반란이 일어났다. 그래서 사냥 대회는 다음 기회로 미룬다. 대신 여러분들은 나를 도와 반란군을 진압해 주어야겠다. 대신 이번 반란 군 진압에 공이 큰 자는 내가 곧바로 발탁하여 나라의 중요한 자리를 맡기겠다."

송화강 지류인 이통하에 위치한 부여성은 남쪽으로는 이통하를 해 자로 삼고 동과 서 그리고 북쪽에 문을 낸, 토성으로 둘러싸인 성읍이 었다. 추모는 병력을 삼분하여 오이와 마리 그리고 협보에게 한 지역 씩을 맡겼다. 하지만 동쪽 문에 보다 많은 병력을 배치하여 협보에게 맡겼다. 대소의 마가군이 위치한 쪽이 동쪽이기 때문이었다. 추모의 참모들 중에서 그나마 전투 경험이 가장 많은 자는 협보였다. 그는 전 략에 능하였으며 나이도 제일 많았다. 추모는 협보를 도원수로 삼고 지휘를 그에게 맡겼다.

신시기 다 되어 갈 무렵 과연 파란 가을 하늘에 황운(黃雲)을 일으 키며 대소가 나타났다. 족히 오천은 되어 보이는 병력을 이끌고 나타 났다. 부여성을 지키는 병력은 경비병과 근위대 그리고 사냥대회에 참가한 장정들까지 다 합쳐도 이천이 채 되지 않았다. 성읍 백성들을 다 동원하여도 오천 명이 겨우 될까 말까한 인원이었다. 협보는 이미 성읍 백성들도 다 동원시킨 상태였다.

대소는 병력을 동문에 집중 시킨 후, 이른 저녁을 먹었다. 오늘은 접 전을 벌이지 않을 심산이었다. 협보는 병력이 결코 많지 않은 상태에 서 공세를 취한다는 것은 위험하다며 당분간 성읍에서 수비전략을 펼 치다가 기회를 엿보아 저들을 기습하는 전략을 세웠다. 추모와 마리 도 이에 동의했다. 오이는 당장 오늘밤 저들을 기습하여 일단 기선을 제압한 후에 수비전략을 구사하자 했다. 하지만 아직 적진을 제대로 분석하지 못한 상태라 좀 더 시간을 두고 보자는 협보의 의견을 따르기로 했다.

최근 이십여 년 동안 동부여는 큰 전쟁이 없었기 때문에 전쟁 경험이 없는 이들로서는 성급히 서두르기보다는 좀 더 관망하며 전투에 익숙해지기를 기다리는 것이 나을 것 같다는 판단이 선 것이다. 과연 예측대로 대소는 먼 길을 오느라 피곤한 듯 야영준비에 들어갔다. 오늘은 무사히 넘어 갈 것 같았다. 날이 어두워지기 시작했다. 가볍게 식사를 마친 추모는 협보와 함께 성안을 순찰했다. 사냥대회에 참석한 젊은 장정들이 믿음직스럽게 성곽을 지키고 있었다.

"식사는 하였는가?"

"예, 맛있게 먹었습니다."

아주 씩씩한 모습이었다. 추모는 이들의 태도에 만족한 듯 흡족한 미소를 짓고 다른 곳으로 막 발길을 돌리려 했다. 그 순간 서쪽을 지키던 오이로부터 급한 전갈이 왔다.

"큰일 났습니다. 모을이 군사를 이끌고 나타났습니다."

"뭐라고 모을이! 군사는 얼마나 되느냐?"

"약 삼천 명 가량 추산됩니다."

보고를 받는 순간 협보가 당황한 표정을 지었다. 대소와 모을이 연합할 기미는 전혀 보이지 않았던 것이다. 이들 둘을 상대로는 승산이 없다고 판단한 듯 했다. 갑자기 난감한 표정을 짓는 협보의 모습을 보며 추모는 사태의 심각성을 느끼기 시작했다. 그렇다고 마땅한 대책이 떠오르는 것도 아니었다. 군사들의 용맹성에 의지하여 그냥 일단

한 번 싸워 보고 버티는 데까지 버텨 봐야겠다는 생각 밖에 나지 않았다.

병사들의 사기를 높여주기 위해 병사들을 살피던 추모의 눈에 한 명의 낯익은 병사가 눈에 띠었다. 허름한 사냥복을 입고 있긴 했지만 그는 분명 낯익은 얼굴이었다.

"자네는 어디선가 본 듯한 얼굴인데……."

추모는 상대의 얼굴을 유심히 쳐다보다 갑자기 말꼬리를 감추었다. 일곱 왕자 중 막내인 구가족 출신의 모경이 분명했다.

"너는 모경이 아니냐?"

"그렇다, 나는 모경이다. 오늘이 네 놈의 제삿날인 줄 알아라."

갑자기 모경이 자신의 정체를 밝히며 칼을 빼들었다. 동시에 곁에 있는 십 수 명의 사냥꾼 차림의 그의 심복들도 칼을 빼 들고 추모에게 달려들었다. 추모는 오직 협보와 함께 두 명의 근위병만 거느린 채 순찰 중이었으므로 순식간에 이들에게 둘러싸이고 말았다. 활을 빼기에는 너무 가까운 거리였다. 추모는 검을 뺐다. 협보도 거의 비슷한 시간을 두고 칼을 빼 들었다.

"후후후, 너 같은 촌놈이 칼을 빼 들면 어쩌겠다는 것이냐?"

모경이 조소어린 얼굴빛으로 비아냥거렸다.

"……."

추모는 긴장한 채 아무 말노 하지 않았다.

"애들아 인정사정 봐주지 말고 공격하라. 죽여도 좋다."

모경의 명령이 떨어졌다.

십 수 명의 하수인들이 동시에 공격해 들어왔다. 모경은 단 한 번의 공격으로 이들을 저승길로 보낼 수 있다고 생각했다. 그런데 아니었다. 공격 신호와 함께 먼저 움직인 쪽은 추모였다. 그리고 나자빠진 것은 추모가 아니라 자신의 부하들이었다. 그가 활을 잘 쏘는 것은 이전에도 알고 있었지만 검술을 배웠다는 것은 알지 못했다. 그래서 그를 가볍게 보고 무심코 공격해 들어간 부하들이 순식간에 당한 것이다. 놀라기는 협보도 마찬가지였다. 그는 모경을 알아 본 순간 완전히 당했다는 생각을 했다. 추모는 검술을 배우지 않았기에 결국 자신과 근위병들이 이들을 상대해야 한다고 생각했다. 자신의 검술이 아무리 뛰어나도 수적 열세 때문에 목숨을 부지한다는 장담도 할 수가 없었다. 그런데 그의 검술이 십 수 명을 상대로도 전혀 밀리지 않을 줄을 상상도 하지 못 했다. 묵거 선비에게 활을 배웠다는 말을 들었지만 검술까지 익혔다는 말은 듣지 못했기 때문이다. 십 수 명을 상대하고서도 추모는 전혀 밀리지 않았다. 그는 수세를 취하기보다는 공세를 취하며 상대가 공격할 틈을 주지 않았다. 자신이 계획한 품새대로 칼을 휘두르자 한 번 휘두를 때마다 한 사람씩 나가 떨어졌다. 협보가 미처 싸움판에 끼어들기도 전에 벌써 승부가 나고 말았다. 시끄러운 소리를 듣고 근처에 있던 근위병들이 합세하자 모경의 하수인들이 절로 뒤로 물러선 것이다.

이제 칼자루를 쥔 쪽은 추모 진영이었다.

"모조리 다 죽여라."

추모는 매우 강경한 태도를 취했다. 이것은 일종의 서전이었다. 서전을 잘 치러야 군사들의 사기가 높아질 것이었다. 이들을 목 베고 성문에 매달아 놓아 군사들의 이탈을 막고 또 이 쪽의 위엄을 보여줘야

했기 때문이다. 이미 총사령관의 검술을 구경한 근위대는 추모의 명령에 신속하게 움직이기 시작했다. 모경은 순식간에 위기에 몰려 언제 목이 날아갈지 모르는 상황에 처했다.

협보는 상황이 안정 되자 급히 사람을 시켜 오이와 마리를 불러 오게 하는 한편 성문이 있는 곳으로 발길을 돌렸다. 성안에 내통자가 있다면 성문이 이미 열렸을지도 모른다는 생각이었다. 마가만 경계하고 저가와 구가를 경계하지 않은 것이 큰 실수였다. 저들이 대소와 연결되어 있을 줄은 몰랐다. 작년 이맘 때 있었던 국중대회에서 있었던 일을 떠올리며 추모는 대소와 모을이 매우 사이가 좋지 않다는 이야기를 했는데 이를 너무 믿었던 것이 화근이었다. 모경이 위장하여 사냥대회에 참석했다면 구가와 저가도 가담했다는 말이 된다. 그러면 오늘 사냥대회에 참석한 자들을 믿을 수가 없었다. 이들을 격리 수용해야만 했다.

“성문이 열렸다. 적이 공격해 온다.”

그러나 그가 몇 발자국을 채 움직이기도 전에 다급한 목소리가 성중에 퍼지기 시작했다. 이어서 성 안이 떠나갈 듯한 요란한 함성이 들리기 시작했다. 협보는 다시 발길을 추모에게로 돌렸다.

추모도 적이 내습했다는 소식을 듣고 어쩔 줄 몰라 당황해하고 있었다.

“대소와 모을의 마가아 저가뿐 아니라 구가까지 다 가담한 것 같습니다. 오늘 사냥대회에 참석한 자들 중 많은 자들이 저들과 한 패인 것 같습니다. 성문도 저들이 열어 준 것 같고.”

협보가 재빨리 상황을 분석했다.

“그러면 어쩌면 좋소.”

“더 이상 여기에 머무는 것은 어리석은 짓입니다. 도망가서 후일을 기약하는 것이 가장 상책입니다.”

“그래야겠죠?”

추모도 도망가는 것 외는 다른 방법이 없다고 생각했다. 때마침 오이와 마리도 달려왔다. 협보는 상황을 설명한 뒤에 어서 부여성을 빠져나가야 한다고 말했다.

“다행히 날이 어두워지기 때문에 적들은 멀리까지 추적해 오지는 못할 것입니다. 얼른 성을 빠져나갑시다.”

“어머니는 어떻게 합니까?”

추모는 궁궐에 남아 있는 어머니가 걱정되었다. 다행히 아내는 우가 마을에 있기에 안심이었다.

“저들이 금와왕에게는 함부로 할 수 없을 것입니다. 따라서 우리가 저들에게 해악을 끼치지 않은 이상 금와왕을 봐서라도 부인을 살해하지는 않을 것입니다. 아마도 유폐를 시키는 정도일 것입니다. 지금은 목숨을 부지하기도 쉽지 않은 상황이니 얼른 이곳을 빠져나갑시다.”

“어디로 갈 것입니까?”

“일단은 우가족 마을로 들어갔다가 그들의 도움을 받으며 대수맥이나 소수맥지역으로 피신해야 합니다.”

협보는 위기 상황 속에서도 침착하게 상황을 판단했다.

“군사들을 한 곳에 모아야합니다. 가까운 성문을 통해 성을 빠져나간 후 남쪽으로 집결하여 함께 이동합시다. 자 서두릅시다.”

협보는 침착하게 지휘했다. 맏형다운 면모였다.

"성을 빠져나간다. 성문을 빠져나간다. 군사들은 날 따르라."

추모는 곧바로 말에 올라 칼을 빼 든 후에 크게 외치며 군사들을 끌어 모은 후에 성문을 빠져나갔다. 활을 빼들 시간을 갖지 못한 추모는 한 손에 말고삐를 잡고 또 한 손에는 앞장서서 칼을 휘두르며, 달려드는 적을 베고 활로를 뚫었다. 마리와 협보도 추모의 뒤에 바싹 붙으며 힘을 보탰다. 다행히 날이 어두워져 활로는 쉽게 뚫렸다.

성을 빠져나온 추모는 무작정 남쪽으로 말을 몰았다.

한편, 대소는 계획대로 성문이 열리자 곧바로 성 안으로 진격했다. 때맞추어 모을도 서문을 통해 성안으로 들어왔다. 날이 어두워지는 것이 다소 마음에 걸렸지만 크게 염려할 바는 아니었다. 대소가 성안에 들어오자 처음에는 제법 저항을 하는 것 같더니 오래지 않아 원래 자신의 부하였던 경비병들은 곧바로 항복했다. 이들은 이 성의 주인이 응당 대소여야 한다는 듯 곧바로 저항을 포기한 것이다. 근위병들도 마찬가지였다. 대부분의 근위병들은 속속 귀순해왔다. 대소는 기쁜 마음으로 이들을 용서했다. 사실 이들은 명령에 따른 것 뿐 자신에게 해악을 끼친 것은 없었다. 하지만 중요한 것은 추모의 소식이었다. 성안에 들어온 이후 그는 계속 추모를 찾았지만 아직 추모가 잡혔다는 소식을 듣지 못했다.

"추모를 잡아라. 사로잡지 못하면 죽여도 좋다. 추모를 사로잡는 자에게는 큰 상금을 내릴 것이다."

대소는 상금을 내걸고 군사들을 독려했다. 오래지 않아 추모가 일단의 군사들을 이끌고 성을 빠져나갔다는 보고가 들어왔다. 무예가 출중한 그가 몇 겹의 포위망을 뚫고 나갔다는 것이다. 대소는 그를 놓쳐서는 안 된다는 생각에 추격을 명령했다. 지금 그를 놓치면 또 언제 그가 자신을 공격할지 모르는 일이었다. 그는 모갑에게 소수의 병력을 주어 부여성을 지키게 한 후에 나머지 군사를 이끌고 모을과 함께 추모의 추격에 나섰다. 처음에는 치안 유지를 위해 모을을 남길까 생각했지만 만약 그가 배반하여 성문을 열어주지 않는다면 그것도 큰 낭패라 생각하고 모을과 함께 추격전에 나선 것이다.

추모가 남쪽으로 향했다는 이야기를 듣고 남쪽으로 길을 잡았다. 이제 날은 어두워져 희미한 달빛에 의지해 달려야만 했다. 기병들은 많은 힘이 남아 있었지만 보병들은 오래 달리지 못했다. 아침부터 길을 나선 이후 지금까지 걷고 뛰고 또 싸웠기 때문에 지칠 만도 했다. 하지만, 그를 놓쳐서는 안 된다는 생각에 대소는 군사들을 독려하며 추모를 압박해 들어갔다.

추모는 뒤따르는 군사들을 이끌고 우가족을 향해 계속 말을 달렸다. 한참을 달린 후 추격병의 모습이 보이지 않게 되자 남은 군사들을 점검해보았다. 불과 오십여 명에 불과했다. 근위대와 경비병들 중에 그를 따라 나선 사람은 거의 없었다. 결국 그를 뒤쫓아 온 것은 오이와 협보가 처음부터 데리고 온 군사들뿐이었다. 낙오한 자는 없는지도 살폈다. 마리의 모습이 보이지 않았다. 그의 종적을 모른 채 무작정 도망갈 수 없었다.

"마리의 군사들도 보이지 않아."

남은 군사들을 헤아리던 오이가 말했다.

"어떡하지? 기다렸다 같이 가야하나? 대소가 계속 추격해 오는데."

추모는 어떻게 해야 할지를 몰라 잠깐 망설였다.

"마리 혼자만 낙오되었다면 문제지만 그의 군사까지 한꺼번에 보이지 않는다는 것은 어딘가에 있다는 말입니다. 일단 그가 갈 곳은 당연히 구추 마을이니 그곳에 가면 만날 수 있을 것입니다. 여기서 머뭇거리다가가는 대소의 추격을 받아 전멸할 지도 모릅니다."

협보는 냉정하게 사태를 분석하며 머뭇거리지 말고 떠나기를 종용했다. 하지만 추모는 그럴 수 없었다. 마리는 자기 식구였다. 오이에게 한 번 더 자문을 구했다.

"협보형의 말씀이 옳아. 그는 분명 구추촌으로 향하고 있을 거야. 그러니 우리도 어서 여기를 빠져나가는 것이 좋을 것 같아."

오이도 협보의 의견에 찬성했다. 추모는 마치 마리를 버리고 가는 것 같아 혼자 갈 수 없었다.

"먼저들 가게. 나는 남아서 마리를 기다렸다가 함께 갈 테니."

"그럼 다 같이 남아."

"안 돼. 다 남으면 같이 죽어. 너희들이 저들을 우가 마을로 계속 유인을 해야 내가 안전해져. 다행히 지금은 날이 어두워 저들도 나를 쉽게 발견하지는 못할 거야."

"그럼 나도 같이 남겠어."

"네가 가야만 안전하게 우가 마을로 피신할 수 있어."

"하지만 네가 위험하잖아. 머리가 없는 몸뚱아린 소용이 없단 말이지."

오이는 처음으로 추모를 우두머리로 인정했다.

"나 혼자서는 얼마든지 살아남을 자신이 있어. 더군다나 나는 사냥꾼 출신이라 밤에는 절대 안전해. 그러니 염려 말고 어서 떠나게. 협보

형 어서 오이를 데리고 떠나십시오."

추모는 떠나지 않으려는 오이를 겨우 설득하여 협보와 함께 추종자들을 이끌고 먼저 우가 마을로 향하게 했다. 그리고 자신은 오던 길을 되짚어 부여성으로 향했다.

추모가 부여성으로 발길을 옮긴 것은 마리가 보이지 않는다는 것도 있지만 사실 가장 큰 이유는 어머니 유화였다. 그녀를 부여성 안에 남겨둬서는 안 될 것 같았다. 물론 자신의 앞길도 장담할 수 없는 것이지만 겨우 만난 어머니를 이제는 적이나 다름없는 대소에게 넘기는 것은 도저히 용납할 수 없는 일이었다. 성공은 장담할 수 없지만 최선을 다하는 것이 자신이 할 일이라 생각했다.

불과 몇 리를 달리지 않았는데 대소의 추격병을 만났다. 멀리서 말 달리는 소리를 듣게 된 추모는 얼른 말을 달려 이들을 우회하였다. 어두운 밤이라 추격병들은 추모를 발견하지 못한 것 같았다.

달빛을 벗 삼아 한참을 달렸다. 추모의 말은 대장말답게 아주 강했다. 지치지도 않았고 추모가 원하는 대로 아주 잘 움직여 주었다. 하지만 여기까지 오는 동안에 마리는 물론 그의 부하들도 만날 수 없었다. 오래지 않아 부여성에 도착했다. 그는 말에서 내려 말과 함께 휴식을 취하며 사방을 살폈다. 부여성은 몇 시진 전의 격전장답게 대낮같이 불을 밝혀 성 주변을 철저히 감시하고 있었다.

추모는 둔덕에 몸을 숨긴 채 성안의 분위기를 살폈다. 오늘 아침까지만 하더라도 자신의 부하였던 경비병들이 횃불을 든 채 성곽을 돌며 경계를 펼치고 있었다. 추모는 성안으로 들어가는 방법을 곰곰이 생각해보았다. 쉽지가 않았다. 그렇다고 혹시 적의 포로가 되어 있을 지도 모르는 마리를 내버려 두고 그냥 갈 수 없었다. 일단 경계병들의 감시가 느슨해지는 새벽녘을 기다릴 수밖에 없었다. 그는 휴식을 취하기 위해 말의 곁에 드러누웠다. 저녁을 먹지 못해서인지 배에서 꼬르륵거리는 소리가 났다. 달빛이 참 밝았다. 어제까지만 해도 저 밝은 달빛을 보며 풍성한 열매와 곡식을 허락해 준 것에 감사하며 재를 지낸 것을 생각하니 서글펐다. 왕위 계승자가 된 뒤 너무 안일하게 지냈다는 생각이 들었다. 모든 것을 잃은 후에야 이전에 가졌던 것이 얼마나 소중했던 것인가 깨달았다. 만약에, 만약에 혹시 자신에게 또 다시 그런 기회가 주어진다면 다시는 그렇게 나태하고 안일한 삶을 살지 않겠노라 다짐했다. 그러나 이제는 소용없는 일인 것 같았다. 그는 회한에 잠겨 시간을 보내고 있었다. 날은 춥고 바람은 차가워 쉽게 잠들지도 않았다. 잠깐이라도 눈을 붙여야 새벽에 성으로 잠입할 수 있는데 너무 추워 잠들 수도 없었다. 그렇다고 모닥불을 피울 수 있는 상황도 아니었다. 물론 불을 피울 나무도 없었지만.

서쪽 하늘에 머물러 있던 둥근달이 중천에 걸릴 무렵이었다. 여전히 잠 못들고 움츠려 있는 추모의 귀에 갑자기 시끄러운 소리가 들렸다. 추모는 자리에서 벌떡 일어나 성 밖을 살폈다. 군사들의 고함치는 소리에 뒤이어 성문을 박차고 일단의 무리들이 성 밖으로 쏟아져 나왔다. 한 대의 마차를 호위한 채 삼십여 명의 말을 탄 군사들이 쏟아져 나왔고 그 뒤를 부여의 근위병들이 바싹 뒤쫓고 있었다. 추모는 달빛 아래 펼쳐지고 있는 추격전을 유심히 살펴보았다. 분명히 앞서서 도망가는 자는 마리였다. 마리와 그 부하들이 성 밖으로 도망쳐 나오는 중이었다.

추모는 활을 꺼내들었다. 어둠 속에서 소리만 듣고도 목표물을 맞출 수 있는 그에게 달빛 아래의 표적물을 맞추는 것은 전혀 어려운 일이 아니었다. 한 발 한 발 그는 차분하게 겨냥한 뒤 추적자들을 향해 활을 쏘기 시작했다. 그가 사용하는 활은 묵거가 선물로 준 무소뿔로 만든 강궁(强弓)이었다. 사정거리가 박달나무로 만든 활보다 백보는 더 멀었다. 그가 쏜 화살은 정확하게 추격자의 심장을 맞추었다. 의기 있게 앞장서서 달리던 추격자들은 한 사람 한 사람 쓰러지기 시작했다. 처음에는 별로 느끼지 못하던 추격자들은 금방 자신들에게 일어나는 변화를 감지했다. 그리고는 주춤거리며 사방을 살피기 시작했다. 하지만 어디에서 화살이 날아오는 지 쉽게 찾을 수가 없었다. 다만 그 사이에도 화살은 멈추지 않고 날아왔다. 이렇게 활을 잘 쏘는 자는 그동안 본 적이 없었다. 추모가 활을 잘 쏜다는 소문이 있긴 했지만 실제로 본 적이 없으니 비교할 수 없지만 이 정도의 활솜씨라면 그는 분명 부여 최고의 솜씨를 지닌 자가 틀림없었다.

추모의 공격에 추격자는 주춤거리며 쉽게 나서지 못했다. 그 틈을 이용해 마리는 이들로부터 점점 멀리 달아나고 있었다. 하지만 문제는 지금부터였다. 추모가 언제까지 이렇게 숨어서 활을 쏠 수는 없었다. 그도 이곳을 벗어나야했다. 추모는 말에 박차를 가했다.

일 기(騎)의 정체불명의 사람이 갑자기 둔덕 너머에서 나타나 달아나기 시작했다. 주춤거리며 사방을 경계하던 부여의 근위병들은 그제야 비로소 자신들을 괴롭히던 자를 발견할 수 있었다.

"저 놈이다. 저 놈 잡아라."

누군가의 외침에 뒤이어 누굴랄 것도 없이 추격병들은 추모를 향해 달려들기 시작했다. 추모는 말을 달리면서도 고삐를 놓은 채 뒤돌아 보며 활을 쏘았다. 그의 활솜씨는 말 위라고 달라지지 않았다. 여전히 한 번 쏠 때마다 추격병 한 사람씩 나가 떨어졌다. 그럴 때마다 그들은 주춤했다. 오랫동안 휴식을 취한 추모의 애마 갈표범은 어둠 속에서도 지치지 않고 잘 달렸다. 추격병들과 새로운 도망자 사이의 거리는 점점 벌어졌다. 추격병들도 활을 꺼내 추모를 공격하기 시작했다. 하지만 달리는 말 위에서 어둠 속의 목표물을 맞추는 것은 쉽지 않았다. 더구나 사정거리 밖으로 달아나는 그를 맞추기란 쉽지 않았다.

"나는 오늘 아침까지만 해도 너희들이 섬기던 추모다. 그 동안 나에게 바쳤던 너희들의 충성을 생각하여 더 이상 살상을 하고 싶지 않으니 그냥 물러가라."

추모는 어둠 속에서 추격병들을 향해 대갈성(大喝聲)을 내 뱉었다. 추격병들은 추모의 소리에 잠시 주춤거리며 웅성거렸다. 추모가 활을 잘 쏜다는 소문은 이미 들어 알고 있었는데 지금 바로 눈앞에서 귀신 같은 솜씨로 자신들을 괴롭히는 자가 바로 추모라는 사실에 기겁했다. 더 이상 그를 쫓고 싶은 마음이 생기지 않았다. 그를 추격하는 것은 목숨을 내걸어야하는 위험한 일이었기 때문이었다. 하지만 이들 중에는 공명심에 눈이 어두운 자들이 있었다. 추모를 잡는다면 앞길이 순탄대로였다. 사내라면 목숨을 걸고 해볼 만한 일이었다. 그래서 추격자 중 일부가 무리를 이탈히여 앞으로 뛰쳐나왔다. 단지 추모라는 말만 듣고 앞 뒤 가리지 않고 덤벼든 것이다. 말에 채찍을 가하고 활을 쏘며 추모를 추격하기 시작했다. 운이 좋아 한 발만 맞아도 되는 것이었다.

자신의 정체를 밝힌 후에 무리를 헤치고 떨쳐 나오는 무리를 추모는 어둠 속에서 미소 지으며 쳐다보았다. 저들만 없애면 더 이상 추격은 없을 것이라 생각했다. 추모가 말을 멈추고 잠시 생각에 잠겨 있는 사이 화살이 날아오기 시작했다. 아무렇게나 날아오는 화살이었지만 맞으면 치명상을 입는 것이다. 추모는 다시 달리기 시작했다. 이번에는 뒤돌아보지도 않고 말에 바싹 엎드려 무조건 달렸다. 무리에서 이탈한 추격병들도 활을 쏘며 계속 추격해왔다. 한참을 달리자 이제 화살은 추모의 근처에도 날아오지 않았다. 그제서야 추모는 뒤를 돌아보았다. 그리고는 고삐를 놓고 또 다시 활을 쏘기 시작했다. 화살은 정확하게 한 명씩 맞추었다. 공명심에 따라나선 추격병들은 그들이 생각한 최악의 상황을 맞으며 하나씩 말에서 떨어졌다. 십여 명이 넘던 추격병은 이제 불과 셋으로 줄어들어 있었다. 이들은 동료들이 다 나가떨어진 마당에 더 이상 추격할 마음이 나지 않았는지 말을 멈추고 말았다. 그리고는 곧바로 말을 돌려 달아나기 시작했다.

"하하하!"

갑자기 등 뒤에서 웃음소리가 들렸다. 추모는 고개를 돌려 웃음의 정체를 확인했다.

"처남, 활을 정말 잘 쏘는구나."

마리였다. 그가 바로 앞에 서 있었다. 추격병들이 도망간 것은 이들을 발견했기 때문인지도 몰랐다.

"자네 어디에 있었던 거야?"

추모는 마리를 보는 순간 반가움과 안도감이 함께 섞인 얼굴로 그간의 사정을 물었다.

"나는 부여성 안에 있었네."

"포로가 되었었나?"

추모는 어둠 속에서도 혹시 마리가 해를 입지 않았나 몸 상태를 확인하려 했다.

"궁궐 속에서 잘 숨어 있다가 어두워진 후에 아무 탈 없이 빠져 나왔네."

마리는 근심어린 추모의 표정과는 반대로 여유 있는 모습으로 입가에 웃음마저 머금고 말했다. 자신의 예상대로 일이 진행된 것에 대한 만족의 표시인 것 같았다.

"사내가 아무리 급하기로서니 자신의 계집을 버릴 수 있나?"

그는 궁궐에 들어가 자신의 아내인 하희를 데려 왔음을 자랑스럽게 말했다. 접전이 벌어지고 추모가 성을 빠져나가자 병력의 대부분은 추모의 추격에 나섰다. 아내가 걱정되었던 마리는 성을 빠져나가는 대신 궁궐로 되돌아갔다. 다행히 항복한 근위대원들이 많아 이들을 이상하게 보는 자가 없었다는 것이다.

"자네 정말 사내야, 사내!"

추모는 마리의 말에 환하게 웃으며 그의 사내다운 모습을 칭찬했다. 그리고는 주변을 둘러보았다. 하희의 모습이 보였다. 그런데 그가 찾고 있는 어머니의 모습은 보이지 않았다.

"우리 어머니는?"

유화부인은 동궁에서 대소가 쳐들어왔다는 소식을 들었다. 순간 지난 일 년간의 일이 주마등처럼 스쳐갔다. 아들이 부여왕의 계승자가 된 것이 거짓말 같았다. 믿을 수 없는 일이었다. 하지만 일 년 동안 궁궐 내에서 그의 위상이 점점 바뀌어 지는 것을 보고 그녀는 서서히 실감하기 시작했다. 정말로 아들이 왕이 된다는 믿기 어려운 현실을 받아들이고 있었다. 언젠가는 한 번은 대소와의 충돌을 피할 수 없는 것이라 여기기도 했다. 그 고비만 넘기면 아무 어려움 없이 왕이 될 것이라 믿었다. 염려하던 일이 발생한 것이었다. 대소가 마침내 부여성을 공격했다는 것이다. 이것이 마지막 고비인 것을 알고 있는 그녀는 가슴을 졸이며 결과를 기다렸다.

사냥대회에 참여했던 많은 사람들이 대소가 잠입시킨 사람들이었으며 그들이 성문을 여는 바람에 속수무책으로 당하고 있다는 급보가 전해졌다. 위기였다. 과연 아들 혼자서 이 위기를 극복할 수 있을까, 걱정이 앞섰다. 유화부인은 어떻게 해야 할지 몰랐다. 당장 아들에게 달려가고 싶지만 자신이 할 수 있는 일은 없었다. 초조와 불안감이 그녀를 감쌌다. 아들의 무사를 생각하던 그녀의 뇌리에 뜻밖에도 무골이 떠올랐다. 그렇게 원망하던 사람인데 이 순간 그가 생각난 것이다. 그가 있었다면, 재사와 묵거가 힘을 합쳤다면 지금의 이 난관은 충분히 극복할 수 있었을 것이라는 생각이 들었다. 하지만 그들은 이미 궁궐을 떠나간 뒤였다. 너무 아쉬웠다. 무슨 도움이 될 만한 것이 없을까를 생각하는 순간 그녀는 해모수가 준 주머니를 떠올렸다. 이십 년이 지난 지금 그가 지금의 자신에게 할 수 있는 말이 무엇이 있을까라는 생각이 들었지만, 혹시 도움 되는 일이 있을까 하는 마음으로 주머니를 열어 마지막 상자를 꺼냈다.

'여자가 가장 아름다울 때는 자식을 위해 희생하는 어머니의 모습

일 때다. 그런 어머니에 감동하는 것은 하늘이다. 하늘이 어머니를 지켜줄 것이다.'

이십여 년 전에 할 수 있는 너무나 추상적인 말이었다. 지금 이 상황에서 할 수 있는 일이 아니었다. 그녀는 다시 상자를 닫고 주머니 속에 넣어 버렸다. 결국 그녀가 할 수 있는 일은 하나도 없었다. 소식을 들은 딸 하희가 왔다. 그녀는 하희를 껴안고 불안한 시간을 보낼 수밖에 없었다. 뜻밖에도 갑자기 마리가 나타났다. 전신에 피를 둘러 쓴 그의 모습에 하희는 비명을 지르고 말았다. 이런 남편의 모습을 처음 본 것이다.

"어서 피하셔야합니다."

마리의 말에서 아들이 패했다는 것을 알 수 있었다. 또 다른 절망감이 밀려들었다.

"추모는?"

유화는 다급하게 물었다.

"다행히 목숨은 건진 채 부여성을 빠져나갔습니다만 대소가 추격하고 있는 상황입니다."

절망적이었다. 이십여 년 전 아들을 잃었을 때의 그 아픔이 또 다시 밀려왔다.

"지금은 전투 중이라 괜찮지만 머잖아 이곳까지 대소가 들이닥칠 것입니다. 어서 피하셔야합니다."

"그러세."

마리의 말에 유화는 얼른 자리에서 일어섰다. 그것만이 그녀가 할 수 있는 유일한 것이라 생각했다. 그러나 이내 마음을 고쳐먹었다. 갑자기 자신이 피난 가는 것이 과연 올바른 것인가 하는 생각이 들었다. 해모수의 마지막 말이 떠오른 것이다. '아들을 위해서 무엇을 할 수 있는가? 라는 것을 생각해 보았다. 자신마저 이곳을 빠져나가면 대소는 기를 쓰고 추모를 공격할 것이다. 만약 자신이 이곳에 남아 있으면 대소는 자신을 볼모로 여겨 추모의 반격을 걱정하지 않고 다른 급한 일에 전념할 것 같았다. 그 틈에 아들은 다시 힘을 모을 수 있을 것이고.

"난 안가네. 얼른 하희를 데리고 떠나게."

자기로 인해서 아들이 편안해 질 수만 있다면 무슨 일을 당해도 괜찮다는 생각이 들자 이상하게도 마음속에 있던 불안감이 다 사라졌다. 마음이 편안해졌다. 나머지 자신의 삶은 하늘에 맡기기로 했다. 마리의 거듭된 종용에도 그는 하희를 데리고 얼른 피하라는 말만 했다.

"도대체 왜 그러십니까?"

"내가 여기 남아 있어야 내 아들이 안전해. 내가 여기서 볼모로 남아 있어야 대소는 더 이상 내 아들을 공격하지 않게 되네. 지금까지 내 인생은 내 뜻대로 된 적이 한 번도 없었어. 앞으로의 삶도 마찬가지 일 것이야. 내 삶을 이렇게 만든 분이 앞으로의 내 삶도 인도 할 것이네. 그러니 나는 아무 걱정 말고 어서 떠나가게."

마리는 궁궐에 들어오면서 아내와 장모의 불쌍한 처지를 보며 자신이 끝까지 이 불쌍한 모녀를 지켜주기로 결심했다. 하지만 장모의 완강한 결심에 결국 그녀를 내버려두고 아내만 데리고 떠날 수밖에 없었다. 날이 어두워지기를 기다리던 마리는 어디서 마차를 구한 후 딸과 함께 궁궐을 떠났다.

딸이 남편과 함께 떠나는 것을 보는 유화의 눈에서는 눈물이 흘렀다. 이제는 모든 혈육들이 자신을 떠나는 것이다. 결국 혼자 궁궐에 들어올 때의 모습으로 남게 되었다. 아무래도 다시는 아들과 딸의 모습을 볼 수 없을 것 같았다. 하지만 그녀는 후회하지 않기로 했다. 지금까지 아들에게 아무 것도 해 주지 못했다. 젖조차 제대로 먹이지 못했다. 그런 아들을 위해 자신이 희생할 수 있으면 그것만으로도 행복한 것이라 생각했다. 흐르는 눈물을 주체하지 못하며 그렇게 아들과 딸을 떠나보냈다.

마리의 이야기를 들은 추모의 눈에서 절로 눈물이 나왔다. 어머니로 인해서 울어 본 적이 없었다. 모정을 제대로 느껴본 적도 없었다. 자신을 위해서 희생하겠노라는 어머니의 마음이 전해지자 격정의 마음이 일었다. 그는 한 동안 아무 말도 하지 않고 서 있기만 했다.

"그런데, 추모 자네는 이게 어떻게 된 일인가?"

자신의 이야기에 열중하던 마리는 추모의 행적에 이상한 점을 발견하고 물었다.

"뭐가 말인가?"

"왜 아무도 없이 혼자인가?"

"다른 사람들은 다 무사히 빠져나갔네. 자네가 걱정되어서 왔네."

"내가 걱정이 되어서?"

자신의 안위가 걱정되어 여기까지 되돌아 왔다는 말에서 마리는 자신에 대한 추모의 애정을 느낌과 동시에 그에게서 지도자다운 모습을 엿보았다. 사실 혼자서 이곳까지 온다는 것은 죽음을 각오한 것이다.

아니 죽을 확률이 거의 대부분이다. 그런데도 불구하고 혼자서 나섰다는 것은 보통의 위인이라면 할 수 없는 일이었다. 부하 한 사람의 안위를 위해 자신의 목숨을 걸 정도의 인품이면 지도자 자격이 충분히 있었다. 새삼 추모가 커보였다

그는 스승인 무골선비에게서 추모가 아리씨의 혈통을 이어받은, 역사적 소명을 지닌 지도자라는 말을 듣긴 했지만 마음으로는 굴복하지 않았다. 단지 활을 좀 더 잘 쏘고 아리씨의 혈통을 이어받았다는 것 외에 자신보다 더 나은 점이 없다고 생각했던 것이다. 하지만 그는 지금 왜 추모가 자신들의 우두머리가 되어야하는 가를 느낄 수 있었다

"고마우이. 자네의 오늘 이 모습은 내 죽을 때까지 잊지 않겠네."

"고맙기는 자네의 사내다운 모습이야 말로 내가 백번 고맙지."

"아닐세. 자네가 아니었더라면 우리는 아마 저들에게 잡히거나 죽임을 당하였을 것일세."

마리는 진심으로 추모에게 고맙다는 말을 전했다.

"그런 말 말고 어서 이곳을 빠져나가세."

추모는 더 이상 이런 공치사로 시간을 끌 수 없다고 생각했다. 그들은 우가 마을을 향해 마차를 몰았다.

협보와 오이는 이통하를 건너서 우가의 영역으로 간신히 들어섰다. 그렇다고 대소의 추격을 완전히 피한 것은 아니었다. 저들이 이통하를 건너 우가를 공격하면 그만이었다. 다만 우가도 이전과 달리 지난 일 년 동안 급속하게 군대를 양성하였기에 이제 마가족이 쉽게 공략하지 못하고 잠시 조심하는 것일 뿐이었다.

마가족이 몰려온다는 소식을 들은 구추 마을 추장은 우가족 전원에게 군대 동원령을 내렸다. 오래지 않아 오천여 명의 대군이 소집되었다. 지난 이십여 년 간 마가족에게 눌려 살았던 이들은 마가족이라는 말에 전의를 불태우며 방어벽을 쌓았다. 오래 전부터 마가족과는 경쟁관계였던 이들은 더 이상 마가에 눌려서는 안 된다며 어둠 너머 저편에서 다가오는 적들을 응시하고 있었다.

오이와 협보가 이통하를 건넌지 얼마 되지 않아 대소의 군대가 몰려들었다. 어둠 속이라 자세히는 볼 수 없었지만 수천의 군사가 추격해 온 것은 분명해보였다. 이제 이통하를 사이에 두고 부여족 최고의 부족인 마가와 우가가 서로 대치 상태에 들어갔다. 새벽부터 동원되어 하루 종일 전투를 치른 마가족은 곧바로 타탕을 치며 야영 준비에 들어갔다. 우가도 이들을 견제하며 경계를 소홀히 하지 않았다. 적대감만으로 저들을 공격하기에는 우가족이 너무 부담스런 존재였기에 강을 건너 선제공격은 가하지 않았다. 이날 밤은 두 진영 사이에 아무런 충돌 없이 지나갔다.

만삭의 몸인 예씨는 남편이 쫓겨 온다는 소식을 듣고 집에 가만 앉아 있을 수 없었다. 남편을 찾아 나섰다. 언젠가는 대소의 공격을 받을 것이라는 생각을 하긴 했지만 이렇게 허무하게 무너질 줄은 몰랐다. 부여성에서 쫓겨 온 자들 중에는 낯익은 얼굴들이 많이 보였지만 남편의 모습은 어디에서도 찾아볼 수 없었다. 나행히 오빠를 찾을 수 있었다. 오빠를 붙잡고 남편의 소식을 물었다. 마리를 찾기 위해 단신으로 적진 속에 들어갔다는 말을 듣고는 기겁을 했다. 아내가 있는 몸인데 어떻게 그런 모험을 하는지 야속한 생각까지 들었다. 더구나 다음

달이면 아들이 태어나는데 말이다. 아이를 아비 없는 자식으로 만들 심산인지 너무 화가 났다. 그러나 지금은 그런 것을 따지기보다 남편의 무사귀환을 빌어야했다.

어떻게 잠들었는지도 몰랐다. 꾸벅꾸벅 졸다가 갑자기 눈을 떴는데, 집안이 매우 소란스러웠다. 관솔불이 사방을 밝히고 있었다. 추모가 돌아왔다는 것이다. 예씨는 벌떡 일어나 남편을 찾았다. 남편의 얼굴이 보였다. 흙먼지를 뒤집어쓰고, 땀방울과 핏자국이 범벅이 된 얼굴을 하고 몹시 피곤한 듯 사람들에 둘러싸여 서 있었다. 달려갔다. 그리고는 사람을 헤집고 남편의 품에 안겼다. 비로소 안도감이 생겼다. 그러나 다음 순간 자신의 안위는 돌보지 않고 그런 무모한 짓을 한 남편에 대한 야속한 감정으로 그의 가슴을 때렸다. 추모는 피범벅이 된 얼굴에 흰 이를 드러내며 이런 예씨를 꼭 껴안았다.

뱃속 아들의 발길질에 예씨는 눈을 떴다. 벌써 해는 중천에 걸려 있었다. 분명 남편이 함께 잠들었는데 곁에는 아무도 없었다. 그는 벌떡 일어나 적과 대치하고 있는 이통하로 달려갔다. 군사들 사이를 한 참 오가다가 남편을 발견했다.

"여기는 위험해! 집에 들어가 있어."

추모는 애틋한 손길로 예씨를 감싸 안으며 말했다.

"난 당신 곁을 떠나고 싶지가 않아요."

예씨는 다가오는 무슨 운명을 예감하는 듯 추모에게서 떨어지려 하지 않았다.

"여기는 적의 화살이 날아오는 곳이니 어서 들어가. 내 금방 돌아갈게."

추모 역시 그녀와 헤어지기 싫었다. 두 달 만에 처음 보는 아내였다. 지난 일 년 간 그가 가장 열중한 일이 바로 아내와의 사랑이었다. 그로 인해 사세를 너무 안이하게 판단하여 이런 일이 벌어지긴 했지만. 너무나 기다렸고 애달팠던 사랑이었기에 그는 예씨와의 이별을 한 순간도 받아들이고 싶지 않았다. 하지만 지금 이 곳은 여자가 있을 곳이 못되었다. 그는 뱃속에서 심하게 발길질하는 아이를 핑계 삼아 아내를 겨우 집으로 돌려보냈다.

사시(巳時)무렵, 대소가 사자를 보냈다.

"이제 우가와 마가는 서로의 적대적 감정을 끝낼 때가 됐소. 이런 일로 또 다시 전쟁을 치를 수는 없는 일이니 추모만 우리에게 넘겨주시오. 그러면 군대를 물리겠소. 그리고 더 이상 적대적 행위를 하지 않겠소."

사자는 대소의 입장을 짤막하게 전하고는 다시 강을 건너갔다.

추모의 장인이기도 한 옥지 마을 추장 두무실은 이대로 마냥 대치만 할 수 없어 추장들을 불러 모아 사자의 말을 전하며 부족회의를 열었다. 물론 자신은 추모를 내어 줄 수 없었지만 다른 부족에게 이를 강요할 수는 없는 일이라 일단은 부족회의를 소집한 것이다. 그는 이 자리에 추모와 협보도 함께 불렀다.

"저들에게 추모를 내어줄 수 없습니다. 이 기회에 저들을 공격하여 묵은 원한을 씻읍시다."

우가족 중 세 번째로 큰 마을인 도조 마을 추장이 강경책을 내어 놓았다.

"맞습니다. 너무 오랫동안 우리는 저들에게 눌려 살았습니다. 이 기회에 저들에게 우가족의 본때를 보여줍시다."

여기저기서 이에 동조하는 의견들이 나왔다.

"아닙니다. 우리가 단순히 저들을 공격한다고 끝날 일이 아닙니다. 우리가 저들을 공격한다면 우리는 앞으로 부여족 전체를 상대로 전쟁을 벌여야 하는 매우 어려운 상황에 부딪힐 것입니다. 저들의 공격을 우리가 막는 것은 문제될 것이 없습니다만 우리가 먼저 공격해서는 안 됩니다."

가만히 듣고 있던 추모가 나섰다.

"그렇다고 이렇게 계속 대치만 할 수 없는 일 아닙니까? 저희가 떠나겠습니다. 이제 저희는 더 이상 대소를 상대로 싸울 군사가 없습니다. 더구나 우리들 문제에 우가족을 끌어들여 우가족의 장래를 또 다시 어둡게 하고 싶지는 않습니다. 저희가 떠나면 두 부족 사이에 싸움은 일어나지 않을 것입니다. 휴식을 취한 뒤 오늘 밤에 저희들이 우가족을 떠나겠습니다."

추모는 우가족의 도움에 감사를 표한 뒤 무슨 일이 있어도 오후에는 떠나겠노라는 말로 회의장을 빠져나왔다. 그리고는 장인을 만났다.

"아무래도 아내는 산달이 다음 달이라 데려갈 수 없을 것 같습니다. 장인어른께 뒷일을 맡기겠습니다."

장인은 걱정 말라며 오히려 추모의 안위를 걱정했다. 장인을 만난 후 추모는 아내를 찾았다. 그는 아내의 손을 꼭 쥐었다. 그리고는 조심스럽게 한 마디 한 마디 건네기 시작했다.

"내 말을 오해하지 말고 잘 들으시오. 나는 더 이상 이곳에 머무를 수가 없게 되어 오늘 오후에 떠나려 하오. 당신을 데려가고 싶지만 지금부터는 대소의 추적을 피해 도망가야 하는, 내일을 기약할 수 없는 몸이라 섣불리 데려갈 수가 없소. 그러니 아버지와 함께 이곳에 있으시오. 나중에 내가 자리를 잡으면 데리러 오겠소. 혹시 내가 찾지 못하게 된다면 당신이 날 찾아오시오."

"꼭 떠나야만 합니까? 우리 우가도 이제는 옛날 같지 않아 얼마든지 마가를 상대할 수 있습니다."

"그건 우가족의 장래를 망치는 일이오. 머잖아 곧 만날 것이니 너무 염려하지 말고 지내시오. 그리고 혹시 내가 찾아오지 못하는 상황이 발생할 수도 있을 것 같아 신표를 남기겠소. 아들을 낳거든 이것을 들고 함께 날 찾아오시오."

추모는 단검을 두 동강 내 칼자루 쪽을 신표로 아내에게 건넸다.

"몸조심하시고 자리가 잡히면 사람을 보내십시오. 그때쯤이면 떡두꺼비 같은 아들이 태어나 있을 것입니다."

예씨도 홀몸이 아니었기에 추모의 말에 수긍할 수밖에 없었다. 그녀가 할 수 있는 것은 남편의 무운을 비는 것뿐이었다.

"내 걱정은 마시고 당신이나 몸 조리 잘하시오. 아이를 낳는데 같이 있어주지 못해 미안하오. 반드시 연락하겠소."

추모는 아내와 아쉬운 이별을 한 후 우가 마을을 떠났다. 우가 출신인 오이와 마리는 추모와 뜻을 같이 하겠다며 함께 따라 나섰다. 그들은 아내를 함께 데리고 나섰다. 가족들을 남겨 놓고 떠났다가 나중에 자신들의 발목을 잡힐 수도 있다는 생각에서 험난한 도망자의 길에 합류시킨 것이다. 추모를 따르는 무리는 칠십여 명이었다. 추모는 말

106

을 구해 전원 다 말을 타게 했다.

추모는 어두워지기를 기다렸다가 기습적으로 이통하를 건넜다. 뒤늦게 추모 일행이 우가 경계를 벗어난 것을 안 대소는 추모를 추격하기 시작했다. 이번에는 대규모의 병력대신 기마병들만을 골라 추모를 뒤쫓아 왔다. 숨 막히는 추격전이 시작된 것이다.

추모는 목적지를 소수맥 지역의 졸본부여로 정했다. 자신이 유랑생활을 하며 돌아다니던 곳 중 가장 마음에 드는 곳이었고 또 개방된 곳이었다. 이 정도의 무리면 작은 성읍국가인 졸본부여에서 큰 세력을 형성할 수 있을 것이라 생각했다. 하지만 그곳까지 가는 것이 문제였다. 뒤에서는 대소가 맹렬하게 추격하고 있기 때문에 부여의 경계를 벗어나야만 한다. 아무래도 엄호수(淹狐水)를 지나야만 안전했다. 그 이후부터는 험한 산과 깊은 강이 많았을 뿐 아니라 토착민들이 마을을 이루고 살아 추격이 불가능했다.

그러나 문제는 엄수(淹水, 현재 魄祿 동북지역)였다. 이곳은 수량이 풍부하여 배를 타지 않고는 건널 수가 없었다. 집요한 대소의 추격을 뿌리치고 엄수가에 이른 추모는 배를 구하지 못해 발을 동동 굴렀다. 이천여 명의 기병대가 머잖아 이곳으로 들이닥칠 것이다. 불과 칠십여 명이 이들을 상대로 싸울 수는 없는 노릇이었다. 군사들이 흩어져 배를 구하였지만 한 두 척의 배로는 해결할 수 있는 문제가 아니었다. 한꺼번에 많은 병력을 실어 나른다는 것은 보통 어려운 일이 아니었다.

강가에 사는 부족의 협조를 얻어야만 해결할 수 있는 문제인데 대소에게 쫓기는 자를 위해 선뜻 배를 내주는 부족이 없었다. 이들은 워낙 외진 곳이라 지난 일 년 동안 부여국에서 일어난 일을 잘 몰랐다. 대소라면 무조건 부여국의 다음 왕이 될 사람으로 인식하고 있었다. 하는 수 없이 하류 쪽으로 말을 몰며 강가에 사는 마을마다 들러 자신들을 강 건너편으로 실어주길 하소연하였지만 아무도 배를 내주려 하지 않았다. 그러는 사이 대소의 추격은 점점 더 가까워졌다.

앙상한 버들가지가 유난히 많이 심어진 강가를 지날 때였다. 또 하나의 큰 마을이 눈앞에 나타났다. 큰 산을 뒤로 하고 강을 앞에 둔 조용한 마을이었다. 피곤에 지친 추모는 지푸라기라도 잡는 심정으로 추장을 만나기 전 기도를 올렸다.

'하늘이시여. 저는 하느님의 아들 해모수의 적자이며 물의 왕 하백의 손자인데 어찌하여 저를 버리시려합니까? 저는 하느님의 나라 조선을 다시 세우려는 원대한 꿈을 가지고 있습니다. 제발 제가 당신의 뜻을 펼칠 수 있게 도와주십시오.'

너무 간절한 기도였다. 이제는 목이 타고 입술이 타들어가는 극한 상황이었다. 이 상황을 벗어날 수만 있다면 무슨 일이라도 다 하겠다며 마음속으로 간절히 기원했다.

"쫓아오는 사람들이 있습니다. 우리를 강 건너 저편으로 좀 태워 주십시오."

기도를 끝낸 추모는 절실한 마음으로 마을의 추장을 만났다.

"누가 쫓아온단 말이오?"

"대소입니다."

"대소라면 부여국의 왕자가 아니오?"

이쯤에서 대부분의 추장들은 다 거절했다. 부여국이 이 지역에서는 가장 강한 나라인데 장차 왕위 계승자가 될 대소에게 잘못 보였다간 자신들의 마을은 살아남지 못한다며 형편은 딱하지만 도와줄 수 없다며 거절했다.

"그렇다면 당신은 누구요?"

이번엔 달랐다. 한 단계 더 물었다.

"나는 추모라고 하오."

"추모가 누구요?"

뭐라고 답해야 할지 몰랐다. 다행히 이곳은 궁벽한 곳이라 부여 소식을 잘 몰라 아직까지 대소가 부여의 후계자로 알고 있는 지역이었다. 이들에게 지난 일 년 동안 벌어졌던 복잡한 사정을 설명하며 자신이 누구인지 말할 수가 없었다.

"하느님의 아들 해모수의 장손이며 물의 대왕 하백의 외손이오."

추모는 자신의 혈통을 말했다. 이곳은 종교가 지배하는 사회라 자신의 혈통을 말하면 어쩌면 통할 수 있을지 모른다는 생각이 언뜻 머리를 스쳤던 것이다.

"지금 뭐라 하였소, 하백의 외손이라 하였소."

갑자기 추장이 반색을 했다.

"그렇습니다. 하백의 외손입니다"

"어머니는 누구요?"

"나의 어머니는 유화부인입니다."

"당신이 유화 이모님의 아들이었군요."

"이모님이라니? 당신이 나를 안단 말이오?"

한줄기 빛이 생기는 것 같았다. 드디어 자신의 간절한 기도가 하늘에 전달된 듯 했다.

"제 어머니는 훤화부인입니다. 유화 이모의 친 동생이지요. 제 이름
은 어별(魚鼈)입니다. 이곳 물고기와 자라의 주인이지요."

하백은 유화, 훤화, 위화의 세 딸이 있었는데 훤화는 유화의 바로 아
래 여동생이었다. 당시 작은 나라에서는 왕녀를 나라를 이루는 큰 마
을이나 부족의 추장에게 시집보내 권력을 유지하는 것이 일반화 되어
있었다. 훤화도 그런 경우였다. 한 번도 외할아버지를 본 적이 없는
추모는 외가인 개마국의 존재를 잘 몰랐다. 어머니도 만난 지 이제 겨
우 일 년이 넘었을 뿐이다. 그런데 외가인 개마국에서는 대수맥 최고
의 미녀인 유화의 기구한 팔자가 인구에 회자되고 있었을 뿐 아니라
추모의 행방불명도 이 지역에서는 큰 관심거리였다. 금와왕이 개마국
을 공격하지 않은 것도 유화의 희생이 있었기 때문이라며 그녀에게
고마움을 갖고 있었다.

"이곳은 하백이 다스리는 곳입니다. 당신이 유화 이모님의 아들이
맞다면 나에게는 이종사촌이 되니 어찌 안 도와줄 수 있겠소. 잠시만
기다리시오."

"우리를 도와주다 잘못 될 수도 있을 텐데."

"지혜롭게 해야지요."

그는 잠깐 생각에 잠기더니 곧바로 희망적인 이야기를 꺼냈다.

"이 강을 따라 다섯 굽이 아래로 내려가면 배를 대기 쉬운 모래사장
이 나타날 것입니다. 그곳에서 기다리십시오. 제가 인근 마을의 배들
을 이끌고 가겠습니다."

젊은 추장은 이들과 헤어져 곧바로 강가에 대어진 배를 타고는 갈

대밭 사이로 사라졌다.

"저 사람 말을 믿어도 될까?"

추장이 사라진 뒤 오이가 걱정되어 물었다.

"다른 대안은 이제 없어. 저 사람 말이 사실이 아니라면 우리는 대소와의 일전을 각오해야할 것이야. 자 어서 강 아래로 가자."

위기 상황에서 추모는 머뭇거리지 않았다. 그의 마음 속에는 이제 단군의 혈통을 이어받은 아리씨라는 강한 믿음이 자신도 모르게 자리 잡기 시작했다. 자신을 만들기 위해 하늘이 얼마나 많은 애를 썼는지 알 수 있을 것 같았다. 단지 혈통만을 말하였을 뿐인데 위험을 감수하고 도와주러 나서는 사람의 모습에서 하늘이 자신을 버리지 않을 것이며 언제나 도와 줄 것이라는 믿음이 생긴 것이다. 이 믿음이 위기 상황에서 머뭇거리지 않고 단호한 결단을 내릴 수 있었던 원동력이었다.

추모는 추장이 안내한 곳으로 말을 달렸다. 그 사이 강 건너 편과 이쪽 사이에 여러 차례 불꽃이 솟아오르는 것이 보였다. 추모는 이것이 좋은 현상이라며 전혀 걱정을 하지 않았다. 마지막 굽이를 돌아서자 약속한 장소인 백사장이 나타났다. 하지만 배는 단 한 척도 보이지 않았다. 추모는 약간 둔덕진 곳에 몸을 숨기고 주변을 살폈다. 백사장 아래쪽으로는 험한 낭떠러지가 가로막아 더 이상 길이 없었다. 만약 이런 곳에서 대소의 본대를 만난다면 영락없이 물귀신이 될 수밖에 없는 장소였다. 대신 무사히 배를 타기만 하면 더 이상 대소가 추격할 수 없는 곳이기도 했다. 아직 대소의 추격군은 보이지 않았다. 이곳까지 오는 동안 두어 차례 대소의 척후병들과의 접전이 있었지만 본대와 부딪히지 않았다. 조금 전까지 자신만만하던 추모도 불안해지기 시작했다. 만약 대소의 추격군이 먼저 도착한다면 큰일이었다.

한 끼 식사를 마칠 시간이 흘렀다. 아직까지 배는 나타나지 않았다. 둔덕 너머로 솟아오르는 먼지구름이 보였다. 대소의 본대가 분명했다. 강을 따라 추격해오는 대소가 이곳을 지나칠 수는 없었다. 그들이 도착하기 전에 배가 나타나지 않으면 큰일이었다. 강심을 아무리 살펴도 배가 도착할 기미도 보이질 않았다.

"우리가 속은 것이 분명해. 추장은 막다른 곳인 이곳에 우리를 몰아넣고 대소에게 넘기려 하는 것이야. 지금이라도 늦지 않았으니 군사를 돌이켜 다른 곳으로 피신해야 돼."

오이는 다급한 목소리로 추모의 결단을 촉구했다.

"오이의 말이 맞아. 괜히 알지도 못하는 사람의 말을 믿다가 큰 낭패를 당하느니 아직 기회가 있을 때 도망가는 것이 좋을 것 같아."

마리는 느긋한 성격이었다. 다른 사람의 시선이나 생각에 크게 개의치 않는 사람이었다. 자신의 판단이 옳으면 남에게 알리지도 않고 혼자서라도 하는 성향을 지녔다. 그는 부여성에서 패하여 도망가는 다급한 상황 속에서도 아내를 구하기 위해 다시 성안으로 들어갔었다. 처음 부여성에 들어왔을 때도 보다 선진화된 부여의 문화를 좇기보다는 자신의 삶의 방식을 고집하여 바보라는 소리를 들을 정도였다. 그는 남에게 자신의 생각을 강요하지는 않지만 남의 생각을 쉽게 따르지도 않는 사람이었다. 그런데 그가 오이의 말에 찬성을 할 때는 그만큼 지금 상황이 절박하다는 증거였다.

"협보 형은 어떻게 생각하십니까?"

"두 사람의 말이 맞는 것 같습니다. 하지만 나는 아까 그 추장의 눈빛에서 우리를 속일 사람이 아니라는 생각을 가졌습니다. 어느 쪽을 택하든 괜찮다고 생각합니다."

산 속에서 생활하며 두 사람보다는 훨씬 더 수련 생활을 많이 한 협보는 직관적인 감각을 무시하지 않았다.

"나도 그것을 느꼈습니다. 좀 더 기다려 봅시다."

추모는 이상하게 자신의 외사촌이라는 추장에 대해 마음이 끌렸다. 이는 논리적으로 설명할 수 없는 것이었다. 부여성에서의 공방전이 있기 전까지 추모는 이들의 우두머리라고는 하였지만 결단력 있는 모습을 보여주지 못했다. 대부분 다른 사람의 의견을 들었고 또 창의적으로 나서서 일하지도 않았다. 게으른 모습까지 보였었다. 부여성에서 쫓겨난 이후 추모의 모습은 이전과 완전히 달랐다. 오랜 유랑생활을 하면서 익힌 생존 본능은 위기 상황에서 누구도 따를 수 없는 판단력과 결단력으로 나타났다. 이곳까지 오는 동안에도 그는 여러 번 방향을 바꾸어 추격군을 혼란에 빠뜨려 큰 접전 없이 올 수 있었다.

자신의 의지와 상관없이 다른 사람의 계획에 의해 부여국의 왕위 계승자가 되었을 때만 해도 이는 자신과 상관없는 일이라고 생각하기도 했다. 자신처럼 제대로 배우지 못한 사람은 나랏일과는 어울리지 않는다고 여겼다. 그래서 그는 여러 번 실기(失期)하면서 위기를 자초했다. 그러나 위기가 발생하면서 그의 생존본능이 발휘되기 시작한 것이다. 자신의 경험과 본능대로 움직였을 뿐인데, 많은 사람들이 그를 다시 보게 되었고 그의 잠재된 능력에 감탄하기까지 했다. 그 자신도 자신이 경험하고 겪었던 일들이 나랏일과도 무관한 것이 아니라는

중요한 것을 깨우치면서 큰 자신감을 가지게 되었다. 지금 이 순간에
도 다른 사람의 의견보다는 자신의 경험과 판단을 더 믿고 싶었다.

오이는 추모의 의견에 큰 반발은 하지 않았다. 하지만 대소의 군대
가 점점 가까이 접근해오자 다시 불안해하기 시작했다. 무리의 표정
을 살폈다. 그들의 얼굴에 공포의 빛이 서려있었다. 어쩔 줄 몰라 당황
해하며 이런 결정을 내린 추모를 원망하는 듯했다.

다소의 희생이 뒤따르겠지만 지금이라도 이곳을 빠져 나가는 것이
좋을 것 같았다. 그는 추모의 눈치를 살폈다. 그는 강심(江心)과 대소
의 추격군을 번갈아 보고 있었다.

"사람들이 동요하고 있어. 지금이 마지막 기회인 것 같아. 지금 빠
져 나가지 못하면 우리는 전멸할 수 있어."

오이는 다시 한 번 추모를 쳐다보며 말했다.

"이곳을 빠져나간다 해도 결국 저들의 추격을 피할 수는 없을 것이
야. 저들의 추격을 피하는 가장 빠르고 정확한 방법은 강을 건너는 것
이야. 지금 우리는 바로 그 결정적인 순간에 서 있어."

"하지만 배가 없잖아."

"많은 배를 모으기 위해서는 시간이 오래 걸려."

추모의 믿음은 확고했다.

"적이 밀려오고 있는데."

"싸워야지. 배가 올 때까지 싸워야지. 내소만 쏘면 돼."

추모는 대소의 추격군을 두려워하지 않았다. 그는 이미 손에 활을
들고 서 있었다. 그 순간 오이는 부여성을 빠져 나올 때의 상황이 떠올
랐다. 성문이 열리고 대소의 군대가 쏟아져 들어올 때 그는 이제 끝장

이라고 생각했다. 도저히 그 상황을 빠져나올 자신이 없었다. 그 위급한 상황에서 추모는 칼을 빼들었다. 몇 겹의 적들이 에워싸고 있음에도 전혀 겁내지 않고 오히려 적을 향해 과감하게 도전하려 했다. 오이는 그 때 전혀 위축되지 않고 부하들을 격려하던 추모의 자신감에 가득 찬 눈매를 기억했다. 그리고는 앞장 서서 적진 속으로 돌격하여 활로를 뚫던 추모의 용기와 결단력에 감탄했다. 과연 그를 뒤따라 적진으로 뛰어 들었을 때 활로가 생겼다. 그때 오이는 왜 재사와 무골선비가 추모를 지도자로 내세웠는가를 깨달았다. 추모가 자신들의 우두머리가 될 자격이 충분하다고 생각했다. 그 이후 추모는 그에게 단순한 동무가 아니라 믿고 의존하고 싶은 존재로 발전해 있었다. 지금도 그랬다. 도저히 희망이라고는 보이지 않는 이 상황에서 활을 빼어든 그의 모습에서 어쩌면 새로운 활로가 생길지도 모른다는 기대감이 생긴 것이다.

"전투준비. 배가 올 때까지 저들과 싸운다."

오이는 곧바로 전투준비 명령을 내렸다. 추모의 뜻에 따르기로 한 것이다. 문득 자신의 변화에 대해 웃음이 나왔다. 추모는 이런 오이의 마음을 아는지 오이를 바라보며 가볍게 웃어 보였다.

드디어 대소가 사정권 안으로 들어왔다. 배는 여전히 모습을 보이지 않았다. 진중에는 긴장감이 넘쳤다. 두려움에 떠는 자도 있었다. 하지만 추모는 흔들림이 없었다. 여러 번 생사의 고비를 넘기면서 그의 담력은 범인이 생각하는 것 이상으로 커져 있었다. 추모는 활에 화살을 재고는 대소를 찾고 있었다. 근위병에 둘러싸인 대소는 아직 사정권 밖에 있었다. 좀 더 기다리기로 했다.

"배다, 배가 나타났다."

갑자기 환호성이 울렸다. 낭떠러지로 인해 보이지 않던 곳에서 불쑥 배가 나타난 것이다. 처음에는 한 척 밖에 보이지 않더니 낭떠러지를 끼고 돌아서는 수십 척의 배가 순식간에 모습을 드러냈다.

"어서 타시오."

어별이 환한 미소로 손짓하고 있었다.

"아녀자부터 배에 태워라."

마리와 오이는 가족들을 데리고 떠나왔다. 이들은 이곳까지 오는 험난한 노정을 잘도 견뎌 냈었다. 추모는 손을 들어 어별에게 고마움을 표한 뒤에 부하들을 태우기 시작했다. 몇 척의 배가 강심에 들어섰을 무렵 대소가 이쪽을 발견한 듯 급히 말을 몰아 왔다.

"어서 타라."

추모가 추격군에게 활을 쏘며 엄호를 하는 사이 오이와 마리는 무리들 독려하여 배에 태웠다. 마지막으로 추모가 배에 올라탔다. 어별은 힘차게 삿대를 밀어 배를 순식간에 강심으로 몰아넣었다. 대소가 활을 쏘며 추격해왔다. 하지만 강가에 서서 발만 동동 구를 뿐 더 이상의 방법이 없었다. 더구나 배는 하류 쪽으로 흘러, 추모를 초조하게 만들었던 낭떠러지로 인해 대소는 더 이상 추모의 모습을 볼 수가 없었다. 정말 꿈처럼 순식간에 대소의 추격에서 벗어날 수 있었다.

"어떻게 이렇게 순식간에 이 많은 배들을 모을 수 있었소?"

여유가 생기자 추모는 어별의 재주에 감탄하여 물었다.

"이 정도 배를 동원하려면 인근 마을의 배를 다 모아야 가능하지요. 지금 여기에 배를 띄운 사공들 중에는 추모형의 부탁을 거절하였던 사람들도 많이 있습니다."

"그래서 물어 보는 것입니다."

"이곳은 다 하백 대왕께서 하늘에 제사를 잘 지내 준 덕분에 살아가는 사람들입니다. 더구나 마음 속으로 큰 신세를 지고 있다고 생각하는 유화부인의 아들이 도움을 청하는데 외면할 사람들은 이곳에 아무도 없습니다."

어별은 공을 하백과 유화부인에게 돌렸다.

"아무리 그래도 대소를 두려워하는 마음들이 있을 것 아닙니까?"

"물론 그런 두려움이 있지요. 하지만 이곳 사람들은 주로 물에서 생활하기 때문에 제일 두려워하는 것이 하늘과 물의 신입니다. 대소보다 훨씬 두려운 존재지요. 하늘을 거역할 수는 없는 것입니다. 해모수와 하백은 하늘과 물의 대리자입니다. 함께 일해야 할 때가 많기 때문에 이곳 사람들은 당연히 의리를 목숨만큼 소중하게 생각합니다. 추모형이 복이 많은 것이지요."

어별에게도 대소의 보복에 대한 두려움이 분명 있을 것이었다. 하지만 의로운 일을 한다는 생각이 이를 앞섰던 것이다.

"…… 물과 하늘은 늘 우리와 함께 하지만 대소는 잠깐이지 않습니까?"

어별은 애써 자위하는 모습이었다.

"하지만 물 위에서라면 우리도 지지 않습니다."

어별은 묻지도 않은 말을 혼자 내뱉으며 앞일을 걱정하는 듯 했다. 추모는 이들의 강한 믿음에 할 말이 없어 듣고만 있었다. 드디어 맞은편 강가에 도착했다.

"고맙소. 이 은혜는 반드시 갚겠소."

"아닙니다. 추모형은 알지 못하겠지만 나의 이모인 유화부인으로 인해 우리 개마국은 오랫동안 평화롭게 지낼 수 있었으니 이제야 우리가 그 은혜에 보답하는 것입니다."

어별은 추모를 형이라 부르며 오히려 고마워했다.

"내 신변이 안정 되면 다시 한 번 찾아와 이 은혜에 보답하겠소."

추모는 마지막으로 강에 내려섰다. 어별은 손을 흔들며 짧은 만남을 아쉬워하고는 다시 강심으로 배를 몰았다. 이제 자신은 대소의 추격으로부터 완전히 자유로워졌지만 저들이 대소로부터 어떤 보복을 받을지 걱정되었다.

대소의 추격을 완전히 벗어난 뒤 추모는 다시 한 번 하늘에 감사하는 기도를 올렸다. 그의 마음 속에는 이상하게도 이전에는 없었던 '하늘' 이라는 말이 자리 잡기 시작했다. 그만큼 도피 생활이 하늘의 도움을 바라는 힘들고 어려운 노정이라는 것의 반증이었다. 하늘은 이 힘든 노정을 통해 추모에게 보이지 않는 자신의 모습과 힘을 깊이 각인시킨 것이다.

5. 고구려高句麗

엄수를 건넌 후부터는 소수맥 지역이었다. 이제부터는 소수맥 출신인 협보가 향도가 되어 추모 무리를 안내했다. 부여를 떠나올 때는 졸본부여가 목표였지만 막상 졸본 땅이 가까워지면서 걱정이 생겼다. 칠십 명이나 되는 이 무리를 받아줄 부족은 없었다. 그렇다고 마땅히 정착하여 살기도 쉽지가 않았다. 졸본 땅에 들어간다면 혼자 몸은 얼마든지 살아갈 수 있다. 같이 사냥을 하던 솔개도, 장사꾼인 비단도 반갑게 맞아 줄 것이다. 하지만 지금은 상황이 달랐다. 받아 준다면 다정한 이웃도 될 수 있지만 어쩌면 침략자가 될 수도 있었다. 이런 고민을 안고 그는 졸본 땅을 향해 부지런히 말을 몰았다.

졸본천을 끼고 골승(骨升)땅을 지날 무렵이었다. 대소의 추격에서 벗어난 후 추모 일행은 급속하게 체력이 떨어지기 시작했다. 긴장감으로 인해 그동안 느끼지 못했지만 부여성에서 쫓겨난 이후 지금까지 전투와 도망의 연속이었기에 그럴 만도 했다. 추모는 겨울이 다가오고 있었기 때문에 졸본에 입성하는 것은 내년 봄으로 미루고 빨리 정착할 곳을 찾아야겠다는 생각을 했다. 당분간 먹을 양식은 우가 마을에서 가지고 왔지만 정착할 곳을 정한 후에는 사냥을 하면서 이번 겨울을 나야만 했다. 그래서 그는 행군 속도를 늦추고 사람을 풀어 인근에 정착할 만한 곳이 있는지 살피게 했다.

냇가에 앉아 휴식을 취하고 있던 이들을 향해 접근하는 무리들이 있었다. 족히 오십여 명은 되어 보이는 기마병이었다. 이곳까지 오는 동안 워낙 많은 것을 경험하였기에 이제 추모는 웬만한 상황에서는 놀라지도 않았다. 그는 주변에 경계를 당부하고 활을 꺼내 들었다. 활을 잡는 순간은 그에게 힘이 솟았다. 무슨 일이든 다 할 수 있을 것 같은 자신감이 생겼다. 다행인 것은 달려오는 형세로 보아서는 적대적이지는 않은 것 같았다. 대부분 흑의를 입고 있었다. 가까이 다가오면서 상대의 얼굴 윤곽이 드러났다. 상대를 확인한 추모는 서서히 활을 내려놓았다.

"오랜만에 뵙겠습니다. 공자님"

재사가 누군지 알 수 없는 무리를 이끌고 나타난 것이다.

"선비님이 아니십니까? 여기는 어떻게 알고 오셨습니까?"

낯선 이국땅에서 아는 사람을 만나면 그것처럼 반가운 것이 없는 법이다. 추모는 뜻밖의 장소에서 재시를 만나게 되어 너무 반가웠다. 더구나 이번에 도망을 다니면서 이들의 존재에 대해 깊이 인식하였기에 그 반가움은 훨씬 더했다.

"기다리고 있었습니다."

“그게 무슨 말씀입니까? 봄에 떠나신 분이 어떻게 제가 여기에 올 줄 알았단 말입니까?”

“사정 이야기는 나중에 하고 일단 오늘은 집으로 갑시다.”

“집이라뇨?”

“공자님이 오실 줄 알고 좋은 곳에 터를 잡아 놨습니다.”

“이들은 누굽니까?”

추모는 재사가 이끌고 온 사람들을 가리키며 물었다.

“백성들입니다. 이들은 그동안 산천을 찾아 수도생활을 하고 지냈지만 이제 속세에 내려와 정착해서 살고 있습니다. 공자님의 백성들이면서 동시에 강한 군사가 될 것입니다. 자세한 이야기는 나중에 하기로 하고 일단 여길 떠납시다.”

재사는 시종 웃는 얼굴이었다. 추모는 그것이 불만이었다. 무슨 비밀이 이렇게 많고 또 사람을 깜짝 놀라게 하는 것이 그리도 많은지 알 수가 없었다.

“뭐가 그리 좋아서 웃으시는 겁니까?”

“공자님이 반가워서 그렇습니다. 하하하!”

재사는 또 다시 웃었다. 추모는 당장 따지고 묻고 싶었지만 너무 피곤하여 나중에 자세한 사정을 듣기로 했다. 냇가에서 유숙하던 추모의 무리들은 재사 일행을 따라 그가 마련했다는 곳으로 움직이기 시작했다. 귀찮고 힘들었지만 이제는 타탕을 치지 않아도 된다는 말에 마지막 힘을 내어 재사를 따라 나선 것이다. 강을 건너고 산봉우리를 두 개나 넘어야 하는 험한 곳이었다. 투덜대는 소리를 못 들은척하고 앞장서서 가던 재사가 갑자기 발을 멈추었다. 산 아래로 넓은 평원이 보였다. 그 한 가운데는 강이 흐르고 그 강 뒤로는 수십 채의 집들이 보였다.

"바로 저기 입니다. 저기가 우리나라입니다."

골승 땅은 넓지는 않았지만 땅이 매우 기름지고 또 산이 험하여 외적의 침입으로부터 보호 받을 수 있는, 나라를 세우기에는 아주 적합한 땅이었다. 재사는 이 땅에 벌써 몇 백 채의 집을 지어놓고 있었다. 수백 명의 백성들이 살고 있었을 뿐 아니라 새로운 사람들을 위한 집까지 다 마련해 놓고 있었다. 더 놀라운 사실은 추모 일행이 이곳에 들어서자 많은 사람들이 단군이 왔다며 열렬히 환영한 것이다. 재사는 추모에게 일어날 일을 미리 알고 있었던 듯 모든 것을 다 준비해 놓고 있었다.

"이곳에 우리는 나라를 세울 것입니다. 이 나라를 기반으로 해서 우리는 전 예맥을 통일해 나갈 것입니다."

재사는 마을 한 가운데에 있는 넓고 큰 집으로 추모를 인도한 뒤에 도착하자마자 일갈을 내뱉었다.

"어떤 나라를 세울 것입니까?"

"전에 제가 드린 말씀 중에서 칼을 든 단군이라는 말을 기억하십니까?"

"기억하고 있습니다."

"이제 공자님은 단군이 아니라 대왕이 되는 것입니다. 그리고 칼과 활을 들고 공자님을 인정하지 않는 지역을 정복해 나갈 것입니다. 강력한 정복국가 그것이 우리나라입니다."

추모는 힘들고 피곤하여 그의 말을 제대로 듣지 않았다. 그런데 마을 한 복판에 들어서자 반가운 사람들이 기다리고 있었다. 무골과 묵거였다.

"어서 오십시오."

"선비님들도 함께 계셨군요."

추모는 말에서 내려 반가운 얼굴로 묵거와 무골에게 인사를 올렸다.

"이곳까지 오시느라고 얼마나 힘들었습니까?"

묵거와 무골은 그동안 안면이 있었던 사람들의 손을 일일이 잡으며 환대했다.

"오늘은 이미 날이 저물었고 또 이곳까지 오느라 힘들었을 터이니 푹 쉬세요."

묵거와 무골은 사람들을 빈 집으로 안내하여 휴식을 취하게 하였다. 오랜만에 찬 서리를 피하게 된 사람들은 간단한 요기를 한 후에 곧바로 곯아 떨어졌다. 추모도 마찬가지였다. 그도 아무 말도 묻지 않은 채 오랜 도망 생활에서 지친 몸을 곧바로 뉘었다.

다음날 해가 중천에 솟을 무렵, 아무런 걱정 없이 실컷 잠을 잔 추모는 가뿐한 마음으로 자리에서 일어났다. 오래지 않아 식사가 준비되었다며 재사로부터 연락이 왔다. 오랜만에 추모와 오이, 마리, 그리고 협보와 함께 재사, 무골, 묵거 등이 다 모였다. 부여의 별당에서 모인 이후 이렇게 한꺼번에 모인 것은 근 일 년 만인 것 같았다.

"차린 것은 없지만 많이 드십시오."

묵거는 빙그레 웃으며 말했다. 탁자에는 밥과 나물, 그리고 사냥한 고기들이 놓여 있었다. 거의 매일 육포만 먹으며 견뎠던 추모는 절로 침이 넘어갔다.

"이렇게 저희를 위해 집과 또 맛있는 식사를 마련해 주시니 뭐라 감사의 말씀을 드려야 할지 모르겠습니다."

추모는 고비 때마다 나서서 도와주는 여러 선비들에게 진심으로 고마워했다.

"그런 말씀 마십시오. 이제 우리들은 전부 다 운명 공동체입니다. 더 이상 남남이 아닙니다. 앞으로도 서로 도우면서 우리의 뜻을 펼쳐야 할 것입니다. 자 이야기는 나중에 하고 밥이 식기 전에 식사부터 합시다."

재사는 추모의 인사말에 손사래를 치며 식사부터 권했다.

"선비님들은 어떻게 제가 부여에서 쫓겨날 줄 알았으며 또 여기를 지날 줄 알았습니까?"

식사가 끝나고 한 잔의 따끈한 차가 건네지자 추모는 궁금하던 것을 물었다.

"그것은 공자님께서 실기하셨기 때문입니다."

재사가 나서서 지난 사연을 간략하게 요약했다. 그에 의하면 우가를 지지기반으로 삼아 군대를 강화시켜야할 중요한 시기에 추모는 아무 것도 하지 않았다는 것이다. 더구나 마가를 기습하여 대소를 죽여야 한다는 자신들의 생각에 추모가 끝내 반대하였기 때문에 결국 추모는 대소에 의해 쫓겨날 것이라고 판단했다는 것이다. 따라서 자신들은 추모가 쫓겨난 뒤를 준비하지 않을 수 없었다는 섯이다. 원대한 꿈을 이루기 위한 가장 빠른 방법은 추모가 부여국의 왕이 되는 것이었는데, 실기함으로 인해 차선책인 새로운 나라를 만들 준비에 들어간 것이다. 부여국에서 쫓겨난 추모가 어디로 갈 것인가를 곰곰이 생각해

보니 아무래도 졸본부여일 것 같아서 졸본천가에 나라를 세울 적절한 터를 찾고, 그를 맞이할 준비에 착수했다는 것이다.

백성들이 필요했기 때문에 그동안 때를 기다리며 수련생활에 전념한 선비들을 불러 모았다. 이들은 같은 역사관을 가진 사람들로 추모가 나라를 세우기만을 기다린 사람들이라 이들을 모으는 데는 아무런 문제가 없었다. 오히려 같은 역사관을 가진 사람들이 함께 살게 된 것에 대해 매우 만족했다. 이들은 백성들이면서 동시에 훈련이 아주 잘 된 군인이 될 수 있었기에 꼭 필요로 하는 사람들이었다. 결혼한 사람들은 식구들을 데리고, 그리고 혼자인 사람도 있었지만 짝이 없는 사람은 배필을 구하여 이곳에 몰려들었다. 재사도 가족들과 부족원들을 데리고 이곳에 들어왔다. 하지만 무골과 묵거는 해모수를 모셔야하기 때문에 소도에 있는 식구들을 데려오지 않았다는 것이다.

“하지만 제가 부여를 빠져 나오지 못하고 죽임을 당할 수도 있었던 것 아닙니까?”

“우리는 지난 이십여 년 동안 공자님을 단군으로 세우기 위해 온갖 것을 다 수련시켰습니다. 비록 공자님께서는 자신의 능력을 깨닫지 못하고 계셨지만 말입니다. 하지만 우리는 공자님이 그동안 경험한 것들과 수련한 것들을 생각해 볼 때 능히 그 정도의 시련은 이겨낼 것으로 생각했습니다. 만약 그것을 이겨내지 못하고 죽는다면 그것도 어쩔 수 없는 것이라 생각했습니다. 아니 차라리 잘된 것이라 생각했습니다. 그 정도의 역량도 되지 못하는 사람은 우리의 머리가 될 자격도, 크나큰 역사적 소명도 감당할 수 없는 인물이라 생각했기 때문입니다.”

추모는 재사의 계획과 판단이 무섭게 느껴졌다.

"묵거와 무골 그리고 저는 이제 늙었습니다. 더 늙기 전에 우리가 해야 할 일이 있습니다. 그것은 앞서 말씀드린 나라를 세우는 것입니다. 아리씨의 혈통을 이어받은 대왕이 강력한 제국을 세워 옛날 조선의 영광을 다시 찾는 매우 영예로운 일입니다. 이를 위해 이제 우리는 시간을 아껴야할 필요가 있습니다. 이번 겨울은 사냥을 다니면서 식량을 구하고 나라를 세우기 위한 기반을 다질 것입니다. 하지만 내면 봄부터는 달라질 것입니다. 나라 이름도 정하고 대왕도 추대하여 단군의 나라 조선을 다시 부흥시키는 힘든 일을 시작할 것입니다. 이를 위한 준비를 이번 겨울에 해야 합니다."

그 해 겨울 추모 일행은 골승 땅 근처의 산을 뒤지며 대규모의 사냥을 여러 번 나갔다. 이것은 식량을 마련하기 위한 목적이기도 했지만 마을 사람들의 결속을 위한 것이기도 했다. 그러나 무엇보다 중요한 목적은 군사훈련이었다. 사냥을 통해서 사출도의 진법훈련을 익히려는 목적이 내재되어 있었던 것이다. 긴 겨울이 끝나자 다시 대지에 파릇한 새싹들이 돋아나기 시작했다. 누구보다도 바쁜 나날을 보냈던 골승 땅 사람들은 씨를 뿌리면서 새로운 한 해를 준비하기 시작했다.

그 즈음 재사는 추모일행을 불렀다.

"지난 겨울 우리는 많은 것을 준비하였습니다. 식량도 비축시켰고 또한 군사 훈련도 많이 하였습니다. 올 봄부터는 이제 그동안 준비하였던 것을 바탕으로 본격적인 정복활동에 나설 것입니다. 그 첫 목표가 소수맥 통일입니다. 이를 위해 우리는 모였습니다."

재사는 회의를 소집한 이유부터 밝혔다.

"제일 먼저 우리가 해야 할 일은 나라를 세우고 대왕을 추대하는 일입니다."

정식으로 나라를 세우고 왕을 뽑는다는 말에 방안은 엄숙한 분위기로 바뀌었다.

"나라 이름부터 정합시다."

"아무래도 이곳을 중심으로 예맥 땅은 물론 전 조선 땅을 다 통일하려면 으뜸고을, 혹은 우뚝 솟은 땅 이라는 의미의 숫고을이 좋겠습니다."

이런 저런 말끝에 추모가 나라 이름을 정했다.

"그것 좋습니다. 숫고을 혹은 으뜸고을"

다들 찬성하고 나섰다.

"중국사람이 쓰는 한자로는 숫고을을 무어라고 합니까?"

"고구려(高句麗)라고 합니다."

"그러면 우리나라 이름을 '고구려' 라 합시다. 어차피 한자가 이제는 대세가 된 것 같으니 한자를 쓰는 것이 더 진일보한 것이라 생각됩니다."

졸본부여에서 선진화된 한나라 문화를 맛보고 그들 문화의 우수성을 경험한 적이 있는 추모가 아예 국호를 한자로 표기하자고 했다. 재사가 아주 좋은 생각이라며 찬성했다. 마리가 약간 떨떠름한 표정을 짓긴 했지만 국호는 고구려로 정해졌다.

"자 이제 나라 이름을 정했으니 왕을 뽑아야 할 것입니다. 누가 왕이 되면 좋겠습니까?"

"물론 여기 있는 여러분들이 다 왕이 될 자질이 있으시지만, 아무래도 단군의 혈통을 이어받은 아리씨인 추모가 우리의 왕이 되어야 할 것 같습니다. 그래야 우리나라의 정통성도 확립이 되고 또 정복 활동을 해 나갈 때 명분이 섭니다. 더군다나 추모님은 아리씨임을 상징하는 청동거울과 청동방울을 소장하고 있으니 당연히 왕이 되어야 한다고 생각합니다."

묵거가 제일 먼저 의견을 내자 아무도 반대하지 않았다. 이들은 추모를 우두머리로 추대하기 위해 모인 사람들이었기 때문에 이는 다만 형식적인 절차에 불과했다.

"자 그럼 이제 우리는 추모를 우리의 지도자로 뽑았습니다. 이후부터는 우리는 추모를 대왕이라 불러야 할 것입니다."

"왜 우리 조선을 멸망시킨 한나라의 문자를 씁니까? 우리말인 대칸(大韓혹은 大汗)이라는 말을 사용하는 것이 더 좋을 깃 같습니다."

부여의 우가 출신인 마리가 제동을 걸었다. 시골 출신인 그는 한나라에 대한 막연한 증오심과 반발감이 있었다. 국호를 우리말인 '숫고을' 을 두고 적대국의 말인 '고구려' 로 사용하는 것에 대해 못마땅하게 생각하였지만 혼자 나설 수가 없어 그냥 넘어 갔던 것이다.

"우리 고구려는 앞으로 개방적인 나라가 될 것입니다. 예맥 땅은 산과 강이 많아 고립된 형국입니다. 그러다보니 외부 문물을 받아들이는데 인색합니다. 대수맥이나 소수맥의 작은 나라들 중에는 아직도 돌도끼와 돌창, 돌화살을 쓰는 곳이 있습니다. 반면 한나라는 철을 이용한 다양하고 무서운 무기들을 사용하고 있습니다. 저들은 한자라는 문자가 있고 또 이를 기록할 종이라는 것도 있습니다. 우리는 어떻습니까? 선비들 일부가 문자를 가지고 있지만 일반화되지 않고 있을 뿐 아니라 종이가 없어 책을 만들지 못하고 겨우 대나무에 글자 한 자 한 자를 어렵게 새겨 그 뜻을 전할 뿐입니다. 우수한 문화는 수용해야 합니다. 그래야만 고구려가 말 그대로 으뜸고을이 되어 예맥 땅을 통일할 수 있고, 또 온 조선을 통일할 수 있고 또 저들 한나라에 맞설 수 있는 것입니다. 그래서 저들 문화의 원동력인 문자를 받아들여 나라 이름을 고구려로 하자는 것입니다.”

“…….”

재사의 설득력 있는 말에 마리는 아무 말도 하지 못했다. 그는 종이가 무엇인지 철제 무기로 어떤 것들이 있는지 정확하게 알지 못하였기에 반박할 수가 없었던 것이다.

“군사제도는 사출도를 응용할 것입니다. 아직 백성들이 많지 않고 땅이 넓지 않아 지방조직까지 확대할 수 없지만 일단은 사방위에서 두 겹의 방어진을 치는 사출도의 전술이 우리가 취할 수 있는 가장 좋은 방법이라고 생각합니다. 정치제도는 추후에 논하는 것이 좋을 것 같습니다만 일단 대왕을 도울 두 명의 재상을 두어 좌보와 우보로 삼는 것이 좋을 것 같습니다.”

아무 생각 없이 회의에 참석하였던 사람들은 재사가 의도하는 대로 이끌려 갈 수밖에 없었다. 미처 생각하지 못한 것들이었기 때문이다. 그들은 재사가 설명하는 말들을 유심히 들으며 공감을 했다. 결국 이들은 이 자리에서 서로의 할 일을 정했다. 묵거와 무골은 고구려의 정신이 되는 제삿일을 맡기로 했다. 나라의 중요한 제사 뿐 아니라 전국의 산천을 순례하면서 수도 생활에 힘쓰는 한편 뛰어난 인재들을 뽑아 수련시켜 나라가 위기에 처했을 때 큰 힘을 보텔 수 있게 했다. 하지만, 해모수가 신선 세계에 입적하기까지는 해모수를 모셔야겠다며 해모수와 식구들이 있는 백산의 소도로 돌아가기로 했다.

"나라에 위기가 닥치면 우리가 훈련시킨 선비들이 항상 달려 갈 것입니다."

결국 나랏일은 재사가 좌보(左輔)가 되어 나라의 제정과 내치를 돕고, 협보가 우보(右輔)가 되어 외치를 돕기로 했다. 동시에 이들은 오이, 마리와 더불어 사출도의 한 꼭지점을 책임지는 나부의 대가가 되었다.

"우리나라의 성격을 규정지어야 될 것 같습니다."

이번에는 협보가 나서서 제안했다. 아무래도 나라의 방향성을 설정해야 될 듯 싶었기 때문이었다.

"제가 나라를 세우기 위해 오랫동안 준비해왔기 때문에 제가 말하는 깃이 좋겠습니다."

협보의 말에 재사가 나서며 말했다.

"우리나라의 첫 시작은 이 시대의 마지막 단군이신 해모수님에게 있습니다. 해모수님은 한나라에 빼앗긴 조선 땅을 다시 찾고 하늘님이 다스리는 조선을 다시 회복시키기 위해 나라를 세웠습니다. 하지만 이 나라는 여러 번의 시행착오 끝에 실패하고 말았습니다. 물론 나중에 다시 밝힐 날이 오겠지만 이 나라는 아직 존속하고 있습니다. 우리가 다시 찾아야할 나라이기도 하지만. 우리는 그때 해모수님이 내세운 그 이념과 목표를 그대로 가지고 나라를 건국하였습니다. 우여곡절 끝에 그분의 혈육인 추모님을 다시 세워서 말입니다. 다만 우리는 이전과 달리 우리의 정통성을 인정하지 않는 나라는 칼과 활로 점령할 것입니다. 우리는 이전에 존재하던 위만조선처럼 강력한 정복국가가 될 것입니다. 칼을 휘두르는 단군의 국가가 될 것입니다.”

말 못할 사연이 있는 듯 재사는 마지막 부분에서 비장한 어투로 말했다. 좌중도 덩달아 비장한 기분이 들어 한동안 침묵을 지켰다.

“그런데, 지금도 존속한다는 아버님이 세웠던 그 나라는 어떤 나라입니까?”

추모가 침묵을 깨고 물었다.

“아버님이 세웠던 북부여는 지금의 비류국입니다. 지금 당장 우리가 상대하기에는 너무 큰 나라입니다.”

추모는 졸본 부여에 있을 때 비류국에 대해서 들어 본 적이 있었다. 졸본부여의 북쪽에 위치한 나라로 한나라와 영토를 맞대고 있음에도 불구하고 전혀 밀리지 않는 매우 강한 나라였다. 그것이 아버지가 세운 나라라는 것에 새로운 감회가 생겼다. 언젠가는 반드시 다시 찾겠다는 각오와 함께.

“재사님은 이전에 제 삶을 어디까지 계획하고 준비시켜 놓았습니까?”

문득 추모는 자신이 미처 생각하지 못했던 말들을 쏟아내는 재사의 태도에서 도대체 아버지와 재사 일행은 어디까지를 준비하고 계획했는지 알고 싶었다.

“비류국을 정복할 때까지 입니다. 그것은 원래 해모수님의 나라였기 때문에 그것까지 준비했습니다. 그때까지는 제가 돕고 나서겠지만 그 다음부터는 대왕님이 모든 것을 계획하고 실행하셔야 합니다.”

재사는 처음으로 추모를 대왕이라 호칭하며 자신의 한계를 분명히 밝혔다.

"좌보께서는 우리가 비류국을 정복할 수 있다고 생각하십니까?"

비류국을 너무 쉽게 말하는 것 같아 추모는 재사를 좌보로 부르며 의문을 재기했다.

"졸본부여만 정복하면 얼마든지 가능합니다."

"그러면 졸본부여는 정복할 수 있다고 보십니까?"

"안된다는 부정적인 생각만 정복할 수 있다면 충분히 가능하다고 봅니다."

추모는 내심 자신들이 과연 졸본 부여를 점령할 수 있을까하는 생각을 해보았다. 소수맥 땅에 들어왔으니 소수맥을 통일하고 이를 바탕으로 대수맥과 부여를 점령하여 예맥 땅을 통일해야하는 것이 자신의 시대적 소명이었다. 하지만 소수맥의 졸본 땅을 정복한다는 것부터가 감당하기 힘든 일이었다. 우태와 부분노로 기억되는 졸본 땅은 강하고 그리고 너무 풍요로운 나라였다. 자신이 넘기가 힘든.

"졸본부여는 매우 잘 사는 나라입니다. 한나라의 현도군과 상거래를 하여 물자가 풍부할 뿐 아니라 돈이라는 것이 많은 나라입니다. 신중하게 접근해야할 것입니다. 잘못하다간 우리가 먼저 당할 수도 있습니다. 하지만 반드시 넘어야할 목표이면서 동시에 우리 고구려가 제일 먼저 해야 할 일입니다."

재사는 제일 먼저 정복해야할 나라를 지목하여 목표의식을 부여했다.

"……"

재사의 말이 맞았다. 힘들지만 반드시 병합해야할 나라였다. 그것이 나라를 세운 이유였다. 좌중은 묵묵히 그의 말을 경청할 수밖에 없었다.

"그런데, 돈이 무엇이오?"

부여에서 고립된 채 물물교환의 삶을 살았던 마리는 '돈'이라는 단어가 생소했다.

"돈은 한 마디로 무엇이든지 구할 수 있는 것입니다. 따라서 우리가 졸본부여만 정복한다면 우리는 이 소수맥 지역에서 단번에 강한 나라가 되는 것입니다."

추모에게 졸본부여는 반드시 넘어야 하지만 넘기 힘든 거대한 장벽 같은 나라였다. 그의 머릿속은 더욱 복잡해졌다. 그는 이쯤에서 회의를 마무리 하고 싶었다.

"오늘 너무 많은 이야기를 한 것 같습니다. 오늘 회의는 이 정도하고 마칩시다."

추모가 먼저 제안했지만 오이나 협보, 특히 마리도 공감하는 바였다. 너무 많은 이야기를 나눈 것 같았다. 재사는 이들의 표정을 살피며 빙그레 웃었다.

"그럼 오늘 회의는 이 정도에서 마치겠습니다. 오늘 우리가 나눈 이야기들은 종이를 구해 문서로 정리해 두겠습니다."

"앞으로 여기 있는 여러분들은 다 부족장이 되고 대가가 될 분들입니다. 우리가 세운 고구려는 어느 한 사람의 일방적인 통치의 대상이 되어서는 안 될 것입니다. 앞으로 우리 고구려가 큰 나라가 되어도 나라의 중요한 일은 이렇게 대가들이 모여서 의논하는 전통을 세웠으면 좋겠습니다."

재사의 진행을 말없이 지켜보기만 하던 무골이 제안을 했다.

"그것 좋은 생각입니다. 우리 고구려는 부여처럼 어느 한 부족, 한 사람의 나라가 되어서는 안 된다고 생각합니다."

추모가 흔쾌히 말했다.

"좋습니다. 그러면 이것도 문서로 남겨 후세에 이 전통이 이어지게 하겠습니다."

재사가 동의하며 나섰다.

다음날 좌보가 된 재사는 부여와 졸본에 첩자들을 파견하여 그곳의 정세를 살펴오게 하는 한편 군사와 정치제도를 개편하면서 동시에 진법 훈련을 포함한 여러 가지 훈련을 시작했다. 혹독한 추위였다. 올해 겨울은 지난 해 겨울보다 훨씬 추웠다. 3월이 다 되도록 날은 풀리지 않았다. 산은 여전히 흰머리를 이고 있었고 얼어붙은 강은 풀리지 않았다. 골승 땅에 자리를 잡고 나라를 세운 추모는 이 추운 겨울에도 쉴 수 없었다. 이제 봄이 되면 본격적으로 졸본부여에 대한 정복전을 벌여야 한다. 졸본부여만 손아귀에 넣을 수 있다면 제대로 된 나라의 기틀을 잡을 수가 있었다. 그는 백성들과 훈련을 겸한 사냥에 나섰다. 물론 식량 문제를 해결하기 위한 것도 있었지만 서먹한 사람들끼리 친숙해지고, 또 전쟁을 위한 진법 훈련도 사냥을 통해 익히려는 의도가 깔려 있었다. '살아 있는 동물을 상대로 사냥하는 법에서 진법을 익히는 것이 가장 효율적이고 또 생동감이 넘친다' 는 것을 무골이 강조했다. 무골과 묵거는 이번 겨울이 끝나면 소도로 돌아가야 했다. 그 전에 모든 진법 훈련을 비롯한 군사 훈련을 담당하고 있는 것이다.

고구려의 백성은 곧 군인이었다. 선비훈련을 받은 사람들인 이들의 개인 능력은 매우 뛰어났다. 특히 활 솜씨가 뛰어났을 뿐 아니라 칼과 창, 혹은 도끼를 다루는데도 능숙했다. 협보의 부하들도 활솜씨가 매우 뛰어나 이들에 전혀 뒤지지 않았다. 우가 출신인 마리와 오이가 이끄는 젊은이들은 평지가 많은 부여 출신이었기 때문에 기마술은 뛰어났지만 활솜씨는 다소 떨어졌다. 하지만 겨우내 훈련을 하여 이제 활솜씨도 저들에게 떨어지지 않을 만큼 되었다.

이들이 주로 사용한 진법은 부여의 사출도를 응용한 사기진(四旗陣)이었다. 부여는 행정조직을 윷판모양으로 사분하여 동서남북과 중앙을 선으로 연결하였다. 마가, 우가, 저가, 구가의 네 부족장이 대가가 되어 윷판의 꼭짓점에 해당하는 지역을 다스렸다. 왕은 중앙만을 통치하였다. 전쟁이 발생하면 이 사출도는 군사조직으로 변하였다. 한 부족이 한 지역을 방어하게 하였는데, 결국 윷판의 한 꼭짓점을 기준으로 한 방향에는 두 겹의 방어진이 쳐지는 모양이 되었다. 또 이 제도는 전쟁터에서는 훌륭한 진법이 되었는데 이의 활용 방법은 매우 다양하였다. 앞으로의 소수맥 통일전쟁에서 소수의 고구려인이 다수의 적을 상대로 하기 위해서는 뛰어난 전술이 필요했다. 소수맥 지역은 산악이 많아 몸을 숨길 곳이 많았기 때문에 이에 적합한 전술을 개발하고 또 훈련을 해야만 했다. 그래서 겨우내 훈련한 것이다.

겨울을 지나면서 추모는 자신의 군사력에 스스로 감탄했다. 불과 오백도 안 되는 군사지만 개인의 역량이 워낙 우수하였기에 진법 훈련을 통해 익힌 전술만 잘 구사한다면 수천의 병사와도 싸워 이길 자신이 생겼다. 지난 번 부여성에 있을 때 이런 군사훈련을 하였더라면 패배하지 않았을 것이라는 생각도 들었다. 재사가 '실기했다' 는 이유가 무엇인지 비로소 알 것 같았다.

완연한 봄이 되자 골승 땅은 너무나 아름다운 산하로 변했다. 산에는 울긋불긋한 꽃들이 서로의 아름다움을 시샘하듯 한껏 물이 올라 있었다. 새들도 봄기운을 이기지 못하여 교태스런 울음으로 봄날의 정감을 더했다.

겨우내 눈 속에서 진법훈련과 군사훈련을 마친 추모의 병사들은 이제 넘치는 힘을 어찌하지 못해 안달이 날만큼 강한 자신감과 투지가 생겼다. 하지만 좋은 일이 있으면 슬픈 일도 있게 마련이었다. 겨우내 군사훈련과 진법 훈련에 주력하며 고구려군을 강한 군대로 변모시켰던 무골과 묵거 선비가 고구려를 떠날 순간이 다가온 것이다.

무골과 묵거 선비가 떠나면 언제 만날 수 있을지 아니면 영영 만날 수 없을 지도 몰랐다. 이들로부터 수련 받은 제자들은 한동안 석별의 정을 나누며 아쉬움을 토로했다.

"나와 묵거는 매이길 싫어하는 사람들이라 고구려를 떠나지만 당신들이 나라를 잘못 다스리면 반드시 우리가 나타날 것이오. 당신들 후손 때도 마찬가지요. 만약 힘들게 쌓아올린 고구려를 당신들의 후예가 무너뜨린다면 내 후손들이 나타나 당신의 자식들을 질책할 것이오. 그러니 건국의 첫 뜻을 잊지 말고 좋은 나라 만들기 바라오."

이들은 당부의 말을 남기고 해모수가 있는 소도로 돌아갔다. 추모는 한동안 자신을 길러주었던 묵거 선비가 떠나가자 아버지와 이별하는 듯한 느낌이 들었다. 젊은 시절 방황하던 자신을 바로 잡아 주던 사람이었고 꿈과 살아갈 자신감을 심어준 사람이었다. 때로는 매섭게 때로는 자애롭게 자신을 가르치던 그를 통해 한 번도 느껴보지 못한 아버지의 정이 무엇인지를 맛보게 했던 사람이었다. 하지만 그는 또 다른 할 일이 있었기에 보내야만 했다.

묵거와 무골 선비와의 이별은 추모에게 많은 것을 떠오르게 했다. 부여 땅에 두고 온 만삭의 아내와 어머니 유화를 생각나게 했다. 아내가 대소의 핍박을 받지 않고 무사한지, 아들을 낳았는지 딸을 낳았는지도 매우 궁금했다. 또한 마리를 따라 나서지 않고 스스로 볼모가 되어 부여에 남은 어머니 유화에 대해서도 그리움이 더했다. 비록 짧은 기간 동안의 만남이었지만 무조건적으로 자신을 편드는 옳고 그르고를 따지지 않는, 이기적 자아가 유일하게 통하는 사람이 어머니였다. 하지만 이런 어머니를 언제 만날 수 있을 지, 아니면 영원히 만날 수 없을지 아무 것도 장담할 수 없었다.

추모는 선비들이 떠난 후 그리움에 빠져 아무 일도 할 수 없었다. 하지만 마냥 이렇게 지낼 수가 없어 날이 풀리면 사람을 보내기로 하고 일단은 졸본부여 공격에 모든 힘을 쏟기로 했다.

추모를 몰아낸 대소는 또 다시 부여의 계승자가 되었다. 아버지 금와는 최후의 승자가 된 대소를 다시 따뜻하게 맞아주면서 그를 세자로 내세웠다. 하지만 대소는 이전처럼 아버지의 눈치를 살피지 않았다. 그는 아버지에게는 아무 것도 기대하지 않았다. 그는 궁궐 내의 모든 군사들을 장악하였을 뿐 아니라 추모를 몰아내는 과정에서 우가를 제외한 나머지 부족과 힘을 합쳤기 때문에 아버지를 능가하는 힘과 권력을 스스로 가지게 되었다. 그래서 그는 다시 자기 사람들을 권력의 전면에 내세우며 사실상 부여를 통치하기 시작했다. 하지만 제사장은 여전히 아버지였기 때문에 아버지를 무시할 수는 없었다.

유화는 반란군이 궁궐에 입성한 후 대소의 처벌만을 기다렸다. 비로소 아들을 위해 뭔가를 할 수 있다는 마음에 오히려 마음이 편했다. 대소는 유화의 처리 문제를 놓고 한동안 고심했다. 그녀를 일단 별궁에 유폐시켜 놓긴 했지만 그것으로 그녀에 대한 징벌을 그쳐야 할지 아니면 그녀를 죽여야 할지 고민했다. 시골 놈인 추모에게 당한 수모를 생각한다면 그녀를 죽이고 싶었지만 아버지를 생각한다면 죽일 수가 없었다. 또 한편 가만 생각해보니 추모의 어머니를 이곳에 붙잡아 놓는 것은 그녀가 볼모가 되는 형국이었다. 그녀가 이곳에 있는 이상 추모는 절대 자신을 공격하지 못할 것이며 또 자신의 부탁이나 명령을 거역할 수 없을 것 같았다. 그녀를 살려줌으로 해서 아버지에게 점수를 딸 수도 있었다. 그런 이유로 대소는 유화를 별궁에 유폐시키는 것으로 그녀에 대한 처벌을 끝냈다.

우가에 대해서는 섣불리 결정할 수 없었다. 그들은 여전히 강한 전력을 형성하고 있었기에 쉽게 볼 수 없었다. 물론 부여의 전 부족을 동원한다면 이길 수는 있겠지만 이로 인해 내전에 휩싸이게 되면 옥저나 동예 같은 경쟁 국가만 유리해지는 꼴이었다. 더군다나 저들은 자신의 요구대로 추모를 감추지 않고 우가의 땅에서 내보냈다. 이는 우가도 자신의 존재를 부담스럽게 여기고 있으며 자신과는 싸우고 싶지 않다는 의지를 내보인 것이다. 이런 상황에서 그들과 다툴 필요는 없을 듯 싶었다. 일단 우가에 대해서는 이전처럼 고립정책을 쓰기로 했다. 물론 부여가 더 큰 나라가 되기 위해서는 우가의 도움이 절실했지만 그들을 지금 중앙정계로 끌어낼 수는 없었다. 언제 배신할지 모르기 때문이다.

추모나 고구려로서 한 가지 다행스러운 일은 대소가 아직 추모의 부인인 예씨가 부여 땅 우가 마을에 숨어 있는 것을 알지 못하였다는 사실이다. 만약 그것을 알았다면 그는 우가에 대해 지금과는 다른 조치를 취했을 것이다.

6. 거상 소서노

　남편 우태가 갑자기 쓰러졌다. 거구의 몸인 그는 가끔씩 뒷머리가 아프다는 말을 자주했었다. 날씨가 추워지면서 바깥출입을 삼가던 남편이 답답하다며 바깥바람을 쐰 후 쓰러진 것이다. 남편은 쓰러진 후 의식을 잃은 채 열흘 정도를 병석에 누워 있다가 결국 죽고 말았다.

　소서노는 남편의 죽음으로 인한 슬픔에서 한동안 헤어나지 못했다. 그러나 슬픔이 이제 체념으로 받아들여질 즈음 그녀는 앞날에 대한 걱정이 앞서기 시작했다 모든 것이 암담했다. 이제 결혼한 지 고작 오 년을 지났을 뿐이었다. 아들은 큰 놈이 다섯 살이고 작은 놈은 세 살에 불과 했다. 혼자서 어떻게 아이들을 키울 것이며, 또 이 많은 재산은 어떻게 관리할지 고민이었다. 당장 이곳 졸본성읍에 살고 있는 소나 부의 대가이기도 한 남편이 죽음으로써 추장은 누가 맡아야하는지도 문제였다. 더구나 이곳은 타향이었다.

　한나라의 문물을 일찌감치 받아들인 이곳은 장자상속(長子相續)이라는 한나라식 전통이 많이 자리 잡았다. 이에 의하면 소나부 추장은 당연히 자신의 맏아들인 비류가 되어야 한다. 하지만 원래 부여족의 한 갈래로 이곳에 정착하여 주로 상업 활동에 종사하는 이들 소나부족은 아직도 부여의 생활방식을 고수하는 측면이 여전히 남아 있었다. 부여의 풍속에 의하면 대가 자리는 남편의 동생인 우한에게 돌아갈 것이고, 자신의 운명 또한 형사취수제(兄死娶嫂制)라는 제도에 의해 남편의 동생인 우한에게 몸을 의탁해야 한다. 형이 죽으면 형수와 그 가족, 그리고 재산까지 다 동생이 취하는 것이다. 이는 유목을 주로 하는 사회에서는 합리적인 제도였다. 다른 부족을 공격하고 또 다른 부족의 재산과 여자를 뺏어오는 것이 일반화된 시대에 여자 혼자의 몸으로 자식과 재산을 지키기 힘들었기 때문에 남편과 가장 가까운 남편의 동생에게 의탁하는 것은 현명한 일이었다.

　하지만 지금은 상황이 달랐다. 이곳은 유목과 약탈을 기본으로 하는 곳이 아니었다. 큰 장(場)이 형성되고 상단이 강 너머 먼 한나라 땅 현도군까지 오가는 곳이다. 형사취수제라는 부여의 풍속이 너무 싫었다. 시동생인 우한이 싫었을 뿐 아니라 얼마 전까지 도련님이라고 부르던 남편의 동생에게 온몸을 까발리기 싫었다. 또한 자신의 재산은 친정아버지인 연타발의 재물로 인해 일어선 것이다. 그런데 이런 것을 우한에게 주기 싫었다. 설사 그렇다 하더라도 먼 훗날 자신의 아들이 그 재산을 다 물려 받을 수 있다면 또 모르겠지만 자기 아들을 두고 형님의 아들에게 재산을 물려 줄 리는 없을 것이다. 이미 졸본성 최고의 거상이 되었는데 이것을 송두리째 시동생에게 넘겨줄 수 없었다.

부여의 풍습을 따를 것인지, 아니면 한나라의 방식을 따를 것인지 고민하던 그녀는 결국 한나라의 방식을 따라 시동생의 아내가 되지 않기로 작심했다.

봄이 돌아왔다. 졸본성에는 진달래와 개나리가 활짝 펴 사람으로 하여금 절로 웃음이 나오게 했다. 하지만 소서노는 전혀 봄을 느끼지 못했다. 이제 남편이 죽은 지 한 달이 지났다. 그 사이 우한은 대가의 자리에 올랐다. 자신과는 한 마디 말도 없이 부족회의를 개최하여 대가가 된 것이다. 소서노는 대가 계승의 일 순위가 자신의 아들 비류임에도 불구하고 무단으로 대가가 된 그에 대해 두려운 마음을 가졌다. 자신과 자신의 아들은 완전히 무시하겠다는 생각이거나 아니면 당연히 그는 자신을 자기 여자로 생각하고 마음대로 행동해도 좋다는 생각을 가진 것이다. 이런 우한의 태도는 그녀의 결심을 더욱 굳게 만들었다. 절대 그의 여자가 되지 않을 것이며 아들들을 그의 아들로 만들지 않을 것이라 결심했다. 하지만 이를 위해서는 힘이 있어야 했다. 힘이 있으면 자신의 방식대로 살 수 있지만 그렇지 못하면 결국은 관습과 풍습을 따라야 했다.

시동생 우한이 부족회의를 개최하여 대가 자리에 올랐다는 소식을 들은 소서노는 대가 자리를 차지한 그가 다음은 무엇을 할 것인가를 생각해보았다. 그가 노릴 것은 뻔했다. 분명 자신에게 그의 아내가 되기를 강요할 것이다. 그럴 수는 없었다. 그래서 그녀는 부분노를 불렀다. 만약 부분노가 자신의 편이 되어 준다면 우한의 강요를 막을 수 있었다. 하지만 그가 여자인 자신이 아닌 우한의 편에 서면 상황은 달라질 수밖에 없었다. 잘못하면 자신은 우한의 여자가 될 수도 있었다.

우직한 사람인 부분노는 사람을 쉽게 배반하지 않았다. 우태가 살아 있을 때는 그의 말에 무조건 복종했다. 그가 시키는 것이 옳은 것이든 아니든 개의치 않았다. 그런데 과연 그가 자신에게도 복종할 지는 미지수였다. 그를 고용한 것은 자신이 아니라 남편 우태였기 때문이다.

부분노는 자신이 이곳에 시집오기 전부터 남편을 따르던 사람이었다. 그렇지만 그는 졸본성 사람이 아니었다. 그는 대수맥 지역의 사람으로 남편이 사냥을 나갔다가 만난 사냥꾼 출신이라 했다. 워낙 창을 잘 쓰고 또 우직해 보여서 이곳으로 데려와 상단의 호위를 맡겼는데 그는 단 한 번의 사고도 내지 않고 물건을 가로 챈 적도 없었다 한다. 보통 상단의 호위무사들은 장삿길에 나섰다가 물건을 빼돌리거나 이익금을 속이는 방법으로 자신의 이익을 많이 챙겼다. 하지만 그는 그런 일을 전혀 하지 않았다. 자신에게 은혜를 베푼 사람을 속여서는 안 된다는 생각이었다. 우태는 그를 특별히 발탁하여 상단의 모든 호위를 책임지게 했다. 뿐만 아니라 부족 일이 발생하면 장수로서 대접하여 그를 우대하였다. 이런 이유로 부분노는 우태에게 절대 충성했던 것이다.

하지만 이런 이유로 부분노가 소서노에게 충성한다는 보장은 없었다. 그래서 그녀는 조심스럽게 그를 대했다. 그리고는 부여의 풍습과 함께 자신의 생각을 말했다. 주인을 잃고 슬픔에 잠겨 있던 부분노는 소서노의 말을 가만히 듣기만 했다.

"저 혼자의 힘으로 서방님을 상대할 수는 없습니다. 더구나 아직 공자님이 어리시기 때문에 서방님에게 맞설 지도력을 발휘하기도 힘이 듭니다. 따라서 쉽게 결정할 일이 아닌 듯 싶습니다."

약간 섭섭했다. 당연히 자신의 편이 되어 주리라 생각했는데.

"우한이 겁나시오?"

"그렇지는 않습니다만 상단의 일꾼들은 대부분 부여사람들입니다. 그들은 서방님이 자신들의 주인이 되는 것을 아주 당연히 받아들일 것입니다. 아무래도 여자보다는 남자의 지휘를 받는 것이 인지상정(人之常情)인지라……."

일편 맞는 말인 듯 싶었다. 일꾼들은 아주 당연히 우한의 명령을 들을 것이다.

"저 혼자서 부인을 지킬 수는 없을 것 입니다. 더구나 만약 일이 잘못 된다면 공자님을 잃을 수도 있는 일입니다."

이것도 맞는 말이었다. 재산을 노린다면 당연히 자신의 아들부터 해치려 들지도 몰랐다. 좋은 삼촌이라면 안 그러겠지만.

"신중하게 생각하셔야 합니다."

그 말은 결국 우한의 보호막 속으로 들어가라는 말이다.

"물론 저는 끝까지 부인의 편이 될 것입니다."

부분노는 소서노에게도 변함없는 충성을 하겠노라 했다. 하지만 중요한 것은 부분노가 충성을 한다고 우한의 요구를 거부할 수 있느냐 하는 것이었다. 남편이 죽은 지 사십 일이 되던 날 드디어 우한은 소서노를 찾았다. 그리고는 부여의 관습에 의해 형님의 모든 재산과 여자는 다 자신의 소유가 되었음을 밝혔다.

"서방님 여기는 부여가 아닙니다. 부여의 풍습을 여기서 따를 필요는 없습니다."

"형수님 그게 무슨 말씀입니까? 비록 우리가 졸본성에서 살고 있지만 우리는 다 부여사람들입니다. 당연히 부여의 풍습을 따라야지요."

"싫습니다. 나는 형수가 시동생에게 시집가야 하는 그런 야만적인 풍습을 따르고 싶지 않습니다. 그러니 서방님은 돌아가십시오. 그리고 상단을 비롯한 내 재산을 넘볼 생각도 하지마세요."

소서노는 강한 어투로 분명하게 자신의 뜻을 분명히 전했다. 하지만 우한은 그냥 웃기만 했다.

"여자 혼자서 어린 아이를 데리고 이 험한 세상에서 살아갈 수 있다고 생각하십니까? 물론 형수님이 저에게 다시 시집오기가 어색하고 또 이상할 수 있을 것입니다. 하지만 익숙해지면 괜찮아 질 것입니다. 그러니 천천히 시간을 두고 생각합시다. 다만 제가 이제 소나부의 대가가 되었으니 형님이 운영하던 상단을 비롯하여 점방은 제가 다 관리하겠습니다."

"안돼요! 나는 절대 그런 야만적인 풍습을 따를 수 없습니다. 더구나 내 재산은 다 우리 친정아버지께서 물려주신 것이에요. 그러니 서방님도 제 점방과 상단을 넘볼 생각도 마세요. 내 아들이 클 때까지는 내가 운영할 것이니."

"허허허, 그 일은 보통 험한 일이 아닙니다. 여자 혼자서 지키기 힘든 일이라고 하지 않습니까?"

"여자 혼자서 지키기 힘들면 재혼을 해서라도 내 재산을 지킬 것이니 서방님은 관여하지 마세요."

"재혼이라고요?"

우한은 너무 어이가 없었다. 형수가 다른 여자와는 달리 여장부적인 기질이 있다는 것은 알고 있었지만 이렇게 종족의 문화와 풍습까지

역행할 줄은 생각도 하지 못했다. 더 이상 고분고분해서는 안 되겠다
는 생각이 들었다.

"나는 이 소나부의 대가입니다."

"원래 대가는 내 아들이 되어야 하는 것 아니오?"

"이미 부족회의에서 결정 난 사실이니 이는 시비 거리가 되지 않습
니다."

"난 인정할 수 없소."

"형수님이 더 이상 내 말을 듣지 않으면 알몸으로 여기서 쫓겨날 수
있다는 것을 명심해야할 것입니다. 그러니 이제부터는 내 말을 들으
세요. 내가 이제부터 당신의 남편이오."

우태는 협박을 하고 떠나갔다. 떠나가는 우한의 뒷모습을 바라보면
서 소서노는 무슨 수를 써서라도 이런 야만적인 풍습은 따르지 않기
로 결심했다.

흐릿한 달빛이 졸본성을 비추는 날이었다. 솔개는 비단과 함께 술을
마시고 있었다. 밤은 점점 깊어가는 시간이었다. 불안한 정세는 두 사
람에게 자꾸 술을 권했다. 왕이 있긴 했지만 사실상 졸본성을 지배하
고 있던 소나부의 대가 우태가 갑자기 죽음으로 인하여 졸본성에는
긴장감이 감돌기 시작했다. 달리 하는 일 없이 지내던 우한이 우태를
대신하여 대가 자리에 오르면서 과연 그의 지도력이 졸본성을 이전과
같은 풍요로운 땅으로 지속시킬 수 있을지 의심스러웠다. 더구나 우
태의 부인인 소서노가 그에게 비협조적이라는 소문이 퍼지면서 불안
감은 더 했다.

"이제는 우리 사회에서 형사취수제라는 제도는 사라져야 해. 우리 졸본성은 부여와는 다른 나라야."

"하지만 여전히 여자 혼자서 아이들을 데리고 살아가기는 쉽지 않아. 억센 사내의 보호가 필요해. 그렇지 않으면 어떤 놈팡이한테 해코지를 당할지 몰라. 그러니 차라리 시동생이 형님 식구를 보호해주는 것이 오히려 더 나을 수 있지."

힘들게 사냥을 하면서 생계를 유지해 나가는 솔개는 졸본성에 점방을 차리고 살아가는 비단과 달리 여전히 부여의 풍습을 따라야 한다는 주장을 펼쳤다. 사냥을 하면서 이 나라 저 나라 많이 다녀본 경험이 있는 그는 힘 있는 자가 힘없는 자를 지배하고 노예로 부리며 사는 것을 너무나 많이 보았기 때문이었다. 두 사람의 논쟁은 한동안 이어졌지만 결론은 나지 않았다. 아무도 낼 수 없는 결론이었다. 다만 두려운 것은 미래였다. 졸본성이 과연 지금처럼 풍요로움을 누리며 지속될 수 있느냐가 문제였다.

"비류국과 양맥 놈들이 우리 졸본성을 노리지 않을까 걱정일세."

"이럴 때 주몽 같은 자가 나타나서 우리 졸본성을 이끌었으면 좋을 것인데."

"우한도 잘 하겠지."

두 사람이 우울한 대화를 나누는 사이 밤은 점점 깊어 갔다.

"그동안 잘 있었소?"

어둠 속 저편에서 문이 열리고 낯설지 않은 목소리가 들렸다.

"누~ 누구시오?"

약간은 두려움에 떠는 목소리였다. 분명 문은 잠겨 있었다. 그런데 어떻게 열었는지 세 명의 장정이 입구에 서 있었다. 그 중 두 사람은 구척이 넘는 장한들이었다. 하지만 그 목소리는 분명 익숙한 목소리였다. 찬찬히 상대를 살펴보던 솔개의 입에서 미소가 번지기 시작했다.

"자네 추모가 아닌가? 어떻게 그렇게 연락도 없이 떠날 수가 있는가?"

반가운 마음에 추모의 두 손을 덥석 잡은 솔개는 그러나 오래지 않아 어색한 표정을 짓게 되었다. 추모의 뒤에 서 있는 장한이 부담스러웠기 때문이다.

"그동안 어떻게 지냈는가?"

"이곳 졸본부여와 가까운 골승 땅에 나라를 세웠습니다."

솔개와 비단은 추모가 골승에 나라를 세우고 대왕이 되었다는 소식에 깜짝 놀랐다. 추모의 뒤에 서 있는 장정을 볼 때 빈말은 아닌 듯 했다. 지난 겨울, 많은 눈이 내리면서 멀리 골승 땅까지 사냥을 나가지 않아 이런 큰 일이 일어난 줄은 알지 못했다.

"만약에 말이오, 강한 외부 세력이 졸본성에 들어온다면 어떻게 되겠습니까? 성읍 사람들이 수긍하겠는지요?"

"성에 들어온다는 것은 무엇을 말하는가? 장사꾼이 되겠다는 것인가? 아니면 정복민이 되겠다는 것인가?"

솔개는 조심스럽게 되물었다.

"장사꾼이 되겠다는 것이지요?"

"경쟁자가 생기는 것을 좋아하는 사람들이 어디 있겠는가?"

점방을 열고 있는 비단은 약간 위협적인 실내의 분위기를 고려하지 않고 단호하게 말했다. 장사를 오래 한 그는 웬만한 위협에는 꿈쩍도 하지 않는 터였다.

"전에 두 분이 말씀하신 주몽이라면 어떻겠습니까?"

"주몽? 그럼 자네가?"

솔개는 내심 추모의 활솜씨가 뛰어났기 때문에 어쩌면 추모가 주몽일지도 모른다는 생각을 하고 있던 터였다.

"그렇습니다. 졸본성에 퍼져 있는 두 이야기의 주인공은 한 사람, 바로 접니다. 제가 이곳 졸본성에 영웅으로 남아 있는 주몽입니다."

"그럴 줄 알았어. 자네의 활솜씨라면 충분히 그러고도 남지."

추모의 활솜씨를 알고 있는 솔개는 자신의 추측이 맞았다며 매우 반겼다. 하지만 아직 추모의 실력을 알지 못하는 비단은 이를 인정하기 않았다. 몇 명의 부랑자를 이끌고 이곳 졸본성에서 주몽의 행세를 하려는 것으로 받아들였다.

"주몽이 졸본성에서 영웅이 되고, 졸본성이 아무리 개방적이라 해도 외부인은 정착하기가 쉽지 않아."

비단은 추모의 의도를 알고 있다는 듯 이전과 달리 매우 싸늘하게 말했다.

"내가 힘으로 졸본성을 점령한다면 어떻게 될 것 같소?"

추모는 비단을 향해 말했다.

"뭐라고?"

비단은 한동안 추모를 노려보았다. 그는 대를 이어 장사를 하면서 수많은 사람들을 접했다. 그 중에는 자신의 조그마한 힘을 믿고 함부로 날뛰다 봉변을 당한 자들이 많았다. 졸본성 상인계의 힘을 아주 우습게 안 것이다. 그래서 그는 힘자랑하는 사람을 믿지 않았다. 순간적으로 추모에 대한 이전의 정감(情感)이 다 떨어져 나갔다. 아마도 추모가 자신의 활솜씨를 믿고 몇 사람을 끌어 모아 도적떼가 된 것 같은데 그 힘을 믿고 나서는 것 같아 가소로운 생각까지 들었다.

"그래도 자네와는 인연이 있었기 때문에 충고를 하는데 여기서 힘자랑할 생각은 추호도 하지 말게. 겉으로 질서가 잘 잡혀 있는 것처럼 보이는 것은 드러나지 않는 강한 힘이 뒤에 있기 때문이야. 상거래 질서를 어지럽히는 불한당들을 순식간에 잘라 버리는 강력한 힘 말일세."

약간은 냉소가 섞인 말이었다.

"그가 소서노입니까?"

추모도 물러서지 않았다.

"뭐라고? 자네가 감히 소서노에게 맞서겠다는 것인가?"

"제가 왜 소서노와 맞섭니까?"

"그럼 뭔가?"

"우한과 맞서야지요."

"뭐!"

비단은 더 이상 상대할 가치가 없다고 여겼다. 자신의 충고를 받아들이지 못하는 놈은 당해 봐야 한다고 생각했다. 그래서 그는 한동안 추모를 노려만 보았을 뿐 더 이상 맞상대를 하지 않았다.

"한 가지 부탁이 있습니다."

이 가게는 비단의 점방이었다. 당연히 추모가 이곳을 찾은 이유는 비단에게 볼 일이 있어서였다. 그래서 그는 비단의 태도에는 아랑곳하지 않았다.

"이 분을 소서노에게 잠깐 안내해 주시겠습니까?"

추모는 뒤에 서 있는 비교적 작은 사람을 가리키며 말했다. 추모의 뒤에 선 사람은 놀랍게도 재사였다.

"자네, 기어이……."

마침내 비단은 화를 벌컥 냈다. 그러나 그는 다음 순간 더 이상의 말을 잇지는 못했다. 그의 목에서 싸늘한 기운을 느꼈기 때문이다. 추모는 재사와 함께 이곳을 방문하면서 한 명의 호위병을 거느리고 왔는데 그가 칼을 뽑아 비단의 목에 들이 댄 것이다.

"더 이상 우리 대왕을 모욕하는 말은 참지 못한다. 시키는 대로 할 건가 말 건가?"

무골과 묵거는 추모를 떠나 소도로 돌아가면서 사실 그동안 자신들이 교대로 그림자처럼 추모를 호위했던 사실을 밝혔다. 비록 멀찍이서 지켜보는 방법이긴 했지만 태어나면서부터 한 순간도 추모에게서 떨어지지 않았다고 했다. 이제는 더 이상 지켜 드릴 수 없다며 자신들을 대신할 만한 뛰어난 무사를 추모에게 추천했다. 그 중 하나가 곰치였다. 덩치가 곰처럼 컸기 때문에 붙여진 이름이었다. 하지만 그는 곰처럼 힘이 장사였을 뿐만 아니라 매우 민첩한 칼솜씨를 지녔다. 하지만 그는 맥족이 아니었다. 앞머리를 변발한 예족 출신이었다. 하지만 그의 무예와 힘이 워낙 뛰어났기 때문에 추모는 그를 자신의 호위병으로 삼고 이곳까지 데려온 것이다.

"시키는 대로 하는 것이 좋을 것입니다. 이놈이 성질을 부리면 저도 감당할 수 없습니다."

"아~ 알겠소."

점점 목 속으로 칼날이 죄어 들어오자 비단은 곧바로 굴복하고 말았다. 솔개는 이 모든 장면을 그냥 지켜보고만 있을 뿐이었다.

"비단 형께서는 이미 소서노와 교분이 있을 터이니 어렵지 않게 만날 수 있을 것이오. 그렇다고 해악을 끼칠 일은 하지 않을 터이니 염려 마시고 다녀오십시오. 우리는 여기서 기다리고 있을 터이니."

비단은 심하게 일그러진 표정으로 재사와 곰치를 데리고 나섰다. 그 사이 추모는 솔개와 함께 자신이 졸본성을 비운 사이에 졸본에서 있었던 일에 대해 이야길 듣기 시작했다. 물론 그 전에도 정탐꾼들이 졸본성 소식을 전해주긴 했지만 솔개를 통해 듣는 것은 또 다른 것이었다.

어둔 밤길을 한참 걸은 후에야 비단은 솟을 대문이 있는 기와집 앞에서 발길을 멈췄다. 하지만 그는 머뭇거리며 대문을 두드리지 못했다. 너무 늦은 시간이라 감히 대가댁 대문을 두드리는 것이 겁났던 것이다. 그는 곰치의 사나운 눈길을 대하고서야 문을 두드렸다. 행랑방 문이 열리는가 싶더니 눈을 비비며 하인이 대문을 열고 나섰다. 귀찮은 표정을 한껏 얼굴에 달고 나섰다.

"누군데 밤늦게 대갓집 대문을 두드리쇼?"

비단옷을 입은 상대방의 차림새로 인해 화를 누그러뜨리는 것이 역력해보였다.

"밤늦게 미안하지만 소서노 어른을 뵙고자 하는 분이 있어서……."

비단은 찾아온 용건을 겨우 말했지만 자신이 생각해도 이는 너무 무례한 것 같아 말끝을 흐렸다.

"미안한 줄 아시면 돌아가쇼. 너무 늦은 것 같으니."

문지기는 퉁명스럽게 말하고 문을 닫으려 했다.

"이 밤에 찾아온 것은 그만한 이유가 있어서이니 얼른 들어가서 추
모라는 분이 찾아왔다고 아뢰게."

비단을 대신하여 뒤에 서 있던 재사가 나서며 말했다. 그러나 문지
기는 달빛아래 비친 재사의 용모를 아래위로 하나하나 뜯어볼 뿐 답
이 없었다.

"어르신이 어서 아뢰라 하지 않느냐?"

곰치가 번쩍이는 앞머리를 들이대며 위협했다.

"이 자식은 어디서 굴러먹던 개뼉다구야!"

문지기는 곰치의 차림새가 만만해보였는지 밤늦게 잠들어 있던 자
신을 깨웠던 화풀이를 마침내 곰치에게 퍼부었다. 그는 위세 있는 집
안의 하인인지라 웬만한 덩치에는 주눅 들지 않았다. 하지만 이는 그
의 착각이었다. 상대가 감히 대갓집 하인인 자신을 상대로 주먹을 휘
두를 줄은 상상도 하지 못했다. 어둠 속에서 솥뚜껑만한 주먹이 그의
얼굴을 강타했다. 문지기는 비명소리와 함께 땅 바닥에 나뒹굴고 말
았다. 그것이 끝이 아니었다. 코피를 흘리며 쓰러진 그의 머리통은 곰
같은 사내의 발아래 꼼짝 못하고 짓눌리고 말았다.

"빨리 들어가서 아뢰겠는가 말겠는가?"

"아～ 아뢰겠습니다."

문지기는 가쁜 숨을 내쉬며 겨우 대답했다. 비로소 곰치는 발을 풀
었고 문지기는 쫓기듯 대문 안으로 들어갔다. 오래지 않아 그가 다시
문을 열었을 때 비단은 기겁 했다. 십 수 명의 무장한 군인들이 대문을

열고 나선 것이다. 그런데 더욱 놀랄 일은 이들의 앞에는 졸본성 최고의 장수로 알려진 부분노가 서 있었다. 우한의 위협이 거세지면서 부분노는 혹시 있을지도 모르는 우한의 공격에 대비하여 밤마다 잠들지 않고 경계를 강화했던 것이다.

부분노의 손에는 장창이 들려 있었다. 문지기의 보고를 받은 그는 우한과의 힘겨루기가 시작되었다고 생각했다. 기선을 제압당해선 안 된다는 생각에 그는 무장을 한 채 나타난 것이다. 뒤로 한 발 물러나 겁에 질린 표정으로 서 있는 자는 성읍에서 점방을 하는 비단이라는 자가 분명했다. 하지만 나머지 둘은 낯선 자였다. 우한 서방님의 사람들은 대충 다 알고 있는 터였다.

"뭐하는 사람들인데 이렇게 밤늦게 우리 주인을 찾으시오?"

부분노는 조심스럽게 상대의 반응을 살폈다.

"추모라는 사람을 아시오?"

"추모라면……."

언뜻 떠오르지 않았다.

"그러면 묵거 선비는 아시오?"

순간 부분노는 추모가 누군지 생각났다. 기다리던 인물이었다.

"안으로 드시지요."

부분노의 태도는 완전히 달라졌다.

재사 일행은 어떻게 된 영문인지를 몰라 의아해 하는 문지기와 수비병들을 뒤로한 채 부분노를 따라 안채로 들어갔다.

잠깐 기다리라는 말과 함께 부분노는 안채로 들어갔고 오래지 않아 안채는 환하게 불이 밝혀졌다. 재사는 부분노를 따라 소서노에게 안

내되었다.

"야심한 밤에 죄송합니다만 이 시간에 찾아 뵈야만 할 것 같아서 이렇게 불쑥 찾아 왔습니다. 혹시 추모라는 분을 아십니까?"

"추모?"

"그러면 이것이 무엇인지는 아시겠습니까?"

재사는 품속에서 청동거울 하나를 꺼내 소서노에게 건넸다. 거울을 찬찬히 살피던 그녀는 얼굴에 미소가 번졌다. 약간 미소년인 듯 했지만 패기 넘치던 추모의 당당한 모습이 그녀의 뇌리에 떠올랐던 것이다.

"그런데 이것을 왜 당신이 지니고 있습니까?"

소서노는 의아스러운 눈길로 재사에게 물었다.

"이 신물의 주인은 저희 고구려의 대왕이십니다."

"고구려?"

"올 봄에 건국한 나라입니다."

"몇 사람이 모여서 나라를 세웠다고 나라가 되는 것은 아니지요? 백성이 있어야 하고 땅도 있어야지요. 그리고 군대도 있어야하고."

재사의 말을 듣는 순간 그녀의 얼굴에 퍼져나던 미소는 갑자기 싸늘한 기운으로 바뀌고 있었다. 재사는 이런 소서노의 태도 변화를 살피고 있었다.

"부인께서 우리를 무시하는 것도 당연하다고 생각합니다. 하지만 나는 고구려의 사신입니다. 우리는 머잖아 졸본성을 공격할 것입니다. 하지만 그 전에 부인과 할 이야기가 있어 이렇게 찾아 왔습니다."

"호호호! 이전에 내가 추모라는 자에게 신세를 진 일이 있으니 한 번은 도움을 줄 것이오. 그러니 이상한 말 그만하고 필요한 것 한 가지만 말하시오."

소서노는 그만 웃고 말았다. 재사의 말을 종합해보면 제법 활솜씨가 뛰어난 추모가 소수의 무리를 모아 도적의 괴수가 된 것이 틀림없다고 생각했다. 따라서 정통 부여족의 후손인 자신이 이들을 상대할 수 없었다. 단지 지난 약속이 있으니 한 번은 도움을 주어야겠다고 생각한 것이다.

"지금 부인께서 처한 상황을 잘 알고 있습니다. 시동생에게 시집가기보다는 차라리 우리 대왕에게 시집오는 것이 어떻겠습니까?"

"뭐라고!"

소서노는 너무나 도전적인 재사의 말에 화를 내고 말았다.

"그것이 부인께서 재산을 보존하고 또 나라를 지킬 수 있는 유일한 방법이 될 것입니다. 부인의 힘으로는 우한을 막을 수 없고 또 비류국도 양맥도 상대할 여력이 없습니다. 그렇다고 우한에게 모든 것을 맡기기에는 재산도 너무 많고 또 그의 역량은 부족합니다."

재사는 소서노의 태도에는 아랑곳하지 않고 자신의 말을 다 하고 말았다.

"화내기 전에 돌아가세요."

소서노는 솟아오르는 분기를 가라앉히며 말했다.

"돌아갑니다. 하지만 머잖아 결국 부인은 우리 대왕을 맞아들이고 말 것입니다."

"네, 이놈!"

마침내 소서노는 화를 내고 말았다.

"위급한 상황이 발생하면 비단에게 연락하십시오. 그러면 우리는 언제든지 달려올 것입니다."

재사는 마지막 남은 한 마디 말까지 다 쏟아 낸 다음에 자리에서 일어섰다.

"묵거 선비와는 어떻게 되시는 사입니까?"

문밖으로 재사를 배웅하던 부분노가 불쑥 물었다. 자기 주인과 달리 의외로 차분한 목소리였다.

"나는 묵거의 사형(師兄)되는 사람일세, 추모라는 분은 나와 묵거가 함께 모시는 분이시고."

재사는 고개를 돌리지도, 가던 걸음을 멈추지도 않고 말했다. 부분노 역시 표정의 변화 없이 가만 듣고만 있었다.

재사가 돌아간 뒤 소서노는 분한 마음을 가눌 수가 없었다. 남편이 죽고 난 뒤 자신의 처지가 너무나 비참한 듯 싶었다. 우한은 그렇다 치고 이름 없는 사냥꾼까지 나서 자신과 자신의 상단을 노리는 것이 정말 분했다. 여자 혼자의 몸으로 살아가기가 너무 힘든 세상이었다. 하지만 그녀의 마음 속에는 자신의 상단과 재산을 지켜내 반드시 아들에게 물려주어야겠다는 오기가 생겨났다. 만약 자신이 지켜내지 못한다면 아들 비류와 온조는 우한의 자식들에게 치이고 아무런 재산도 물려받지 못해 결국 비참한 삶을 살 수밖에 없었다. 어떤 수모를 참고서라도 남편과 함께 이룩한 것을 지켜내기로 했다. 하지만 모든 것이 뜻대로 될 수 있는 것은 아니었다. 이런 상황에서 의지할 수 있는 사람은 부분노 밖에 없었다. 결국 그의 충성심이 자신을 지켜내느냐 아니냐를 결정하는 것이었다.

우한과 추모 일행이 다녀간 뒤에 소서노의 삶은 순탄하지 않았다. 점점 우한이 소서노를 옭죄어 왔다. 소나부의 대가가 된 그는 그 권위를 이용하여 졸본성의 상권을 장악하였다. 소서노의 상단과 거래하던 점방들을 하나씩 자기편으로 끌어 들이고, 크고 작은 상단도 다 대가인 자신의 휘하로 끌어들였다. 소서노는 점점 고립되어갔다. 예상한 일이었지만 너무 힘들었고 또 해결할 방법이 없었다. 이전에 자신들에게 충성하던 졸본성의 상인들은 순식간에 우한의 편으로 돌아섰다. 권력이 무섭다는 것을 새삼 느꼈다. 대부분의 졸본성 사람들은 대세는 이제 우한 쪽으로 기울었다고 말했다. 이런 상황에서 여자인 자신의 힘으로 대세를 돌이키기는 힘들 것처럼 보였다.

우한이 다시 찾아왔다. 이전과는 달리 더욱 거들먹거렸다.

"형수님, 아직도 혼자 힘으로 졸본성에서 살아갈 수 있다고 생각하십니까?"

우한은 이죽거리며 물었다.

"물론이지요, 서방님. 얼마든지 살아갈 수 있습니다."

소서노도 웃으면서 말했다.

"넌 이제 내 여자고, 이 집도 내 집이며 비류와 온조도 이제 내 아들이다. 그러니 더 이상 고집부리지 마라."

우한은 이제 노골적으로 소서노를 하대했다. 소서노는 비아냥거리는 우한의 태도가 너무 싫었다. 마치 정복자처럼 남의 집에 들어와 주인행세를 하는 것 같았다. 하지만 그에게 맞설 힘은 이제 사실상 없었다. 그에게서 다시 대가 자리를 찾는다는 것은 불가능한 듯 싶었다. 자신의 재산과 집을 지키기에도 벅차게 느껴졌다.

“마지막으로 한 번 더 기회를 주겠다. 앞으로 열흘 안에 결정을 해라.”

우한은 소서노를 형수가 아닌, 말을 잘 듣지 않는 자신의 여자로 취급했다.

“내 생각은 열흘 후에도 변함이 없을 것이오.”

“그러면 강제로 데려갈 수밖에 없을 것이다.”

“세상 사람들은 서방님을 비방할 것이오.”

“하하하! 그런 염려는 하지 마시오. 세상 사람들은 이런 나의 결단을 우리의 전통과 풍습을 지키는 올바른 선택이었다고 판단할 것이다. 요즘 들어 한나라의 문물이 너무 만연되어 젊은 사람들이 우리 것을 우습게 안다고 말들이 많은 세상이니. 하하하!”

여전히 비아냥거리는 말투였다. 하지만 그의 말은 일리가 있었다. 이제는 명분도 자신에게 불리한 것 같았다. 과연 얼마나 버틸 수 있을지 은근히 걱정되었다. 우한은 열흘을 마지막 기한으로 삼고 돌아갔다. 그가 돌아간 뒤 소서노의 근심은 점점 깊어졌다. 아버지 우타발이라도 가까이 있으면 의논할 수 있겠지만 너무 멀리 떨어져 있었다. 이제 그가 의논하고 의지할 수 있는 사람은 부분노 밖에 없었다.

“우한이 싫은 이유는 무엇입니까?”

힘겹게 상황을 설명하며 도움을 청하였지만 부분노 마저 우한의 사람이 아닌가 벌컥 의심이 되었다.

“졸본성에서의 나의 지위는 나와 죽은 내 남편이 일구어 놓은 것일세. 우한이 한 일은 하나도 없어. 그런데 단지 시동생이라는 이유로 어떻게 이 모든 것을 우한에게 넘겨줄 수 있겠는가? 더구나 내가 굴복하면 내 아들들은 결국 우한의 아들들에게 치여 아무 것도 갖지 못할 것이야."

"그렇다고 아무 대책 없이 이렇게 버틴다고 문제가 해결되는 것은 아니잖습니까?"

부분노의 말은 점점 그를 의심하게 했다.

"당신도 이미 우한에게 매수당했소?"

소서노는 부분노에게 노골적으로 물었다.

"나는 우한의 편이 아닙니다. 우태어른과 부인에 대한 나의 충성은 변함이 없습니다. 다만 어려운 문제를 해결하려는 생각뿐입니다."

"문제 해결이라는 것이 겨우 우한에게 굴복하는 것인가?"

소서노는 부분노에게 꾸짖듯이 말했다.

"나는 우한에게 굴복하라고 말한 적이 없습니다. 다만 왜 그가 싫은 가만 물었을 뿐입니다. 그래야만 문제를 해결할 수 있을 것이라 생각 되었기 때문입니다."

"…… 그래서 내 말에서 어떤 방도라도 생각해 냈어요?"

"부인이 우한을 싫어하는 이유가 앞서 말한 것뿐이라면 전혀 방도 가 없는 것은 아닙니다."

"방도가 있다고?"

"그렇습니다."

"어떤?"

"…… 추모와 힘을 합치는 것입니다."

"뭐라고! 추모는 도적놈이 아닌가? 나보고 도적놈에게 시집가라 고?"

점입가경이었다. 소서노는 벌컥 화를 내며 부분노를 노려보았다.

"앞서 말한 조건을 내걸고 그의 힘을 빌려 우한을 쫓아내면 그만입니다. 그와 형식적인 결혼을 하여 더 이상 부여족의 악습을 따르지 않겠다는 의지를 내보인 후 그에게 일시적으로 졸본성을 넘겨주었다가 공자님이 성장하시면 이 졸본성을 다시 되찾으면 그만입니다. 잠시 그에게 졸본성과 상단의 관리를 맡기는 것이지요."

"하지만 그는 도적이 아닌가? 내 아들이 성장하는 사이 그가 내 재산을 다 뺏으면 어떡하오?"

"그는 도적이 아닙니다."

"당신이 그것을 어떻게 아세요?"

"그는 예맥 땅의 모든 선비들이 기다리던 고귀한 혈통을 이어받은 분이오."

부분노는 정색을 하며 말했다.

"고귀한 혈통"

"그렇습니다. 단군의 직계인 순수한 아리씨입니다."

"아리씨라고?"

아직도 단군의 직계가 있다는 것이 믿겨지지 않았다. 위만이 마지막 단군인 준을 쫓아낸 이후 단군의 혈통은 조선 땅에서 사라진 것으로 알려져 있었다.

"그가 아리씨라는 증거가 있소?"

"그는 해모수님의 아드님이오. 오랜 기간 동안 선비들이 돌보며 키웠습니다."

"해모수가 아직도 살아있단 말이오?" "그 분의 행적은 잘 모릅니다.

아마도 지금쯤은 신선 세계에 입적하지 않으셨나 추측될 뿐입니다."

부분노의 말이 사실이라면, 추모가 도적이 아니라 해모수의 아들이라면 이는 생각해 볼 문제였다.

"그는 이미 우리 졸본성에서 주몽이라는 이름으로 영웅으로 알려져 있습니다. 따라서 부인께서 그분과 힘을 합쳐도 졸본성 사람들이 비난하지 않을 것입니다."

부분노는 소서노를 설득했다. 하지만 그녀는 부분노의 말에 대답하지 않고 한동안 생각에 잠겼다. 추모와 힘을 합친다 해도 조건을 걸어야 했다. 그가 나라를 세웠다면 분명 이 졸본성도 지배하려 들 것이다. 그에게 졸본성의 통치권을 넘기더라고 상권은 장악해야 했다. 그리고 그가 만약 왕이 된다면 그 다음 왕은 자신의 아들인 비류나 온조가 되어야 한다. 그러기 위해서는 그와 결혼을 해야만 했다. 그것만이 가장 안전하게 아들을 왕으로 세우는 방법이었다. 하지만 이는 쉽게 결정할 문제가 아니었다.

"생각 좀 해보겠소."

"이제 우한이 기약한 열흘이 얼마 남지 않았으니 빨리 결단을 하셔야 할 것입니다. 우한이나 추모냐?"

부분노는 다시 한 번 소서노의 결단을 촉구하며 물러갔다.

사흘이 흘렀다. 그동안 소서노는 자신의 힘으로 이 어려운 난관을 뚫고 나갈 방법을 강구해보았다. 하지만 혼자는 역부족이었다. 그렇다면 부분노의 말처럼 추모냐, 아니면 우한이냐를 놓고 결정할 수밖에 없었다.

"추모를 만나볼 수 있겠소?"

　　마침내 소서노는 결심했다. 그녀가 어떤 결정을 내렸는지 판가름이
난 순간이었다. 부분노의 표정은 밝아졌다. 소서노만큼 고민하였던
그는 이미 추모와 손잡는 것이 유일한 활로라고 생각하고 있던 터였
다.

　　우태가 죽은 후 졸본성의 상권은 위축되었다. 정세가 안정이 되지
못한 것이 가장 큰 원인이었다. 비단의 점방도 드나드는 사람이 현격
하게 줄었다. 날이 어둑해지자 그는 일찌감치 철시를 한 후에 출입문
을 두 겹, 세 겹으로 굳게 잠갔다. 지난번에 추모가 다녀간 이후 생긴
버릇이었다. 하지만 점방 문을 잠근 후에도 그의 마음 속에는 여전히
두려움이 남아 있었다. 자신의 점방에 곰치라는 무시무시한 놈이 계
속 죽치고 앉아 점방과 자신을 감시하고 있었기 때문이었다. 그는 벌
써 이레 째 이곳에 있었다. 추모와 나머지 일행은 이미 자기 땅으로 돌
아갔지만 그는 여전히 이곳에 남아 졸본성을 정탐하고 있었다. 그렇
다고 그가 하는 일은 없었다. 바깥출입을 하는 것도 아니었다. 가끔씩
점방을 찾는 낯선 자들과 이야기를 나누는 것 외 다른 일은 일절 하지
않았다. 넉살 좋게 밥 때가 되면 꼬박꼬박 두 끼 밥을 챙겨 먹었다.
　　점방 문을 굳게 잠그고 이른 저녁을 먹은 후 특별히 할 일이 없어 잠
자리를 막 깔았을 때였다. 평소 같으면 이웃의 점방 주인들과 어울려
한나라에서 들어온 쌍륙판 놀이에 빠져 있을 시간이었지만 그는 외부
와의 접촉을 자제한 채 그냥 일찌감치 잠자리를 청한 것이다. 크지는
않았지만 약간은 다급해 보이는 문 두드리는 소리가 들렸다. 긴장감
에 싸여 쉽게 잠들지 못하고 마누라와 함께 노닥거리고 있던 비단은

얼른 자리에서 일어나 옷을 입었다. 안방 문을 나서 마당을 가로질러 점방 안으로 막 발을 들여놓으려 하는데 이미 점방 문은 열려 있었다. 곰치가 점방 문을 열어 준 것이다. 등잔불이 켜지고 방문자의 모습이 드러났다. 놀랍게도 부분노였다. 그의 뒤엔 미소년이 서 있었는데 유심히 쳐다보면 남장(男裝)한 여자 같기도 했다.

"추모를 만날 수 있소?"

"저는 잘 모르고 이 자가 아옵니다."

비단은 곰치를 가리키며 말했다.

"언제쯤으로 약속을 정하면 되겠소?"

곰치가 나섰다.

"지금 당장 날 따르시오."

달빛은 희미하였지만 별빛이 쏟아져 내리는 듯 밤길을 비추어 말을 달리는 데는 큰 어려움이 없었다. 소수맥 출신인 곰치는 밤길을 대낮처럼 달려 채 날이 밝기도 전에 골승 땅에 도착했다. 새벽같이 일어나 명상과 함께 무예를 단련하던 추모는 이마에 송골송골 땀방울이 맺힌 부분노를 만났다.

"우린 구면인 듯하오?"

추모는 어렵지 않게 부분노를 기억해 냈다.

"오랜 만이오. 나는 부분노고 뒤에 계신 이분은 제가 모시는 소서노 부인이오. 아마 두 분도 이미 구면일 것이오."

미소년은 남장을 한 소서노였다. 남의 눈에 띄지 않기 위해 한 밤중에 남장을 한 채 나선 것이다. 추모와 소서노는 가볍게 목례를 나눈 후에 방안으로 들어갔다. 재사가 부분노와 함께 합석했다. 겨우내 마련한 탁자와 의자에서는 아직도 술향이 그윽하여 방안의 공기는 맑고 상쾌하였다.

"일전에 전한 말은 잘 들었소. 오늘 이렇게 방문한 것은 이에 대한 구체적인 것을 의논하기 위해서요."

방안에 들어선 후에 부분노는 추모가 다녀간 뒤에 있었던 일들을 말한 뒤 이곳을 방문한 목적을 말했다.

"결론부터 말하겠소. 고구려에 협력하겠소."

"고맙소이다."

추모는 부분노의 두 손을 덥석 잡으며 말했다.

"하지만 조건이 있소."

"말씀하시오."

부분노의 두 손은 여전히 추모의 손아귀 안에 있었다.

"우리 부인께서는 자신의 재산을 지키길 원하시오. 대신 이전에 우태 어르신이 지녔던 대가 자리는 추모 대왕께 넘기는 조건이오."

"계속해 보시오."

"또 하나, 추모 왕 사후에는 소서노의 아드님이신 비류나 온조에게 권력을 넘기는 것이오."

부분노의 손을 맞잡았던 추모의 손이 서서히 빠져나갔다.

"그건 불평등한 것이오. 우리는 졸본성을 공격할 능력이 있소. 다만 졸본성을 파괴하고 싶지 않아서 협조를 구한 것뿐이오."

재사가 나서서 조건의 부당성을 말했다.

"물론 남남일 때는 그것이 부당하다는 것을 알고 있소."

소서노였다. 그녀는 이곳까지 오는 동안에 말이 없었다. 대신 마을의 분위기를 느꼈고, 방안의 세세한 장식하나까지 살폈다. 특히 추모의 인물됨을 하나하나 민망할 정도로 살폈다.

"그게 무슨 말씀이오?"

"마지막 조건이 하나 남아 있다는 말씀이오."

"마지막 조건?"

"결혼이오."

"누구와"

"나와 추모"

두 사람의 나이는 여덟 살이나 차이가 났다. 그것도 여자가 더 많았다. 아무리 정략적인 이유이긴 하지만 너무 심하다는 생각이 들었다. 추모의 얼굴이 상기되었다. 몇 년 전 처음 그녀를 보았을 때 그녀에게 이상하게 호감이 생겼다. 하지만 결혼이라는 것은 엄두를 못냈다. 그런데 갑자기 이상한 상황으로 발전하면서 그녀가 먼저 결혼을 하자는 것이다. 그는 이미 아내와 아들이 있는데 말이다.

"나는 내 의지와 상관없이 시동생의 아내가 되고 싶지는 않소. 내 뜻대로 내 삶을 만들어 갈 것이오. 그러니 추모 대왕께서 선택하시오."

소서노는 아주 대담하게 말했다. 도저히 여자라고는 볼 수가 없었다.

"나는 아내가 있고 아이가 있소."

"만약 고구려가 졸본성을 근거지로 삼는다면 더 이상 고구려는 작은 나라가 아닐 것이오. 때에 따라서는 두 서너 명의 여자를 거느릴 수도 있어야 하오."

소서노는 큰 누나가 막내 동생을 훈계하듯 말했다.

재사는 소서노의 말투와 행동거지 하나하나를 면밀히 살피고 있었다. 그녀가 이 정도까지 나올 줄은 정말 못했다. 그녀에게서 여걸의 체취를 느꼈다. 그녀와 결합한다면 고구려의 정복 활동은 손쉽게 이뤄질 수 있다는 것이 이전의 생각이었다. 그녀의 막대한 재산은 철제 무기와 말을 구입하고 군사를 양성하는데 매우 큰 힘이 될 수 있다고 판단했다. 하지만 그녀가 이런 조건을 가지고 나올 줄은 미처 몰랐다. 어떻게 보면 잘 된 일일 수도 있다. 하지만 단군의 혈통을 잇지 못한 자가 차기 대왕이 되는 것은 고려해 보아야 할 내용이었다. 다만 이것은 아직 시간을 두고 해결할 문제이기 때문에 지금 당장 결론을 내릴 필요는 없었다. 문제는 추모였다. 그가 어떻게 생각할지 몰랐다. 아직 연륜이 부족한 그가 예씨부인에 대한 의리를 지킨다면 이는 헛수고가 될 수도 있었다. 하지만 이런 민감한 문제에 자신이 나설 수가 없었다. 그는 말없이 추모의 결정을 지켜볼 뿐이었다.

"금세 결정하기가 쉽지는 않습니다."

추모는 머뭇거렸다. 아무리 호감이 있다 해도 여덟 살이나 많은 과부를 아내로 맞이하기는 쉽지 않았다.

"나는 모든 조건을 다 말하였으니 결정은 그쪽에서 하세요. 앞으로 이틀 뒤면 우한은 내게 군대를 보낼 것이오. 그러면 아마 우리는 그를 막지 못할 것이오."

소서노는 더 이상 기다리려 하지 않았다.

"다만 내 조건을 받아들인다면 그 전에 우한을 공격하시오."

소서노는 자리에서 일어섰다. 추모는 말없이 그녀를 배웅했다.

소서노를 배웅하고 난 뒤 재사는 협보와 오이, 마리 등을 불러 그녀의 제안에 대해 의논했다. 고구려가 성읍국가 정도로 성장하기 위해서 졸본성은 반드시 공략해야 한다는 것이 공통된 견해였다. 하지만 소서노의 조건에 대해서는 다들 입을 다물었다.

"그것은 추모 왕이 결정할 문제인 것 같소. 우리는 대왕의 결정에 따르겠소."

추모의 매제인 마리가 말하기 곤란한 문제에 결론을 내리기보다는 당사자인 추모에게 공을 넘겼다.

"정략적인 문제로 소서노를 아내로 맞아들일 수는 있지만, 아직 얼굴도 보지 못한 내 아들마저 버릴 수는 없소."

부모 없이 자란 추모는 자신의 어린 시절을 떠올리며 단호하게 말했다.

"대왕의 춘추 이제 이십을 갓 넘겼습니다. 아직 나라도 제대로 서지 않았는데 벌써 후계자를 논할 때가 아니라 생각됩니다. 후계 문제는 추후에 왕의 마음대로 얼마든지 결정할 수 있는 일입니다. 그때도 당연히 건국이념에 가장 적합한 인물을 찾아야 하는 것이고……. 지금 가장 시급한 것은 나라를 제대로 세우는 일입니다. 약속을 어기는 것은 정치사에 흔히 있는 일입니다. 백성을 위한 위약(違約)은 잘못이 아닙니다."

연륜이 깊은 재사는 냉정하게 추모를 설득했다.

"백성을 위한 위약?"

"정치하는 사람에게 선악 판단의 기준은 백성입니다. 백성이 이익을 보면 선이요, 그렇지 않으면 악입니다. 임금이 해야 할 가장 중요한

일은 백성이 무엇을 원하는가? 하늘의 뜻은 무엇인가를 살피는 것입
니다. 그래서 임금이 힘든 것입니다."

  "하늘과 백성이 임금의 선악판단의 기준이 된다고……."

7. 졸본성 공략

　며칠 동안 점령군 행세를 하며 자신의 점방에 머물던 곰치가 부분노와 함께 떠나간 후 비단의 마음은 심란해졌다. 하찮게 보았던 추모가 왕이 되어 나타난 거짓말 같은 일도 황당했지만 도대체 이들을 만나 준 소서노나 졸본성 최고의 장수로 알려진 부분노가 그를 찾아 나선 것도 이해할 수가 없었다. 이곳에 머물던 곰치의 위세로 봐서는 추모 무리도 만만한 것 같지는 않았다. 추모는 반백의 선비를 이끌고 돌아갔지만 곰치는 며칠 신세를 지겠다며 자신의 집을 떠나지 않았다. 그는 혼자임에도 불구하고 전혀 위축됨이 없었다. 특별히 자신들을 협박하거나 위해를 가하는 행동은 없었지만 그의 기세에 집안 하인들 어느 누구도 함부로 맞서지 못했다. 며칠 지나는 동안 그는 기 싸움에서 집안사람들을 제압하여 주객이 전도된 생활을 하였다.

　우한과 소서노의 대립은 이미 알고 있는 터였는데, 누가 보아도 이

싸움의 승자는 우한이었다. 비단 입장에서도 심정적으로는 우태의 부
인인 소서노를 지지했지만 현실적으로는 우한을 지지해야만 했다. 권
력의 변동이 있을 때는 몸을 사려야하는 것이 장사치의 본능이었다.
그리고 권력 싸움의 승자에게는 몸을 숙여야 하는 것 또한 장사치의
숙명이었다. 당연히 앞으로의 자신의 삶이 편안해지려면 우한을 무시
할 수 없었다. 그런데 소서노가 추모란 자와 결탁하려는 움직임을 포
착한 것이다. 이 사실을 혼자만이 간직해야할지 아니면 자신이 몸담
고 있는 졸본성의 주인인 우한에게 알려야할지 고민이 되었다.

그동안의 정리를 생각한다면 당연히 소서노의 편이 되어야 했다. 하
지만 아무리 추모가 소서노의 편에 가담한다 하더라도 싸움의 결과는
뻔했다. 더구나 추모라는 자의 본색은 알 수도 없었다. 이런 상황에서
만약에 자신이 추모와 소서노의 결탁에 관여한 것이 발각이라도 된다
면 자신의 미래는 큰일이었다. 졸본성에서 쫓겨남은 물론 잘못하다간
패가망신(敗家亡身)할 수도 있었다. 비록 자신의 의도와는 상관없이
벌어진 일이지만 결과에 대한 책임추궁은 분명히 뒤따를 듯 싶었다.

술 마시러 왔다가 본의 아니게 자신의 집에 억류되어 있던 솔개는
아무 말도 하지 않았다. 그는 곰치가 돌아가자 잠깐 바깥의 눈치를 살
피더니 곧바로 집으로 돌아가려 했다.

"여보게 솔개, 우리 이대로 가만있어도 될까?"

"뭘?"

"소서노와 추모가 결탁하려는 것을 모른 척하고 있어도 되느냐 말
일세."

"안 그러면 또 어떡하려고?"

"우한에게 알려야 되지 않을까?"

"예끼, 이 사람아. 추모도 동생처럼 지내던 사람이고 소서노는 우리 주인이었는데 최소한의 의리는 지켜야지."

"하지만 우리가 두 사람의 결탁에 가담한 것을 안다면 우리에게도 피해가 돌아 올 수도 있는 것 아닌가?"

"이 사람이 별 걱정을 다하고 있어. 그냥 모른 척 하고 있으면 돼."

술개는 별 것 아닌 것처럼 말하고 집으로 돌아갔다. 하지만 비단은 달랐다. 불안한 마음을 감출 수가 없었다.

약속한 열흘이 다가오도록 소서노의 반응은 없었다. 우한은 그녀를 압박하기 위해서 며칠 전부터 군사를 끌어 모았다. 그녀가 더 이상 자신의 말을 듣지 않을 때는 힘으로 그녀를 굴복시킬 수밖에 없었다. 내일은 군사를 이끌고 소서노의 장원으로 들어가 무력시위를 해야겠다고 생각했다. 만약 그녀가 저항한다면 싸울 수밖에 없다는 최악의 경우까지 생각하며 각오를 다졌다. 이미 대부분의 상단은 그에게 협조하였기에 군사를 끌어 모으는 것은 손쉬웠다. 다만 소서노에게는 부분노라는 명장이 있어 맞붙으면 아군의 피해도 커질 것이라는 것이 근심거리였다. 하지만 어차피 한 번은 넘어야 할 산이었다.

우한은 내일의 무력시위를 위해 성내의 군사들을 최대한 끌어 모았다. 상단에 소속된 무사들도 우한의 장원으로 모여들었다. 그의 장원은 졸본성 밖에 위치해 있었다. 일 천여 명을 헤아리는 내군이 모였다. 졸본성을 중심으로 형성된 졸본부여에서 전시도 아닌 상황에서 이 정도의 군사를 모았다면 대단한 일이었다. 우한은 자신의 장원으로 모여든 장정들을 보며 흐뭇한 미소를 띠었다.

내일이면 이제 졸본부여는 사실상 자신의 손아귀에 들어온다. 왕이 있긴 했지만 그는 제사만 지내는 유명무실한 존재일 뿐이었다. 소나부의 대가가 실질적인 권력을 지녔다. 소서노가 굴복하지 않아 아직 소나부를 완전 장악하지 못했을 뿐 내일이면 졸본 땅은 완전히 자신의 통치 하에 들어오는 것이다. 소서노가 비록 지금은 자신에게 저항하고 있지만 하룻밤만 같이 지내면 자신의 여자로 삼을 자신이 있었다. 비록 나이는 많아도 그녀는 여전히 매력적인 여자였다. 생각만 해도 기분이 좋았다.

이미 많은 상단의 거상들이 협조를 하여 많은 재물이 모였기 때문에 군사들을 먹이고 재우는 것은 큰 어려움이 없었다. 우한은 군사들을 배불리 먹인 후에 일찍 재웠다. 내일은 큰 싸움이 벌어질 지도 몰랐기 때문이다. 밤이 깊었다. 우한은 가볍게 술을 한 잔 했다. 잠이 잘 오지 않았기 때문이다. 약간 알딸딸한 기분이 들자 잠자리에 들었다. 그때였다. 자신을 은밀히 찾는 자가 있다는 것이다.

"저자거리에서 점방을 하고 있는 비단이라는 자가 대가어른을 뵙고자 합니다."

형님이 살아 있을 때는 상단 일은 돌보지 않았고 장원만 관리하였기에 우한은 장사치들은 잘 몰랐다. 하지만 대가 자리에 오른 뒤에는 장사치들이 알아서 찾아왔기에 이들을 통해서 어느 정도 상단의 일을 파악했다. 이것이 그가 아는 전부였다. 당연히 비단이라는 자도 잘 몰랐다. 장사치와는 어느 정도 거리를 둬야한다고 생각했다. 지금 알고 있는 정도면 충분했다. 어차피 저들은 자신의 무력을 당할 수 없었기 때문에 언제나 굴복할 수밖에 없는 존재였다.

"내일은 중대한 일이 있으니 다음에 보자고 하여라."

우한은 중대한 일을 앞두고 정신이 흐트러지지는 것을 원치 않았다.

"급한 일이라고 합니다."

"급한 일?"

급한 일이 있을 것이 없었다. 당장 외적이 쳐들어온다면 몰라도 그 외 졸본성에서 급한 일이란 있을 수 없었다. 하지만 혹시나 하는 마음이 생겨 그를 맞아들였다.

"추모라는 자가 소서노와 접촉하고 있습니다."

비단은 며칠 전 자신의 점방에서 벌어졌던 일을 소상히 우한에게 말했다.

"추모라는 자가 어떤 자이기에 그렇게 호들갑을 떠는 것이냐?"

"자칭 왕이라고 했습니다."

"왕? 어느 나라 왕이라 하더냐?"

추모라는 이름은 들어보지 못했다. 혹시 자신도 모르는 사이에 양맥이나 비류국의 왕이 바뀌었나 생각해 보았지만 추모라는 이름은 들어보지 못했다.

"고구려의 왕이라 했습니다."

"고구려? 그런 나라도 있나?"

"글쎄, 저도 잘 모르겠습니다. 몇 년 전 우리 졸본 땅에서 사냥을 하면서 생활하던 자인데 갑자기 나타나서는 자신이 왕이라 했습니다."

"예끼 이놈! 이 중요한 순간에 허무맹랑한 소리를 해, 어서 물러가라."

일순간 긴장했던 우한은 너무 어이가 없었다. 도적의 무리들이 사람을 몇 명 모아서 스스로 왕이라 칭하는 자들이 간혹 있었다. 그런 부류의 놈이 감히 졸본 땅에 나타나서 왕 행세를 한다는 것이 우스웠다. 그러나 한편 얼마나 궁박했으면 그런 놈들과 결탁하려고 하였는지 소서노의 처지가 참 안되어도 보였다. 또 달리 생각해보면 그것도 정보라고 야심한 밤에 들고 오는 놈이 있는 것을 보면 졸본성 사람들이 자신의 권위를 얼마나 인정하고 또 두려움을 느끼는가를 알 수 있는 반증이기 때문에 마냥 화를 낼 수만도 없는 일이었다. 우한은 비단을 쫓아낸 후에 다시 자리에 누웠다. 약간 술기운이 오르면서 금세 잠이 들었다.

비단은 우한이 자신을 무시하고 쫓아내자 오히려 안심이 되었다. 속마음은 소서노를 지지했지만 후환이 두려워 우한에게 밀고를 하면서도 마음은 편하지 않았다. 그런데 다행히도 우한이 자신의 말을 무시한 것이다. 이제는 마음 편하게 지낼 수 있을 것 같았다. 괜히 족보도 잘 모르는 낯선 자를 잘 대해줬다가 큰 피해를 볼 뻔했다고 생각했다. 비록 날은 어두웠지만 집으로 돌아오는 발걸음은 매우 가벼웠다.

4월의 밤공기는 차가웠다. 동가강에서 불어오는 강바람과 오녀산에서 타고 흐르는 찬바람은 새벽잠을 자는 사람들의 몸을 움츠리게 했다. 잔월은 스러지고 새벽별도 서서히 빛을 잃어 사방은 아직 해가 뜨기 직전의 혼돈 속에 빠져 있었다.

졸본성 밖에 자리 잡은 우한의 장원에도 어둠의 신은 아직 그 기운을 뻗치고 있었다. 그 어둠의 마지막 기운을 사르고 있는 우한의 장원을 향해 빠르게 움직이는 수많은 물상들이 있었다. 머리에 붉은 띠를 둘러맨, 마의(麻衣)를 입은 수백의 무리였다. 어둠을 파고들어 단번에 야트막한 우한의 장원을 넘었다. 날카로운 창과 칼로 무장한 이들의 동작은 매우 민첩했다. 하지만 입에 재갈을 문 듯 단 한 마디의 말도 없이 일사분란하게 움직였다.

한동안 집안의 분위기를 살피던 마의 무리는 하늘을 치솟는 효시(嚆矢)를 시작으로 활을 쏘기 시작했다. 돼지기름을 묻힌 짚단을 화살 끝에 매단 채. 오래지 않아 어둠을 사르듯 붉은 기운이 사방에서 솟아오르기 시작했다.

졸본성에서 감히 자신을 공격할 무리는 없다는 자만심에 깊이 잠들어 있던 우한의 병사들은 뜨거운 기운을 이기지 못하고 문밖으로 뛰쳐나갔다. 하지만 이도 원활하지 못했다. 새까만 눈비가 오듯 사방을 날고 있는 화살에 어느 순간 목숨이 날아갈지 모르는 위협을 느낀 것이다. 그렇다고 다시 불타고 있는 방안으로 들어갈 수도 없었다.

"나는 하느님의 아들 주몽이다. 나는 우한을 심판하러 온 하늘의 아들이다. 투항하라."

활활 타오르는 불꽃을 가르고 천둥 같은 목소리가 들렸다. 활의 신 '주몽', 몇 년 전에 떠돌던 이야기가 이제는 신화로 둔갑되어 주몽은 인간이 아닌 신이 되어 졸본성 사람들의 마음속에 살아 있었다. 그 주몽이 나타났다는 것이다. 주몽은 정의의 신이고 악한을 물리치는 선한 신이었다. 그런데 그가 갑자기 나타나 우한을 공격하고 있는 것이다. 그가 만약 진짜 주몽이라면 하늘이 우한은 정의롭지 못한 사람이리 단정하고 심판하는 것이다.

"나는 하느님의 아들 주몽이다. 투항하라. 투항하는 군사들은 이전의 삶을 보장받을 것이다."

어둠을 가르고 또 다시 천둥 같은 소리가 울리기 시작했다. 군사들은 공포에 질리기 시작했다. 이 천하에 감히 우한을 공격할 사람은 아무도 없는데 우한을 공격하는 자라면 하늘이 보낸 자가 틀림없었다. 하늘을 대적할 수는 없었다.

"와~~"

다시 한 번 화살이 날더니 갑자기 어둠 속에서 무서운 함성과 함께 바람 부는 소리가 들렸다. 귓가를 흔드는 강한 바람, 그냥 바람이 아니었다. 말발굽소리가 일으키는 바람이었다. 달빛에 번뜩이는 기운이 보이는 듯싶더니 곧바로 사방에 피를 토하며 쓰러지는 군사들이 널리기 시작했다.

"투항하라. 응전하는 자는 죽음이다."

손이 절로 올라갔다. 더 이상 보이지 않는 자들을 상대로 싸우는 것은 의미가 없는 듯 했다.

술을 한 잔 마신 후 숙면을 취하고 있던 우한은 천지를 울리는 고함소리에 잠이 깼다.

" '무슨 일이냐?'

"기습입니다."

"상대는?"

"주몽이라 합니다."

"주몽?"

"주몽이 도대체 누구냐?'

"하느님의 아들이라 합니다."

“미친놈!”

우한은 어제 저녁 무렵 비단이라는 자가 말하던 추모가 주몽일지도 모른다는 생각을 했다. 이름은 중요한 것이 아니었다. 비단이 말하던 추모라는 놈이면 좀도둑에 불과한 놈이다. 이 중요한 순간에 감히 자신을 기습했다는 것은 용서할 수 없는 일이었다. 오늘같이 중요한 날에 자신의 일을 그르치는 도적놈은 절대 용서할 수 없었다. 그의 마음 속에 분노의 마음이 차올랐다. 우한은 갑옷을 찾았다. 앞으로 자신에게 도전하는 놈은 어떻게 되는지를 이 기회에 똑똑히 보여주어야겠다고 생각했다.

하지만 천천히 갑옷을 입을 시간이 그에게 주어지지 않았다. 그의 침실이 뜨거운 불길에 휩싸이기 시작한 것이다. 급한 마음에 갑옷의 끈도 제대로 묶지 못한 채 한 자루 창만 지닌 채 문밖으로 뛰쳐나갔다.

안채는 이미 아비규환이었다. 곳곳에 불길이 솟아오르고 있었으며 다급히 오가는 하인들의 발길로도 불길은 잡을 수가 없었다. 안채 밖에서는 끊임없는 비명 소리가 이어졌다.

“어떤 놈이냐? 정체를 드러내라.”

하지만 그는 끝내 자신을 기습한 자의 얼굴을 볼 수 없었다. 그가 마당에 모습을 드러내어 소리 지르는 순간을 기다리기라도 했다는 듯 수십 개의 화살이 그를 향해 쏟아져 들어온 것이다. 비명소리를 지를 시간도 없이 그는 쓰러지고 말았다. 곧바로 다급한 말발굽 소리가 이어지는 듯하더니 그의 목은 순식간에 잘리고 말았다.

“우한의 목이다!”

부분노는 우한이 정한 기일이 다가오자 초조해졌다. 그는 성안에 있는 집을 버리고 소서노를 비롯한 모든 가솔들을 이끌고 성 밖에 자리 잡은 장원으로 옮겼다. 거상인 소서노의 장원은 매우 넓었다. 말과 야채를 키우고 또 상단을 호위하는 호위무사들을 훈련시키는 곳이었다. 부분노는 이곳이 농성을 벌이기에 적합할 뿐 아니라 여차한 경우 도망가기도 쉬운 곳이라 생각하고 본거지를 옮긴 것이다. 그는 가병(家兵)들을 다 끌어 모아 장원 구석구석에 배치한 후에 긴장된 나날을 보냈다.

우한의 집에 군사들이 모여들고 소서노를 공격할 채비가 한창이라는 소식에 그는 이날 밤 거의 뜬 눈으로 샜다. 이런 저런 생각에 잠을 이룰 수가 없었던 것이다. 새벽 무렵이 되어서야 그는 겨우 잠이 들었다. 오늘 낮에 벌어질지 모르는 접전을 위해서라도 잠을 자둬야겠다는 생각에 억지로 잠을 청한 것이다.

막 잠이 들었을 무렵 우한의 집에 몰래 잠입한 첩자로부터 다급한 소식이 전해졌다. 우한의 장원이 '주몽' 이라는 자의 공격을 받고 있다는 것이다. 부분노는 벌떡 자리에서 일어섰다.

"분명히 주몽이라 하였느냐?"

"그렇습니다. 자신을 하느님의 아들이라 했습니다."

"전황은?"

"기습을 받은 우한의 군대는 우왕좌왕하며 어쩔 줄 모르고 있습니다. 제가 떠나올 때는 투항하는 자가 속출했습니다."

부분노는 벌떡 일어나 갑옷을 챙겨 입고 허리에 단검을 찬 후에 장창을 꺼내들었다. 그리고는 전군에 출동 명령을 내린 후에 소서노를 찾았다.

"드디어 추모가 군대를 움직여 우한을 공격하고 있습니다. 우리도 군사를 그곳으로 몰아 합세해야 합니다."

"이럴 때일수록 경계를 강화해야하는 것 아니에요?"

"아닙니다. 우리가 손놓고 있는 틈을 타서 저들의 힘만으로 우한을 진압한다면 우리는 할 말이 없게 됩니다. 뿐만 아니라 이후의 정국은 저들이 주도하고 말 것입니다. 다른 것은 몰라도 우한의 목만은 우리가 먼저 취해야 합니다."

"만약에 공격에 실해한다면?"

소서노는 매우 불안했다.

"어차피 오늘 중으로 저들과는 결전을 벌여야 합니다. 하지만 지금이 제일 적기입니다."

"알겠소. 다녀오시오."

"오래 걸리지는 않을 것입니다. 금방 다녀올 테니 염려 마시고 편안히 주무십시오."

부분노는 소서노를 안심시킨 후 소집한 군사들을 이끌고 우한을 공격하러 출동했다.

"우한을 공격한다!"

아직 잠에서 채 깨지 않아 불평하던 군사들은 우한을 공격한다는 말에 정신이 번쩍 들었다. 우한의 공격을 막아야 한다는 긴장감에 싸여 있던 이들에게 '공격'이라는 말은 너무 낯선 것이었다. 하지만 자신의 우두머리는 부분노였다. 크고 작은 전투에서 수많은 공을 세운 졸본성 최고의 명장이었다. 그를 믿고 지금 이 자리에 서 있는 것이었다. 이들은 전황을 묻지 않았다. 대신 말을 타고 신들메를 단단히 묶은 후 그를 따라 힘차게 나섰다. 모든 것은 대장인 부분노에게 맡겼다.

부분노의 말은 우한의 장원을 향해 치달았다. 아직 해가 떠오르지 않아 사방은 희미했다. 어디가 산인지 평원인지 구분하기 쉽지 않았다. 향도가 이끄는 대로 달릴 뿐이었다. 우한의 장원이 가까워지자 사방이 훤했다. 우한의 장원은 곳곳이 불길에 휩싸여 마치 아침햇살을 보는 듯했기 때문이다. 그러나 사방은 의외로 조용했다. 치열한 공방전이 벌어지고 있어야했고 당연히 병기 부딪히는 소리와 사람들이 내지르는 함성과 비명으로 가득 차야만 했다. 불길만 가득할 뿐 인간이 만들어낸 소음은 전혀 없었다.

부분노는 긴장했다. 우한이든 추모든 이미 승패가 결정 난 것이 틀림없었기 때문이다. 자신의 판단에 의하면 아직 전투가 끝날 상황이 분명 아니었다. 그는 부하들에게 전투준비를 시킨 후 조심스럽게 장원으로 접근했다. 우한이 이겼다면 큰 문제였다. 자신들 혼자의 힘으로는 그를 막기가 쉽지 않았다. 그나마 승산이 있는 것이 장원에서 농성을 벌이는 것이었다. 여차하면 후일을 기약하고 도망갈 수도 있었다. 하지만 지금 당장 이곳에서 전투가 벌어진다면 주인도 구하지 못하고 전멸할 수도 있었다.

추모가 이겨도 문제다. 이렇게 빠른 시간 내에 우한을 제압했을 리도 없지만 만약 그가 이미 우한을 공략했다면 앞으로의 주도권은 그에게 내주어야한다. 주인 소서노도 그에게 휘둘림을 당할 수밖에 없다. 더구나 두 사람 사이의 원만한 결혼생활을 기대할 수 있는 것도 아니고 말 그대로 서로의 필요에 의한 정략적 결혼이었다. 주도권을 추모가 쥐게 된다면 앞으로의 여정은 힘들 수밖에 없다. 물론 추모가 어떤 자인지 알고 있고 또 그가 졸본성을 이끌 수밖에 없다는 것에 동의를 했지만 그것은 표면적으로 내세우는 이유였다. 이 졸본성의 주인은 소서노여야 했다. 추모도 그녀의 넓은 치마폭 속에 존재해야만 했다.

부분노는 조심스럽게 우한의 우세를 점쳤다. 비록 처음에는 추모가 기습에 성공했을지 모르지만 결국은 우한이 수적 우위를 바탕으로 추모를 진압했을 것이라고 생각했다. 군사들에게 주의를 당부하고 잔뜩 긴장한 채 우한의 장원 안으로 들어갔다.

"어서 오시오. 기다리고 있었습니다."

깜짝 놀랐다. 추모가 군사들을 정렬시킨 채 그를 기다리고 있었다. 그가 든 장창의 끝에는 누군지 모르는 자의 목이 매달려 있었다.

"어, 어떻게 된 것입니까? 접전이 벌어졌다는 소식을 듣고 달려왔는데……."

부분노는 조심스럽게 물었다.

"벌써 싸움은 끝났소이다."

추모의 곁에 서있는 젊은이였다. 둥근 얼굴에 구레나룻이 턱수염까지 이어진 얼굴이었다. 큰 키는 아니지만 떡 벌어진 어깨가 예사로워 보이지 않았다. 그의 손에는 피 묻은 칼이 들려 있었고, 얼마나 치열한 싸움인지를 알리 듯 그의 전신은 피로 물들어 있었다. 처음 보는 사람이었다.

"나는 고구려의 장수인 오이라는 사람입니다."

오이는 자신의 정체를 궁금해 하는 부분노를 향해 자신을 소개했다.

"나는 부분노라 하오. 그런데 우한은 어디에 있습니까?"

부분노는 가볍게 자신을 소개한 후에 우한의 거처를 물었다.

"여기에 있소이다. 하하하!"

추모가 창끝을 가리키며 호탕하게 웃으며 말했다.

부분노는 깜짝 놀랐다. 이렇게 빨리 전투가 끝났을 줄은 상상도 못했다. 아무리 기습이었지만 상대의 숫자가 몇 배 많았다. 그는 놀란 표정으로 상대를 바라 볼 뿐이었다. 추모는 그가 상상한 이상의 인물이었던 것이다. 묵거 선비가 갑자기 떠올랐다. 자신의 집이 몰락하기 전 아버지는 독선생을 불러 어린 그에게 무예를 가르치게 했다. 무예 선생은 시간이 날 때마다 조선역사를 말했다. 예맥조선이 힘을 합하여 한사군을 몰아내고 반드시 조선을 다시 부활시켜야 한다고 강조했다. 이 시대의 마지막 단군이신 해모수는 자신을 대신하여 이 중대한 역사적 소명을 감당할 새로운 단군을 준비 중이시고 그는 하느님의 이름으로 다시 조선을 부활시킬 것이라고 말했다. 예맥 조선의 선비라면 마땅히 그를 도와 조선의 건국에 힘을 보태야 한다고 강조했다.

하지만 부분노는 이를 인정하고 싶지가 않았다. 자신이 모시고 있는 주인이 있고, 그 주인이 마땅히 예맥 땅의 중심이 되어야 한다고 생각했다. 물론 힘으로는 부여를 당할 수가 없고 소수맥 지역에서도 비류를 당해내기가 쉽지 않았지만 그런 믿음을 갖고 살아왔다. 그런데 자신이 섬기던 주인 우태가 갑자기 죽음으로써 큰 위기를 맞이했다. 그럴 때 갑자기 묵거 선비가 나타났다. 올 봄의 일이었다. 실로 십오 년 만이었다. 스승은 헤어질 때 모습과 별반 다르지 않아 쉽게 알아보았다. 흰머리가 온 얼굴을 덮고 몸에 기력이 쇠하여 이제는 제대로 운신하기가 쉽지 않을 것이라 생각했는데 전혀 아니었다. 노스승은 이제 속세를 떠나 신선의 세계로 들어간다며 작별 인사를 고했다. 매우 반갑고 또 안타까운 마음이었다. 그가 떠나면서 마지막으로 하느님의 아들이 이미 골승 땅에 '고구려' 라는 나라를 세웠노라며 그를 도와 조선의 부활에 힘쓰라 했다.

부분노는 묵거 선비가 새로운 단군이라고 말한 추모를 인정하고 싶지가 않았지만 점점 헤어날 수 없는 위기상황으로 치닫자 그는 추모에게 손을 내밀었다. 그렇지만 큰 기대는 하지 않았었다. 단지 그의 힘을 이용하여 이 위기를 극복하려 했을 뿐이었다. 그러나 직접 확인한 추모는 자신이 상상한 그런 미미한 존재가 아니었다. 추모는 강한 존재였다. 이렇게 짧은 시간에 우한을 제압할 정도면 그는 분명 새로운 나라를 열어갈, 예맥조선을 통합하고 장차 한사군을 이 땅에서 몰아낼 기틀을 다질 만한 인물이 분명했다. 어쩌면 주인을 바꿔야할지 모르겠다는 생각이 들었다. 하지만 아직까지 주인은 소서노였다.

"대단하십니다. 과연 하늘이 세운 분답습니다."

부분노는 그를 인정했다.

반란에 성공한 부분노는 재빨리 군사를 이끌고 졸본성으로 들어갔다. 그리고는 날이 채 밝기도 전에 우한에게 협조하였던 사람들을 색출했다. 상인들 대부분은 우한의 편을 들었다. 이는 합법적인 것이었다. 하지만 부분노는 이들을 용서하지 않았다. 적극적으로 가담한 자들은 가차 없이 목을 베고 재산을 빼앗았다. 할 수 없이 뒤를 따르던 자들은 다시는 배반하지 않겠다는 다짐을 받은 후에야 풀어 주었다. 이 모든 일은 순식간에 일어난 일이다. 한 낮이 되었을 때 졸본성은 벌써 평온을 되찾은 뒤였다. 부분노가 군사들을 풀어 졸본성 곳곳을 감시함으로 인해 어떤 새로운 세력의 발흥은 꼬리조차 보이지 않는 상황이었다.

추모는 이번 기습전에 모든 고구려군을 다 동원하였다. 전군이라 해보았자 불과 오백 정도 밖에 안 되는 군사였지만 골승 땅 장정들을 다 끌어 모은 것이다. 재사를 제외하고 마리와 오이 그리고 협보까지 모두 이번 전투에 참전했었다. 기습전은 적의 오만함으로 인해 의외로 손쉽게 끝나고 말았다. 전투가 끝난 뒤 추모는 군사들에게 우한의 장원을 마음껏 약탈하게 했다. 어차피 이제는 임자 없는 재산이었고 이들의 사기를 북돋울 필요가 있다고 생각해서였다. 새벽의 기습전에 가담했던 고구려의 병사들은 양과 말고삐를 양손에 잡고 말 안장에는 비단과 곡식을 싣고 골승 땅으로 돌아갔다. 추모는 협보와 오이에게 군사지휘를 맡기고 자신은 마리와 곰치를 데리고 졸본성 안으로 들어 갔다.

졸본성의 경비는 삼엄하였다. 피 묻은 갑옷과 머리에 묶은 붉은 두건이 무엇을 말하는지를 알고 있는 경비병들은 추모 일행을 제어하지 못했다. 추모가 찾은 곳은 비단의 점방이었다.

비단은 제대로 잠을 이루지 못한 채 자리에서 일어났다. 점방 문을 열고 거리를 기웃거리던 그는 깜짝 놀랐다. 거리 곳곳에 부분노의 군사들이 살기등등한 기세로 거리를 순찰하고 있었다. 오래지 않아 간밤에 반란이 일어나 우한이 살해되었다는 놀랄 만한 소식을 접하게 되었다. 아침부터 졸본성은 심하게 요동치기 시작했고 성민들은 공포와 두려움에 가득 찼다. 부분노가 군사들을 이끌고 점방마다 돌아다니며 우한을 지지했던 점주(店主)들을 검거하기 시작한 것이다. 울부 짖는 소리와 함께 우한의 편에 섰던 수많은 사람들이 체포되어 끌려 갔다. 그 중에 더러는 목이 잘린 시체가 되어 돌아오는 자들도 있었다. 그들의 재산은 어김없이 몰수당했으며 가족들은 성 밖으로 쫓겨나갔 다.

　다행히 지난 밤 행적을 알지 못하는지 자신에게는 검거령이 떨어지 지 않았다. 하지만 언제 자신의 행적이 발각될지 몰라 비단은 두려움 에 떨고 있었다. 점방 문을 걸어 잠그고 꼼짝 않고 집안에 숨어 있었 다. 성안 소식을 정탐하고 들어온 하인들의 입에서는 우한의 목은 그 에게 협조했던 점주들의 목과 함께 성문 위에 나란히 효수(梟首)되어 있다고 했다. 그 소식에 비단은 자신의 목을 만지며 극도의 공포심에 떨어야 했다. 상황이 이렇게 전개될 줄은 정말 예상치 못했다. 아무튼 모든 것이 안정을 되찾을 때까지 숨죽이고 숨어 있는 것이 최선이라 생각되었다.

　"쾅! 꽝! 꽝!"

　상황은 그의 뜻대로 되지 않는 듯 싶었다. 어젯밤에 자신이 우한의 집에 들어갔던 것을 본 사람은 많았다. 그것이 들통 난 듯했다. 거칠게 문 두드리는 소리에 비단은 거의 기절할 뻔 했다.

　"문 열어!"

　거친 목소리에 하인은 할 수 없이 문을 열었다.

　"비단 어딨나?"

　문이 열리자마자 비단을 찾는 소리부터 들렸다. 숨어 있을 수가 없 었다. 일단 나서서 발뺌하는 수밖에 없다고 생각했다. 무조건 그런 일 없었노라고 잡아 뗄 요량으로 그는 점방 안으로 들어갔다. 뜻밖에도 추모가 서 있었다. 보기만 해도 징글징글한 곰치와 또 한 명 곰치 같은 덩치에 얼굴의 절반을 수염으로 덮은 낯선 자와 함께였다. 피로 물들인 구척장신의 거구 셋을 바라보는 것만으로도 공포심을 느끼지 않을 사람은 없었다. 비단은 이들을 바라보는 것만으로도 두려워 제대로 고개를 들 수가 없었다.

"잘 있었나? 비단!"

곰치가 이상한 웃음으로 비단을 맞았다. 그의 웃음이 무엇을 의미하는 줄 몰라 비단은 어쩔 줄 몰라 했다.

"어~ 어쩐 일이시오."

비단의 목소리는 떨려 나왔다.

"우리 대왕님을 모시고 왔네."

이제 비단은 추모를 함부로 볼 수가 없었다. 말을 놓을 수도 없었다. 고개도 제대로 들지 못한 채 그의 눈치를 볼 뿐이었다.

"비단 형 왜 그러시오. 뭐 잘 못한 것이라도 있소?"

추모의 말이 더욱 그를 두렵게 했다. 도대체 이들이 자신의 행적을 알고 묻는 것이지 모르고 묻는 것인지 알 수가 없었다.

"새벽부터 진한 싸움을 벌였더니만 배가 몹시 고프구려. 밥 좀 얻어 먹읍시다."

추모는 호탕한 목소리로 말했다.

"그~ 그 정도야 뭐 어려운 일이겠습니까?"

비단은 얼른 점방 밖으로 빠져나가 아내에게 식사준비를 시켰다. 그리고는 이를 핑계로 점방 안으로 들어가지 않았다. 한 순간이라도 저들과 얼굴을 마주 대하고 싶지가 않았던 것이다. 하지만 그는 이내 불려나가고 말았다. 추모가 급히 찾는다는 것이다.

"솔개형도 급히 좀 데려오시오."

추모는 솔개를 데려오게 했다. 지금 졸본성의 출입은 엄격히 제한되었다. 이런 상황에서 그를 데려오는 것은 쉬운 일이 아니었다. 하지만 어색하게 이들과 얼굴을 마주 대하고 있는 것보다는 나았다. 그는 하인을 시켜도 될 일을 직접 나섰다. 얼른 점방 문을 빠져 나온 뒤에 안도의 한숨과 함께 솔개를 찾으러 말을 몰았다.

솔개를 데려왔을 때는 이미 아침 식사를 다 끝낸 뒤였다. 곰치는 숭늉 한 그릇을 받아들고 이곳저곳 기웃거리며 집안 곳곳을 살필 뿐 아니라 하인들과도 무슨 이야긴지 들리지 않는 이야기를 나누고 있었다.

"어서 오시오."

솔개 역시 추모를 이전처럼 대하지 못했다. 이곳까지 오는 동안 간밤에 있었던 정변소식을 비단에게 다 들었던 것이다. 그도 추모의 눈치를 살필 뿐이었다.

"비단! 자네 어제 밤에 어디 갔었지?"

갑자기 곰치가 불쑥 심문하듯 물었다.

"어디 가다니?"

"어제 자네와 비슷한 자가 우한의 집으로 들어갔다 나오는 것을 본 사람이 있어. 자네 하인들 중에서도 자네가 문 밖 출입을 했다고 말하는 이도 있고."

"자~ 잘못 보았겠지. 나는 집 밖을 한 발자국도 떠나지 않았어."

188

비단은 손사래를 치며 곰치의 말을 부정했다.

"비단이 나를 배반할 리는 없어."

다행히도 추모가 나서며 막았다.

"하지만 추후 비단형이나 솔개형이 지난날의 정리를 배반한다면 그때는 더 이상 용서하지 않을 것이오."

"고~ 고맙습~ 니다. 앞으로는 절대……."

비단은 말하다 말고 손으로 자신의 입을 가리고 말았다. 자신의 입으로 잘못을 시인한 꼴이 되고 만 것이다. 곰치와 마리의 눈빛이 이상해졌다. 하지만 추모는 별다른 표정 변화를 보이지 않았다.

"부탁할 일이 하나 있소."

추모는 찾아온 목적을 말하기 시작했다.

"오늘 이후로 두 사람은 졸본성을 돌아다니면서 소문을 좀 내주시오."

"무슨?"

"하느님의 아들 주몽이 우한을 죽이고 졸본의 왕이 될 것이다. 우태와 소서노를 구했고 양맥 왕자를 죽인 주몽은 단군 해모수의 아들이다."

추모를 대신하여 마리가 한 마디 한 마디 똑똑히 말했다.

"아~ 알겠습니다."

"이 말은 한 마디도 거짓말이 아니니 그대로 졸본성에 소문을 내라. 아니면 내 칼이 용서치 않을 것이다."

곰치까지 거들고 나서자 분위기는 살벌해졌다.

"자, 그러면 다음에 또 봅시다."

추모는 미소를 띠며 말했다. 하지만 솔개와 비단의 얼굴은 결코 밝지 않았다.

"솔개 형, 나는 형에게 많은 신세를 졌소. 그러니 나를 두려워 마시오. 언젠가는 형의 은혜를 갚을 날이 있을 것이오."

추모는 솔개를 위로하듯 말했다. 하지만 비단에 대해서는 결코 미소를 보내지 않았다. 이것이 비단에게는 더욱 큰 두려움을 느끼게 만들었다.

골승 땅은 승전 분위기에 휩싸여 있었다. 풍요로운 땅 졸본성을 공격하여 우한을 죽이고 개선한 고구려군은 졸본 땅에서 빼앗은 많은 재물로 인해 집집마다 무용담과 함께 웃음꽃이 끊이지 않았다. 어려운 과정을 거쳐 고구려가 건국된 이후 벌어진 첫 싸움에서 거둔 큰 승리였기에 그 기쁨은 더할 수밖에 없었다. 추모는 백성들이 좋아하는 모습을 보며 앞으로도 백성들이 기뻐하는 일을 해야겠다는 생각과 함께 휴식을 취했다. 이틀 동안 휴식을 취한 추모는 참모들과 함께 앞으로의 여정에 대해 의논을 시작했다.

"이제 우리 대왕은 소서노와 결혼을 할 것입니다. 그렇게 되면 우리는 졸본성을 사실상 접수하게 됩니다. 하지만 우리는 그것으로 만족할 수 없습니다. 졸본성의 임금 자리를 뺏어야합니다."

"졸본왕은 아무런 권한이 없지 않습니까?"

졸본 정보를 얻어들은 오이가 재사의 말에 의문을 제기했다.

"지금 졸본부여의 왕은 지금은 아무런 힘이 없지만 우리 대왕이 왕이 되면 절대 권력을 지닌 강력한 왕이 될 것입니다. 졸본 땅 전체를 우리 영토로 만든다면 우리는 곧바로 소수맥의 강자로 부상합니다. 졸본성의 풍부한 물자를 바탕으로 철제 무기와 말을 사들이고 군사를 양성한다면 산 너머 비류국도 충분히 공략할 수 있을 것입니다. 그렇게 되면 소수맥은 우리 손아귀에 들어옵니다. 소수맥을 통일한 후에는 대수맥의 여러 나라를 공격하여 대소수맥을 고구려 영토로 만들 것입니다. 물론 그 다음은 부여가 되겠지요."

항상 회의는 재사가 주도했다. 아무래도 그의 경륜을 젊은 세대가 따를 수 없었기 때문이다.

"졸본성 입성은 예맥 통일의 거대한 첫발을 내딛는 중요한 순간입니다. 하지만 지금 중요한 것은 우리가 성공적으로 백성들의 지지를 받으며 졸본성에 입성하는 것입니다. 이를 위한 제 생각을 말하고 또 여러분들의 의견을 듣고 싶어서 이렇게 모이게 하였습니다."

"소서노 측에서는 연락이 없습니까?"

"길일을 택해 혼인을 하기로 했소."

"그러면 우리 군대는 어떻게 되오?"

협보가 궁금한 듯 계속 물었다.

"그것을 의논하려하오. 아직까지 부분노의 마음을 알 수가 없어 잘못하다간 우리 대왕이 저들에게 볼모로 잡힌 형국이 될 수도 있기 때문이오."

"이런 것 저런 것 생각하지 말고 그냥 소서노까지 확 쓸어버리고 졸본왕까지 죽이면 간단하지 않소이까?"

다소 성격이 급한 오이가 주먹을 불끈 쥐며 말했다.

"그렇게 되면 민심을 잃게 되고 민심을 잃으면 우리가 얻는 것은 땅

덩이 밖에 없게 되오. 장사꾼으로서의 저들의 경험도, 풍부한 물자도
다 잃게 되지."

　이번에는 협보가 재사를 대신하여 말했다.

　"그러면 어떻게 해야 되오. 소서노가 준비한 계획대로 움직여야하
오."

　"그래서는 안 되지."

　또 다시 재사가 나섰다.

　"일단 우리 군대는 대왕을 따라서 골승 땅을 떠나 졸본성에 입성할
것이오. 그곳에서 대왕과 함께 머무르면서 민심을 우리 편으로 끌어
들인 다음에 순식간에 졸본왕을 죽이고 임금자리에 오르도록 해야 하
오."

　"어떻게 민심을 잡습니까?"

　"최근 몇 년 사이에 졸본성에는 두 이야기가 성민들 사이에 떠돌고
있소. 우태가 처가살이를 끝내고 돌아오는 길에 예족의 공격을 받아
죽게 되었는데 활을 잘 쏘는 사람이 나타나 구해주었다는 이야기와
함께 졸본성 사람들이 가장 싫어하는 양맥 왕자를 활로 쏘아 죽인 사
냥꾼에 대한 이야기요. 사람들은 그 사냥꾼의 이름을 몰라 주몽이라
부르고 있소. 물론 그 사냥꾼은 우리 대왕이오. 우태가 죽고 난 이후
사람들은 그 주몽을 점점 영웅시하고 있는데 우리는 이를 이용했으면
좋겠소."

　"어떻게 말이오?"

　"오늘부터 우리 대왕의 이름은 추모가 아니라 주몽이오. 우리가 졸
본성에 들어서는 순간부터 주몽이 졸본성에 입성했다는 것을 알리는

것이오. 비단과 솔개를 이용하여 주몽이 하늘이 보낸 사람임을 소문
내고 있으니 지금쯤은 그 소문이 퍼졌을 것이오. 따라서 우리는 우리
대왕이 하느님의 아들임을 강조하여 그곳 사람들이 우리 대왕을 신성
시 여기게 만들어야하오. 그런 후에 졸본왕을 공격한다면 손쉽게 민
심을 우리 편으로 끌어 들일 수 있을 것이오."

"그것 괜찮은 생각이오."

오이는 감탄하며 재사의 생각에 동의한 후 주위를 둘러보았다. 다들
별다른 반대가 없는 듯 했다.

"여러분들이 동의한다면 이제 각자 해야 할 일을 정하겠소."

8. 칼을 든 단군

　송화강변에 자리 잡은 부여국 옥지 마을, 봄이 돌아와 파릇한 새싹이 대지를 감싸고 붉은 진달래꽃이 온 산을 물들이기 시작하였지만 마을의 분위기는 고요했다. 어느 곳에서도 활기찬 모습은 보이지 않았다.

　대소가 권력을 장악한 이후 우가는 또 다시 고립되었다. 하지만 금와왕의 유화 정책 이후 우가족은 군사를 보유하였기 때문에 노골적으로 탄압하지는 못했다. 옥지 마을은 특히나 감시의 눈길이 엄했다. 물론 추모가 이제 부여성을 떠났으므로 이전과 같은 적대감을 가질 필요는 없었지만 언제 다시 그가 나타날지 모르는 일이기 때문에 여전히 감시의 눈길을 보내고 있는 것이다. 누가 대소가 보낸 감시자인지 몰라 서로를 경계할 뿐이었다.

　조용한 움직임만이 가득했던 마을에 어둠이 내리고 고요한 정적만

이 차가운 밤공기와 어우러질 무렵이었다. 갑자기 요란한 개짖는 소리가 들리기 시작했다. 하지만 이도 오래가지 못했다. 자신들에게 익숙한 체취였던 것이다. 추모가 오이와 함께 처갓집을 찾은 것이다.

소서노와의 혼인을 앞두고 있는 추모의 마음은 매우 심란했다. 자신이 사랑했던 여인이었고 또 오랜 방랑시절 동안 그의 마음속에서 한 번도 떠나지 않았으며 그로 인해 좌절하지 않고 버틸 수 있었던 힘의 근원이 예씨였다. 이런 그녀를 두고 다른 여자와 결혼한다는 것은 자기 스스로도 용납할 수 없는 일이었다. 더구나 그녀는 적지에서 남편도 없이 혼자 아이를 낳고 또 길러야 하는 힘든 운명 속에서 살아가고 있는데 자신은 다른 여자를 품에 안고 살 수가 없었다. 하지만 소서노를 품지 않고는 예맥조선의 통일이라는 거대한 소명을 이룰 수 없었다. 그는 괴로워하다가 예린을 찾아 앞뒤 전후 사정을 다 말하고 이것은 어쩔 수 없는 선택이지만 머잖아 반드시 그녀를 데려가겠다는 약속을 하는 것이 도리라는 생각으로 옥지 마을을 찾은 것이다.

날이 어두워지기기를 기다렸다 옥지 마을에 들어선 추모와 오이는 익숙한 밤길을 재빨리 걸어 고향집에 들어섰다. 옥지 마을의 추장이며 오이의 아버지인 두무실은 개짖는 소리에 벌떡 자리에서 일어섰다. 그는 개짖는 소리만 들려도 아들이 왔을지 모른다며 깊이 잠들지 못했다. 어젯밤 꿈에 아들이 찾아오는 꿈을 꾼 그는 어둠 속에서 의복을 정제했다. 하지만 등잔불은 켜지 않았다.

"접니다, 아버님"

오래지 않아 어둠 속에서 나지막한 소리가 들렸다.

"들어오너라."

달빛만이 오랫동안 헤어졌던 아들을 비춰 줄 뿐이었다. 아들과 함께 사위도 왔다. 듬직한 모습으로.

인사를 올린 오이는 그동안 있었던 일을 아버지에게 고했다. 고구려라는 나라를 세웠으며 추모는 왕이 되었다는 말을 했다. 그리고 또 이제 자신들은 졸본성에 입성할 것이며 그곳에서 힘 있고 강한 고구려를 만들 것이라 말했다. 당신의 사위가 왕이 되었다는 말에 두무실은 당연하다는 듯 앞길을 축복해 줬다.

"제 아내와 아들은 어디에 있습니까?"

추모는 아내와 아이에게 줄 비단을 들고 찾아왔다. 그런데 정작 자신을 가장 먼저 반겨야할 아내의 모습이 보이지 않자 아내를 찾았다.

"여기에 없네."

"예? 신변에 무슨 일이라도 생겼습니까?"

추모는 다급한 마음으로 물었다.

"그런 것은 아닐세. 다만 자네가 내 사위라는 것은 누구나 아는 일이라 감시가 심하여 다른 곳으로 옮겼네."

"지금 만나 볼 수 있습니까?"

"멀리 보냈네."

"어디로 갔습니까?"

"내 처가인 도조 마을로 보냈네. 개 외삼촌이 잘 보살펴 주고 있을 것이니 염려하지 말게."

"애기는 어떻게 됐습니까?"

"아들을 얻었네."

"여기까지 와서 아들의 얼굴도 못 보다니⋯⋯."

추모는 안타까웠다. 아내 혼자 남편도 없이 아들을 낳은 것을 생각하면 너무 미안했고 또 남편이 쫓기는 몸이라 제대로 몸 추스를 시간도 없이 낯선 곳으로 갔다는 말에 너무 안쓰러웠다.

"큰일을 하려면 그 정도 고통은 뒤따라야하는 것일세. 고통 없이 이루어지는 일은 없는 법일세."

두무실은 의연했다.

"나중에 자리를 잡으면 꼭 찾으러 가겠다는 말을 전해 주십시오. 오래 걸리진 않을 것입니다. 그 동안 아이 잘 키워 달라는 말도 꼭 전해 주십시오."

"염려 말게. 아이 잘 키워 놓을 터이니. 돌아갈 터전이나 잘 마련해 주게."

"그리고 또 하나, 드릴 말씀이 있습니다."

추모는 머뭇거리며 조심스럽게 말을 꺼냈다.

"이번에 졸본 땅의 맹주인 소서노라는 여인과 결혼하게 되었습니다. 상대는 과부고 아이가 둘이나 딸린 여자입니다."

머뭇거리는 추모를 대신하여 오이가 대신 말했다.

"죄송합니다. 제 뜻이 아니었습니다."

추모는 미안한 마음에 고개를 들지도 못했다.

"⋯⋯ 장가들 수밖에 없는 상황이 어떤 것인지 듣지 않아도 알 수 있네. 한 나라의 지도자가 되려면 생각지도 못한 일을 해야 할 때가 있고 또 하고 싶지 않은 일을 해야 할 때가 있는 법일세. 자네 안사람에게 잘 말할 터이니 너무 염려하지 말게."

두무실은 곤혹스러워 하는 표정이었지만 오랜 연륜으로 인해 어떤 상황인지를 이해하려 했다.

"이해해 주셔서 감사합니다."

추모는 진심으로 고마움을 표했다.

"다만 한 가지 잊지 말아야 할 것이 있네."

"무엇입니까?"

추모는 긴장한 채 물었다.

"내 손자가 돌아갈 터는 마련해 두어야 한다는 것일세. 고구려는 자네의 혈통을 받은 자가 왕위를 계승해야 하네. 만약 자네가 이를 어길 경우 내가 가만있지 않을 것일세."

두무실은 확약을 받을 자세였다.

"그것은 약속할 수 있습니다. 제가 어떻게 제 아내와 아들을 잊겠습니까? 절대 잊지 않을 것입니다."

"자네의 아버님이신 해모수님은 당신의 혈통을 이어받은 아리씨가 새로운 나라를 세워야 한다는 일념으로 지금까지 얼마나 많은 고통을 감내하셨는지 모른다네. 그로 인해 자네도 많은 고초를 겪긴 했지만."

"무슨 말씀인지 알겠습니다. 무슨 일이 있어도 아리씨의 가계는 이어갈 것입니다."

추모와 오이는 두무실과 더불어 새로운 나라에 대해 많은 이야기를 나누었다. 하지만 하룻밤을 온전히 지낼 수는 없었다. 해가 뜨기 전에 돌아가야만 했다. 장모는 아들과 사위를 위해 새벽밥을 짓는 것으로 아쉬운 마음을 대신했다. 장모의 정성이 담긴 쌀밥을 배불리 먹은 추모는 결국 새벽이슬을 받으며 옥지 마을을 떠나와야만 했다. 아들의 얼굴도 보지 못한 채.

돌아오는 길에 추모는 자신을 피신시켜 주었던 개마국 사람들에게 고마움을 표하기 위해 어별이 사는 마을을 찾았다. 하지만 어별은 만날 수 없었다. 추모가 강을 건너 도주한 이후 대소는 그 화풀이로 이곳의 마을을 공격하였다는 것이다. 많은 사람들이 대소의 공격으로 목숨을 잃었는데 그 중에는 어별도 섞여 있었다. 결국 어별은 자신의 목숨과 추모의 목숨을 맞바꾼 꼴이 되었다. 그의 말이 생각났다. '대소는 잠깐이지만 물과 하늘은 늘 우리와 함께한다.' 당장의 고난보다는 영원히 함께 하는 물의 신과 하늘을 택한 어별, 그의 죽음이 결코 헛되지 않게 해야 한다. '하늘의 손자, 물의 신 하백의 외손' 추모는 자신의 혈통을 다시 한 번 되새겨 보았다. 이 혈통을 지키기 위해 너무나 많은 사람들이 자신의 삶을 희생했다는 것을 새삼 깨달았다.

'나도 나의 혈통을 지키기 위해 분골쇄신해야 한다. 이 혈통을 지키기 위해 희생한 많은 사람들처럼.' 추모는 어별의 명복을 빌며 침통한 마음으로 골승 땅으로 돌아왔다.

정변에 성공한 후 부분노는 졸본성을 완전히 장악했다. 그는 우한의 편에 섰던 상인들을 제거한 후 그들이 가지고 있던 재산을 몰수했다. 뿐만 아니라 항복했던 군인들을 자신의 휘하로 다시 편입시켜 이제는 우태가 살아 있었을 때만큼 세력을 회복했다. 그럴 즈음 소서노는 졸본왕을 만나 정변과정을 설명하고 또 자신은 고구려국의 추모왕과 결혼을 올릴 것이라는 말을 했다. 졸본왕은 아무런 권력을 지니지 못한 무당으로 남아 있었기에 그녀의 말을 일방적으로 들을 수밖에 없었다. 하지만 그는 자신들의 영역인 졸본 땅에 고구려라는 부족이 살고 있는 줄은 몰랐다.

"고구려는 부여족 계통으로 작년에 새롭게 졸본 땅에 정착한 부족으로 이번 정변에 큰 힘을 발휘했습니다."

소서노는 간단하게 고구려에 대해서 설명한 후 그에게 길일을 잡아 달라는 부탁을 했다. 나중에 택일하여 알려 주겠다는 약속을 받은 후 그녀는 궁궐을 빠져 나왔다. 궁궐이라 하지만 일반 가정집보다는 조금 더 큰 규모의 기와집으로 소서노의 집보다 더 작았다.

드디어 길일을 잡았다는 연락이 왔다. 사월 닷새였다. 소서노는 골숭 땅으로 사람을 보내 길일을 잡았다는 말을 전했다. 추모는 답장과 함께 군대를 보냈다. 많은 군대는 아니지만 마리가 오십여 명의 군사와 함께 졸본성에 입성했다. 결혼 준비를 하기 위해서라는 명분이었지만 이들이 할 수 있는 일은 아무 것도 없었다. 이미 졸본성은 부분노가 완전히 장악하였기 때문에 특별히 신경 써야 할 경비문제가 있는 것도 아니었다. 하지만 이들은 혹시 불순세력들이 방해할 수도 있으니 결혼식 때까지 남아 있겠다며 졸본성에 주둔했다.

많은 군사는 아니었지만 부분노는 신경이 쓰였다. 그와 결탁하기로 이미 합의를 보았고 또 그로 인해 승리자가 되었지만 자신의 영역에 낯선 군사들이 들어온다는 것은 기분 좋은 일이 아니었다. 언젠가는 한 식구가 되어야겠지만 주도권을 누가 쥐느냐는 매우 중요한 문제였다.

마리는 추모의 결혼 날짜가 잡혀지자 곰치를 부장으로 삼아 오십여 명의 군사를 이끌고 졸본성에 들어왔다. 소서노의 집에 거처를 정하였지만 특별히 하는 일은 없었다. 오전에 한 번, 오후에 한 번, 하루에 두 번 정도씩 졸본성을 순찰했다. 말이 순찰이지 실상은 하는 일 없이 졸본성을 어슬렁거리며 돌아다닐 뿐이었다. 오가는 상인들과 시비도 붙어 보고 물건도 사며 정복자로서의 여유를 즐기는 것처럼 보였다.

처음 추모의 고구려군이 졸본성으로 들어왔을 때 긴장한 채 이들의 움직임을 주시하던 부분노는 오래지 않아 긴장감을 풀었다. 군기가 빠진 듯한 행동, 장사꾼들과 어울리며 한나라에서 들여온 상품에만 관심을 갖는 이들의 모습에서 군인다움을 발견하지 못한 것이다. 그래서 부분노는 이들을 점점 경계하지 않게 된 것이다.

곰치는 졸본성에 들어온 지 열흘이 지났을 무렵 비단의 점방을 방문했다. 곰치가 나타나자 비단은 기겁을 했다. 더구나 곰치는 지난번 우한을 공격할 무렵 자신이 무슨 일을 했는지 알고 있는 듯 했기에 그의 두려움은 더욱 더했다.

"아이 왜 나를 보고 그리 놀라는가?"

"내~ 내가 뭘……."

"잘못한 것이 많은가 보우?"

곰치는 의심의 눈초리로 비단을 쏘아보았다.

"아니, 아무 연락 없이 불쑥 찾아오니 놀랄 수밖에."

"그동안 수고가 많았수다."

"수~ 수고랄 것이 뭐 있겠소."

"당신들 덕분에 온 졸본성에 주몽이라는 이름이 다 퍼졌더구만. 하느님의 아들 주몽! 고맙수."

"고~ 고맙기는."

"자 이거는 우리 대왕님이 주시는 거니까 받으시오. 앞으로도 많은 도움을 부탁하오."

곰치는 별 해코지 없이 비단에게 은전꾸러미를 건넨 후 점방을 나왔다.

그날 밤 마리는 추모에게 사람을 보내 모든 준비는 다 잘 되어 간다는 보고를 올렸다. 보고를 받은 추모는 군사들을 불러 졸본성에 입성할 준비를 시켰다. 입성 준비라는 것이 검의 날을 날카롭게 세우고 화려하고 때깔 고운 옷을 만드는 것이었다.

드디어 혼인날이 다가왔다. 추모는 비단옷을 입고 많은 군사들의 호위를 받으며 골승 땅을 떠나 졸본성으로 들어갔다. 미리 졸본성에 들어간 군사외는 달리 이들은 매우 잘 훈련된 모습으로 졸본성에 입성했다. 창끝은 매우 날카로웠으며 입고 있는 갑옷도 윤기 나게 잘 닦아 햇빛에 반짝였다.

소서노는 일부러 화려한 결혼식을 준비하였다. 비록 재혼이긴 했지만 시동생에게 시집가는 것이 아니고 자신이 선택한 남자에게 시집가는 것이기에 당당하고 싶었다. 사람들이 형사취수제라는 부여의 풍습을 따르지 않은 것을 비난할 수 있었지만 그는 그런 인습을 깨고 새로운 전통을 세우고 싶었던 것이다.

졸본국의 왕이 주례를 서고 졸본국의 많은 대가들이 참석한 화려한 결혼식이 거행되었다. 두 사람 다 이미 결혼한 경험이 있는 자들이라 아주 능숙하게 합환주를 따랐을 뿐 아니라 처음 결혼하는 사람이 가지는 부끄러워하고 쑥스러워하는 빛은 없었다. 아주 원만하게 결혼식이 치러졌다. 사람들은 깔깔거리며 환하게 웃었다. 뒤에서 쑥덕거리는 소리도 들렸지만 전혀 개의치 않았다. 식이 끝나고 잔치가 베풀어졌다. 소서노는 수십 마리의 돼지를 잡아 잔치음식으로 내놓았고 졸본성 사람들은 배가 불러 더 이상 먹을 수 없을 만큼 고기를 먹었고 또 술을 마셨다. 대단한 잔치였다.

정략적 결혼이긴 했지만 결혼은 결혼이었다. 육체적 관계가 소홀할 수도 있었지만 상황은 그렇지 않았다. 여덟 살 많은 여자를 새로운 아내로 맞이한 추모는 뜻밖에도 그녀가 아직 싱싱하고 매끄러운 피부를 지녔으며 또 두 아이의 어머니 같지 않은 몸매를 지녔음에 감탄했다. 아직 이십대 초반의 절제하기 힘든 육욕(肉慾)을 지닌 추모는 그녀의 나이는 무시하기로 했다. 그냥 몸이 이끄는 대로 맡기기로 했다. 하지만 소서노는 달랐다. 그녀는 단 한 가지 조건을 내세웠다. 아이는 갖지 않겠노라 했다. 그것이 비류와 온조에 대한 어머니로서의 도리라 생각했다. 그것은 추모가 원하던 일이기도 했다. 그것이 멀리서 아버지의 얼굴도 보지 못하고 자라고 있는 아이에 대한 아버지의 도리라고 생각한 것이다.

풋익은 사과보다는 농익은 사과가 제맛이기 마련이다. 여덟 살 많은 여자가 어떻게 아내가 될 수 있겠느냐며 오이에게 투정 아닌 투정을 했던 추모는 결혼을 한 후 태도가 완전 달라졌다. 사랑은 정신적 사랑만 있는 것이 아니었다. 육체적 사랑도 중요했다. 오랫동안 육욕을 해결하지 못했던 두 남녀는 한동안 서로의 나신에 빠져들어 헤어나질 못했다. 추모는 나랏일을 제대로 돌보지 않았다. 예씨를 처음 맞이했을 때도 왕위 계승자로서의 중요한 일을 하지 않아 결국 대소에게 그 자리를 빼앗기고만 쓰라린 경험이 있는 그였지만, 그때의 뼈아픈 교훈을 가슴 속에 새긴 그였지만, 또 다시 여체에 빠져 중요한 국사를 돌보지 않는 것이었다. 우보와 좌보인 재사와 협보에게 나랏일을 맡기고는 제대로 문밖으로 나오지도 않았다.

　졸본국에 입성한 후 해야 할 일은 많았다. 점령자로서의 모습을 보이지 않은 채 백성들의 지지를 받은 것은 쉬운 일이 아니었다. 다행히 마지막 단군 해모수의 아들이라는 소문이 졸본성 내에 퍼졌기 때문에 그에 대한 반감은 미미하였지만 언제까지나 아버지의 명성을 바탕으로 버틸 수는 없는 일이었다. 추모는 졸본성에 들어오면서 골승 땅은 병영으로 남겨놓고 대부분의 백성들은 함께 데려왔다. 우한으로부터 빼앗은 재물과 집들을 나눠주고 또 더러는 장삿일을 배우게 하면서 졸본성에 정착하게 했다. 낯선 자들이 졸본성에 들어오면서 토착민들과 새로운 이주자 사이에 한동안 팽팽한 긴장감이 흘렀기에 더욱 조심해야 했다. 하지만 추모는 이 모든 일에 무관심했다.

　시간이 흐르면서, 점령자라는 생각으로 추모를 경계하던 졸본성 사람들은 그를 점점 잊어갔다. 졸본성 사람들의 눈에 비친 추모는 아무 일도 하지 않는 제사장의 모습으로 인식되기 시작했다. 장삿일에 서툰 고구려 사람들 역시 졸본성에서 주도적 역할을 하지 못하여 결국 고구려는 졸본에 흡수되는 듯 했다. 소서노의 집에 정부라고 차려졌지만 특별히 하는 일도 없었다. 아니 무엇을 해야 할지 모르는 사람들 같았다. 분명히 우한을 기습하여 승리를 거뒀다고 들었는데 추모의 군사는 졸본성에 주둔만 했지 훈련도 하지 않았고 또 경계업무도 하지 않는 무기력한 존재처럼 보였다.

하지만 소서노는 달랐다. 그녀는 정략적으로 추모를 자신의 새로운 사내로 맞아들인 여걸답게 바삐 움직였다. 그녀도 추모와 지내면서 그동안 잊고 지냈던 젊음을 다시 찾은 느낌이었고 또 밤마다 벌어지는 육체의 향연이 좋았다. 그녀는 냉정했다. 추모와는 달리 부분노를 불러 상단의 일과 소나부의 일을 챙기고 있었다. 따뜻한 봄날이 되자 동가강 너머의 현도군 땅에 상단을 보내며 여느 때와 다름없는 봄을 보내고 있었다. 이것만이 아니었다. 그는 소나부의 새로운 대가를 뽑는 일에도 열정적이었다.

"우한이 죽고 나도 새로 결혼을 하였으니 소나부의 대가를 새로 뽑아야하지 않겠소?"

어느 날 소서노는 부분노를 불러 소나부 대가에 대한 그의 생각을 물었다.

"당연히 그렇게 해야지요. 하지만 누가 소나부의 대가가 되어야 할지 난감합니다. 비류 도련님을 세우기에는 아직 어린 것 같고……."

"여자가 대가를 하면 안 되오?"

"예!"

소서노 자신이 소나부의 대가가 되겠다는 의도였다. 하지만 지금까지 여자가 부족장이 된 적은 한 번도 없었다.

"부인께서 가장 적임자이시긴 하지만……, 여자를 받아들일 수 있는 분위기는 아닌 것 같습니다."

부분노는 자신의 생각을 분명히 밝혀야 할 것 같았다.

"백성들은 누가 적임자라 말하고 있어요?"

소서노는 백성들의 생각이 궁금했다.

"……."

하지만 부분노는 쉽게 대답하지 못했다.

"왜 그러시오. 말해보시오."

"이상하게도 백성들은 주몽이 소나부의 대가가 되어야 한다고 말하고 있습니다."

"주몽이?"

"언제부터인지 모르지만 백성들은 추모를 주몽이라 부르고 있습니다."

"백성들이 주몽을 어떻게 알고 주몽이 대가가 되어야 한다고 말한단 말이오?"

"우리가 너무 방심했습니다. 우리 군대가 졸본성의 치안에 신경 쓰고 있는 사이, 저들은 상인들과 만나면서 백성들을 자기들 편으로 끌어들이기 위해 총력을 기울인 듯 싶습니다. 추모를 마지막 단군인 해모수의 아들이라 말하며 그를 졸본성의 주인으로 모셔야 한다고 말입니다."

추모를 끌어들여 우한을 몰아내고 또 그와 결혼하여 졸본성을 장악하긴 했지만 소서노의 행보는 조심스러웠다. 이민족과 결혼한 자신에 대해 부족원들이 어떻게 생각하는지 내심 두려웠기 때문이다. 뜻밖에도 추모에 대한 백성들의 생각은, 적어도 졸본성 내에 있는 상인들의 생각은 매우 긍정적이었다. 더구나 그를 소나부의 대가로 세우려 한다는 소식은 전혀 생각지도 못한 일이었다. 자신과 결혼한 이후 추모는 아무 일도 하지 않았다. 그런데 어떻게 이런 일이 벌어졌는지 놀랄 뿐이었다. 추모라는 인물이 보통 인물이 아님에 틀림없었다. 팔자(八字)모양의 짙은 눈썹을 지닌 그의 골상에서 진작 이런 기운을 느꼈지만 설마 했었다. 추모는 정략적이든 아니든 이제 자신의 남편이 되었다. 어차피 그를 의지하면서 남은 생을 보낼 수밖에 없다. 그런 측면에서 본다면 아주 잘 된 일이었다.

소서노는 소나부만은 그에게 넘겨 줄 수 없다고 생각했다. 오늘의 소나부가 있기까지 죽은 남편과 자신이 한 일이 너무 많았다. 자신의 아들인 온조와 비류에게 물려주고 싶었다. 아들을 생각하는 마음이 새로운 남편을 생각하는 것보다 더 컸다. 짧은 시간이었지만 추모와 같이 지내면서 그가 만만한 사람이 아니라는 것을 알았다. 자신이 생각하는 것보다 훨씬 영특한 사람이었다. 부분노가 전한 백성들의 생각에서도 느낄 수 있었다. 결정적인 순간 자신과 자신의 아들을 버릴 수도 있는 문제였다. 그래서 소나부만은 꼭 장악하고 싶었다.

"아무리 남편이라 해도 소나부는 양보할 수 없어요, 소나부의 대가 자리는 반드시 내 아들에게 물려주어야 하오."

소서노는 부분노에게 자신의 확고한 신념을 전했다.

"하지만 공자님은 아직 어리지 않습니까?"

"그래서 여자가 부족장을 할 수 없냐고 물었던 것입니다."

"…… 무슨 말씀인지 알겠습니다. 부인의 뜻을 받들겠습니다."

부분노는 소서노가 무엇을 원하는지 비로소 알았다. 쉽지는 않겠지만 부인의 생각을 받드는 것이 돌아가신 주인어른을 배반하지 않는 것이라 생각했다. 부분노는 요 며칠 사이에 바쁘게 족장들을 만났다. 그리고 또 며칠 후 소서노는 죽은 우태의 미망인 자격으로 부족회의를 개최했다. 곳곳에 흩어져 있던 소나부의 장로들이 모여들었다. 추모도 새로운 아내를 따라 이 자리에 참석했다.

회의를 주재한 소서노는 새로운 대가의 필요성을 말했다.

"우리는 상업 활동을 하며 살아가는 부족으로 강력한 군사력과 더불어 강력한 지도력이 필요하오이다. 아시다시피 전임 대가들은 죽었습니다. 이제 날이 따뜻해졌어요. 소수맥은 물론이고 멀리 현도군까지 우리의 상단을 보내야 하오. 더 이상 대가 자리를 비워놓을 수가 없게 되었소. 혈통으로만 따지면 내 아들이 당연히 대가가 되어야겠지만 아직 어리기 때문에 적임자라 할 수 없소."

소서노는 자신의 아들에게 정통성이 있음을 먼저 각인시켰다. 하지만 현실적으로는 아직 시기가 되지 않았음도 동시에 주지시켰다.

"우리는 지금 당장 강한 지도력을 필요로 하오. 누구를 대가로 뽑았으면 좋겠소?"

소서노는 단도직입적으로 본론으로 들어갔다.

"부인의 새 남편인 주몽 어른이 어떻소이까? 이 난국을 헤쳐 나갈 적임자라 생각되오만."

머리가 희끗한 장로가 주변의 눈치를 보며 말했다.

"아주 좋은 생각이오. 그분이 우리의 지도자가 되어야 하오."

몇몇 동의하는 소리가 들렸다.

"아니되오. 비록 주몽 어른이 강한 군사력과 지도력을 지녔을지 모르지만 우리 소나부의 대가가 될 수는 없소이다. 소나부의 대가는 소나부에서 나와야 합니다."

삼십대로 보이는 족장이 추모의 눈치를 힐끔 보면서 단호한 어조로 말했다.

"맞습니다. 소나부의 대가는 소나부 출신이 해야 합니다."

뒤를 이어 젊은 족장들의 지지 발언이 잇따랐다.

"그러면 여러분들은 누구를 원하는지 말씀해보시오."

소서노는 다시 한 번 구체적 인물을 천거하게 했다.

"여러 갈래로 흩어진 우리 소나부의 생각을 한 데 묶고 우리 부족의 사업을 끊어짐 없이 지속시킬 수 있는 사람은 비록 여자이긴 하지만 소서노 어른이 가장 적격이라 생각합니다."

소서노의 입가에 미소가 피어올랐다. 이제야 부분노가 그동안 애쓴 보람이 나타나는 듯 했다.

"여자가 부족장을 한 적은 한 번도 없었소이다."

하지만 늙은 족장은 발끈하고 나섰다.

"시대가 변하면 관습도 변하기 마련입니다. 지금 우리 소나부를 이끌 사람은 소서노 어른밖에 없습니다."

젊은 족장도 물러서지 않았다.

부족회의는 이제 세대 별로 팽팽한 신경전을 벌였다. 늙은 족장들도 만만하지가 않아 쉽게 굴복하려 하지 않았다. 팽팽한 긴장감이 흘렀다.

"나는 소나부의 대가 자리에는 관심이 없소."

추모였다. 이들의 갈등을 단번에 해결하는 소리였다.

"나는 고구려의 대왕이오, 소나부에는 관심이 없소. 장차 소나부의 대가는 비류가 되어야하오. 다만 그가 어느 정도 자신의 역할을 할 수 있을 때까지는 내가 뒤를 받친다면 비록 여자이긴 하지만 소서노가 그 자리를 대신하여도 될 듯 싶소.”

지금 졸본성에서 가장 강한 군대를 보유하고 있는 추모가 뜻밖에도 소서노를 대가로 추천한 것이다. 이를 거역할 사람은 없었다. 더구나 소서노는 원래 졸본성의 주인이었기에 더욱 그랬다. 부족회의는 순식간에 끝이 나고 말았다.

소서노는 자신이 원하는 것을 너무 손쉽게 얻었다. 추모가 이런 생각을 갖고 있는 줄 몰랐다. 자신이 대가가 되기 위해서 젊은 족장들에게 많은 뇌물을 써야만 했는데 괜히 그를 견제하여 힘들게 애를 쓴 모양이었다. 추모는 자신이 생각한 것보다 훨씬 큰 인물이었던 것이다.

“정말 고마워요.”

소서노는 추모에게 진심으로 고마움을 전했다.

“고맙긴요. 부부 간에 그 정도는 도움을 줘야죠.”

소서노는 추모가 무엇을 생각하는지 몰랐다. 우한을 몰아내는데 가장 큰 공을 세운 추모가 결국 가진 것은 아무것도 없었기 때문이었다. 다만 자신과의 육체적 쾌락에만 빠져 있는듯 싶었다. 하지만 어떻게 된 영문인지 졸본성의 백성들은 그를 지지하고 있다. 그렇다고 소나부의 대가에 관심이 있는 것도 아니었다.

‘도대체 그가 이 졸본 땅에서 노리는 것은 무엇일까?

소서노는 이제는 자신의 남편이 된 추모의 생각을 몰라 고민했다. 가만히 생각해보니 남편은 이미 많은 것을 얻고 있었다. 졸본성 백성들의 민심과 그리고 바로 자기 자신, 소서노를 얻었다. 졸본성 최고의 거상 소서노를 가진 것만으로도 다른 어떤 것을 얻은 것보다 큰 것이었다. 소서노는 화들짝 놀랐다. 결코 남편 추모는 만만히 볼 사람이 아니었다. 조심해야 했다. 한편 조심해야 할 필요가 있을까도 생각해 보았다. 이미 추모는 자신의 남편이었고 그가 잘 되는 것은 결국 자신이 잘 되는 것이었다. 그러나 아직까지는 남편보다는 아들 비류와 온조가 우선이었다. 그것이 추모에게 경계심을 가지는 이유였다.

소서노가 소나부의 대가에 오르자 추모는 그녀를 지킨다는 명분으로 골승 땅에 남아 있는 군대를 전부 다 불러 들였다. 두 사람이 결혼하면서 졸본성에 들어온 추모의 군대는 흐트러진 모습을 보였다. 겉멋만 낼 뿐 훈련하는 모습은 보이지 않았다. 졸본성 상인들과 어울리며 오로지 상품에만 관심이 있는 것처럼 보였다. 하지만 골승 땅에 남아 있던 부대가 들어오자 상황은 달라졌다. 창칼을 날카롭게 세운 채 절도 있는 모습으로 졸본 성 곳곳을 누볐다.

이들의 모습에 긴장한 사람은 부분노였다. 그는 추모의 정체를 이전부터 알고 있었다. 하지만 그는 자신의 주인인 소서노에게 충성하기로 이미 마음을 굳게 먹은 터였다. 비록 두 사람이 정략적으로 결혼을 하였지만 죽은 우태에 대한 충성심은 변함이 없었다. 그래서 추모가 하는 일에 협조는 하겠지만 그것은 우태의 아들인 비류와 온조가 성장할 때까지라 생각하고 있었다. 그 이후에는 비류와 온조를 위해서 추모와 일전을 불사할 생각까지 갖고 있었다. 그렇다면 주도권을 쥐어야 했다. 추모보다는 군사적 우위를 지켜야 했다. 지금까지는 추모의 고구려군보다 더 강한 군사력을 지니고 있다고 생각했다. 졸본성도 완전 장악했다고 생각했다. 그런데 갑자기 고구려군이 졸본성 안으로 쏟아져 들어온 것이다. 어느새 졸본성 백성들은 그를 더 지지하고 있었고. 그는 위기감을 느꼈다. 이를 해소하기 위해서는 저들과 한 번 기 싸움을 벌여야겠다는 생각을 했다.

추모는 부분노보다 더 빨리 움직였다. 졸본 땅에 들어와 소서노와의 향략에 빠져 아무 일도 하지 않는 것처럼 보이던 추모는 어느 날 갑옷을 꺼냈다. 그리고는 몸소 갑옷에 치장된 금빛 단추를 닦기 시작했다. 한낮의 햇빛에 눈부실 만큼 번쩍일 정도가 되어서야 비로소 갑옷 닦기를 마쳤다. 그것이 끝이 아니었다. 장검과 단검을 꺼내 숫돌에 갈았다. 한 겹의 천이 스르르 잘려 나가고서야 그의 칼갈기는 끝이 났다. 이번에는 활이었다. 무소뿔로 만든 활을 번쩍일 정도로 닦고 또 닦았다.

"왜 그러십니까? 마치 전쟁터에 나가는 사람 같습니다."

곁에서 지켜보던 소시노가 마침내 궁금증을 이기지 못하여 물었다.

"할 일이 있소."

추모는 무덤덤하게 대답할 뿐이었다.

"할 일이라뇨?"

"나도 밥값은 해야 하지 않겠소?"

"예?"

소서노는 추모가 무슨 말을 하는지 몰라 멍하니 있었다.

"아녀자의 품 속에서 편히 지내려고 졸본 땅에 들어온 것은 아니요. 나도 야망이 있소."

"야망?"

"그렇소. 야망. 나는 단군의 혈통을 이어받은 아리씨요. 내 조상들이 잃어 버렸던 영토를 되찾는 것 그것이 내 야망이오."

추모가 골승 땅에 고구려라는 나라를 세우긴 했지만 그것은 조그만 마을에 불과했다. 졸본과는 비길 수 없는 너무나 작은 마을이었다. 그런데 그가 졸본성을 공략한 뒤로 세상을 가볍게 여긴다고 생각했다. 소서노는 웃고 말았다. 아무 말도 하지 않았다. 남자인 그도 뭔가 해야 할 것 같은 생각이 드는 것은 당연하다고 생각했다. 그래서 그가 뭔가를 꾸미고 또 시도하는 것은 당연한 일이라 생각하고 그냥 웃고 만 것이다.

다음날 아침 추모는 갑옷을 챙겨 입었다. 날카롭게 칼날을 세운 검을 허리에 찼다. 활과 전통을 챙긴 그는 다녀오겠노라는 말만 남기고 집을 나섰다. 추모는 졸본성에 들어와 있는 모든 고구려군을 집합시켰다. 오백여 명이 조금 넘는 숫자였다. 오이도 마리도 협보도 모두 중무장을 한 채 그를 맞이하고 있었다. 추모는 자신의 애마인 갈표범 위에 올랐다. 그리고는 진군 명령을 내렸다. 그가 향한 곳은 뜻밖에도 왕궁이었다. 졸본왕은 추모가 이끄는 고구려군이 몰려온다는 소리에 기겁을 했다. 언젠가는 저들이 자신의 자리를 뺏을 지도 모른다는 생각을 갖고 있긴 했지만 이렇게 노골적일 줄은 몰랐다.

졸본국의 주류는 소나부였다. 졸본 땅에 여러 부족이 있지만 졸본성에 근거를 둔 소나부만큼 강력하고 재정적으로 넉넉한 부족은 없었다. 원래 부여족으로 한사군이 소수맥 지역을 점령했을 무렵 건너온 부족이었다. 원래 부여의 북쪽 평야지대를 통해 대상(隊商)활동을 하던 이들은 보다 자유로운 상행위를 위해 상업이 발달한 한사군 쪽으로 아예 근거지를 옮긴 종족이었다. 졸본에 성을 쌓고 주변 경계를 튼튼히 한 후에 한나라와의 상업 활동을 통해 막대한 부를 형성하였다. 오래지 않아 이들은 졸본 땅의 주류세력으로 성장하였다. 산과 강을 근거로 살아가는 나머지 부족들은 이들이 지닌 강력한 철제무기에 저항할 수 없었다. 오히려 소나부로 인해 다른 나라들이 감히 침입을 하지 않아 편하고 좋았다.

졸본왕은 소나부에 변란이 발생하자 불안해졌다. 왕이라고 하지만 추수기 때 제사를 지내는 것 외는 자신이 하는 일은 없었다. 각 부족의 일은 부족장들이 자신들만의 관습에 의해 처리하였기 때문에 그가 나서서 할 일은 없었다. 다만 농사가 잘되길 빌고 물고기와 동물들이 많이 잡히기를 기도만 하면 되었다. 하지만 요즘 들어 왕의 존재에 대해 불편해하는 사람들이 많아졌다. 부족장이 있는데 제사장이 무슨 필요가 있느냐는 투였다. 더구나 한나라의 지배를 받은 이후 한나라식의 절대군주에 대한 요구가 많아졌다. 절대군주가 부족을 지배할 때 그 부족이 훨씬 부강해진다는 것을 경험하였기 때문이다. 그래서 그는 소나부의 대가가 자신을 쫓아내고 절대군주로 군림하지 않을까 늘 고민하였다. 부족원들이 하늘에 대한 신앙이 강렬할 때는 왕의 존재가 필요하겠지만, 하늘보다는 현실문제에 더 큰 관심을 갖게 되는 순간 자신의 자리는 보존하기가 쉽지 않다는 것을 알고 있었다. 지금 졸본성의 분위기가 딱 그랬다.

졸본왕은 소나부에 맞설 만한 군대가 없었다. 원래 이곳은 자신의 땅이었지만 이미 대부분의 사람들이 소나부에 동화되어 부족의식마저 약해졌기에 스스로의 힘으로 왕의 자리를 보존할 방법은 없었다.

214

단지 무당으로서 나라의 흉사를 물리치고 길사를 맞이하는 일에만
힘쓸 뿐이었다. 변란이후 새로운 세력이 졸본성으로 들어왔다. 주몽
이라는 자인데 하느님의 아들이라는 소문이 온 졸본성에 다 퍼졌다.
그는 예맥조선의 마지막 단군인 해모수의 아들이라고 했다. 소문이
사실이라면 그는 자신보다 훨씬 정통성을 지닌 자였다. 더구나 그는
자신과 달리 강력한 군대를 지니고 있을 뿐 아니라 졸본성에서 가장
강한 세력인 소서노와 결탁했다. 결혼식장에서 본 그의 모습은 당당
했다. 큰 키에 긴 손발을 가진 그는 팔자형의 짙은 눈썹과 찢어진 가
는 눈을 가지고 있었다. 광대뼈가 불거진 모습에서 함부로 범접할 수
없는 기상도 느껴졌다. 졸본왕은 불안한 심정으로 그의 행보를 지켜
보기로 했다.

추모는 다짜고짜 대문을 부수고 들어섰다. 그리고는 졸본왕 앞에
우뚝 섰다.

"이것이 무엇인지 알겠소?"

추모는 품 속에서 뭔가를 꺼내 졸본왕에게 넘겼다.

"이것은……."

제사장들만이 지니고 다녔던 청동 방울이었다. 아주 오래된 청동
방울을 유심히 살피던 졸본왕의 목소리는 떨려 나왔다.

"당신이 하늘을 숭배하는 자라면 이것이 무엇인지 알 것이오. 나는
하느님의 아들 해모수의 장자 주몽이오."

추모는 자신을 주몽이라 불렀다. 재사의 권유로 이제부터 공식석
상에서는 주몽이라 부르기로 했다.

"당신이 원하는 것이 무엇이오?"

"나는 예맥조선의 주인이며 동시에 온 조선 땅의 주인이오. 오늘 나는 당신에게 맡겨 놓았던 임금 자리를 찾으러 왔소."

임금 자리를 뺏겠다는 소리였다. 너무 노골적이었다. 하지만 졸본왕은 아무 대꾸를 할 수 없었다. 그가 내민 것은 이천 년 전부터 단군에게만 전승되었던 청동방울이었다. 그는 거부할 수 없는 아리씨의 적손이었다. 하지만 지금 그가 굴복할 수밖에 없는 이유는 그의 정통성 때문만은 아니었다. 그가 이끌고 온 군사력이었다. 지금 이 순간에도 추모는 오백여 명의 군사들로 집을 에워싸고 있었다. 이들에게 맞설 재간이 없었다.

"내가 당신에게 임금 자리를 물려주는 것은 당신이 정녕 아리씨의 혈통을 물려받은 해모수의 아들이기 때문이오. 당신이 힘으로 나를 굴복시킨 것 때문은 절대 아니오."

결국 졸본왕은 어줍잖은 자존심을 세우려 애쓰며 조상 때부터 대대손손 이어져 오던 임금 자리를 추모에게 넘겨주고 말았다.

"고맙소. 이렇게 협조해 주어서. 나는 당신이 여생을 편히 보낼 수 있도록 땅과 하인을 마련해 주겠소."

추모는 손쉽게 졸본왕 자리를 탈취했다. 하지만 그가 얻은 것은 단순히 이전의 졸본왕이 갖고 있던 지위가 아니었다. 그는 한문에 능통한 재사를 통해 곧바로 전 졸본 땅에 포고령을 내렸다.

'나는 고구려 왕 주몽이다. 졸본왕은 오늘 나에게 졸본부여를 넘겨주었다. 나는 이 새로운 땅을 〈고구려〉라 부를 것이다. 나는 앞으로 절대군주가 되어 고구려를 통치할 것이다. 만약 앞으로 내가 정한 법령에 따르지 않는 자는 엄한 벌을 내릴 것이다.'

추모의 포고령은 졸본 땅 구석구석까지 전해졌다. 나라라는 개념
이 부족한 부족장들은 추모의 말이 무슨 의미인지도 몰랐다. 하지만
추모가 마을의 젊은 사람들을 징발하여 군대로 뽑아 갈 때쯤에서야
비로써 그가 자신의 힘과 권위를 뺏어 갔다는 것을 깨달았다.

졸본왕이 되고 포고령을 발표한 후 추모는 이전과는 완전 다른 모
습을 보였다. 그는 재빨리 구체적인 법령을 잇달아 공고했다. '살인
하는 자는 사형에 처한다. 전투에서 패하거나 물러선 자도 사형에 처
한다. 남의 물건을 훔친 자는 노예로 삼는다. 군사 징집에 응하지 않
는 자는 사형에 처한다. 정당한 사유 없이 대왕의 명령에 복종하지
않는 자도 사형에 처한다.' 아주 무서운 법령이었다. 동시에 그는 각
부족장에게 군사를 징집한다는 포고도 내렸다. 오이를 태대형으로
삼아 만약 자신이 정한 법령을 어기는 자가 있으면 가차 없이 법대로
집행하라는 엄명을 내렸다. 갑자기 졸본 땅 전체에 긴장감이 감돌기
시작했다.

소서노는 추모의 재빠른 행동에 깜짝 놀랐다. 그리고 순식간에 졸
본 땅 구석구석까지 다 자신의 통치력 하에 둔 것에 더욱 놀랐다. 추
모를 가볍게 본 것 같았다. 그는 부분노를 불러 이런 추모의 행동에
대해 경계를 당부했다. 절대 군사적 주도권은 넘겨주지 말라는 엄명
을 내렸다. 이것은 후계자 문제와 관련된 것이기에 양보할 수 없는
문제라 했다.

소서노의 명령을 받은 부분노는 졸본성에 경계병들을 최대한 풀어
무력시위를 하며 추모를 견제하려 했다. 최소한 졸본성 내에서는 자
신들의 힘이 추모를 능가한다고 생각했기에 주도권을 빼앗기지 않을

것이라 여겼다. 당연히 두 세력은 부딪힐 수밖에 없는 상황으로 치닫기 시작했다. 소서노와 추모는 서로 잠자리에서 살을 맞대었지만 머릿속에는 복잡한 계산이 오갔다. 추모는 이런 상황을 오래 끌고 싶지 않았다. 부분노만 제거하면 쉽게 해결될 것 같았다. 그는 재사와 오이를 불렀다.

"우리는 해야 할 일이 매우 많소. 더 이상 부분노로 인해 분열될 수 없소. 그를 죽이든지 우리 편으로 끌어들이든지 하시오."

추모는 부여에서의 실패이후 시기를 놓치는 일을 되풀이하지 않으려 애썼다. 사세를 제대로 파악하지 못해 겪는 피해는 자신 혼자만으로 그치는 것이 아니라는 것을 뼈저리게 깨달았기 때문이다. 재사는 오이와 마리를 데리고 곧바로 부분노를 찾았다. 그는 실로 오랜만에 칼을 차고 나섰다.

부분노는 마지막 순찰을 마치는 것으로 하루 일과를 마쳤다. 숙소로 돌아온 이후 그가 하는 일이라곤 잠자는 것이었다. 요즘 들어 긴장감이 커지면서 시간이 날 때마다 잠을 잤다. 언제 무슨 일이 벌어질지 모르기 때문에 사전에 휴식을 취해 힘을 비축하기 위해서였다. 그런데 그가 막 자리를 펴고 잠이 들 무렵 갑자기 재사가 오이와 마리를 데리고 나타났다. 무장을 한 그들의 모습에서 어떤 목적으로 자신을 찾았는지 대충 짐작이 갔다. 그는 잠자리 옆에 놔두었던 칼을 지닌 채 이들과 마주 앉았다.

"자네의 주인은 누군가?"

재사는 부분노를 마주하자마자 곧바로 단도직입적으로 물었다.

"내 주인은 우태요."

"우태는 이미 죽지 않았는가?"

"우태의 부인과 공자님이 살아 있소."

"그들을 위해서 자네는 무엇을 할 것인가?"

재사는 선비수련을 받은 부분노에게 고압적인 자세를 취했다. 하지만 부분노는 전혀 위축되지 않았다.

"주인어른이 일군 가산을 공자님들에게 물려주는 것이 제가 할 일이오."

"선비수련을 받을 때는 나라를 위해, 하늘을 위해 일하라 하지 않았는가?"

"제가 하는 일은 내 나라 졸본을 위하는 것입니다."

"자네의 나라는 졸본이 아니라 조선일세. 단군의 후손 추모님이 세운 새로운 조선, 고구려가 자네의 나라일세. 장차 우리 고구려는 예맥 땅은 물론 한나라군을 몰아내고 옛 조선의 모든 땅을 되찾을 것일세. 이것이 자네가 할일이네."

"나는 주인을 배반할 수 없소."

"더 큰 주인이 누군가 생각해보게. 이천 년 동안 이 나라의 주인은 단군의 혈통인 아리씨였네."

"나는 그렇게 큰일은 생각지 못하오이다."

부분노는 전혀 위축되지 않았다.

"자네는 큰일을 할 사람이네."

"전 그런 인물이 못됩니다. 다만 내 주인을 공격하는 자는 짖고 물어뜯는 것만 할 뿐이오."

"누가 주인인지도 모르고 짖는 개는 죽여야 하네."

재사의 말이 끝남과 동시에 오이는 재빨리 칼을 빼들어 그의 목을 겨누었다.

"사형, 사내로 태어나서 큰일을 위해 살다 죽으면 그것이 얼마나 영광스런 삶이겠소. 여기 있는 마리와 나는 대의를 위해 부족을 버리고 따라 나섰소. 이 자리에는 없지만 또 한 명의 사형인 협보는 나라를 버리고 추모님을 따라 나섰소. 그런데 사형이 스스로 주인을 위한 주구(走狗) 노릇밖에 못하겠다면 이 자리에서 나는 사형을 죽일 수밖에 없소."

"……."

오이는 목에 칼을 깊숙이 들이대며 말했다. 부분노의 목에서 얇은 선혈이 흘러내리고 있었다. 하지만 부분노는 두려워하는 기색 없이 묵묵히 앉아 있었다. 오랜 침묵이 흘렀다. 오이의 인내가 한계에 다다른 듯 그의 얼굴이 붉게 물들기 시작했다.

"…… 한 가지 조건이 있소."

마침내 부분노가 침묵을 깼다.

"사내가 하면 하고 말면 마는 것이지 조건은 무슨 조건!"

마침내 오이가 참지 못하고 칼을 내들어 그의 목을 치려했다.

"기다려!"

재사가 오이를 제지하고 나섰다.

"말해 보게!"

"우리 공자님인 비류와 온조를 절대 해치지 않을 것이며 이 졸본 땅은 그들에게 물려주겠다는 약속을 해야만 하오. 그렇지 않으면……."

말과 함께 부분노는 재빨리 오이의 칼날을 피함과 동시에 칼을 빼들었다.

"약속하지 않으면 나는 단군왕검이 나타나도 굴복할 수 없소."

부분노는 오이와 재사를 번갈아 노려보며 말했다. 수적 열세에도 불구하고 그의 기세는 조금도 수그러지지 않았다. 오이는 긴장했다. 기습적으로 그를 제압하지 못하면 수적 우위에도 불구하고 쉽게 이길 수 없다고 생각했다.

"비류와 온조를 해치지 않겠다는 것은 분명히 약속하네. 당연히 그렇게 해야 하고. 다만 후계 문제는 하늘만이 아는 것일세. 우리들 중 누구도, 추모 대왕도 약속할 수 없는 것일세. 고구려는 하늘이 세운 나라이기 때문이네. 하늘만이 후계를 정하는 것일세. 그러니 가능성은 누구에게나 열려 있는 것이라 말하고 싶네. 하늘이 원한다면 자네도 후계자가 될 수 있네……. 다만 지금 우리에게 중요한 것은 나라를 부강하게 만드는 것일세. 우리 주변에는 우리를 노리는 세력들이 많이 있네. 우리끼리 싸운다면 그나마 있는 것마저 다 빼앗길 수 있어."

"……."

할 말이 없었다. 재사의 말이 정답일듯 싶었다. 일단은 나라를 강하게 세우는 일이 급했다. 강한 나라를 세우는 데 일조하는 것이 우선 자신이 해야 할 일이었다. 그리고 후계문제는 지금 입으로 약속할 문제가 아닌듯 싶었다.

"좌보 어른의 말씀을 따르겠습니다."

부분노는 마침내 칼을 내렸다.

"고맙네. 자네가 우리와 함께 뜻을 같이 한다면 큰 힘이 될 것이네. 소수맥 최고의 장수를 얻었으니 이제 우리 고구려는 승승장구할 것일세."

재사의 보고를 받은 추모는 매우 기뻐했다. 이제야 비로소 군제를 편성할 수 있었고, 또 군사들을 제대로 무장할 수 있을 것이었다. 부분노가 합세한다면 최소 삼천 명 정도의 군사를 동원할 수 있었다. 그는 기쁜 마음으로 재사와 협보에게 군제를 개편하고 군사를 훈련하게 했다.

같은 시간 부분노의 보고를 받은 소서노는 불안한 마음이 되었다. 그녀는 부분노보다 훨씬 현실적인 사람이었다. 하늘의 존재에 대해 믿지 않았다. 하지만 부분노의 말처럼 지금 확답한다고 후계 문제는 결정되어질 일이 아니었다. 얼마든지 변수가 생길 수 있는 것이다. 그것이 그녀를 더욱 불안하게 만든 것이다.

"일단은 이 혼란기를 극복하고 고구려가 강한 나라가 되는데 모든 힘을 기울일 생각입니다. 후계 문제를 결정해야 할 시간이 오면 그때는 공자님이 후계자가 될 수 있도록 최선을 다하겠습니다."

소서노는 부분노의 말을 거절할 아무런 명분을 갖지 못했다. 더구나 자신은 뜻하지 않게 고구려의 왕비가 되어 있는 상태였다. 자신도 고구려의 주인인 것이다.

"나도 고구려의 발전을 거부할 생각은 없소."

결국 그녀도 부분노의 뜻에 따르기로 했다. 부분노가 고구려 진영에 가세함으로써 졸본성은 안정을 되찾는 듯했다. 고구려의 대모달에 임명된 부분노는 협보, 오이, 마리 등과 더불어 고구려군 창건에 온 힘을 쏟았다. 그 무렵 바깥나라들의 고구려에 대한 반응은 사뭇 달랐다. 풍요롭고 물자가 넉넉한 졸본에 내분이 발생했고 내란이 일어났다는 소식은 가난한 이웃나라들로서는 침략할 수 있는 좋은 기회라고 여겨진 것이었다.

소수맥과 대수맥 지역은 산과 물로 이뤄진 땅이었다. 이곳은 예족(濊族)[21]과 맥족(貊族)이 함께 공존하며 산과 물을 경계로 많은 나라를 이루고 있었다. 그 중 맥족은 호랑이와 비슷한 동물인 맥(貊)[22]을 숭배하던 종족으로 환웅이 이 땅에 들어온 후 세운 조선의 주류세력이었다. 머리에 상투를 틀었고 옷을 왼쪽으로 여민 후 끈으로 묶었다. 이들은 매우 사납고 전투적인 종족으로 이후 고구려의 주축을 이뤘고, 오늘날 한민족(韓民族)의 조상이 되는 부족이다. 예(濊)족은 호랑이를 숭배하던 종족으로 변발을 했다. 이들 역시 매우 호전적인 부족으로 늘 싸움이 끊이지 않았다. 깊은 산속에서 주로 사냥을 하며 지낸 예족은 다른 부족을 공격하여 재물과 여자를 빼앗아 가는 일이 허다했다. 이들은 수적으로도 맥족에 밀리지 않아 예맥조선 지역의 또 다른 주인이었다.

풍요로운 졸본 땅에 변란이 일어났다는 소식을 들은 예족(말갈족) 추장 흑표는 흐뭇한 미소를 지었다. 지금이야말로 졸본 땅을 공략할

---

21) 고구려시절에는 중국에서 이들을 물길 혹은 말갈이라 불렀으며 명나라 때는 '여진' 이라는 이름으로 통합했다. 조선시대 때 우리 나라에 자주 출몰하던 여진족은 이들의 후손이다. 두만강변에 사는 여진족은 야인여진으로 고구려 때는 속말말갈이라 불렸으며, 백두산 주변에 사는 종족은 건주여진으로 고구려시대 때는 백산부 말갈이라 불렀다.
22) 이 동물은 철을 먹었다고도 전해지는데 고려말 때 불가사리라고도 불리었다.

수 있는 절호의 기회라 여겼다. 졸본성 인근의 예족은 나라를 형성하지도 못하고 몇 개의 마을을 이루고 살았는데 추장이 이들을 통치하였다. 예족 추장 흑표는 모든 예족 부락의 장정들에게 동원령을 내렸다. 순식간에 이천 명의 장졸들이 모였다.

"졸본성을 공격한다. 졸본성은 지금 내란 중이라 우리가 공격하면 쉽게 무너질 것이다."

흑표는 공격목표와 당위성을 말하였다. 풍요로운 성 졸본은 예족 사람들에게는 꿈의 나라였다. 그곳의 미녀와 풍부한 상품들을 가질 수만 있다면 목숨을 걸만 했다.

말갈족이 쳐들어 왔다는 소식이 졸본성에 전해졌다. 이들은 몇 년에 한 번씩 졸본 땅을 공격하여 이들과 국경을 접한 지역의 여자들과 곡식을 빼앗아가곤 했었다. 이제 고구려가 된 졸본 땅에 공포감과 긴장감이 감돌며 동시에 피난민들이 급격하게 졸본성으로 몰려들었다. 아무래도 대왕이 있는 곳이 군사가 많았기 때문에 상대적으로 안전하다고 생각한 것이다.

전란 소식이 전해지자 추모는 급하게 참모들을 불렀다. 웃어른인 재사는 물론 맏형격인 협보와 부분노 그리고 오이와 마리가 달려왔다. 다행히 부분노가 추모 진영에 합류하긴 했지만 이제 막 졸본왕을 몰아내고 고구려를 세웠기 때문에 백성들이 그의 통치력이 구석구석까지 미치지 않는 때라 추모는 약간 불안하였다.

"오히려 잘 되었습니다. 이를 기화로 우리 졸본 백성들에게 대왕의 힘을 보여 주어 백성들을 결속할 좋은 기회로 삼아야 합니다."

"이런 전쟁을 이용하여 흩어졌던 민심을 다잡고 또 아직 마음 속으로 복종하지 않는 백성들을 대왕의 백성으로 만들어야 합니다."

정신적 좌장격인 재사와 협보는 예족의 기습을 아주 잘 된 일이라며 오히려 기뻐했다.

"나도 그렇게 생각하오. 이 기회에 우리 백성들은 물론 이웃 나라들에게도 우리의 힘을 보여 주어야 하오. 아니 내가 왜 하늘이 세운 사람인지를 반드시 보여 주어야 하오."

추모는 재사와 협보의 말에 결의를 다지며 전의를 불태웠다.

"우리의 힘을 보여줍시다."

추모의 말에 오이와 마리 등 다른 참모들도 두 주먹을 불끈 쥐었다.

"하지만 주의할 것이 하나 있습니다."

재사는 흥분하지 않았다.

"말해 보시오."

"우리나라가 큰 세력을 형성하기 전까지 우리는 단 한 번도 패해서는 안 된다는 것이오. 그래서 아무 생각 없이 의욕만 가지고 저들에게 맞서서는 안 되오. 치밀한 계획을 세워 저들을 완벽하게 제압해야만 하오. 그래야 저들이 단 번에 굴복할 것이고 또한 다른 이웃나라들도 감히 우리를 넘보지 못할 것이오."

재사의 말에 좌중은 고개를 끄덕였다.

"맞는 말씀이오. 우리는 저들에게 치밀한 전략으로 맞서야 할 것이오."

추모가 재사의 의견에 동조하자 좌중들은 머리를 짜내며 좋은 계책들을 내세우며 오랫동안 전략회의에 열중했다.

예족 추장 흑표의 공격목표는 졸본성이었다. 이전에는 졸본성에 부분노라는 장수가 버티고 있었기 때문에 졸본성 공격이 쉽지 않았다. 그래서 변방의 마을들을 공격하여 적당한 곡식을 취한 후에 물러났다. 하지만 이제는 적진이 분열되었기 때문에 손쉽게 졸본성을 점령할 수 있을 것이라 생각했다.

동가강을 끼고 살고 있는 몇 개의 마을을 공격했다. 저항을 하는 듯 하더니 곧바로 맥족 사람들은 부락을 버려두고 도망갔다. 예상대로였다. 군사들을 배불리 먹인 흑표는 곧바로 졸본성을 향했다. 이전에는 사냥감이 부족한 겨울철에 먹을거리를 구하기 위해 졸본 땅을 공격했다. 그리고 어느 정도 이를 해결한 후에는 곧바로 철군했다. 졸본성의 군사와 맞서는 것이 두려웠기 때문이다. 하지만 이제는 먹을거리로 만족할 수가 없었다. 졸본성에 많은 재물과 생필품이 널려 있기 때문이다.

졸본성까지 쉬지 않고 달려온 추장 흑표는 졸본성에 다다라서야 군사들에게 휴식을 명했다. 군사들이 진지를 구축하고 저녁밥을 짓는 사이 그는 졸본성 주변을 둘러보았다. 졸본성은 자신들이 이전에 구경한 적이 없는 큰 성이었다. 흙으로 성을 쌓아 방어벽을 만들었을 뿐 아니라 동가강이 자연 해자가 되었기 때문에 공략하기가 쉽지 않았다. 아직까지 성을 공격하는 싸움을 해보지 않은 그는 매우 난감했다.

휴식을 취하며 어떤 방법으로 싸워야 할지 곰곰이 생각해 보았지만 별다른 방법이 떠오르지 않았다. 하지만 성 주변을 몇 번 돌면서 생각하니 이제 겨울로 접어드는 계절이라 강물은 메말라 그냥 건널

만했다. 성도 별로 높지 않았기 때문에 조금만 힘을 쓰면 기어오를
수 있을 것 같았다.

저녁을 먹은 후 군사들에게 주변 경계를 철저히 하게한 다음 일찍
잠자리에 들게 했다. 내일부터 본격적으로 졸본성을 공략할 심산이
었다. 그도 일찍 자리를 깔고 누웠다. 잠자리라 해 보았자 불을 피우
고 땅바닥에 곰 가죽을 깔고 덮는 것이 전부였다.

"흑표야~ 살려줘!"

불에 타 내려앉은 집 밖으로 어머니가 불길에 휩싸인 채 아들을 부
르고 있었다. 온 마을은 이미 불길에 휩싸여 어디가 어딘지 알 수가
없었다. 사방에는 불에 탄 시체들이 신음소리와 함께 널브러져 있었
다.

"어머니!"

비명소리와 함께 흑표는 잠에서 깨었다. 그는 벌떡 몸을 일으켰다.
하늘에는 별빛이 초롱초롱하였고 사방은 괴괴했다. 비명소리를 듣고
경계병들이 뛰어왔다.

다행히 꿈이었다. 왜 이런 꿈을 꿨는지 그는 불안해졌다. 한편으로
는 꿈은 반대라는 말로 안심하려 했지만 불길한 생각은 지울 수가 없
었다. 자리에서 일어나 활을 메고 창을 들었다. 무장을 하자 비로소
안심이 됐다. 병사들은 모닥불을 사이에 두고 짐승 가죽을 둘러쓴 채
잠들어 있었다. 큰 사냥을 나가면 이런 식으로 야영을 하였기 때문에
이미 익숙한 잠자리였다.

흑표는 병사들을 한 번 둘러본 후 하늘을 쳐다보았다. 별자리를 통
해 시간을 짐작하기 위해서였다. 달은 빛을 잃었고 샛별만이 빛을 발

하고 있었다. 아직 해가 뜨려면 좀 더 기다려야 했다. 그는 졸본성을 바라보았다. 그런데, 분명히 잠들어 있어야 할 졸본성이 환하게 불을 밝히고 있었다. 지금까지 몇 번 졸본과 전투를 벌여 본 경험에 의하면 졸본은 항상 수비자세를 취했다. 자신들이 공격하기 전에 먼저 공격하는 법이 없었다. 이쪽에서 공격하고 저쪽에서 수비하는 것이 이들에게 익숙한 싸움의 형태였다. 지금도 당연히 불을 끄고 숨죽이며 이쪽의 형편을 살펴야 하는 것이 저들의 태도였다. 그런데 불을 환하게 밝힌 것이다. 이상했다. 기분 나쁜 꿈을 꾸어서인지 불길한 생각마저 들었다. 군사들을 깨워야겠다는 생각을 했다. 아무래도 미리 준비하는 것이 좋을 것 같았다.

그러나 고구려군은 그에게 군사를 깨울 틈을 주지 않았다. 갑자기 사방에서 화살이 날아오기 시작했다. 오래지 않아 예족 진영에 불길이 치솟기 시작했고 비명소리와 함께 군사들은 잠에서 깨어났다. 아직 어둠 속이라 적의 모습은 보이지 않았다. 그렇다고 성 안에서 쏘는 화살은 분명 아니었다. 이곳까지 화살이 날아올 리도 없었다. 한두 방향이 아니었다. 흑표는 말에 올라 창을 휘두르며 사방을 뛰어다녔다. 하지만 어느 곳에서도 상투머리는 보이지 않았다. 희미한 새벽별 아래 보이는 것은 변발을 한 아군밖에 없었다. 그 순간에도 화살은 계속 날아들었다.

"말에 올라 나를 따르라."

흑표는 목표점을 정했다. 사방에서 화살이 날고 있었기 때문에 어느 한 곳만을 공격할 수 없었다. 그래서 그는 한 곳에 총력을 기울이기로 했다. 졸본성을 등지고 공격하는 적보다는 아군의 등 뒤 쪽을 목표로 하는 것이 아무래도 안심이 될 것 같았다. 화살을 뚫고 나가자 적의 반격은 현저하게 줄었다. 물론 등 뒤에서 화살은 계속 날아왔지만 오래지 않아 이도 현격하게 줄어들었다. 드디어 기습한 적의 모습이 보이기 시작했다.

"공격!!"

흑표는 드디어 분풀이 할 상대를 찾았다. 창을 휘둘렀다. 단 한 번의 공격에 적의 목이 날아갔다. 한 칼도 되지 않는 이깟 졸본 놈들이 감히 자신들을 공격한 것은 용서할 수 없는 일이었다. 맹렬하게 몰아붙이자 적들은 도망가기 시작했다.

"추격하라!!"

흑표는 도망가는 적을 몰아붙였다. 적들도 말에 올라 도망가기 시작했다. 이전까지 졸본은 분명 보병 중심이었는데 말을 타고 있다는 것이 조금 낯설긴 했지만 그까짓 것 지금 신경 쓸 틈이 없었다. 분노한 마음으로 이들을 몰아붙였다.

"혹시 저놈들이 매복해 있지 않을까요?"

정신없이 추격하는 흑표의 태도에 불안감을 느꼈는지 부장이 나서며 말했다.

"저쪽은 우리 진영이야. 자신에게 유리한 지역에 매복을 하는 것이지, 상대 진영에 매복하는 놈은 없어."

흑표는 부장의 말을 일축했다. 저쪽에는 매복할 만한 곳이 없었다.

반 마장 정도의 거리를 두고 추격하던 추격자와 도망자의 거리는 점점 줄어들었다. 도망자는 야트막한 언덕 위로 무작정 달렸다. 사방은 이제 점점 환해지고 있었다. 이제는 제법 겨냥하고 활을 쏠 수 있을 정도가 되었다. 흑표는 적들이 언덕너머로 사라지기 전에 공격해야 한다며 활을 꺼냈다. 이들은 말을 타고 사냥을 하는 종족으로 활 솜씨가 매우 뛰어났다.

"활을 쏴라."

흑표의 공격에 추격군들은 말고삐를 놓고 활을 꺼내 들기 시작했다. 화살을 재고 활시위를 당겼다.

"윙~~"

화살이 날기 시작했다. 이상한 일이 벌어졌다. 분명 적들을 향해 활을 쏘았는데 자신들을 향해 화살이 비오듯 날아온 것이다. 채 활시위를 당기기도 전이었다. 흑표는 깜짝 놀라 말잔등에 몸을 바싹 붙인 채 화살을 피했다. 미처 피하지 못한 병사들은 비명을 지르며 말에서 떨어졌다.

"와~~"

언덕 너머에서 고함 소리와 함께 갑자기 까만 옷을 입은 장정들이 쏟아져 내려왔다. 전부 말을 타고 있었다. 적어도 오백 명은 되어 보였다. 수적으로는 여전히 자신들이 우위였다. 하지만 갑작스런 기습을 받아 군사들은 어떻게 해보지 못하고 어지럽게 날아오는 화살을 피하기에 급급했다.

"나는 하느님의 아들 주몽이다. 무기를 버려라! 항복하는 자는 용서한다."

구척 장수 하나가 까만 갑옷에 까만 말을 타고 아침 햇살에 붉게 물든 투구를 번쩍이며 서 있었다. 얼굴 전체를 덮고 있는 털이 좀체 얼굴 표정을 느낄 수 없게 했다. 웬만한 산만큼 큰 덩치를 가진 그가 들고 있는 창도 매우 묵직해 보였다.

"나는 하느님의 할애비다. 네놈들이나 항복하라!"

흑표는 주몽이라는 놈의 말을 비웃으며 그를 향해 말을 몰았다. 그의 생김새에서 그의 약점을 재빨리 간파한 것이다. 놈도 말을 타고 내려왔다. 드디어 말과 말이 맞부딪혔다. 흑표는 있는 힘을 다해 놈의 목을 내리쳤다.

"챵"

날카로운 금속음이 울렸다. 놈이 창날을 막은 것이다. 순간 흑표는 깜짝 놀랐다. 그는 상대가 곰같이 덩치만 컸지 몸동작은 빠르지 않을 것이라 생각했던 것이다. 그가 재빨리 휘두른 자신의 창을 막은 것이다. 더욱 놀란 것은 창날을 통해 전달되는 상대의 힘이었다. 예상은 하고 있었지만 상상 이상이었다. 하마터면 창을 놓칠 뻔 했다. 지금까지 이런 힘을 가진 자와는 상대를 해본 적이 없었다. 연이어 몇 합 부딪혔다. 그는 힘만 센 것이 아니라 검세도 매우 날카로웠다. 절대 만만히 볼 상대가 아니었다. 아니 잘못하다간 자신의 목이 날아갈 지도 모른다는 생각이 들었다.

"후퇴하라"

일단 후퇴하여 정렬을 재정비하는 것이 상책인 것 같았다. 후퇴 명령을 내린 뒤가 문제였다. 어디로 후퇴해야 할지 몰랐다. 뒤로 물러서면 적의 본대가 기다리고 있는 졸본성이었다. 앞을 가로막는 적을 뚫어야만 살길이 열리는 것이다. 막상 후퇴 명령을 내렸지만 막막했다. 주위를 둘러보니 이미 절반가량의 군사들이 적의 화살을 맞고 쓰러져 있었다. 흑표는 일단 등을 돌린 채 졸본성을 향해 달아나기 시작했다. 군사들도 자신의 뒤를 따라 무작정 달렸다.

얼마를 달렸는지 알 수가 없었다. 이미 해는 동쪽 산마루에 걸려 사방은 환했다. 이마에서는 땀방울인지 핏방울인지 알 수 없는 끈적끈적한 액체가 계속 흘러 눈 속으로 흘러들었다. 하지만 이를 닦아낼 시간도 없었다. 갑자기 일단의 무리가 눈앞에 나타난 것이다.

"나는 하느님의 아들 주몽이다. 네 이놈! 여기가 어디라고 함부로 쳐들어 왔는가?"

또 다시 주몽이라는 놈이었다. 하지만 아까와는 전혀 생김새가 다른 놈이었다. 큰 키도 아니고 깡마른 체격이 보통 사람과 다를 바가 없었다. 하지만 가늘고 길게 찢어진 눈매와 불거져 나온 광대뼈에서 함부로 넘볼 수 없는 날카로운 기운을 느끼게 했다. 상대가 만만치 않다는 것을 재빨리 파악했다. 도대체 어떤 놈이 진짜 주몽인지 알 수 없었다. 지금 이 순간 진위(眞僞)를 가릴 틈은 없었다. 앞뒤로 적을 맞이한 위급한 순간에서 이놈과 부딪히는 것은 무모한 짓이었기 때문이다.

"산으로 도망가라!"

이제는 길 아닌 길로 도망가는 수밖에 없었다. 황급하게 쫓기던 부하들은 그를 쫓아 또 다시 방향을 바꾸어 달아나기 시작했다. 물론 대오는 전혀 없었다. 사방팔방으로 살기위해 어지럽게 도망가는 형국이었다. 흑표도 어디서 무엇이 잘못되었는지 따질 겨를도 없이 일단 이 위기를 벗어나는 데만 온 힘을 기울였다.

고구려군은 매섭게 쫓아왔다. 견디다 못한 어린 병사와 나이 많은 예족(濊族) 전사들은 손을 들어 항복했다. 그것이 고단한 도망 길을 택하는 것보다 낫다고 생각했다. 더구나 주몽이라는 말은 이제 이들 마음속에 공포감으로 자리 잡고 있었다. 뜻하지 않은 곳에서 뜻하지 않은 공격을 받아 얼이 빠진 것이다. 고구려군은 항복한 자신들을 죽이지 않았다. 그냥 무장만 해제하고 먹을 것까지 건네주었다. 도망가다 이를 본 말갈 병사들은 도망 길을 택하기보다 손을 들고 항복하는 것이 낫다는 것을 알았다. 항복하는 자가 속출했다. 오래지 않아 말갈족 대부분은 항복했다.

흑표는 도망가면서 부하들이 항복하는 모습을 다 봤다. 부하들이 항복하는 것은 안타까웠지만 그들을 탓할 수만은 없다고 생각했다. 책임은 지휘를 잘못한 자신에게 있었기 때문이다. 그는 이 위기를 벗어나 반드시 복수를 해주겠다는 일념만 갖고 무작정 산 속으로 들어갔다. 산 속으로 들어가면 분명 살 길이 열릴 것이라 생각했다. 예상은 들어맞는 듯 했다. 적의 추격은 현저히 줄어들었다. 산 속을 한 나절 달린 후에야 마침내 고구려 추격군의 모습은 보이지 않았다.

한숨을 돌린 그는 자신을 따르는 부하들을 챙겨 보았다. 불과 이십여 명에 불과했다. 물론 이천여 명의 모든 군사들이 항복한 것도 아니고 다 전사한 것도 아니었지만 이십여 명만이 자신과 함께 한다는 사실이 믿기지 않았다. 곰곰이 오늘 새벽부터 있었던 일을 생각해보았다. 자신은 아무런 생각 없이 힘만 믿고 졸본 땅을 공격했는데 적은 마치 기다리기라도 한 듯이 치밀하게 계획을 세우고 전투 준비를 하고 있었다. 이전까지 이런 싸움은 없었다. 적들이 비겁하다는 생각을 했다. 사내가 정정당당하게 맞싸워야지 비겁한 술책으로 싸우는 것이 맘에 들지 않았다.

"비겁한 놈들!"

그는 분을 참지 못해 나무를 향해 주먹을 내리쳤다.

"우욱!"

비명소리가 절로 나왔다. 손가락 마디마디가 부서지듯 아팠다. 주몽인지 추몽인지 하는 놈에 대해 분노의 마음이 더욱 생겼다. 하지만 이 상태로는 더 이상 그를 공격할 수가 없었다. 그는 아픈 주먹을 이끌고 다시 고향마을로 돌아갈 수밖에 없다고 생각했다.

"일단 고향으로 돌아가자."

흑표는 주린 부하들을 이끌고 고향 쪽을 향해 발길을 돌리고 말았다. 한낮이 지나도록 아무 것도 먹지 못하고 있는 힘을 다해 도망 다녔기 때문에 몹시 배가 고팠다. 먹을 것도 없었다. 급하게 도망 나오느라 식량을 챙기지 못했던 것이다. 간혹 도토리나 산열매가 보이면 그것으로 허기를 달랠 수밖에 없었다.

사흘이 꼬박 걸려서야 자신의 경계로 들어올 수 있었다. 지치고 주린 배를 이끌고 이곳까지 오는 동안 오로지 '집에 가서 맛있는 조밥 한 그릇 해먹어야지' 하는 생각밖에 없었다. 집이 가까울수록 이 생각은 더욱 간절하였다. 그러나 이마저도 쉽게 용납되지 않았다. 온전한 마을이 하나도 없었던 것이다. 곳곳의 마을은 다 파괴되었고 살아 있는 생물은 개 한 마리도 보이지 않았다. 흑표는 문득 꿈 생각이 났다. 불길한 기분이 들었다. 말에 채찍을 가했다.

"이랴!"

뒤에 부하들이 따라오는지 궁금하지도 않았다. 비 오듯 땀을 흘린 후에야 마을에 도착했다. 마을은 이미 예전의 모습을 찾아볼 수가 없었다. 땅을 파고 지은 움막은 이미 다 불타고 없었다. 곳곳에 타다만 시체들이 널려 있었다. 맥이 풀렸다. 전신에서 기운이 다 빠져 나가는 듯했다. 그는 말에서 내려 어머니를 찾았다. 타다 만 집안에서 어머니의 시신을 발견했다. 아니 어머니라고 단정할 수도 없을 만큼 시신은 형체를 알아볼 수 없을 만큼 불타고 훼손되어 있었다.

"으으으~~"

무슨 말인지 알 수 없는 비명소리가 절로 나왔다.

"이 놈들을 용서하지 않겠다."

그는 창을 들고 다시 말에 올랐다.

"나를 찾느냐?"

갑자기 등 뒤에서 낯선 목소리가 들렸다. 흑표는 고개를 돌렸다. 수백 명의 무장한 군대가 서 있었다. 함께 쫓겨 오던 부하들은 이미 무기를 빼앗기고 이들의 포로가 되어 있었다.

"네 어미가 죽은 것은 억울하고 분하면서 남의 집 재산은 마구 뺏고 다른 집 식구들은 마구 죽여도 된다는 네놈의 버릇을 오늘은 고쳐주마!"

대장인 듯한 자가 비웃듯이 말했다. 구척이나 되어 보이는 큰 키에 마른 체격의 이십대 중반의 사내였다. 팔자로 치솟은 눈썹과 귓속에서부터 자라난 수염이 매우 인상적이었다.

"네 놈은 누구냐?"

"나는 하느님의 아들 주몽이다."

또 주몽이라 한다.

"주몽인지 주먹인지 잘 걸렸다."

분노한 마음에 흑표는 다짜고짜 창을 내리쳤다.

"흑."

그는 채 창을 휘두르기도 전에 비명소리를 내며 쓰러지고 말았다. 상대가 먼저 활을 쏜 것이다. 입에서 피가 쏟아져 나왔다.

"앞으로 고구려를 침공하는 자는 다 네 놈처럼 만들어 줄 것이다."

말과 함께 새하얀 칼날이 흑표의 목으로 날아들었다. 사방으로 피가 튀었다.

"이놈의 목을 장대에 매달아 성문에 걸어 놓아라. 앞으로 나에게 대적하는 자는 어떻게 되는지 성을 드나드는 사람들이 똑똑히 보게 하라."

9. 다물

추모가 말갈족을 멸한 뒤 그의 위상은 매우 높아졌다. 해마다 한 번씩 추수 때가 되면 꼭 변방을 노략질하던 예족에 대해 졸본은 많은 재물을 주어 달래기도 하고 혹은 군대를 파견하여 위협도 하여 보았지만 이들을 효과적으로 제압하지는 못했다. 예족도 응당 가을이 되면 연례행사처럼 졸본국을 공격하여 마치 세금을 걷듯이 많은 재물을 빼앗아 갔다. 하지만 하느님의 아들이라는 주몽이 고구려를 세우고 왕이 된 후로는 모든 것이 달라졌다. 그는 예족이 생각하지도 못했던 한 수 위의 전략으로 순식간에 저들을 제압하였을 뿐 아니라, 졸본사람들이 두려워하던 추장까지 순식간에 목을 베어 성문에 효시함으로써 지배자로서의 위용을 보였다. 이전의 왕과 대가들에게서는 찾아볼 수 없는 모습이었다. 이로 인해 졸본사람들에게 주몽은 존경의 대상이 되었으며 동시에 또 두려움의 대상이 되었다. 이제 성안의 사람들 중에 추모는 단군의 혈통인 아리씨의 피를 이어받은 적손임을 부정하는 자가 없게 되었다. 오히려 아리씨가 자신들의 왕이 된 것에 자부심을 가짐과 동시에 안심했다. 그가 자신들의 왕으로 있는 이상 전쟁에서는 절대 패하지 않을 것이라 믿었다. 그는 하늘이 세운 왕이었기 때문이었다.

말갈족의 공격이 오히려 추모의 위상을 높이고 분열되어 있던 백성들을 단합시킬 것이라는 협보와 재사의 예측은 맞아 떨어졌다. 백성들은 추모에 대해 절대적 믿음을 보내고 또 그의 권위에 복종했다. 이로 인해 그는 나라를 안정시키고 또 국력을 키워 정복국가로서의 고구려의 기틀을 하나씩 다져 나갈 수 있게 되었다.

추모는 제일 먼저 졸본 지역을 안정시키기고 또 이들을 군사적으로 무장시키기 위해 애썼다. 이를 위해 그가 제일 먼저 한 것은 나라의 조직이었다. 지금은 나라가 작기 때문에 통치력이 곳곳에 미치고 있지만 이제 정복국가로서의 모습을 띠게 되면 이것이 힘들어 질 것 같았다. 그는 부여의 사출도를 본떠서 나라를 새롭게 재편하기 시작했다.

추모는 동서남북을 순나부 연나부 절나부 관나부로 사분하고 중앙을 계루부라 정했다.[23] 그리고는 자신을 따라 부족을 이끌고 이곳까지 온 마리와 오이, 협보 그리고 이곳 졸본성의 맹주였던 소서노를 대가

---

23) 순나, 연나, 관나, 절나는 동서남북을 가리키는 고구려 말이다. 이를 순노, 연노, 절노, 관노 등으로 표기하기도 하며 계루부를 소나부라고도 한다. '나' 혹은 '노' 라는 말은 우리말 'ㄴ' 의 한자어 표현이기 때문에 '나' 로 통일하여 표기한다. 나부에 대해서도 여러 견해가 있지만 부여의 사출도를 본 딴 고구려의 행정 군사 조직이라는 저자의 판단에 따른다.

로 삼아 각각 하나의 나부를 다스리게 하였고 자신은 졸본성을 중심으로 한 중앙을 통치하였다. 이에 따라 재사에게는 절나부, 오이는 연나부, 협보는 순나부, 마리는 관나부를 맡겼다. 그리고 소서노와 그의 아들 비류는 자신이 다스리는 계루 지역의 대가가 되게 하였다. 이들에게는 군사권을 주어 자신의 지역을 통치하게 하였으며 정복 활동도 자신의 책임 하에 하게 하였다. 다만 소서노의 아들은 아직 어렸기 때문에 부분노로 하여금 대가의 일을 대신 맡아보게 했다. 물론 이들에게 지역을 나눠줬지만 그것은 어디까지나 군사적, 행정적 조직이었을 뿐 우보, 좌보 등 중앙의 정부의 중요한 일도 맡아보게 했다. 또한 나라의 중요한 일은 이들 대가들이 모여서 결정하기로 합의하였다.

행정조직이 끝난 뒤 추모는 매일이다시피 대가회의를 개최하여 본격적인 소수맥, 대수맥 지역의 통일을 위한 전략을 짜기 시작했다. 지난번 말갈과의 전투 때도 여러 사람이 머리를 맞대었을 때 좋은 전략이 나왔다는 것을 경험하였기에 모든 일은 다 대가들이 모여서 의논했다.

"예맥조선의 통일을 위해서 먼저 소수맥 지역을 우선 통일해야 할 것이오. 이를 위해서는 소수맥 지역의 맹주라 할 수 있는 비류국을 공략하는 것이 가장 효과적인 방안이라 생각하오."

추모는 드디어 비류국 공략을 공포했다. 고구려왕이 된지 이 년의 시간이 흐른 뒤였다. 비류국은 원래 추모의 아버지 해모수가 세웠던 북부여로 한 때는 동부여 지역까지 점령한 큰 나라였다.[24] 지금은 소수맥 지역으로 밀려났지만 여전히 강국이었다. 이 땅만 되찾으면 고

____

24) 비류국이 북부여라는 이유는 상권에서 이미 밝혔다.

구려는 소수맥의 맹주국이 되고 또한 이를 바탕으로 대수맥 지역까지 영역을 넓힐 수 있게 된다. 소수맥과 대수맥만 통일한다면 그 때는 예맥조선의 맹주인 부여와도 겨룰 수 있을 만큼 큰 세력으로 성장할 수 있는 것이다.

문제는 비류국의 전력이 결코 고구려에 뒤지지 않는다는 것이었다. 전면전을 벌이면 오히려 노련한 비류국이 승산이 더 높았다. 이로 인하여 비류국 공략의 마땅한 방법이 떠오르지 않았다. 참모들은 갖은 생각을 다 짜내었지만 결단을 내릴 만큼 좋은 방안은 나오지 않았다. 하지만 비류국을 넘지 않고서는 소수맥 통일은 불가능한 일이었다.

"비류국은 말이 통할 수 있는 나라이니 먼저 제가 비류국으로 들어가 왕위의 양도를 권해 보겠습니다."

계속 침묵을 지키고 있던 재사가 뜻밖의 제안을 했다.

"하하하! 왕위를 내 놓으란다고 왕위를 내 줄 사람이 어디 있겠습니까?"

협보가 재사의 말에 웃고 말았다.

"아니오. 그들은 아직도 해모수를 기억하는 나라요. 더구나 나는 저들과 함께 북부여를 세웠던 사람이오. 나와는 말이 어느 정도 통하니 일단 내가 한 번 비류국의 송양 왕을 만나보겠소."

재사는 정색을 하며 말했다. 그의 말이 진중하였기에, 그리고 그는 다른 사람들의 스승 뻘 되는 사람이었기에 쉽게 그에게 농을 건넬 수가 없었다.

"좋소이다. 그러면 재사 어른께서 한 번 나서 주시오."

추모는 이 일을 재사에게 맡기기로 했다. 자신의 머리로는 어떤 좋은 방법이 떠오르지 않았지만 재사는 함부로 말할 사람이 아니라는 것을 알고 있었기에 쉽게 응낙했다.

"또 한 가지 말할 것이 있습니다."

"말해보시오."

"제가 비류국에 들어가 있는 사이 해야 할 과제가 하나 있습니다."

"과제?"

"진법의 완성문제입니다. 사출도의 변화무쌍한 진법을 완성해야 할 것입니다. 비록 제가 설득은 해보겠지만 그렇지 못할 경우를 대비해야 하기 때문입니다."

윷놀이판과 똑 같은 모양의 '사출도'[25]라는 것은 군사제도이면서 동시에 군사진법이었다. 네 개의 부대가 각각 두 영역을 감당하며 서로 맞물려 협력하고 물러서는 사냥법에서 나온 것으로 매우 훌륭한 진법이면서 동시에 군사제도, 행정제도였다.

"이 사출도의 진법훈련을 계속하여 자신이 감당해야 할 지역과 협력해야 할 부대를 계속 익혀 만약에 있을 비류국과의 전쟁에 대비해야 할 것입니다. 비류국은 우리가 상대한 말갈족과는 차원이 다른 나라입니다. 군대가 강해야 협상도 가능한 것입니다."

---

25) 사출도는 부여 때부터 사냥과 군사작전에 이용되는 진법이었다. 이는 고구려는 물론 이후의 요나라와 금나라 군대가 즐겨 쓰는 진법이었고 청나라의 팔기군제의 기본이 되는 군제이면서 진법이었다. 팔기군은 정황–양황의 황군, 정람–양람의 남군, 정홍–양홍의 홍군, 정백–양백의 백군으로 이루어진 군대로 후금의 누루하치가 창건하였다. 그의 아들 청태종 홍타시는 이 부대를 이끌고 조선을 점령하였으며, 그의 손자 강희대제는 이 팔기군을 사방으로 보내 오늘날 중국의 영토를 개척하였다.

"염려 마시오. 재사어른이 없는 동안 사출도 진법은 반드시 익혀 놓을 것이오."

"또 하나, 가능하면 기병들을 육성하셔야 할 것입니다. 특히 활을 잘 쏘는 기병을 육성하셔야만 대소수맥은 물론 예맥조선 땅을 점령할 수 있을 것입니다."

"기병이 많으면 좋다는 것은 알지만 어디서 돈이 나서 말을 구하겠소?"

"소서노 어른이 힘을 써야 합니다."

"소서노?"

"그분도 고구려에 뭔가 도움이 되는 일을 해야만 공자님이 후계자가 될 수 있다는 것을 알고 있을 것입니다."

"……."

"저는 이제 밀을 아끼겠습니다. 나머지는 대왕께 맡기겠습니다."

재사의 여러 가지 당부로 대가회의는 끝이 났다. 재사는 자신이 고구려를 비우는 것을 많이 걱정하며 우보인 협보가 자신을 대신하여 모든 일을 잘 처리할 것이라며 그를 중심으로 잘 협의할 것을 당부한 후에야 비류국으로 떠났다.

산등성이에 진달래꽃이 흐드러지게 펴 보는 이의 가슴을 설레게 했다. 겨우내 움츠렸던 마음에 사랑의 싹이 트고 희망이 싹이 트는 좋은 계절이었다. 젊은 아낙들은 산에 올라 쑥도 캐고 참꽃도 따서 상큼한 봄내음 넘치는 쑥떡과 참꽃지짐을 먹으며 입 안 가득 생명의 기운을 담았다. 봄기운을 이기지 못하는 꾀꼬리들은 짝을 찾아 이 나무 저 꽃으로 옮겨 다녀, 보는 사람들의 춘기(春氣)를 자극하였다.

비류국의 봄은 붉고 푸르렀다. 송양 왕은 늦둥이 어린 딸과 함께 장원을 거닐었다. 봄갈이를 한 밭에서는 파릇한 새싹들이 돋아나고 마장의 말들은 한가로이 새순이 돋은 풀을 뜯고 있었다. 요즘 들어 뒤늦게 얻은 어린 딸이 너무 예뻤다. 파릇한 새싹처럼 상큼했다. 어디를 만져도 새살이 뽀송했고 어디에 입을 맞춰도 기분이 좋았다. 묵은 기운을 털어 내고 맞이한 새 봄은 향긋하고 새롭고 또 가슴 속에서 알 수 없는 약동감을 불러 일으켰다. 어둡고 칙칙한 찌푸린 하늘대신 맞이한 파란 하늘이 너무 좋았다. 이런 기운이 올 한 해 계속 지속되었으면 좋겠다는 생각을 했다.

"대왕님 재사라는 분이 찾아왔사옵니다."

"재사?"

얼른 떠오르지 않는 이름이었다. 십 수 년 대왕을 모셔온 시종은 대왕의 표정에서 벌써 가 부를 알고는 뒷걸음쳐 물러섰다.

"아! 불러들여라."

하지만 대왕의 표정은 결코 밝지만은 않았다. 때마침 불어오는 바람은 측백나무의 잔가지들을 흔들었다. 따뜻한 훈풍(薰風)이었지만 딸아이는 몸을 움츠렸다. 송양 왕은 아버지의 다리 사이로 파고드는 딸아이를 번쩍 들어 올리며 얼굴에 볼을 비볐다. 그리고는 천천히 걸었다. 삿으로 엮은 갓을 쓴 비쩍 마른 체구의 사람이 다가왔다.

"재사인가?"

"그렇습니다."

"오랜만일세."

"그간 무고하신지요?"

"삼십 년만인 것 같네."

"많은 시간이 흘렀습니다."

"자네는 늙지도 않는 것 같네. 옛날 모습 그대로야."

"형님은 세월을 이길 수 없었던 것 같습니다."

"세월을 이길 장사가 어디 있겠나? 그래 이렇게 불쑥 어쩐 일인가?"

"나라를 찾으러 왔습니다."

순간 송양의 얼굴에 짙은 먹구름이 끼기 시작했다. 얼굴은 일그러지고 눈은 절로 감겼다.

"나라를 뺏으러 왔겠지?"

"할아버님의 유훈을 따라야 하지 않겠습니까?"

"……."

"새로운 바람이 불고 있습니다. 겨울을 이겨낸 봄바람이 남녘에서 불어오기 시작했습니다. 묵은 밭을 갈아야 하지 않겠습니까?"

"잎은 새잎이 좋지만 뿌리는 묵은 것이 비바람에 더 잘 견디는 법일세."

"그것은 할아버님의 유훈이 아니지 않습니까?"

"아버님은 이 비류국을 잘 지켜내라는 말씀을 남기셨다."

송양의 목소리는 점점 커져만 갔다.

"그러면 힘으로 맞설 수밖에 없습니다."

"힘! 어릴 때부터 힘으로는 나를 당하지 못했어."

마침내 송양은 소리를 질렀다.

"지금은 아닙니다."

"…… 뭘 어떻게 하자는 것인가?"

송양은 목소리는 다시 누그러졌다.

"아리씨의 적손이 이미 나라를 세웠습니다. 할아버님 유훈을 받아 그 분을 중심으로 예맥조선을 통일하고 한나라군을 이 땅에서 몰아내고 조선 땅을 되찾아야 합니다."

"아리씨! 하하하! 아직까지도 너는 혈통을 찾느냐? 이제 그런 것은 중요한 것이 아니다. 힘 있는 자가 아리씨고 단군이다."

송양은 조소 가득한 표정으로 말했다.

"하지만 형님이 하신 일은 아무 것도 없지 않습니까?"

"아버님께서 이 비류국을 잘 지키라는 유훈을 남겼다고 하지 않았는가? 이제는 더 이상 비현실적인 망상을 버리고 너도 식구들 데리고 이곳에 와서 나를 도와라. 이 나라가 결국 우리 집안이 살아갈 터전이다."

"망상이라뇨? 이제 시작입니다. 나는 반드시 예맥조선을 통일할 것입니다."

"그럼 뭐냐? 형하고 싸우자는 것이냐?"

"대의를 이루기 위한 것이라면 아무리 같은 어머니를 모시는 친형이라도 어쩔 수 없는 것입니다."

"너는 가족을 배반한 놈이야."

"형님은 하늘을 배반한 사람입니다."

"…… 기다리고 있겠다."

"단단히 각오하셔야할 것입니다."

이제 오십을 훌쩍 넘긴 송양 왕은 나랏일은 이제 공신들에게 넘겼다. 몇 년 전에 얻은 젊은 부인에게서 늦둥이 딸을 낳은 이후로 그의 삶은 이전과 달리 매우 여유가 생겼다. 화낼 일도 줄어들었다. 막내딸과 함께 장원을 걷고 있노라면 더 이상 갖고 싶은 것이 없었다. 손자와는 내 새끼는 또 다른 것이었다. 하지만 그의 나이는 이제 이루지 못한 것에 대한 회한이 쌓이는 시기였다. 젊은 시절 해모수와 함께 부여를 몰아내고 예맥조선의 주인이 되었을 때의 호연지기는 그의 마음속에서 이미 다 사라졌다. 부여의 통치를 놓고 해모수와 갈등을 빚던 일, 혼란한 틈을 타 다시 공격해온 금와를 막지 못해 이곳으로 다시 쫓겨오던 일, 그런 와중에서 끝내 자신의 편에 서지 않고 해모수를 따라 나서던 동생 재사는 용서할 수 없었다. 외지나 다름없는 이 구려 땅에서 정착하기 위해서는 지혜롭고 무예가 뛰어난 동생 재사의 도움이 절대적으로 필요했다. 하지만 그는 어려운 집안 사정을 돌보지 않고 실패한 단군 해모수를 쫓아갔다. 그만이 이 혼란기의 예맥조선을 통일할 수 있다며……. 해모수는 이미 몰락했는데. 어렵게 이 구려 땅에 뿌리를 내렸던 것을 생각하면 용서할 수 없는 동생이었다. 하지만 이제는 그런 동생과도 화해하고 싶었다. 그런데 그가 삼십 년 만에 다시 나타나서 아버지와 함께 어렵게 일구었던 이 비류국을 내 놓으라한다. 아무리 형과 동생의 인연을 끊었다지만 용서할 수 없는 일이었다.

　결국 재사는 물 한 잔 마시지 않고 떠나갔다. 그를 좋은 얼굴로 볼 수가 없었다. 어설프게 하늘을 내세워 가족을 희생하려는 것이다. 송양은 막내 아이의 손을 꼭 쥐고 솟아오르는 분노를 억눌렀다. 이 소수맥에서 비류국을 당할 나라는 없다. 감히 제 놈이 이곳을 넘본다는 것은 상상을 못할 일이다. 그의 말은 무시해도 되지만 끝까지 이렇게 형제가 등을 돌려야하는 현실이 안타까웠다.

　나라를 내 놓으라며 협박하던 재사가 떠난 지 석 달이 지났다. 이제 붉은색과 노란색으로 물들었던 산은 갈매빛 짙은 색으로 바뀌었다. 봄날까지 익숙하게 다니던 길도 풀숲에 가려져 쉽게 찾아 볼 수 없는 때였다. 재사가 떠난 한동안 그에 대한 잔상이 가슴 속에 남아 있었지만 이제는 다시 점차 기억 속에서 사라지고 있었다. 그렇다고 그를 위협적인 존재로는 생각지 않았다. 후일을 기약하고 자신을 떠난 지 삼십 년이 지나도록 그는 아무런 힘을 보여주지 못했다. 그사이 자신은 비류국을 소수맥 지역에서 가장 강한 나라로 키웠음에도 불구하고 말이다.

　송양은 다시 짜증나고 무더운 일상 속으로 빠져들었다. 시원하게 흐르는 동가강변에 별장을 짓고 나랏일은 대부분 신하들에게 맡기고 어린 딸의 재롱을 보며 한가롭고 여유 있는 시간을 보내려 애썼다. 빨리 이 무더위가 지났으면 좋겠다는 생각과 함께 더운 여름이 가면 가을이 오고 또 겨울이 오고 인생의 황혼은 점점 기울어 간다는 생각에 마음은 매우 쓸쓸했다.

　송양 왕은 동가강에 낚싯대를 드리웠다. 한낮을 달구었던 뜨거운 햇살은 오녀산 너머로 사라졌고 달빛이 유유히 흐르는 동가강 위에서 활짝 웃고 있었다. 어린 막내딸은 제 어미 품속으로 돌아갔고 혼자 남은 송양 왕은 쉽게 잠을 이루지 못하였다. 이리저리 몸을 뒤척이다 그냥 낚싯대만 들고 나온 것이다.

　음흉한 솔부엉이 소리가 고요한 적막을 헤치고 가끔씩 들릴 뿐 사방은 종용(從容)하였다. 자신처럼 잠 못 이루는 물고기가 신경질을 부리듯 낚싯대를 흔들었지만 송양 왕은 미소만 지었다. 두어 발자국 떨어진 곳에서 졸음을 이기지 못하여 꾸벅꾸벅 졸고 있는 호위무사들의 모습도 매우 한가롭게 보였다. 하지만 송양의 마음 속에는 회한만이 가득했다. 이렇게 흐르는 강물처럼 인생이 저물어 가는데 무엇 하러 그렇게 힘겹게 살려 애썼는가, 그의 얼굴에는 쓴웃음만이 흘렀다.

가까이서 웃고 있던 달님은 강물 저쪽으로 멀찌감치 물러서고 있었다. 송양 왕은 이제 낚싯대를 접어야겠다는 생각으로 자리에서 일어섰다.

"참 여유로워 보입니다."

등 뒤에서 갑자기 차가운 목소리가 들렸다. 낯설지만은 않은 목소리였다.

"너~ 너는!"

재사였다. 어느새 어떻게 다가왔는지 자신의 경호무사들은 입과 손발이 포박당한 상태였다. 그의 곁에는 날카로운 눈을 지닌 여럿의 무사들이 서 있었다.

"귀에는 좋은 소리만 담고, 눈에는 고와보이는 것만 새기는 것은 범부들이나 하는 것입니다. 형님이나 나의 몸속에는 한나라 놈들에게 암살된 한 맺힌 할아버님의 피가 흐르고 있습니다. 가슴을 맡긴 동족에게 가슴이 찔린 할아버지의 유훈을 이루기에는 형님은 아무래도 부족한 듯 싶습니다. 오늘 나는 할아버님의 유훈을 받들기 위해 왔습니다."

"나는 혼자다."

"형님이 스스로 굴복할 때까지, 추모님을 단군으로 인정하기까지,

고구려를 조선을 부활시킬 나라로 인정하기 전까지는 절대 협박도,
비겁한 짓도 하지 않을 것입니다.”

“…….”

“내일 아침에 우리 대왕님과 함께 궁궐을 찾아가겠습니다.”

재사는 할 말만 마치고 경호원들을 그대로 내버려 둔 채 부하들을
이끌고 어둠 속으로 사라졌다. 송양 왕은 한동안 그가 사라진 곳을 바
라보다 갑자기 신경질적인 반응을 보였다.

“머저리 같은 놈들!”

경호무사들을 향해 소리를 지르는 듯 하다가 낚싯대를 걷고는 급히
궁궐로 되돌아갔다.

비가 내렸다. 촉촉한 비다. 어제까지 축 처져 있던 잎들에 생기가 돌
았다. 파릇파릇한 색으로 돋아난 나뭇잎에서 어제와는 또 다른 세상
을 느낄 수 있었다. 한 때는 현도군의 도읍지가 있던 크고 화려한 성
구려현의 백성들은 내리는 비에 아랑곳하지 않고 부지런한 하루 일과
를 시작했다. 양을 몰고 들판으로 나가는 사람, 동가강에 배를 띠우는
사람, 가래와 괭이를 들고 들판으로 나가는 사람들……. 그러나 군인
들의 일과는 어제와 달랐다. 뜻밖에도 구려성 안에 긴장감이 돌았기
때문이다. 성안의 군인들에게 동원령이 내려졌고 성의 경계가 삼엄해
졌으며 성 밖 출입도 통제되고 제한되었다.

오시를 알리는 북이 울렸다. 아침부터 비류국의 왕도인 구려성 대지
를 적시던 빗방울은 점차 가늘어졌다. 연이어 짙은 회색 장막을 걷어
내고 푸른 하늘이 고개를 내밀었고 그 속에는 창창하게 내리쬐는 태
양이 빛나고 있었다. 장창(長槍)을 든 경호병들은 어지럽게 궁궐을 돌

아다니고 있었다. 송양 왕은 금빛이 나는 청동갑옷으로 무장한 채 자리에 앉아 누군가를 기다리고 있었다.

"나타났습니다."

북이 울리고 오래지 않아 호위대장이 다급하게 보고를 올렸다.

"어디냐?"

"바로 궁궐 앞입니다."

"궁궐 앞? 저들이 어떻게 성을 통과했느냐?"

"이전까지 성문에서는 아무 보고가 없었는데 오시를 알리는 북소리가 들린 후 갑자기 궁궐 앞에 수십 명의 사람들이 모여들었습니다. 아무래도 저들은 이미 성안에 잠입해 있었던 듯 합니다."

"미리 잠입해 있었다고!"

뭔가 이상한 기분이 들었다. 어쩐지 저들의 치밀한 음모가 있는듯 싶었다. 송양 왕은 조심스럽게 대처해야겠다는 생각으로 칼을 들고 대전을 나섰다. 대전 앞마당을 나선 그는 깜짝 놀라고 말았다. 어느새 저들이 대전 앞까지 들어와 있었던 것이다. 이들은 대오를 맞추지도 않았고 동서남북 사방에 꼭지점을 두고 사선을 이은 이상한 진용을 갖춘 채였다. 장창과 방패를 든 병사들이 앞에 서 있었고 중앙에는 활로 무장한 군인들이 서 있었다.

"준비는 되셨습니까?"

진용 한 가운데서 재사가 나왔다. 그의 목소리는 차분했다.

"애매한 군인들을 다치게 하지 말고 나와 일대일로 겨루자."

이미 선수를 빼앗긴 송양 왕은 전면전은 더 이상 의미가 없다는 것을 알고 있었기에 새로운 제안을 했다.

"그것 좋은 생각이십니다. 하지만 그 연세에 저를 당할 수 있을 것 같습니까?"

무리 가운데서 또 한 사람이 나왔다. 약간 호리하긴 했지만 구척이 넘는 큰 키에 긴 손과 발을 가진 단단해 보이는 장수였다. 그의 뒤에는 거대한 장정이 철장을 짚고 서 있었다.

"자네는 누군가?"

"나는 부여왕 해모수의 아들 고구려왕 주몽이오."

추모는 졸본 땅에 들어선 이후로는 자신의 이름을 주몽으로 고쳐 불렀다. 그것이 졸본 백성들로부터 지지를 받는데 훨씬 더 유리했기 때문이다.

"해모수의 아들!"

송양 왕은 약간 놀란 듯한 표정으로 추모를 쳐다보았다. 재사가 아리씨의 적손을 찾았다는 말은 들어 보았지만 해모수의 아들이라는 말은 없었다. 해모수가 아들이 있다는 소리도 들어 본 적이 없었다.

"해모수의 아들이라는 증거는 있는가?"

"이것을 보시오."

추모는 들고 있던 청동 방울을 송양 왕에게 건넸다. 단군이라는 별호를 희미하지만 큰 어려움 없이 읽을 수 있었다.

"이것이 중요한 의미를 지니는 때는 이미 지났다. 중요한 것은 지도력이고 힘이다. 혈통이 지배하던 시대는 이제 의미가 없어."

송양 왕은 별 것 아니라는 듯 청동방울을 다시 되돌려 주며 말했다.

"좋은 말씀이오. 나도 혈통을 내세우고 싶은 생각은 없소이다. 무엇으로 겨룰까요?"

"활"

송양 왕은 활이라면 자신이 있었다. 누구에게도 지지 않을 자신이 있었다.

"활은 나를 못 당할 것이니 다른 것으로 하는 것이 어떻겠소이까?"

"그건 내가 할 소리네."

결국 두 사람은 비류국을 놓고 활쏘기 시합을 벌이게 되었다. 이미 두 나라의 군사는 궁궐 안 후원에 있는 사대로 몰려들었다. 백 보 떨어진 곳에는 사슴모양의 과녁이 세워졌다. 송양 왕은 주몽의 기를 꺾기 위해 먼저 사대에 들어섰다. 한동안 숨을 고르는 듯 하더니 곧바로 화살을 메기고는 과녁을 향해 힘껏 시위를 당겼다.

"명중이오."

과녁 뒤에 숨어 있던 군사들이 나와 깃발을 크게 흔들었다. 화살은 사슴의 배꼽부분에 정확히 맞았다.

"이제 자네 차례일세."

송양은 기세가 등등해진 채 말했다.

"저 과녁을 치우고 대신 이 옥지환을 백보 밖 나뭇가지에 걸어라."

추모의 차례가 되자 그는 곁에 있는 부하들에게 뜻밖의 명령을 내렸다. 송양 왕은 추모의 말에 어이없다는 듯 웃고 말았다. 하지만 그의 웃음은 오래지 않아 경악으로 바뀌고 말았다. 사대에 들어선 추모가 목표물을 겨냥하는 듯 마는 듯 시위를 당겼음에도 불구하고 화살은 정확하게 옥지환을 맞추었고 화살을 맞은 옥지환은 박살이 나 사방에 흩어지고 말았다.

"자 이제 혈통으로나 실력으로나 당신보다는 우위에 있음이 확인되었으니 비류국을 내어 놓으시오.”

“하하하! 나도 내가 세운 과녁을 맞혔으니 자네에게 진 것이 아닐세. 더군다나 활쏘기에서 이겼다고 나라를 내 놓으라니, 아무래도 자네들은 제정신이 아닌 듯 싶군. 하하하!”

송양 왕은 태도를 확 바꾸었다. 그의 말이 끝나자마자 사대 주변을 서성이며 구경하던 비류국 병사들의 움직임이 달라졌다. 이들은 순식간에 고구려군을 에워싸기 시작했다.

“이런 접전을 피하고자 활 시합을 벌였던 것이 아니었소이까? 비류국은 원래 내 아버지의 나라요. 더군다나 내가 활 시합에서도 이겼으니 더 이상 버티지 말고 나라를 내 놓으시오.”

“여기는 내 아버지 나라였고 또 지금은 내 땅이다. 더군다나 너희들은 이미 내 군사들에게 포위되어 있어.”

송양 왕은 재사와 추모를 번갈아보며 협박했다.

“그렇다면 힘으로 해야겠지요. 오늘은 당신의 뜻을 알았으니 이만 돌아가겠습니다. 하지만 다음 번에 찾을 때는 우리 군대를 다 이끌고 올 것입니다.”

“너희들에게 다음은 없어.”

송양 왕은 비열한 웃음을 지으며 말했다.

“공격!”

갑자기 추모가 공격 명령을 내렸다. 비록 소수이긴 했지만 사출도의 진법을 짜고 있던 고구려군의 사수들은 자신들을 에워싸고 있던 비류국 군인들을 향해 활을 쏘기 시작했다. 수적 우위만 믿고 별다른 긴장감 없이 서 있던 비류국 군인들은 고구려군의 기습에 수없이 쓰러졌다. 그것으로 끝이 아니었다. 꼭지점을 기점으로 사선으로 서 있던 고구려의 창수(槍手)들은 닥치는 대로 눈앞의 적을 찔렀다. 순식간에 비류국의 군사들은 혼란에 빠졌다.

"저 놈들을 놓치지 마라!"

송양 왕은 다급히 명령을 내렸다. 하지만 그의 명령은 군사들에게 들리지 않았다. 고구려군의 공격이 워낙 거셌기 때문이다. 고구려군은 대오를 유지한 채 궁궐을 빠져나가기 시작했다. 고구려군의 기습에 놀란 비류국의 병사들은 이들이 궁궐 밖을 빠져나가는 것이 오히려 다행이라는 생각이 들었다.

고구려군이 창대를 이용하여 궁궐의 얕은 담장을 거의 다 넘어 갈 무렵이었다. 갑자기 비류성 안에서 강한 불길이 일어났다. 한두 군데가 아니었다. 여러 곳에서 동시다발적으로 일어난 것으로 보아 누군가 의도적으로 지른 불이었다.

"불이야!"

사방 둘레가 오 리도 채 되지 않는 구려성 안에 불이 번지자 성안의 사람들은 불길을 잡기 위해 허겁지겁 정신없이 뛰어다녔다.

"병기고에 불이 붙었습니다."

드디어 송양 왕에게 보고가 들어왔다.

"벼~ 병기고."

그의 말은 떨려 나왔다. 병기고에 불이 붙었다면 이는 분명 고구려 놈들이 의도적으로 지른 것임에 틀림없다. 진퇴양난이었다. 추모일행도 단번에 제압하지 못하고 있는 상황에서 병기고가 불타고 있다. 어떤 쪽에 병력을 집중해야할지 판단이 서지 않았다. 그런데 또 다시 다급한 보고가 들어왔다.

"부경이 타고 있습니다."

곡식창고마저 불탄다면 이는 큰일이었다. 아직 추수를 하기까지는 많은 날들이 남아 있었다. 그 사이 백성들이 굶주릴 수도 있는 일이었다. 굶주린 백성들은 자신을 원망하며 쫓아내려 할 수도 있다. 모든 것이 재사와 추모의 치밀한 계산 하에 이뤄진 것이 틀림없었다. 상대를 얕잡아 보고 대비하지 않은 것이 이런 결과를 낳은 것이다. 지금은 후회만 하고 있을 틈이 없었다. 얼른 사태를 수습해야만 했다. 추모를 붙잡는 것은 지금 시급한 일이 아니었다. 결국 그는 군사들을 부경이 있는 곳으로 집중할 수밖에 없었다. 그 사이 추모는 추격권 밖으로 유유히 벗어나고 있었다.

추모는 곧바로 물러서지 않았다. 그는 비류국 사람들이 부경으로 몰려들어 불타고 있는 곡식들을 끄집어내는 사이 곧바로 병기고로 달려갔다. 그곳은 이미 부분노가 완전 장악하여 비류국 병사들은 접근조차 하지 못하고 있었다.

부분노는 환한 웃음으로 추모를 맞이했다.

"놈들의 무기고는 완전 불타버렸습니다."

"수고했소. 오이는 아직 오지 않았소?"

추모는 부분노의 공을 치하하며 오이를 기다렸다. 추모는 재사가 처음 송양을 만나고 난 이후에야 비로소 재사의 정체를 알게 되었다. 소수맥의 강자 비류국은 아버지 해모수가 세웠던 북부여라는 것을 그에게 가르쳤던 사람이 재사였다. 그런데 재사가 비류국왕 송양의 아우라는 것은 큰 충격이었다.

"결국 저를 지지하는 것은 아버지와 형님을 배반하는 꼴이지 않습니까?"

추모는 재사의 뜻을 이해할 수가 없어 직접 물었다.

"형님과 아버지가 할아버지의 뜻을 거역한 것이지요."

"하지만 그것은 집안 대대로 이어가야 할 가업이지 않습니까?"

"작은 나라 비류국은 한나라의 현도군에게 맞설 수가 없습니다. 언젠가는 망하겠지요. 하지만 고구려의 일원으로서의 비류국은 망하지 않습니다. 고구려가 언젠가는 한나라군을 몰아낼 수 있을 만큼 큰 나라가 될 것이기 때문입니다. 그렇게 되면 비류국은 끝까지 살아남을 수 있게 됩니다. 따라서 제가 고구려를 위해 일하는 것은 결국 비류국을 위해 일하는 것이 됩니다. 형님이 잘못 생각하신 것이지요."

눈앞의 이익만을 추구하는 범인들은 이해하기 힘든 말이었다. 추모는 고개를 끄덕이며 그의 말에 공감을 표했다. 동시에 부귀영화가 보장된 자리를 버리고 대의를 위해 가족과 자신을 희생한 재사에 대한 존경심이 절로 생겼다. 재사뿐 아니라 평생을 아버지와 새로운 조선의 건국을 위해 청춘을 바친 묵거와 무골 등이야말로 고구려 개국의 일등공신이면서 동시에 자신의 스승이라는 생각이 들었다. 이들이야말로 자신이 아버지처럼 섬겨야 할 어른이며 스승이라는 것을 깨닫게 되었다. 동시에 추모는 새삼 자신이 해야 할 일이 매우 크다는 것을 느꼈다. 한 순간도 시대적 소명을 잊어서는 안 되겠다는 다짐과 함께.

비류국을 다녀온 뒤에 재사는 비류국 공략을 위한 치밀한 계획을 세웠다. 만약 힘겨루기에서 추모가 이겼음에도 불구하고 송양이 굴복하지 않는다면 비류국의 무기고와 곡식창고를 공격하여 저들을 일차

적으로 무력화시킨 후 다음에는 전면전으로 나설 요량을 가졌다. 부분노에게는 무기고를, 오이에게는 부경 공격을 맡겼다. 그리고는 비류국을 방문하기 하루 전날 군사들을 구려성 내에 잠입시키는데 성공했다. 일차 공격은 성공적이었다. 정확한 시점에서 무기고와 부경을 공격하였기 때문에 추모는 별다른 군사적 피해 없이 구려성을 빠져나올 수 있었다.

추모는 비류국 송양 왕의 의도를 파악한 이상 비류국에 대한 공격은 멈출 수가 없었다. 비류국 공략은 단순한 한 나라를 빼앗는 것이 아니라 잃어버렸던 아버지의 나라를 되찾는 일이었을 뿐 아니라 언젠가는 조선 땅에서 몰아내야 할 한나라와의 투쟁 의지를 나타내는 의미 있는 일이었기 때문이다. 추모는 힘으로 비류국을 제압하기 전에 먼저 하늘에 제사 지내기로 했다. 그간의 공적을 하늘에 보고하고 또 하늘과 조상들에게 앞으로의 무운을 기원하는 제(祭)를 지냈다. 추모는 대왕이 아닌 제사장이 되어 벽라관을 쓰고 제사를 주도했다. 사슴을 잡고 피를 내어 하늘과 땅을 향해 뿌렸다.

"하늘이시여! 이제 저는 잃어버린 고토를 찾기 위한 첫발을 내디뎠습니다. 여전히 앞을 가로막는 장애물은 많이 있습니다. 때로는 인간의 힘이 아닌 하늘의 힘이 필요합니다. 하늘이시여, 예맥 통일이라는 우리의 간절한 소망을 들어주옵소서."

제주(祭主)인 추모가 앞장서서 제주(祭酒)를 따르고 뒤를 이어 재사와 협보, 그리고 마리와 오이, 부분노가 차례로 제상에 제주를 올렸다.

제사의식이 끝나자 소서노는 술과 떡을 내놓았다. 졸본성 사람들은 그녀가 내놓은 술을 마시며 춤을 추기 시작했다. 북소리에 맞추어 춤을 추면서 소원을 빌었다. 어둠이 졸본성에 짙게 깔렸지만 사람들의 춤은 끝나지 않았다. 관솔은 성안을 훤히 밝혔고 하늘을 향한 인간들의 몸동작은 끝나지 않아 밤새 이어졌다.

비가 내렸다. 시원하게 비가 내렸다. 주몽이라는 놈의 기습을 받아 어지럽게 불탄 구려성을 씻어 내리듯 비가 내렸다. 밤새 잠 못 이루며 뒤척이던 송양 왕은 궁궐 안 뜨락을 말없이 바라보고 있었다. 그동안 너무 안일하게 살았다는 생각이 들었다. 위만조선을 끝까지 지키다 전사한 할아버지의 유훈을 너무 오랫동안 잊고 지냈던 것이다. 소수맥에서는 이제 큰 소리 칠만한 국세(國勢)를 이뤘다는 자만심으로 조상들의 뜻이 무엇인지 헤아리지 않고 지냈다. 한나라를 이 땅에서 몰아낸다는 깃은 불가능한 일이라 단정했다. 소수맥도 통일하지 못하는데 어떻게 예맥 땅을 통일하며, 한나라군을 몰아내고 전 조선 땅을 통일한단 말인가?

패배감과 작은 만족에 안주하고 있던 송양 앞에 주몽이라는 젊은 사람이 예맥통합이라는 커다란 기치를 내세우고 나타났다. 이기고 지고를 떠나 커다란 도전이었다. 이제 자신의 나이 오십을 넘었는데 새로운 일을 할 수는 없었다. 그렇다고 아들이 있어 할아버지로부터 내려오는 유훈을 잇게 할 수도 없었다. 아들을 얻기 위해 뒤늦게 새색시를 하나 얻었지만 결국 딸만 낳고 말았다.

지난 밤 그는 나라의 장래를 생각하며 잠을 이루지 못했다. 젊은 색시를 얻었으니 아들을 얻을 수도 있다. 하지만 그 아들이 할아버지의 유훈을 이을 수 있는가는 또 다른 문제였다. 그의 뇌리 속에는 조선의 통일은 단군의 적손인 아리씨에게 맡겨야 한다는 재사의 말이 떠나지 않았다. 하지만 자신의 젊음을 다 바쳐 이룩한 비류국을 넘겨주고 싶지는 않았다.

하루 종일 비가 내렸다. 며칠 전에 있었던 수치와 모욕을 다 씻어 내리듯 비는 세찬 줄기를 누그러뜨리지 않고 뿌렸다. 이틀이 가고 사흘이 지나도록 빗줄기는 가늘어지지 않았다. 비류국에 비상이 걸렸다. 온 성이 물에 잠기기 시작한 것이다. 처음에 비를 대할 때 시원한 마음을 가졌지만 불과 삼일 만에 비를 대하는 이들의 마음은 두려움과 공포로 바뀌어 있었다.

"큰일 났습니다. 성을 버리고 산으로 피난가야 합니다."

다급한 보고들이 연하여 이어졌다. 송양 왕은 더 이상 궁에 머무를 수가 없었다. 그는 시정(市井)으로 나아가 상황을 살폈다. 거리는 벌써 물에 잠겼다. 백성들은 가재도구를 들고 높은 곳으로 피난하고 있었다.

"성을 버리고 산으로 피난하시오."

관리들은 강한 빗줄기를 맞으며 다급함을 알리고 있었다.

홍수는 왕이라고 봐주는 법이 없었다. 송양 왕도 어린 딸을 데리고 가족들과 함께 산으로 피난했다. 산으로 피난하긴 했지만 비 피할 곳이 기다리고 있는 것은 아니었다. 큰 바위 밑에는 수십 명의 사람들이 추위에 떨며 옹기종기 모여 비를 피하고 있었다. 불을 피울 수도 없었고 또 몸을 누일 곳도 없었다. 더욱 큰 문제는 식량이었다. 주몽에 의해 식량창고가 불에 탔기 때문에 이런 재난 상황에서 구휼할 비축미가 없었다. 백성들은 자신들이 가지고 온 비상식량으로 화식(火食)도 하지 못한 채 버티고 있었다.

'하늘이 나를 버린다!'

송양 왕은 홍수가 나고 백성들이 고통 받는 것이 자신의 책임이라 느꼈다. 하늘이 보낸 주몽을 공격한 천벌이라는 생각이 들었다. 한 번도 얼굴을 보지 못한 할아버지가 노한 것일지도 모른다고 생각했다. 이제 재기할 수는 없었다. 먹을 것도 없는 이 나라에 남아 있을 백성들은 없었다. 임금이 덕이 넘치고 풍요로운 땅에는 당연히 백성들이 넘쳤지만 그렇지 못한 곳은 떠나가는 것이 백성들의 속성이다. 이제 자신은 백성들을 먹일 능력도 없었다. 아마도 백성들은 먹을 것을 찾아 이 비류국을 떠나가고 말 것이다. 하늘의 정통성을 이어받았고 위만 조선의 마지막 충신 '성기'의 후손이 세운 거룩한 나라 비류가 이렇게 몰락하고 마는 것이다. 송양 왕의 눈에서 눈물이 절로 났다. 눈물은 빗물과 섞여 얼굴 전체를 덮었다. 하늘에선 여전히 강한 빗줄기가 내리고 있었다.

'하느님 제가 잘못했습니다. 나는 소수맥도 통일하지 못할 작은 그릇인데 오만했습니다. 이제 이 나라를 당신이 세운 당신의 대리자에게 넘기겠습니다.'

송양 왕은 땅바닥에 무릎을 꿇었다. 땅바닥에 땅은 없었다. 물바닥이었다. 바다의 갯벌과 다름없는 질퍽질퍽한 땅에 그는 머리를 박고 하늘에 속죄했다.

졸본 땅에도 비가 내렸다. 엄청난 비였다. 거리에는 물이 찰랑찰랑 차오를 정도로 많은 비가 내렸다. 하지만 피난을 갈 정도는 아니었다.

추모는 새롭게 아내가 된 소서노와 함께 장마를 보내고 있었다. 이렇게 비가 내리는 날 할 수 있는 것은 없었다. 떡을 만들어 함께 먹고 아직 어린 비류와 온조의 재롱을 보며 행복한 나날을 보냈다. 이전에는 맛보지 못한 행복이었다.

추모가 졸본 땅의 왕이 된 이후 소서노는 이전과 달리 매우 활기찼다. 남편이 세운 고구려가 강한 나라가 될 수 있도록 재물을 아끼지 않고 내 놓았다. 무역으로 번 돈을 말과 철제 무기를 사들이는데 다 내놓았다. 여자로서의 매력도 잃지 않기 위해 늘 노력했다. 몸치장도 게을리 하지 않았고 목욕도 자주하며 몸을 가꾸었다. 이런 소서노를 추모는 점점 마음으로 받아들였다. 처음 그의 마음 속에 자리 잡았던 경계심은 사라져갔다. 오히려 그가 필요할 때마다 재물을 내 놓아 문제를 해결해 주는 소서노에게 고마운 마음을 지니게 되었다. 부여에 남아 있는 예씨에 대한 기억이 점점 사라져 가고 있었다. 비류와 온조의 재롱에서 문득 부여에 두고 온 아들이 생각났지만 한 번도 보지 못한 아들이었기에 그리움은 추상적일 수밖에 없었다. 오히려 그 그리움이 비류와 온조에게 미쳐 그는 온조와 비류를 마치 친아들인 냥 정이 쌓여 갔다.

처음 소서노를 아내를 맞아들일 때는 이는 어디까지나 정략적 결혼이라고 생각했기에 그녀를 마음으로 사랑하게 될 것이라고는 상상하지도 못했다. 적당한 때를 기다려 그녀에게 예씨와 아들을 데려와야겠다는 말을 해야겠다고 생각하고 있었다. 그런데 점점 말하기가 어려워졌다. 소서노에게 의존하는 것이 너무 많았을 뿐 아니라 그녀가 차지하고 있는 자리가 너무 크게 느껴졌기 때문이다. 문득 추모는 물질과 문명이 주는 편안함에 익숙해져 간다는 생각이 들었다. 쓴웃음이 나왔다. 그러나 현실의 편안함을 차버리기에는 소서노가 너무 큰 그릇이었다.

비류국에 대한 일차 공격을 마친 후 하늘에 제사를 지낸 추모는 비류국에 대한 본격적인 공략을 준비했다. 때마침 장마가 시작되었기 때문에 일단 군사들에게 휴식을 주고 군장비를 정비하게 했다. 우기가 끝나자마자 전면전을 벌여 생사를 결정 할 심산이었다.

뜻밖의 일이 벌어졌다. 비류국에 큰 장마가 발생하면서 비류국 백성들이 고구려로 넘어오기 시작한 것이다. 비류국과 고구려 사이의 거리는 매우 멀었다. 그 사이에는 예족 마을도 있었고 다른 나라들도 많았다. 그럼에도 이재민들이 고구려를 찾아 남하한 것이다. 고구려왕이 천제(天帝)인 해모수의 아들이라는 소문을 듣고 가족의 생사를 의탁하러 온 것이다. 이들은 비류국에 큰 홍수가 난 것은 송양 왕이 하늘의 뜻을 거역하고 추모를 공격했기 때문이라는 놀랄 만한 믿음을 갖고 있었다.

추모는 자신의 힘을 잘 몰랐다. 자신이 얼마만한 힘을 지녔는지, 자신이 해모수의 핏줄이긴 하지만 그것이 얼마만큼의 위력을 지니는지 몰랐다. 하지만 지금 비류국의 백성들이 몰려들면서 그는 하늘이라는 의미를 다시 깨닫기 시작했다. 더구나 비류국 공략을 위해 하늘에 제사를 지낸 뒤 홍수가 나고, 또 백성들이 몰려드는 일련의 사태로 인해 새삼 하늘의 위력에 대해 놀란 것이다. 추모는 뜻하지 않은 긴급 사태가 발생하자 참모들을 불렀다.

"이는 하늘이 우리와 함께 한다는 증거입니다. 이 기회를 살려, 온 소수맥 땅에 고구려와 대왕님의 이름이 함부로 맞설 수 없는 두렵고 무서운 존재로 각인시켜야 합니다."

재사는 이것은 하늘이 준 기회라며 흥분했다.

"그렇습니다. 이것은 소수맥을 통일하라는 하늘이 준 좋은 기회입니다. 이 기회를 놓쳐서는 안 됩니다."

뜻밖의 사태에 흥분한 것은 협보도 매한가지였다.

"기회를 어떻게 살립니까?"

마리의 목소리도 떨리기는 마찬가지였다. 소수맥에서 가장 강하다는 비류국이 어째서 이렇게 무너질 수 있는지 믿기지가 않았다. 지금이 중요하다는 것을 알긴 했지만 구체적으로 어떻게 해야 할 지는 쉽게 떠오르지 않았다.

"소문을 내야 합니다."

"소문?"

"소수맥 사람들이 고구려라는 이름만 들어도 두려움과 공포에 떨게 해야 합니다."

"어떻게 말이오?"

"주몽은 하늘이 일으킨 사람이다. 그에게 맞서면 천벌이 내린다. 비류왕 송양도 주몽에 맞서다 하늘이 노하여 비를 내려 나라를 망하게 하였다."

"그것 좋은 생각입니다. 우리에게 귀순해온 사람들을 배불리 먹인 후 다시 비류국으로 돌려보내 소문을 내게 하는 것입니다. 그러면 저들은 머잖아 항복할 것입니다. 만약 항복하지 않는다면 그때 공격하여도 늦지 않을 것입니다."

재사의 말에 협보가 여러 생각이 떠오르는 듯 쉬지 않고 말했다.

이날 열린 대가회의의 결과에 따라 추모는 귀순해온 비류국 사람들을 잘 대접하고 잠자리와 먹을 것을 나눠준 후에 다시 비류국으로 돌려보냈다. 결과는 금방 나타났다. 새롭게 보금자리를 찾은 사람들은 남아 있는 가족들과 친척들을 데려오기 위해 다시 비류국을 찾았고, 이들은 산 속에서 추위와 굶주림 속에서 떨고 있는 친척들에게 먹을 것을 나눠주며 이 모든 것의 원인은 송양 왕에게 있다고 말했다. 고구려 사람들이 의도한 소문은 금방 났다. 고구려왕 주몽은 천신의 자손인데 그의 말을 거역하다 송양 왕이 천벌을 받았다는 말은 비류국뿐 아니라 온 소수맥 지역에 금방 퍼졌다.

어린 딸을 데리고 겨우 산 위에 피신한 송양 왕도 자신을 둘러싸고 나도는 괴 소문을 들었다. 정말 어이없는 말이었지만 이런 다급한 천재지변이 발생하면 백성들은 당연히 그 책임을 임금에게 돌리려 했기에 변명할 수 없었다. 산속에서의 생활이 길어지면서 송양 왕도 배고품과 추위로부터 자유로울 수가 없었다. 더구나 식량창고가 고구려군에 의해 불태워졌기 때문에 이런 급박한 상황 속에서 백성들은 먹을 것을 구할 수가 없었다. 송양 왕은 심각하게 고민하기 시작했다. 자신이 과연 하늘을 거역한 것인지, 아니면 우연히 장마를 맞아 일어난 자연현상인지……. 결론은 우연이든 하늘의 뜻이든 더 이상 버틸 수가 없다는 것이었다. 결국 그는 사자를 고구려에 보내기로 결정했다.

송양 왕이 보낸 사자가 도착했다는 말에 추모는 매우 흥분했다. 사자가 왔다면 이는 분명 항복의 뜻을 전하기 위해서라 생각했기 때문이다. 이번에도 대가회의를 소집했다.

"비류국에서 사자가 왔다고 하오. 우리 같이 그가 무슨 말을 하는
지 한 번 들어봅시다."

비에 젖어서 인지, 제대로 먹지를 못해서인지 사자는 물에 빠진 생
쥐의 모습 그대로였다.

"무슨 일이오?"

추모는 짐짓 위엄을 갖춰 말했다.

"송양 왕께서 항복하겠다고 말씀하셨습니다."

"항복!"

순간적으로 추모의 얼굴은 흥분되었다.

"대신 조건이 있다고 말씀하셨습니다."

"조건?"

"우리 임금에게는 늦둥이 딸이 하나 있습니다. 그 딸을 잘 거둬 달
라는 말씀이셨습니다."

"그것 말고 다른 조건은 없는가?"

"그것뿐입니다."

"어린 조카는 내가 잘 길러 줄 것이니 염려하지 말라 일러라."

재사가 나서며 말했다. 사실 그의 마음은 편하지 않았다. 자기 집안
이 일궈 놓은 나라였다. 그것을 넘긴다는 것이 마음에 걸렸다. 하지만
대의를 위해서는 어쩔 수 없는 일이었기에 그는 모질게 마음을 먹기
로 하였다.

항복을 알리는 사자가 다녀간 이후 추모는 비가 멎기를 기다려 양
식을 실은 마차와 군사를 이끌고 비류국으로 향했다. 소수의 병력만
남긴 채 이천여 명의 대규모 군사를 데려갔다. 비가 그치긴 했지만 화

려하던 구려성은 완전 뻘밭으로 변해 있었다.[26] 며칠 째 먹지를 못하고 있던 백성들은 고구려 군사들이 양식을 싣고 들어오자 마치 하늘에서 보낸 군대인 냥 반갑게 맞이했다. 이들 사이에는 고구려는 하늘이 세운 나라며 주몽은 단군의 혈통을 이어받은 임금이라는 것이 이미 소문나 있었다.

추모는 백성들에게 곡식을 나눠주는 한편 계루부에 소속된 군사들을 이끌고 궁궐로 들어갔다. 궁궐도 이번 장마에 주춧돌이 쓸려 내려가 내려앉은 곳이 많았다.

"내가 천벌을 받았는가 봅니다. 진작에 하늘이 보낸 성왕(聖王)을 알아 봤어야 했는데……."

송양 왕은 이전과 달리 겸손한 자세로 추모를 맞았다.

"이제라도 깨달았으니 천만 다행이오. 덕분에 백성들은 살았소."

추모는 약간 거들먹거리며 말했다. 이런 때는 점령자의 모습을 보이는 것이 좋다고 생각한 것이다.

"이제 이 비류국을 주몽 대왕께 바치겠습니다. 나는 어떻게 되어도 상관없지만 내 딸의 장래만은 책임져 주시길 바랍니다."

"송양 왕이 내 아버지 해모수를 도와 북부여를 세우는데 큰 공을 세운 것을 알고 있소이다. 그런데 어찌 아버지의 신하인 그대를 모른다 할 수 있겠소. 다행히 재사 어른이 계시니 그런 것은 염려하지 않으셔도 될 것이오. 앞으로 이 비류국은 군사방위로는 절나부에 속하게 되어 재사 어른이 다스리겠지만, 아버지 해모수 단군께서 세우셨던 나

---

26) 「동국이상국집」에는 이를 해원(蟹原, 개펄)이라고 말했다.

라이기도 하기 때문에 소나부로 삼아 저도 특별한 관심을 가질 것입
니다. 그리고 옛날의 인연을 생각하여 따님이 성장하면 제 아들 중 하
나와 결혼시킬 것입니다."

　나라를 뺏어 동생인 재사에게 다스리게 하겠다는 의도였다. 송양
왕은 여생을 조용히 살 수 있게 해준다면 고맙겠다는 말만 했다. 추모
는 비류를 재사에게 맡기기로 했다. 그리고 나라이름도 아버지의 나
라를 되찾았다는 의미로 '다물국'[27]이라 했다. 현도군과 국경을 접하
고 있는 비류국을 점령함으로써 고구려는 이제 소수맥 지역에서 가장
강한 나라로 떠올랐다. 부여의 사출도를 본 따 지역방어 개념을 도입
한 고구려는 분권적 권력을 가지긴 했지만 추모가 대가회의를 장악하
였기 때문에 강력한 군사력을 유지할 수 있었고 이를 통해 인근 지역
의 정복 활동에 박차를 가할 수 있었다.

---

27) 다물은 고구려말로 회복하다의 뜻임. 비류국을 점령한 주몽이 나라이름을 회복하
　　다의 뜻을 지닌 '다물국'으로 칭한데서 이 비류국이 바로 해모수가 세웠던 북부
　　여로 추정한다. 앞서 언급했지만 비류나 부여나 다 '불'이라는 말의 한자 가차음
　　이다.

10. 소수맥 통일

　비류국이 고구려에 항복했다는 소식은 인근 소수맥 지역에 삽시간에 퍼졌다. 소수맥에서 가장 풍요로운 성읍으로 이름난 졸본부여는 물론 가장 강하다는 비류국까지 점령하자 고구려라는 신생국의 이름은 삽시간에 예맥조선 전 땅으로 퍼지기 시작했다. 조선이 멸망한 후 산과 강을 끼고 살아가던 부족들이 나라가 되어 크고 작은 다툼을 벌이며 살았지만 이 중 아직까지 본격적인 정복 국가의 모습을 보이는 나라는 없었다. 부여와 옥저, 동예 같은 절대 강자가 있긴 했지만 그들도 이웃을 점령하여 예맥 땅을 통일하겠다는 의지는 보이지 않았다. 이러한 때 조그만 나라인 고구려가 예맥 조선의 통일이라는 거대한 목표를 내세우고 정복 국가의 모습을 띠는 것은 경계해야 할 점이었다. 더군다나 단군의 혈통인 아리씨로서 해모수의 아들이라는 정통성을 내세웠기 때문에 더욱 신경 쓰지 않을 수 없었다. 따라서 고구려의 움직임은 소수맥 지역에 흩어져 있는 나라들이 조심스럽게 지켜봤다. 그런 와중에도 소수맥 통일이라는 추모의 일차 목표는 멈출 수 없는 역사적 소명이었다.

예맥조선 땅에는 예족과 맥족이 살았는데 그 중에서도 예족은 이웃 국가들을 공격하여 수확물을 뺏거나 여자를 납치하는 일은 연례행사처럼 반복되는 일이었다. 추모는 이를 용납하지 않았다. 소수맥 지역의 예족들을 공격하여 함부로 남을 공격하지 못하게 일침을 가했다. 소수맥의 맹주로서 할 수 있는 일이었다. 하지만 고구려의 이러한 행동에 대하여 반대하는 나라는 없었다. 아무도 하지 않는 일에 고구려가 나서는 것이 오히려 바람직한 일이라고 생각하는 나라가 대부분이었다.

졸본 땅에 봄이 다시 찾아왔다. 세 번째 맞이하는 봄이다. 소수맥 곳곳에 흩어져 있던 예족의 토벌에 나섰던 추모는 이제 이들을 완전히 진압하여 소수맥의 절대강자로 자리 잡았다. 고구려의 소식이 알려지면서 소수맥의 대부분의 나라들은 추모에게 스스로 굴복했다. 그중에는 한 때 추모가 고통을 당했던 양맥도 들어 있었다. 소수맥의 주인이 된 추모는 이들의 지난 행동을 용서하였고 그들은 대왕의 관용에 고마워했다.

명실공히 소수맥의 주인으로 자리 잡은 추모는 이전에 맛볼 수 없는 편안함으로 봄을 감상했다. 진달래와 철쭉은 온 산을 덮었고 벌과 나비는 봄의 전령인양 졸본 땅 구석구석을 찾아가 겨우내 잠들어 있던 이름 없는 꽃들을 깨워 졸본성은 아름다운 꽃으로 새롭게 단장하였다. 오랜 동안의 정복전에서 자유를 찾은 추모는 소서노와 더불어 한가롭게 뜨락을 거닐며 여유를 즐겼다.

갑자기 반가운 손님이 찾아왔다. 무골과 묵거가 해모수를 모시고 고구려를 찾은 것이다. 실로 삼년 만이었다. 해모수는 붉은 색과 푸른 색 깃털로 장식한 마차를 타고 나타났다. 기력이 이전보다는 쇠하긴 했지만 나이를 제대로 가늠할 수 없을 만큼 여전히 건강해 보였다.

"아들아, 드디어 내 뜻을 이어받아 나라를 세우고 또 이렇게 소수맥을 통일하였다니 너무 반갑고 또 고맙다."

"아버님의 오래고 치밀한 계획 덕분입니다."

추모는 벅차오르는 감동으로 해모수를 맞았다.

"이제 나는 속세에 더 이상 머물러 있을 수가 없을 것 같구나. 이것이 나의 마지막 속세 나들이가 될 것 같아 아들의 얼굴도 보고 아들이 이룩한 나라도 보고 싶어서 이렇게 찾아왔다."

해모수는 고구려를 찾은 목적을 말하며 아들의 얼굴을 어루만졌다.

"잘 오셨습니다."

무골과 묵거 선비와 함께 해모수가 왔다는 소리에 비류국에 있던 재사가 달려오고 마리와 오이, 협보 등도 한 자리에 모였다. 소서노는 이들을 위해 큰 잔치상을 차려 시아버지를 맞이했고 이들은 지난 이야기를 나누며 웃음꽃을 피웠다.

"오랜 기다림 끝에 드디어 나라가 세워지고 또 강한 모습으로 예맥 통일의 꿈을 키워 가는 것을 보니 격세지감을 느끼네. 나는 이제 다시는 속세 나들이를 할 수 없을 것이다. 마지막 소원이 있다면 소수맥 통일에 만족하지 말고, 한사군을 몰아내고 조선의 영역을 다시 되찾는 날까지 쉬지 말고 싸워달라는 것이다. 그것이 우리들의 살아서의 목적이고 죽어서의 목적이다. 나는 이를 위해서 살아서는 계속 하늘에 기도할 것이고, 신선 세계에 들어가서는 나의 후손들을 음우(陰佑)할 것이다."

잔치 끝에 해모수는 마치 마지막 숨을 거두는 사람의 말처럼 엄숙히 말했다. 도화주를 기울이며 웃음꽃을 피우던 좌중들은 웃음을 거두고 숨죽이며 그의 말을 경청했다.

"아버님 말씀 명심하겠습니다. 제 대에서 이루지 못하면 그 다음 세대에 또 그 다음 세대에서 이루지 못하면 그 다음 세대에라도 반드시 실행하게 하여 조선의 옛 영토를 되찾을 것입니다."

추모가 아버지의 손을 굳게 잡으며 약속했다.

"고맙다."

잔치가 끝난 후 해모수는 추모와 더불어 며칠 동안 고구려 영토를 주유했다. 고구려의 곳곳을 지나는 동안 해모수는 풀포기 하나 이름 없는 꽃 한 송이에도 애정을 나타냈다.

"이 천지간 그냥 만들어진 것이 없으며, 뜻 없이 목적 없이 세상에 태어난 것은 하나도 없다. 다 오랜 기간의 고통과 기다림 끝에 하늘의 뜻에 의해 탄생된 것이다. 백성들도 마찬가지다. 그냥 의미 없이 태어나는 사람은 아무도 없다. 많은 사람들의 기다림과 인내 속에 하늘이 내는 것이다. 그들을 잘 섬기면서 하늘의 뜻이 무엇인가를 생각하면서 백성들을 다스려야 할 것이다."

해모수는 아들과 단 둘이 있는 동안 많은 당부의 말을 했다. 추모는 아버지의 말을 가슴에 새기면서 고구려를 위해 무엇을 어떻게 해야 할 것인가를 생각했다.

"내 손자는 부여 땅에 아직 있다는 소식을 들었는데 이제는 데려와
야 되지 않겠느냐?"

어느 날 해모수는 불쑥 부여에 있는 아들 이야기를 꺼냈다. 하지만
추모는 말하기가 매우 곤란하였다. 고구려가 이만큼 성장하는 동안
소서노의 도움을 워낙 많이 받았기에 그녀와 그녀의 아들들을 무시할
수 없었다. 그래서 그는 쉽게 예씨 이야기를 꺼내지 못하고 있는 중이
었다.

"언젠가는 데려 올 것입니다."

"아직 말할 단계는 아니다만 너는 누구로 하여금 대통을 잇게 할 것
이냐?"

전혀 생각해보지 않은 일이었다. 지금으로서는 아들의 얼굴도 보지
못한 상태였기에 누구라고 말할 수가 없었다.

"나는 내 뜻을 아들을 통해 펼치기 위해 몇 십 년을 기다렸다. 아리
씨의 혈통을 무시해서는 절대 안 된다. 조선 땅을 통합하기 위해서는
아리씨의 혈통이 반드시 필요하다. 아리씨의 혈통만이 백성들을 통합
할 수 있고 한나라와 싸울 수 있는 명분을 가질 수 있다. 내 말을 명심
해야 할 것이다."

"명심하겠습니다."

"나는 이제 다시 백산으로 돌아간다. 이번에 가면 다시는 너를 못
만날 것이라는 생각이 드는구나. 네가 자라날 때 아비로서의 정을 주
지 못한 것이 가장 아쉽고 안타까운 일이었는데 다시 내 손자도 아비
없는 고통 속에서 살아간다는 것이 참 안쓰럽구나."

"……"

나이가 들어서인지 해모수는 유난히 혈육의 중요성을 강조했다. 본인 스스로 외로운 삶을 살아왔기에 지나온 삶에 대한 회한이 서려 있는 듯 했다.

"아버님이 외롭고 힘들게 뿌린 씨앗은 백 배 천 배 좋은 열매를 맺을 것입니다."

"그래야지. 이제는 조선이 아닌 고구려라는 이름이 대대손손 영광스런 이름으로 살아남게 해야지. 그래야만 나도 신선 세계에서 조상님의 얼굴을 뵐 수 있을 것이다. 너도 마찬가지다. 네가 고구려의 기틀을 잘 다지면 추모라는 이름이 대대손손 조상의 이름으로 남을 것이다. 마치 단군왕검이 우리 민족의 시조이듯이 또 다른 시조로 추모라는 이름이 새겨질 것이다. 복의 근원, 힘의 근원, 위대한 나라, 위대한 조상의 이름으로……."

"고구려가 천하에서 가장 강한 나라가 될 수 있도록 기틀을 분명하게 닦아 놓을 테니 이제는 걱정을 더시고 편안히 여생을 보내십시오."

평생 함께 있지 못했던 부자는 너무나 그리웠던 혈육의 정을 나누며 고구려의 구석구석까지 함께 순방했다. 이 여행이 무슨 의미를 가지는지 추모는 알고 있었다. 추모는 해모수가 타계하기 전, 그가 평생 소망하였던 나라를 그의 머릿속 깊이 각인될 수 있도록 했다. 그래서 신선 세계에서라도 고구려를 위해 기도하게 하고 싶었다.

열흘간의 여행을 끝마친 후 해모수는 꽃으로 장식한 수레를 타고 무골과 묵거 선비와 함께 올 때 모습 그대로 돌아갔다. 이것이 아버지와 나누는 마지막 인사라는 것을 알고 있는 추모의 눈에는 눈물이 절로 났다. 어린 시절 그토록 보고 싶었고 만나고 싶었던 아버지였지만 나이 들어서도 마음대로 만날 수 없는 처지가 된 것이 너무 안타까웠다. 동시에 부여에 두고 온 어머니에 대한 그리움도 가슴 속 깊이 사무쳤다. 남편 때문에 정체를 드러내지도 못하고 아비 없는 자식을 키우고 있을 아내에 대한 미안함과 그리움도 오래도록 사라지지 않아 한동안 공무를 볼 수가 없었다.

채 일 년이 지나지 않을 무렵 묵거선비가 다시 졸본성을 찾았다. 이번에는 혼자였다.

"이 시대의 마지막 단군이신 해모수님께서 신선 세계에 입적하셨습니다. 단군님께서는 죽어서도 고구려를 위해 살겠다며 편안히 눈을 감으셨습니다."

지난 번 발걸음에서 예상한 일이었지만 추모의 슬픔은 매우 컸다. 그는 온 나라에 일주일간의 애도 기간을 선포하고 해모수의 죽음을 슬퍼했다.

"선비님께서는 앞으로 어떻게 하실 것입니까? 이제는 우리와 함께 나라를 세우는 데 힘을 보태야 되지 않겠습니까?"

추모는 묵거에게 새로운 제안을 했다.

"아닙니다. 저와 무골선비는 계속 예맥조선의 산천을 주유하면서 선비들을 기르는데 전력할 것입니다. 고구려의 혼을 만들어 고구려가 위험에 처할 때는 반드시 달려올 것입니다. 바람처럼 언제 어디든 달려올 것입니다."

"그래도 아쉽습니다."

"그리고 또 하나 중요한 일이 남아 있습니다. 해모수 단군께서 저와 묵거선비에게 남긴 유훈이 있습니다. 그 일을 위해 우리는 우리의 여생을 바칠 것입니다."

"아버님의 유훈이라고 하셨습니까?"

"그렇습니다. 운명하시기 전에 저희들에게 마지막 부탁을 남기셨습니다."

"그것이 무엇입니까?"

"태자를 세우는 것입니다."

"태자?"

"해모수 단군님께서는 고구려는 반드시 아리씨의 혈통을 지닌 자가 대통을 이으셔야 한다고 말씀하셨습니다."

"아리씨의 혈통이라면?"

"부여에 남아 있는 대왕님의 유일한 혈육을 말씀하시는 것입니다. 대왕님을 대신하여 저희들이 잘 키우겠습니다."

"그래 주신다면 정말 고맙겠습니다."

추모는 늘 부여에 남아 있는 아들이 걱정되었다. 얼굴도 보지 못한 아들을 생각할 때마다 어린 시절 자신의 모습이 떠올라 가슴이 미어지는 듯 아팠다. 그런데 무골과 묵거가 자신을 대신하여 잘 키워주겠다니 안심이 되었다.

"아드님 일은 걱정하지 마십시오. 그리고 저희들은 몸은 함께하지 못하지만 마음은 늘 함께 할 것입니다. 다만, 후대 왕들이 고구려의 혼을 저버리거나 나약한 모습을 보일 때는 나와 나의 후손들은 이를 용서하지 않을 것입니다. 고구려는 우리 모두의 나라이기 때문입니다."

묵거선비는 애도 기간이 끝나자 비장한 마지막 말을 남기고 졸본성을 떠났다. 그는 떠나기 전 재사를 다시 만나 하룻밤을 함께 지내며 뭔가를 골똘히 상의한 후에 소리 없이 작별했다. 추모는 아쉬웠지만 그의 의지가 워낙 강해 붙잡을 수 없었다.

이것이 그와의 마지막 만남일지도 모른다는 생각에 추모는 안타까웠다. 오늘의 자신을 만들었던 사람들이 하나씩 자신의 곁을 떠나는 것에서 무상감을 느꼈다. 하지만 인생이란 만남이 있으면 언젠가는 헤어져야 한다는 것을 알고 있기에 슬퍼할 수만은 없었다. 자신이 해야 할 일이 아직 많아 남아 있기에 그는 다시 힘을 내기로 했다. 그에게 맡겨진 시대적 사명을 하나씩 완수해야만 했다. 추모는 소수맥에 이어서 대수맥 통일을 위한 본격적인 준비를 시작했다.

왕위에 오른 지 육년 째 되는 해 봄, 추모는 참모들과 함께 대수맥 공략에 대해 본격적으로 논의했다. 그동안 추모는 정복활동을 위한 내실을 다져왔다. 비류국을 점령한 후 군비를 확장시키고 군사들을 훈련시켰다. 특히 나부의 장정들을 동원시켜 나부 중심으로 군사들을 훈련시켰다. 군비의 확장과 무장에 소서노의 재산은 큰 역할을 하였다. 나라가 강해지면서 졸본 땅의 대상단은 안전한 무역로를 확보하여 더욱 많은 재화를 만들어 냈고 이것이 고구려의 국력으로 이어진 것이다. 특히 추모가 힘쓴 것은 기마병을 육성하는 일이었다. 이를 위해 옥저에서 산악행군에 능한 과하마를 많이 사들여 산속에서의 기동력을 높였다. 이것이 그가 대수맥 공략을 결심하게 된 이유였다.

"대수맥의 모든 나라를 상대로 싸울 수는 없습니다."

재사가 먼저 원칙을 밝혔다.

"가장 강한 나라를 하나 선택하여 그 나라를 공격합시다."

협보가 대수맥 공략의 방법을 제안했다.

"가장 강한 나라?"

"강한 한 나라만 공략하면 나머지 나라는 저절로 꼬리를 내릴 것입니다."

"그것 일리가 있는 말이오. 그러면 어떤 나라가 좋을 것 같소?"

"행인국이 가장 적당한 나라입니다."

협보는 오랫동안 생각한 듯 주저 없이 말했다.

백산 동남쪽에 자리한 행인국의 사람들은 사나웠다. 인근나라와 부족을 끊임없이 위협하며 세력을 확장하여 소수맥의 고구려를 위협할 정도였다.

"행인국을 내버려 두고서는 소수맥에 쌓아 놓은 우리들의 위상마저 온전히 유지할 수가 없습니다."

협보는 행인국에 대한 설명과 함께 행인국 공략의 정당성을 말했다.

"좋소. 그러면 행인국을 공략하는 것으로 대수맥 통일의 첫발을 내디디겠소."

추모는 행인국 공격을 공식적으로 천명했다. 동시에 그는 이 일을 순나부의 대가인 협보가 책임지게 했다.

추모는 행인국을 공격하기 전에 귀순을 권하는 내용의 편지와 함께 사자를 보냈다.

"나는 단군왕검의 혈통인 아리씨의 적손이며 마지막 단군인 해모수의 아들이다. 원래 예맥 땅은 우리 조상의 땅이었다. 이제 나는 아리씨의 적손으로서 예맥조선의 모든 땅을 되찾으려 하니 행인국 왕은 귀순하기를 바란다."

도전적인 내용이었다. 행인국을 자극하려는 의도였다.

"주몽이라는 놈은 사냥꾼 놈이 아니냐. 그런데 천한 놈이 감히 단군의 아들을 사칭하여 사람들을 현혹 해!"

편지를 받아 본 행인국왕은 격노했다. 그리고는 곧바로 사자의 목을 베어 버렸다. 자신과 대수맥을 모욕한 것이라 생각한 것이다.

목 잘린 시체로 돌아온 사자를 본 추모는 분노했다. 하지만 그보다 더 분노한 사람은 협보였다. 사자는 그가 보낸 사람이었기 때문이었다. 그는 당장에 행인국을 공격하여 부하의 복수를 하려했다. 평소에 사려 깊었던 협보가 이렇게 흥분한 적은 거의 없었다.

"나라가 작으니 이런 수모를 당하는 것이오."

협보는 저들에게 고구려의 힘을 분명히 보여주어야 한다고 강변했다.

"그건 나도 공감하는 바요. 이번 기회에 대수맥 지역에 우리의 힘을 분명하게 보여 주어 다시는 이런 일이 벌어지지 않게 할 것이오."

추모도 협보의 말에 공감하며 공분(公憤)을 느꼈다. 부분노와 오이가 도원수와 부원수가 되어 행인국을 공격하기로 했다. 행인국에게 큰 수모를 당한 추모는 복수를 하고 싶은 마음에 훈련장에 나타나 군사들을 독려했다.

행인국을 공격하기 위해서는 압록강을 건너야 했다. 압록강 상류는 물살이 급하여 대규모의 군사와 말이 강을 건너기가 쉽지 않았다. 그래서 협보는 강이 얼어붙기를 기다렸다. 추수가 끝나고 하늘에 제사를 지낸 후 기회를 엿보았다. 시월에 접어들자 드디어 압록강 물이 얼기 시작했다. 추모는 협보에게 행인국 공격명령을 내렸다.

협보는 기습을 생각했다. 전격적으로 행인국을 공격하여 순식간에 왕의 목을 베는 전술을 생각해 낸 것이다. 기습전을 위한 치밀한 계획을 세운 후 부분노와 오이에게 각각 천여 명의 기병을 주어 행인국을 공격하게 했다. 각자의 말에 보름치의 식량을 실은 고구려군은 적이 눈치 채지 못하게 어두워지기를 기다렸다가 전격적으로 압록강을 건넜다. 바람처럼 말을 달려 동녘의 햇살이 채 천지에 내려앉기도 전에 행인국에 도착했다. 그동안 과하마를 타고 매일 산 속을 달렸던 고구려군은 어둠 속을 마치 대낮처럼 달려 순식간에 행인국의 왕도에 도착한 것이다. 행인국 출신을 향도로 세웠기 때문에 지름길로 달렸던 것이 주효했던 것이다.

잠깐 동정을 살피던 오이는 부분노와 뭔가를 상의한 후에 곧바로 아직 잠들어 있는 궁궐을 향해 돌격해 들어갔다. 눈에 보이는 것은 모두 불 질렀다. 그리고는 담장을 뛰어 넘어 곧바로 대전이 있는 곳으로 쳐들어갔다.

무거운 눈꺼풀을 이기지 못하여 졸고 있던 경비병들은 상대가 누구인지도 모른 채, 밝은 해를 다시 한 번 보지도 못한 채 죽어갔다. 꿈결이 곧바로 영원한 잠자리로 이어진 것이다. 오이는 닥치는 대로 활을 쏘고 칼을 휘둘렀다. 누가 누군지도 묻지 않았다. 그런 후 들어온 모습 그대로 바람처럼 왕도를 빠져나왔다. 오래지 않아 왕도에는 살아남은 자의 울부짖는 소리가 끊이지 않고 이어졌다.

그러나 이들이 숨 돌릴 겨를도 없이 또 한 차례의 강한 말발굽소리가 이어졌다. 또 한 차례의 매서운 바람이 불어온 것이다. 이번에는 부분노였다. 그가 이끄는 천여 명의 기마병들은 이미 쑥대밭이 된 왕도를 또 다시 아비규환 속으로 빠져들게 했다. 뜻하지 않은 기습을 받아 제대로 싸워 보지도 못하고 수많은 군사를 잃고만 행인국왕은, 군사를 재정비할 틈도 없이 또다시 적이 공격해 온다는 소식에 기겁을 했다.

'도대체 어떤 놈들이 이렇게 큰 공격을 감행할 수 있단 말인가? 설마 주몽이?'

아무리 생각해봐도 대수맥에서 가장 강한 나라인 자신들을 이렇게 완벽하게 기습할 수 있는 세력은 대수맥 땅에는 없었다. 최근에 자신에게 적대적인 사람은 고구려의 주몽밖에 없었다. 하지만 그는 압록강 너머의 소수맥 땅에 사는 놈이었다. 그가 압록강과 험한 산을 건너 이렇게 기습을 할 수는 없는 일이었다.

'그렇다면 도대체 누구란 말인가?'

행인국 왕은 적이 누군지, 어떤 목적으로 왕도를 공격하는지 알고 싶었다. 하지만 그의 의문은 쉽게 풀리지 않았다. 새벽별과 함께 공격해온 기습자들은 바람처럼 움직였기 때문에 정체를 쉽게 알아 볼 수가 없었다. 한 가지 명확한 것은 이렇게 오랫동안 생각에 잠겨 있을 시간이 없다는 것이다. 강한 불길에 거의 반 이상 불타 버린 궁궐에 또 다시 강한 불길이 일어났기 때문이었다.

"와~~"

불길과 함께 칼을 든 기마병들이 궁궐에 가득했다. 그들은 살아 있는 것은 닥치는 대로 베었다. 행인국 왕 주위에도 칼을 든 기습자들이 굶주린 표범처럼 사납게 달려들었다. 경호병들이 하나둘씩 칼을 맞고 쓰러졌다.

280

"억!"

어디서 날아온 지 알 수 없는 화살이 오른쪽 어깨에 박혔다. 행인국 왕의 입에서는 저절로 비명소리가 나왔다.

"도~ 도~ 대체 네놈들은 누구냐?"

한줄기 바람과 함께 강한 연기가 걷히자 그의 앞에는 저승사자처럼 까만 옷을 입은 중년의 사내가 하나 서 있었다.

"고구려!"

도대체 고구려군이 언제 압록강을 건넜으며 언제 험한 산을 넘어 이곳까지 왔는지 이해할 수 없었다.

"고구려! 사냥꾼이 세웠다는~ 어~ 어떻게 압록강을 건너 이곳까지……."

고구려는 지리적으로 너무 먼 나라였기에 이곳까지 공격해 온다는 것이 무리라고 생각했다. 그래서 전혀 걱정을 하지 않고 있었다. 하지만 그의 앞에 서 있는 것은 분명 고구려군이었다.

"후~훗, 그런 소리는 저승에 가서나 물어봐라."

협보는 쥐고 있는 칼을 휘둘렀다. 검광과 함께 피가 솟구쳤다. 목 없는 시체가 나무토막처럼 맥없이 무너져 내렸다. 협보의 복수는 잔인했다. 왕은 물론이고 왕의 아내와 아들 그리고 조카까지 왕족은 씨를 찾지 못하게 다 목 베었다. 앞으로 고구려에 맞서는 자는 어떤 형벌을 받게 될지 분명히 알려야 한다는 취지였다.

기습적으로 행인국을 공격한 것은 대성공이었다. 대수맥의 강자 행인국이 하루아침에 사라졌다는 소식은 대수맥의 이웃나라들에게는 너무나 큰 충격이었다. 소수맥의 강자로 급부상한 고구려에 대한 소식은 바람결에 들어서 알고 있었지만 지리적으로 너무 먼 곳에 있었기 때문에 자신들과는 먼 이야기로 여기고 있었다. 압록강을 건너 험한 산을 몇 굽이 넘어 대수맥 최대의 강자인 행인국을 하루아침에 멸망시켰다는 것은 경악할 만한 일이었다. 다음은 누구차례라는 소문이 나돌기 시작하면서 많은 대수맥의 나라들은 고민에 빠지기 시작했다. 소수맥 땅에서도 미리 고구려에 귀순한 나라는 이전과 똑같은 지위와 재산을 보장받았다는 소문이 자신들의 이야기가 된 것이다. 미리 항복하고 고구려의 일원이 되어 성주로 남아 있는 것이 그나마 안전하고 평안한 길인 것이라 판단했다. 그 결과 대수맥의 많은 나라들이 속속 고구려에 귀순하게 되었다.

대수맥의 강자 행인국을 복속함으로써 얻은 이득은 매우 컸다. 이 지역 이십여 개의 나라 중 절반이 고구려에 귀순했다. 추모는 이 지역을 협보의 순나부 지역으로 통합시키고 그에게 행인국은 물론 대수맥 지역을 다스리게 했다. 이제 항복한 나라들은 순나부 소속이 되어, 큰 성은 처려근지 작은 성은 루초라는 성주가 되어 고구려의 한 지역으로 살아남게 되었다.

행인국 정벌로 시작된 추모의 정복 활동은 끝나지 않았다. 그가 살아 있는 동안에 가능한 한 많은 지역을 수복하여 후손들에게는 짐을 덜어 줘야 했다. 예맥을 통일하기 위해서는 대수맥 지역은 물론 강하고 큰 나라인 옥저와 동예, 그리고 가장 강한 '부여'라는 험하고 힘든 큰 봉우리를 넘어야만 했다. 이것이 그가 살아 있을 때 이루고 싶은 꿈이었다. 예맥 땅만 통일하면 그 다음은 후대 왕들에게 맡겨도 안심이 되었다. 그러기 위해서는 정복 활동을 멈출 수가 없었다.

또 다시 추모가 도전해야 할 나라가 생겼다. 옥저였다. 두만강변에 자리 잡은 옥저는 부여, 동예와 더불어 예맥 땅의 최강자 중 하나였다. 옥저는 동해 바다에서 올라오는 풍부한 해산물을 부여는 물론 멀리 현도군 지역까지 팔아 이익을 챙기는 매우 풍요로운 나라였다. 특히 소금은 이 나라의 전매 상품으로 내륙지방의 삶에 큰 영향을 미쳤다. 이런 나라를 공격하는 것은 매우 어려운 일이었다. 더구나 대수맥 전체가 고구려에 대한 경계를 소홀히 하지 않는 상황이었기에 매우 힘들었다. 하지만 옥저를 함락시키면 고구려의 영토는 동해바다에서부터 현도군과 경계를 나눈 소수맥 지역까지 이어지지 않고 연결되었다. 그렇게 된다면 고구려는 군사뿐 아니라 경제적으로도 매우 번성한 나라가 될 수 있었다. 장삿길은 훨씬 넓어지고 또 더 많은 이익을 남길 수가 있어 옥저 공략은 매우 매력적인 선택이었다. 뿐만 아니라 옥저만 정복한다면 부여를 세 방향에서 압박할 수 있었다. 물론 부여에는 아내와 아들 그리고 어머니가 있었기 때문에 당장은 공격대상이 될 수가 없었지만 언젠가는 극복해야 할 대상이었기에 고려하지 않을 수 없었다.

옥저는 함부로 공격해도 될 만큼 만만한 나라가 아니었기에 신중하게 기회를 엿보고 있었다. 드디어 공격의 명분이 생겼다. 옥저가 고구려를 경계하기 위해서 소금의 유출을 막은 것이다. 추모가 왕위에 오른 지 십년 째 되던 해의 일이었다. 고구려의 세력이 커지자 이를 제압할 필요가 있다고 생각한 옥저왕이 선수를 친 것이다. 추모는 옥저에 대한 공격을 이미 준비하고 있었기에 오히려 잘 된 일이라 생각했다. 그는 이 일을 계루부의 대가인 소서노의 장남 비류에게 맡겼다. 그가 어쩌면 자신을 대신하여 고구려를 다스릴 수도 있는 일이었기에 이런 경험을 쌓게 하는 것이 필요하다고 생각해서였다. 뿐만 아니라 이렇게 함으로써 그동안 자신을 지지해 준 소서노를 위로하고 또 그녀에게 아들들에 대한 자신의 생각이 어떠한가를 보여주는 것이라 여겼기 때문이다.

다만 아직 비류가 장성하지 않았기에 실질적인 일은 소서노의 충신 부분노에게 맡겨졌다. 한 때 졸본부여 최고의 장수였던 그도 세월은 이길 수가 없어 어느덧 오십을 넘어서고 있었다. 이 일에 자신이 분골쇄신해야 한다는 것을 알고 있는 부분노는 자기 대신 자신의 아들 부위염에게 전쟁을 지휘하게 했다. 부위염은 이십 대 중반의 힘이 넘치는 장수였다. 수많은 부족의 반란 진압에 나섰던 아버지를 따라 전쟁터를 누볐기 때문에 어느덧 아버지 못지않은 용장이 되어 있었다. 부분노는 아들 부위염이 충분히 자신을 대신할 수 있다고 믿었다. 자신이 뒤에서 전략만 잘 짠다면 늙은 자신보다 훨씬 더 기동력을 발휘할 수 있을 것이라 생각한 것이다.

추모는 옥저 공격의 핵심을 기마병으로 봤다. 행인국 공략의 성공 요인이 빠른 기동력이었음을 알고 있는 그는 현도군과의 무역으로 번 돈으로 과하마를 사들이는데 온 힘을 쏟았다. 과하마는 덩치는 작았지만 숲 속에서도 빠른 기동력을 발휘할 수 있는 힘 있는 말이었다. 공교롭게도 이 말은 옥저가 원산지였는데 이 말을 구하기 위해 추모는 그동안 현도와의 무역에서 벌어들인 은전을 옥저에 넘기며 과하마를 사들였다. 그리고는 각 나부에 말을 배분했다.

부분노는 대수맥과 소수맥의 부족들을 진압하는 과정에서 이천여 명의 정예 기마병을 육성했다. 활쏘기와 함께 창검술을 집중적으로 훈련하여 기동력과 백병전에 매우 능하였다. 추모의 명령이 떨어지자 그는 아들 부위염에게 옥저 공격을 명령했다.

옥저로 이르는 길에는 강이 많았기 때문에 행인국 공격 때와 마찬가지로 강이 얼어붙기를 기다렸다. 옥저로 이르는 길이 매우 험하였지만 강을 따라 가면 수월하게 옥저의 왕도에 도달할 수 있었기에 기동력이 탁월한 부위염의 군대는 추운 겨울이 공격하기에 오히려 좋았다. 찬바람을 가르며 고구려군은 전격적으로 옥저에 진군했다. 밤에는 희미한 달빛을 벗 삼아 얼어붙은 강을 달렸으며 낮에는 사람들의 눈을 피해 깊은 산 속에서 따뜻한 햇볕을 동무삼아 잠을 잤다.

겨울의 아침 해가 느지막하게 떠오를 무렵 고구려군은 이미 옥저의 성안에 가득 차 있었다. 지난 십여 년의 정복 활동에서 고구려군은 큰 특성을 가지게 되었다. 먼저 적의 수뇌부를 공격하여 항복을 받은 후 나머지 잔가지들은 시간을 두고 천천히 진압하는 것이 그것이었다. 이 날도 그랬다. 밤새 산길을 달려온 고구려 기마대는 그 기세를 그대로 몰아 아직 잠들어 있는 옥저를 공격한 것이다. 고구려에 저항하는 크고 작은 잔당들과 수십 번의 전투를 치른 고구려군은 옥저라 하여 특별한 방법을 쓰지 않았다. 살아 있는 것은 눈에 보이는 대로 찌르고 쏘면서 곧바로 삼로를 찾았다. 옥저는 오천여 호나 되는 큰 나라로 여러 지역에 흩어져 살았는데 그 우두머리를 삼로(三老)라 불렀다. 고구려의 침입에 대해 경계는 하고 있었지만 꽁꽁 얼어붙은 계절에 바람처럼 나타난 고구려군을 삼로는 막을 수가 없었다. 그도 다른 사람들과 마찬가지로 채 잠자리에서 일어나기도 전에 고구려군에 체포되고 말았다. 그것으로 전투는 끝이었다.

부위염은 옥저의 삼로를 포로로 잡아 졸본성으로 끌고 갔다. 졸본에 도착했을 때 그의 몰골은 말이 아니었다. 손발은 차가운 바람에 온통 얼어붙었고 머리는 산발이었으며 옷은 곳곳이 찢어져 거의 동사(凍死) 직전이었다.

추모는 대전 앞에 무릎을 꿇은 옥저의 삼로를 쳐다보았다. 그는 공포와 두려움에 떨고 있었다. 추모는 그를 어떻게 처리할 것인가를 곰곰이 생각했다. 소금으로 고구려 경제를 압박하려 했던 그의 행위를 생각하면 당연히 목을 베어 고구려에 맞서는 나라들에게 본보기를 보여야만 했다. 하지만 그는 이번에는 다른 모습을 보이고 싶었다. 언제까지나 힘으로 상대를 제압할 수는 없다는 판단을 했다. 그는 상대의 죄를 물었다.

"나는 해모수 단군의 아들이다. 감히 네가 나에게 맞서려 했다는 것은 하늘에게 맞서려 한 것이기에 하늘을 대신하여 그 죄를 묻지 않을 수 없다."

"제가 단군님을 몰라보고 잘못을 저질렀습니다. 한 번만 용서하여 주십시오."

흰머리의 삼로는 용서를 빌었다.

"용서를 해주면 어떻게 하겠느냐?"

"철마다 대왕님을 찾아 문안을 드릴 것이며 소금과 물고기를 풍족하게 진상할 것입니다. 또한 과하마와 여자, 그리고 세금을 바치겠습니다."

삼로는 애원하듯 말했다.

286

“이번만은 용서한다. 하지만 만약 앞으로 고구려를 배반한다면 그
때는 절대 용서하지 않을 것이다.”

“은혜 백골난망입니다.”

추모는 옥저의 삼로를 용서했다. 이제는 칼보다는 관용과 덕으로
정복지를 다스려 고구려에 대한 인상을 바꿔야겠다는 생각을 했다.
칼을 든 단군보다는 덕스러운 단군의 모습을 띠어야겠다고 판단한 것
이다.

추모는 옥저의 삼로를 자기나라로 돌려보냈다. 대신 부위염을 옥저
의 대가로 삼아 세금과 함께 소금을 부족함이 없이 고구려에 공급하
도록 했다.

11. 유리 태자

　추모가 고구려를 건국하고 왕위에 오른 지 14년이 되는 BC 23년 8월, 서른여섯이 된 추모는 그 어느 때보다 한가롭고 여유 있는 여름을 보내고 있었다. 이제 고구려는 안정기에 접어들었다. 졸본부여와 비류국의 정복으로 이어진 소수맥 통일과 행인국, 옥저의 정벌로 상징되는 대수맥 통일은 이제 마무리가 되어 최소한 이 지역 내에서는 고구려에 저항하는 세력은 없어졌다. 물론 깊은 산골에 위치한 나라들은 아직 고구려에 굴복하지 않았지만 그들은 큰 위협적 요소가 되지 못하였을 뿐 아니라 마음만 먹으면 언제든지 공략할 수 있었기 때문에 크게 신경 쓰지 않았다. 그는 그 어느 해보다 편안한 마음으로 여름을 보낼 수 있었던 것이다.

　나라가 안정이 되면서 많은 재화도 확보할 수 있었기 때문에 그 돈으로 궁궐도 지었다. 백산 근처에 아름드리나무가 많았기 때문에 이를 베어다가 크고 웅장한 궁궐도 지었다. 고구려의 위상에 걸맞은 궁궐을 지어야 한다는 대가들의 건의를 받아들인 것이다. 이제는 왕으로서의 위엄도 어느 정도 갖추었기에 큰 궁궐이 필요하기도 했다. 하지만 여름철이면 동가강가로 나왔다. 강바람이 부는 시원한 언덕 위에 정자를 지어 놓고 낮잠도 즐기면서 한낮의 무더위를 피하곤 했다.

그렇다고 그의 마음 속에서 예맥통일의 야심이 꺾인 것은 아니었다. 예맥을 통일하기 위해서는 예맥족의 최강자 부여를 공략해야만 했다. 하지만 부여에는 어머니가 아직 살아 계시고 장인과 장모 그리고 아내와 아들이 있었기 때문에 섣불리 공격할 수가 없었다. 물론 군사적 역량에서도 부여에 맞서기에는 아직 부족했다. 그는 때를 기다리며 국력을 키우는데 힘을 쏟고 있었다.

무더위가 꺾일 만도 했지만 팔월 들어서도 더위는 여전했다. 추모는 강바람에 몸을 맡긴 채 차가운 수건으로 얼굴과 몸통을 연신 닦아냈다. 나이가 들어가면서 그의 몸은 많이 불어나 여름철은 정말 견디기 힘들었다. 옷을 입고 있으면 팥알만 한 땀방울이 연방 흘렀다.

웃통을 벗은 채 정자에 누워 한낮의 더위를 피하고 있을 무렵 시종관이 땀을 흘리며 찾아왔다.

"부여국에서 사람이 왔습니다."

"부여국에서?"

부여국에서 사신이 왔다는 말에 추모는 매우 긴장되었다. 많은 사람들의 얼굴이 떠올랐다. 어머니와 아내와 아들 그리고 장인과 장모. 어느 한 사람 소홀히 할 수 없는 사람들이었다. 그들 중 누군가를 볼모로 시비를 걸어온다면 정말 괴로운 일일 수밖에 없었다. 다행히 부여왕 금와는 추모에 대해 적대적 행위를 하지 않았지만 만약 나이 많은 금와가 죽고 그 아들 대소가 왕이 된다면 어떤 일이 벌어질지 알 수 없는 일이었다. 추모는 급히 옷을 입고 대기시켜 놓은 말에 올라 궁궐로 들어갔다.

부고장이었다. 어머니 유화부인이 돌아가셨다는 연락이었다. 금와왕이 친절하게도 아들인 자신에게 부고장을 보낸 것이다. 금와왕은 아직 살아 있었다. 이제는 예순을 넘긴 나이였지만 아직 건장했다. 아직 대소에게 왕권을 물려주지 않았다. 고구려가 이 정도까지 성장한 상황에서 대소가 왕이 된다면 둘 사이의 분쟁은 불을 보듯 뻔했기 때문이다. 언젠가는 두 세력이 싸울 수밖에 없겠지만 자신이 살아 있을 때는 피하고 싶었다. 그 때까지는 선린관계를 유지하고 싶었다. 그는 유화가 죽자 아들 추모에게 부고장을 보낸 것이다.

사자가 부고(訃告)를 전할 무렵에는 아마도 유화부인을 장사지냈을 때가 되었을 것이라며 유화부인을 태후의 예로 잘 장사지낼 터이니 염려하지 말라는 안부도 전하였다. 참 고마웠다. 금와왕은 이전에도 자신에게 많은 것을 베풀어 주었다. 추모는 어떻게든 금와왕의 배려에 고마움을 표해야겠다는 생각을 가졌다.

온 나라에 칠일 간의 애도기간을 선포했다. 부여에 사신을 파견하여 유화부인의 무덤에 참배하고 또 금와왕의 배려에 고마움을 표하기로 했다. 사신으로는 재사가 직접 나섰다. 그는 금와왕에게 줄 많은 선물꾸러미를 챙긴 후 부여로 출발하였다. 그가 떠나자 비로소 추모는 어머니를 여읜 슬픔이 밀려들기 시작했다. 어린 시절을 함께 보내진 못하였지만 나이 들어 만난 어머니는 자신에게 헌신적이었다.

290

어렵고 위급할 때는 늘 방패막이가 되어 주었을 뿐 아니라 지혜롭게 자신의 문제를 해결해 주었다. 자신의 불찰로 어머니와 헤어져 늘 같이 지내지 못한 것이 가슴 아팠다. 더구나 아버지에 이어 어머니의 임종도 보지 못한 것이 너무 죄스러웠다. 그는 부여에 들어갈 수 없는 몸이라 재사를 대신 보내긴 했지만 애도기간 만큼이라도 돌아가신 어머니를 생각하고 명복을 빌기로 했다.

한편, 부여국에 들어간 재사는 유화의 무덤을 찾아 애도를 표한 후에 금와왕을 만나 추모를 대신하여 준비해간 방물을 바치며 고마움을 대신했다. 금와왕은 추모의 소식을 물으며 재사를 매우 다감하게 대했다. 부여성에서 사흘을 머문 후에 재사는 다시 발길을 돌려 고구려로 향했다. 그러나 그는 곧바로 고구려로 돌아오지 않고 옥지 마을을 들렀다. 오십 줄에 들어선 두무실은 재사를 보자 반갑게 맞이했다. 재사는 준비해간 선물을 건넨 후 고구려의 건국 후 십 몇 년 동안 있었던 일들을 다 말했다. 두무실은 매우 감격한 태도였다. 하지만 그의 얼굴 어딘가에 어두운 그림자는 숨길 수가 없었다.

"지금 태자님과 왕후님은 어디에 계십니까?"

재사는 이야기 말미에 예씨부인과 아들 유리를 찾았다.

"내 처가에서 잘 보살피고 있소이다."

"태자께서는 수련을 잘하고 계시는지요?"

"아주 열심인 것으로 알고 있습니다."

"머잖아 고구려는 태자를 세울 것입니다. 지금 황후로 계시는 소서노의 아드님이 있긴 하지만 아리씨의 핏줄과는 비길 수가 없습니다. 우리가 단군의 성스러운 혈통으로 새로운 나라를 세우기 위해서 얼마나 노력했는가를 생각하시면 이 일의 중요성을 잘 아실 것입니다."

"내 딸과 외손을 잊지 않고 기억해 주셔서 감사할 뿐입니다."

"그런 말씀 마십시오. 이 일은 우리 모두의 일이고 매우 중요한 일입니다. 다만 아직까지는 은밀히 진행해야 되기 때문에 다른 사람들이 알아서는 안 될 것입니다."

"당연히 그래야지요."

"추장님께서 하실 일이 또 하나 있습니다. 어차피 이 일은 세력 싸움이니 다음에 고구려에 들어오실 때는 가급적 많은 세력을 데려와야 할 것입니다. 그래야 얕보지 못할 것이고 또 지지 기반을 얻을 수 있을 것입니다."

"무슨 말씀이신지 잘 알겠습니다."

"다른 사람들의 이목도 있고 하니 저는 날이 밝는 대로 돌아가겠습니다."

재사는 간밤에 옥지 마을 추장 두무실과 은밀한 이야기를 나눈 후에야 고구려로 발길을 돌렸다.

다시 오년의 시간이 흘렀다. 추모의 나이 어느덧 사십을 넘어섰다. 이제 고구려는 소수맥과 대수맥 지역을 완전히 장악하여 안정기에 접어들었다. 그러자 후계자 문제가 본격적으로 대두되기 시작했다. 제일 급한 사람은 소서노였다. 추모보다 여덟 살이 많은 그녀는 이제 오십을 바라보는 나이가 되었다. 추모와 살을 비비며 산지 십육 년이 지났다. 부부로서의 정도 깊어져 이제는 헤어져 살 수가 없을 것 같았다. 하지만 그녀가 함부로 말하기 힘든 부분이 있었다. 바로 아들 문제였다. 처음 추모를 졸본성으로 받아들일 때 제일 먼저 추모에게 확약 받은 것이 바로 아들문제였다. 졸본성은 추모에게 넘겨주지만 그 후계는 자신의 아들이어야 한다는 조건이었다. 이 조건으로 부분노도 추모에게 협조하였고 또 그를 도와 활발한 정복 활동도 벌였던 것이다. 추모도 자신의 장남인 비류를 친아들처럼 대하여 계루부의 대가 자리를 그에게 주었지만 공식적으로는 그가 자신의 후계자라는 말은 하지 않았다.

나이가 들어가고 또 자신의 아들도 스물을 넘겼지만 추모는 후계 문제에 대해서는 말을 꺼내지 않았다. 이런 상황에서 자신의 가신이었던 부분노가 살아 있다면 그를 내세워 추모를 다그칠 수가 있는데 그는 몇 년 전 이미 고인이 되고 말았다. 이제는 아무런 지원군 없는 자신이 직접 말할 수밖에 없었다.

어느 날 저녁, 차를 마시던 소서노는 추모에게 후계 문제에 대해 어렵게 말을 꺼냈다.

"이제는 비류가 스무살을 넘었는데 적절한 일을 맡겨야 되지 않겠어요?"

직접 대놓고 말할 수가 없어 슬며시 돌려 말했다.

"비류는 계루부의 대가로서 졸본 지역을 잘 다스리고 있지 않소?"

소서노는 자신이 말하고자 하는 의도가 무엇인지 추모가 알지 못하는 지 아니면 일부러 피하는 것인지를 알 수 없었다. 그래서 좀 더 노골적으로 물었다.

"맨 처음 우리가 만났을 때 고구려의 후계자는 내 아들이라는 조건을 걸지 않았나요?"

"요즘 들어 부인이 고민하는 것이 그 문제였소?"

비로소 추모가 자신이 말하고자 하는 것을 인지하는 듯 싶었다.

"예, 이제는 그 문제를 매듭지어야 할 때라고 생각합니다."

소서노는 어렵게 말을 꺼낸 이상 물러서서는 안 된다고 생각했다.

"나의 후계 문제는 내가 결정하는 것이 아니라 하늘이 결정하는 것이라고 말한 기억이 납니다. 지금도 그 생각에는 변함이 없습니다."

추모는 원칙적인 대답 외에 별다른 말을 하지 않았다. 소서노는 이런 추모가 답답했다.

"자꾸 하늘을 언급하시는데, 결국 일을 하는 것은 사람입니다. 사람이 일을 마무리 짓고 최종 결정하는 것입니다. 이제 대왕께서 결정하시면 그것이 곧 하늘이 결정하는 것이 됩니다. 그러니 대왕께서는 이 문제를 신중히 생각하셔야 할 것입니다."

"아니오. 아무리 사람이 결정하여도 하늘이 틀면 안 되는 것이오. 다만 지금 내가 할 수 있는 일은 나를 대신하여 비류가 졸본성을 다스리게 하는 일이오. 그 이상은 때가 무르익으면 자연스럽게 하늘이 모든 것을 결정해 줄 것이니 부인은 너무 염려 말고 기다리시오."

여전히 추모는 무덤덤했다. 추모와 오랫동안 함께 살았던 소서노는 추모의 성격을 너무나 잘 알았다. 어떻게 보면 빠릿빠릿한 성격보다는 느릿느릿한 면이 많은 추모였다. 더구나 이런 상황에서 자신이 아무리 더 이야길 해보았자 더 이상 이야기의 진전은 없을 것이라는 것을 그녀는 알고 있었다. 그녀는 일단 물러서고 대신 다른 대신들을 시켜서 이 일을 계속 추진해야겠다는 생각을 가졌다. 추모는 대가들에게는 매우 너그러웠고 또 그들의 말은 잘 들어 주었기 때문이었다.

이날 이후로 고구려의 가장 큰 화두는 후계 문제였다. 하지만 이상하게도 대가들 역시 느긋했다. 아직 후계를 논할 때가 아니라는 것이다. 뭔가 비밀이 있는 듯 했지만 알 수가 없었다. 그럴수록 소서노는 초조해졌다. 부분노가 죽은 후[28] 대가회의에 참석하면 혼자 고립되는 느낌이었다. 비록 아들 비류가 사출도의 한 꼭지점을 차지하고 계루부의 대가가 되어 있었지만 힘으로는 오이나 마리 등을 당할 수가 없었다. 초조했지만 할 수 있는 것은 아무것도 없었다. 추모의 말처럼 하늘이 후계자를 정할 때까지 기다리는 수밖에 없었다. 그나마 다행스러운 것은 추모에게는 아들이 없는 것이었다. 어차피 추모가 죽고 나면 대가회의에서 후계자가 결정될 사안이라 생각하면 초조해할 필요가 없는 일이기도 했다. 그러기 위해서는 나머지 대가들의 환심을 사는 것 그것이 중요한 일이라 생각됐다.

소서노는 왕후의 자격으로 대가의 부인들을 자주 궁궐에 초대했다. 아무래도 여자의 마음을 사로잡으면 그 다음은 수월할 것 같은 생각이 들어서였다. 마리와 오이 그리고 재사의 아내를 궁궐로 불러 맛있는 음식도 먹이고 좋은 옥으로 만든 목걸이와 가락지를 선물하

---

28) 「삼국사기」에는 유리명왕 11년에 선비족을 공격한 사람이 부분노라고 나오는데 만약 이 기록이 맞다면 이 때 부분노의 나이가 최소한 60세가 넘어야 하는데 당시 나이 60세가 넘은 늙은이이므로 불가능한 이야기다. 따라서 그 때의 부분노는 부분노의 나부가 공격한 것으로 추정된다. 부분노는 소서노의 사람이므로 소서노가 쫓겨 나갈 때 아무런 역할을 하지 않을 리가 없으므로 아마 이때는 부분노가 이미 죽지 않았을까 추측했다.
같은 경우로 유리명왕 33년에 마리와 오이가 양맥을 공격하는데, 고구려 건국에 추모와 함께 했던 오이가 추모와 동갑이라도 이때 오이와 마리의 나이가 74세가 되는데 이때 군사를 이끌고 전쟁터에 나간다는 것은 불가능한 일이다. 역시 오이와 마리의 나부가 전쟁에 출전 한 것으로 이해해야 한다.

며 환심을 샀다. 그런데 이들과 친숙해지면서 소서노는 놀라운 비밀을 알게 되었다. 추모에게 아들이 있으며 그는 지금 부여에서 자라고 있다는 사실이었다. 지금까지 추모는 아들에 대해서 이야기한 적이 한 번도 없었다. 뿐만 아니라 자신 외에 다른 여자도 두지 않았다. 어떻게 감쪽같이 자신을 속이고 지냈는지 배신감이 들었다. 한 이불 아래서 살을 맞대고 살아왔는데 어떻게 이럴 수가 있는지 분노감마저 솟았다. 추모에게 속았다는 생각에 잠을 이룰 수가 없었다.

소서노의 냉랭해진 태도를 제일 먼저 간파한 사람은 추모였다. 그는 이유를 물었다.

"대왕에게 우리 비류는 어떤 존재인가요?"

소서노는 추모의 물음에 상관없이 자신의 감정을 먼저 말했다.

"비류나 온조는 내 아들이오."

"후계를 정하지 않는 것은 숨겨 논 아들 때문인가요?"

소서노는 곧바로 정곡을 찔렀다. 추모의 놀라는 모습을 기대하며.

"난 숨겨 논 아들이 없소. 다만 졸본 땅에 들어오기 전 아내가 있었고 그 아내가 아들을 낳았다는 소식을 들었을 뿐이오. 나는 아직 그 아이의 얼굴도 본적이 없소."

추모는 의외로 담담했다.

"하지만 그 아이 때문에 내 아들을 후계자로 정하는 것을 머뭇거리는 것 아닙니까?"

소서노는 따지듯 물었다.

"나는 아직 젊소. 이제 사십을 갓 넘겼을 뿐이오. 후계 문제는 지금 결정해야 할 문제가 아닌 것 같소. 때가 되면 하늘이 정해 줄 것이오."

추모는 여전히 원론적인 말만 되풀이 했다.

"나는 고구려를 이만큼 일으켜 세우는데 나와 내 아버지 재산을 다 바쳤어요. 내 아들은 충분히 후계자가 될 자격이 있다고 생각해요."

"나도 그렇게 생각하오. 다만 하늘이 어떻게 생각하는 지는 난 모르겠소."

추모의 마음은 확고했다. 후계는 자신이 마음대로 세울 수 없는 문제라고 단언했다. 자연스럽게 시대적 상황에 따라 해결될 문제라 생각하고 더 이상 언급하고 싶지 않아 했다. 소서노는 추모의 마음을 알았기 때문인지 더 이상 억지를 부리지 않았다. 다만 추모가 데려오지 않는 이상 부여에 있다는 아이는 쉽게 고구려에 나타나지 않을 것이고, 또한 추모가 지금까지 데려오지 않았는데 지금 당장 데려오지 않을 것이라는 것만은 확신할 수 있었다. 그것으로 위안을 삼고 부여에 있다는 그 아이의 동정을 살피는 일에 집중하기로 했다.

만산홍엽(滿山紅葉)이었다. 어김없이 찾아온 봄기운은 소수맥의 온 산천을 붉고 푸른 색으로 바꿔 놓았다. 야트막한 궁궐의 언덕에 흐드레지게 핀 진달래꽃을 바라보던 추모는 문득 이 새로운 생명의 계절에 이제는 더 이상 자신이 주인공이 아니라는 생각이 들었다. 이전에는 봄이 돌아오면 새로운 기운이 솟고 또 해야 할 일들에 대한 도전의식이 생겼다. 그런데 올해 봄은 아니었다. 자신과는 거리감을 둔 계절로 느껴졌다. 마음 속에서 새로운 도전의식이 생겨나지 않았다. 그저 붉은 산하가 아름답다는 생각밖에 들지 않았다. 원인이 뭔지 곰곰이 생각해 보았다. 만족감 때문이라는 결론을 내렸다. 자신이 이뤄놓은 이 나라에 대해 벌써 만족하고 있는 것이다. 나라를 세우면서 예맥조선을 통일하고 한사군을 이 땅에서 몰아내야겠다고 다짐을 했는데 벌써 자신이 일궈 놓은 일에 만족하고 한 발 뒤로 물러난 자신을 발견한 것이다.

옥저도 점령하였기 때문에 이제 부여만 점령하면 예맥조선의 통일은 이뤄진다. 물론 아직 굴복하지 않은 작은 나라들이 있긴 하지만 이들은 언제든지 정복할 수 있고 또 정복해 왔다. 하지만 부여만은 달랐다. 그의 마음 속에는 부여는 자신이 넘을 수 없는 거대한 벽이라 단정 짓고 있었다. 모자랐지만 금와왕은 자신의 아버지나 다름없는 사람일 뿐 아니라 아내와 아들이 볼모처럼 부여에 남아 있었기 때문에 절대 공격할 수가 없었다. 금와왕이 죽고 대소가 왕이 된다면, 아내와 아들이 부여를 빠져나온다면 그 때는 생각이 달라지겠지만 금와왕은 예순이 넘은 나이에도 여전히 건장하며, 아내와 아들은 소식이 없다.

갑자기 할 일이 없어졌다. 산천을 즐기고 사냥을 다니며 활쏘기만 할 뿐 별다른 일은 없었다. 술은 점점 늘어났고 사냥을 다니면서 고기 맛을 알게 되어 입맛은 점점 까다로워져 몸은 점점 불어났다. 몸이 어지러운 날이 반복되면서 아무것도 하지 않고 휴식을 취하는 날은 점점 늘어났다.

어느 날 재사가 추모를 찾아왔다. 재사는 비류국을 통합한 이후 주로 비류국의 구려성에서 지내는 날들이 더 많았다. 그곳이 그의 새로운 영지였기 때문이다. 나라에 중요한 일이 있어 대가회의를 개최할 때만 졸본 땅을 찾았다. 추모는 부여의 사출도를 본 떠 군사행정조직으로 네 방향에 네 개의 나부를 만들어 그 지역을 책임지게 하였기 때문에 그는 고구려 구석구석의 문제까지 고민하지 않았다.

"어서 오시오, 좌보 어른. 소나부 땅은 평온하지요?"

추모는 비류국을 소나부라 부르며 특별한 애정을 보였다.

"대왕님 덕분에 소나부의 모든 지역은 평온합니다."

"어쩐 일로 이렇게 찾아오셨습니까?"

추모는 재사의 방문 목적이 궁금했다. 특별한 일이 있는 것 같지도 않은데 졸본 땅을 찾은 것이 궁금했던 것이다. 나부는 군사, 행정조직이었기 때문에 나부의 대가는 군대는 물론 조세권도 함께 갖추고 있어 하나의 독립된 나라나 같았다. 그래서 특별한 일이 없는 한 임금을 찾지 않았다.

"너무 평온해서 찾아왔습니다."

"예! 그게 무슨 말씀입니까?"

"예맥 통일이라는 시대적 소명으로 고구려가 탄생하였는데 요즘은 너무 평온하여서 어떻게 된 일인가하여 대왕님을 찾았습니다."

"그 말씀의 의미는?"

추모는 재사가 말하는 그 의도가 궁금했다.

"이제는 부여를 공략할 때가 되지 않았나 해서입니다."

"부여공략?"

"조선 땅에서 현도군, 낙랑, 대방 등 한나라군을 몰아내는 것은 후세 왕들의 몫이라 생각합니다. 하지만 부여를 공략하여 대수맥을 통일하는 것, 그것이 대왕님이 해야 할 시대적 소명이라고 저는 생각했습니다."

　"나도 그것을 내 대에서 이뤄야 한다고 생각합니다. 하지만 아직은 아닌 것 같습니다. 아버지 같은 금와왕이 살아 있고 또 내 가족들이 아직도 부여에 남아 있습니다."

　"금와왕은 이제 그 천수가 다 되었습니다. 우리는 그 때를 대비해야 합니다. 금와왕이 죽고 나면 대소가 왕이 될 것이고 그와는 피할 수 없는 일전을 벌여야 합니다. 그러기 위해서는 지금 해야 할 일이 있습니다."

　"지금 해야 할 일?"

　"그렇습니다. 금와왕은 오래 살지 못합니다. 그 전에 반드시 해야 할 일이 있습니다. 바로 식구들을 데려오는 것입니다. 특히 돌아가신 해모수 단군께서 오랫동안 공을 들이신 아리씨의 혈통을 이어 받으신 아드님은 반드시 모셔 와야 합니다."

　"나도 이제는 식구들을 불러들여야 한다고 생각하고 있소. 하지만 그렇게 되면 많은 갈등이 생길 것인데 그것이 걱정이오. 갈등 없이 마무리 할 수 있는 좋은 방법은 없겠소?"

　추모는 소서노와 예씨 사이 그리고 아들들 사이의 갈등을 예상한 듯 난색을 표했다.

　"어차피 그 문제는 피할 수 없는 것입니다. 다만 저는 고구려의 후계는 아리씨 혈통을 이어받은 분이 이어야한다고 생각합니다. 이는 절대 양보하고 싶지 않은 제 소신입니다. 그리고 저는 이를 위해서 평생을 보냈습니다."

　"나도 그 생각에는 동감이오. 하지만 비류나 온조도 고구려의 후계자가 될 자격이 있다고 생각하오. 소서노가 고구려에 끼친 공이 너무나 많기 때문이오."

"그럼 대왕께서는 비류에게 임금 자리를 물려주실 생각이십니까?"

"그것은 아니오. 때가 되면 하늘이 자연스럽게 후계자를 정해 줄 것이라 믿소."

추모는 얼굴도 보지 못한 아들에 대한 미안한 마음과 함께 오랫동안 자신의 아들이 되어 준 비류에게도 많은 애정을 가지고 있었다.

"하늘의 뜻은 인간을 통해 나타나는 것입니다."

"물론 그렇지요. 승리자가 곧 하늘의 뜻이라는 것도 알고 있소."

추모는 재사를 바라보며 천천히 말했다. 그의 말 속에 많은 것이 내포되어 있었다. 재사는 추모의 말을 천천히 되새겨 보았다. 재사가 움직여도 좋다는 의미였다.

"그렇다면 제가 나서 보겠습니다. 그리고 과연 하늘의 뜻이 어디에 있는지도 지켜보겠습니다."

재사는 추모의 의도를 알아채고는 자리에서 일어섰다. 그리고는 졸본성을 빠져나갔다.

재사가 다녀간 뒤에도 추모는 여전히 무료한 나날을 보냈다. 재사의 말처럼 이제는 부여를 목표로 삼아야 하는데 아직 여러 가지 여건이 무르익지 않았기 때문에 그가 할 수 있는 일이라고는 없었다. 사냥과 술로 봄날을 보내고 있었다.

재사가 떠난 지 보름이 되는 날이었다. 추모는 여느 날과 다름없이 새벽에 잠자리에서 일어났다. 요즘 들어 생각이 많아지면서 그는 새벽같이 잠이 깼다. 사방은 아직 어두웠다. 새벽공기가 차서 잠자리에서 일어나고 싶지가 않았다. 그는 습관적으로 손을 더듬어 자리끼를 한 모금 마셨다. 곁에는 소서노가 그의 기척에 잠을 깼는지 몸을 뒤척이고 있었다. 다시 자리에 누웠다. 간밤에 꾼 꿈이 생생하게 뇌리에 살아 있었다. 아들 꿈을 꿨다. 부여에 둔, 아직 얼굴도 보지 못한 아들이었다. 꿈 속에서는 아주 늠름하게 잘 자라 주었다. 자신을 닮아서인지 활도 잘 쐈다. 그는 다시 이불을 덮고 자리에 누웠다. 아들과 함께 예씨가 머릿속에서 떠나지 않았다. 어린 시절 그녀와 함께 했던 시절과 집사의 손에 하마터면 발목이 잘릴 뻔 했던 절체절명의 순간 그를 구해 준 순간이 떠올랐다. 그의 입에서는 미소와 함께 한숨이 동시에 새어 나왔다.

"무슨 고민이 있어요?"

그의 한숨 소리에 잠을 깬 소서노가 물었다.

"아니오. 그냥 꿈을 꿨을 뿐이오."

추모는 가볍게 대꾸하고 그녀를 다시 재웠다. 하지만 그는 잠이 오지 않았다. 결국 그는 자리에서 일어나 등잔불을 켰다. 방안이 훤해졌다. 그는 옷을 입었다. 아침 공기라도 쐴 겸 방문을 열고 나섰다.

갑자기 목에 서늘한 기운을 느꼈다.

"안으로 다시 드십시오."

어둠 속에서 낯선 목소리가 들렸다. 자신의 목을 날이 선 칼이 짓누른 채였다.

"누구냐?"

이제 추모도 산전수전을 다 겪은 노련한 장수였다. 그는 자신을 협박하는 자의 목소리에서 자신을 해칠 생각이 없다는 것을 간파하고는 차분하게 물었다.

“날이 새면 알 것입니다.”

“……”

추모는 한동안 바깥 동정을 살피느라 꼼짝도 하지 않고 서 있었다. 그러자 목을 겨눈 칼날이 묵직한 힘으로 압박해 들어왔다. 그는 방안으로 들어갈 수밖에 없었다. 도대체 놈들의 정체가 무엇인지 알 수가 없었다. 대전의 침소까지 소리 없이 침입할 정도면 이들은 보통 사람들이 아니었다. 궁궐은 저들 손에 다 장악되었을 지도 몰랐다. 이렇게 방안에 갇힌 상태에서는 바깥소식을 알 수가 없어 추모는 안절부절 했다. 소서노도 이상한 기운을 느꼈는지 금방 잠에서 깨어났다.

“무슨 일이 있어요?”

“반란이 일어난 것 같소.”

“예! 반란?”

아직 잠결에서 완전 깨어나지 못한 소서노는 깜짝 놀랐다. 반란이라면 이는 자기 아들의 운명과도 관련된 일이었기 때문이다.

“지금은 아무 것도 알 수 없으니 기다려 봅시다.”

추모는 아내를 안심시키며 날이 밝기만 기다렸다.

오래지 않아 날이 밝았다. 추모는 방안에 있는 칼을 뽑아 쥔 채 긴장된 마음으로 바깥 동정을 살폈다.

“기침(起寢)하셨습니까?”

“어흠!”

추모는 대답대신 헛기침을 했다.

“들어가겠습니다.”

웬 낯선 청년이 들어왔다. 그의 곁에는 네 댓 명의 젊은 무사들이 따르고 있었다.

"네 놈들은 도대체 누구냐?"

추모는 낯선 사람들이 들어서자마자 호통을 쳤다. 그의 손에는 칼이 쥐어져 있었기 때문에 어느 정도는 자신감이 있었다. 아직도 손에 칼과 활을 쥐고 있는 한 두려운 것은 없었다.

"저는 유리라고 합니다."

젊은 청년이 고개를 숙이며 말했다.

"유리?"

"이것이 무엇인지 알겠습니까?"

유리라는 청년은 보자기에 싼 것을 꺼냈다. 추모는 보자기를 끌러 내용물을 펼쳐 보았다. 녹슨 칼이었다. 부러진 칼.

"이것은?"

"제 아버지가 부여 땅을 떠나면서 제 어머니에게 맡긴 것입니다. 아들을 낳으면 이것을 신표로 주어 아버지를 찾으라는 말과 함께."

"그러면 네가……."

추모는 눈앞의 청년을 와락 껴안았다. 한동안 꼼짝 않던 그는 아들을 꼼꼼히 뜯어보았다. 건장한 체구에 길게 찢어진 눈과 무엇보다도 귓속에서 털이 돋아나고 있는 것이 자신과 꼭 닮았다. 그러나 그전에 추모는 확인할 것이 있었다. 그는 장롱 속에 깊이 숨겨 논 나머지 반쪽의 칼을 꺼내 유리가 가져온 칼과 맞추어 보았다. 비록 녹이 슬기는 했지만 완벽히 들어맞았다. 아들이 분명했다.

"너무 보고 싶었다."

추모는 다시 한 번 아들을 껴안았다.

"저도 보고 싶었습니다. 하지만 아직은 아닙니다. 부자지간의 정은 나중에 나누기로 하겠습니다. 이미 이 졸본성은 제가 장악하였으니 일단은 제 뜻에 따라야 합니다. 그래야만 살상을 막을 수 있습니다."

"졸본성을 장악하였다고?"

졸본성은 계루부가 지키고 있는 곳으로 이곳에 들어오기 위해서는 사출도의 꼭지점을 잇는 두 지역을 통과해야만 가능한 일이었다. 부여에서 이곳까지 들어오기 위해서는 순나부와 절나부의 군대를 돌파해야만 가능한 일이었다. 설사 그곳을 제압했더라도 다시 궁궐에 들어오기 위해서는 계루부의 경계병들을 눌러야만 했다. 하룻밤 사이에 이 모든 관문을 통과한다는 것은 불가능한 일이었다.

"그렇습니다. 졸본성은 이미 우리 옥지, 구추, 도조의 군사들에게 점령당했습니다."

"지금 옥지라고 하였느냐?"

"그렇습니다."

"그러면 네 어머니도 함께 왔느냐?"

"어머니와 외할아버지는 지금 무골 선비님과 함께 비류국의 재사 선비님 집에 계십니다."

"뭐, 무골선비와 함께?"

"그렇습니다. 무골 선비께서는 제게 무술을 가르쳐 주시고 아버님에 대해서도 말씀해주신 제 스승이십니다."

비로소 추모는 모든 것이 이해되었다. 이 모든 것은 유리를 후계자로 내세우기 위한 재사와 무골, 그리고 묵거선비의 계획된 일이었다.

"네 외삼촌은 만나 보았느냐?"

추모는 이 일에 오이가 가담됐는지 알고 싶어 은근히 물었다.

"이제 만나 봐야지요."

다행히 오이와 마리는 가담하지 않은 것 같았다.

"이제 어떻게 할 생각이냐?"

"그냥 궁궐에 계시면서 제가 하는 것을 지켜만 보십시오."

아들은 아버지에 대해 별다른 감정이 없는 것 같았다. 아버지를 만났다는 감격도 없고 각별하게 정감 있게 행동하지도 않았다. 물론 어렵고 힘든 시절을 함께 해주지 못한 아버지에 대해서 원망이 없을 리가 없을 것이라 이해는 하지만 생각보다는 냉정했다.

"우리 모자는 어떻게 되는 거예요?"

유리가 방을 나가고 난 뒤 소서노가 불안한 듯 물었다.

"아무 일도 없을 것이오. 걱정하지 마시오."

추모는 소서노를 안심시켰지만 불안하기는 자신도 마찬가지였다. 얼마 전 재사가 찾아와서 부여에 있는 아들을 데려와야겠다고 허락을 구하였을 때만 해도 이런 일이 벌어지리라고는 상상도 못했다. 재사와 무골 등이 꾸민 일이라면 분명 치밀한 계획을 세웠음에 틀림없었다. 추모는 대가회의를 열어 저들의 생각을 들어봐야겠다고 생각했다. 그는 문밖을 나서지 말라는 경계병들의 말을 무시하고 궁궐 안을 둘러보았다. 이미 궁궐 안에는 유리가 데려온 군사들로 가득했다. 졸본성도 마찬가지였다.

추모는 대가회의를 소집했다. 재사(再思)[29]가 제일 먼저 궁궐로 들어왔다. 뒤를 이어 오이와 마리가 달려왔고 행인국의 새로운 왕이 된 협보가 마지막으로 함께했다.

"좌보 어른 이것이 어떻게 된 것인지 상황을 좀 설명해주시죠?"

추모는 따지듯 재사에게 물었다. 유리를 뒤에서 조정한 것이 재사라는 것을 추모는 확신했다.

"유리왕자는 대왕님께서 돌보지 못하였기에 이미 오래전부터 무골과 묵거 선비가 키웠습니다. 이전에 묵거 선비가 대왕님을 수련시켰던 것과 같은 방식이었지요."

이것은 추모도 짐작하고 있었던 일이었다.

"하지만 이런 방식은 너무 과하지 않소이까? 이는 반란입니다."

"마냥 세월을 까먹을 수 없습니다. 이제 유리왕자도 스물을 넘겼습니다. 장가도 가야하고 나라를 다스릴 준비를 해야 합니다. 하지만 그냥 홀몸으로 고구려로 들어왔다면 그는 아마도 추방당하거나 천덕꾸러기로 전락하고 말았을 것입니다. 누가 뭐래도 고구려는 아리씨의 적손이 다스려야 합니다. 그래서 이 방법을 썼습니다. 사전에 오이, 마리 대가와는 논의를 하였습니다. 대왕님께도 암시를 주었다고 생각합니다."

재사는 당당했다. 고구려를 세우고 또 준비한 측면에서는 사실 그가 일등공신임에 틀림없었다.

---

29) 재사에 대해서는 여러 가지 설이 있다. 진단학회에서 나온 책에는 재사는 유리명왕의 아들이라 하며, 이만열은 재사의 아들이 태조라고 말한다. 하지만 「삼국사기」등에 재사는 추모를 도와 고구려를 건국한 사람으로 나온다. 이 글에서는 「삼국사기」의 견해를 따른다. 다만 옛날에는 사람이름이 부족의 이름인 경우가 많으므로 진단학회와 이만열의 의견은 고추가인 재사의 집안사람들로 이해하면 될 것 같다. 이만열의 의견을 존중한다면 고추가의 집인 재사 집안에서 태조가 나온 것으로 이해할 수도 있다.

"좌보 어른의 생각은 무엇이오?"

추모는 재사의 생각을 추궁하듯 물었다.

"유리왕자는 옥지와 구추, 도조 등 부여의 우가부족의 정예병사들을 이끌고 왔습니다. 물론 왕후마마인 예씨부인과 두무실 어른도 함께 했습니다. 저는 이분들을 계루부의 중심으로 삼아야 한다고 생각합니다."

"계루부의 중심으로 삼으면 졸본성에 있는 백성들과 비류, 온조는 어떻게 하오?"

"하늘의 뜻은 승리자에게 있다고 말씀하셨습니다. 지금 승리자는 비류와 온조 왕자가 아니라 유리 왕자입니다. 승리자인 그가 계루부의 대가가 되고 또 태자가 되어야 합니다."

"그러면 비류와 온조는 어떻게 해야 되는지 물었소이다."

추모는 마침내 화를 냈다. 추모는 이렇게 빨리 후계 문제가 닥칠 줄 전혀 예상하지 못했다. 좀 더 시간을 두고 유리를 부여에서 데려오고, 그 후에 천천히 유리와 비류를 경쟁시켜 태자를 정할 생각이었다. 하지만 이런 상황이 갑자기 벌어지고 이미 졸본성은 유리에 의해 완전 점령이 된 상태이기에 비류와 온조는 설 자리가 없어진 것이다.

"그동안 소서노님이 고구려에 공헌한 것을 생각한다면 비류와 온조 왕자님을 패배자처럼 대할 수는 없을 것입니다. 그분들을 잘 예우해야지요."

재사의 목소리는 추모와 달리 차분했다.

"어떻게 예우한단 말이오?"

추모는 여전히 화가 난 목소리였다.

"새로운 성을 만들어 졸본 백성을 이끌고 들어가 살게 하는 것이 제일 좋은 방법인 것 같습니다. 아니면 유리 왕자님이 새로운 성을 만들어 그곳으로 왕도를 옮기는 방법도 있을 것입니다."

재사는 이미 모든 것을 다 준비하고 있었다. 이런 그를 추모는 이길 수가 없었다. 더구나 이미 졸본성은 유리와 그 부족이 점령한 상태였다. 만약 이 상황에서 추모가 반발하면 고구려는 내란이 일어날 수 있었다. 내란이 일어나더라도 그를 지지할 나부는 아무도 없는 것 같았다. 완벽한 패배였다.

결국 대가회의는 재사의 의도대로 끝이 났다. 일을 꾸민 자가 그였기에 그가 준비한 결론에 따를 수밖에 없었다. 궁궐로 돌아오는 추모는 무기력감을 느꼈다. 또 한편 생각하면 그동안 너무 안일한 생각에 젖어 지냈다는 반성도 일었다. 부여국의 후계자가 되었을 때 무슨 일을 해야 할지를 몰라 머뭇거리다 결국 대소의 반격을 받아 쫓겨났고, 또 이곳에서도 매우 중요한 시간에 머뭇거리다 이번에는 아들의 공격을 받았다. 하늘은 자신을 대리자로 내세웠지만 한 시도 자신을 가만 내버려두지 않았다. 하늘이 참 무섭다는 생각이 들었다. 하늘이 뜻을 세우면 결국 인간이 그것을 수행해야 하는 것이다. 하늘이 세운 자가 머뭇거리면 하늘은 또 다른 사람을 내세워 그것을 결국은 이루고야 만다는 것을 새삼 느꼈다.

이제는 하늘이 자신을 통해 이루고자 하는 일이 더 이상 없다는 것을 자각한 추모는 매우 쓸쓸한 기분이 들었다. 소서노와 비류, 온조는 자신의 청년기를 함께 보낸 혈육이었다. 가장 어려운 시기에 버팀목이 되어 준 식구들이었다. 그런데 이제는 그들을 내쳐야 하는 것이다. 아니 자기마저 내침을 당한 것이다.

추모는 소서노에게 대가회의에서 결정된 것을 알려줬다. 그녀에게
는 미안한 말이지만 이는 단순한 권력문제가 아니라 예맥조선의 통
일이라는 시대적 소명을 이루느냐 못하느냐의 중요한 문제이기 때문
에 자신의 뜻대로 후계를 결정할 수 없다는 말도 덧붙였다.

"유리가 새로운 궁궐을 지어 나가든지, 아니면 비류가 새로운 궁궐
을 지어 나가든지 둘 중 하나로 결정할 것이니 조금만 참고 기다리시
오. 비류가 새로운 땅을 찾아 나서면 졸본의 백성들과 상단은 다 그
의 백성들로 삼게 하겠소."

추모는 좋은 말로 소서노를 위로했지만 그녀는 말이 없었다. 그렇
다고 이미 유리가 힘으로 궁궐을 장악한 상태에서 뒤집을 수는 없는
일이었다. 더군다나 외곽의 다른 나부들마저 다 유리의 편인 이런 상
황에서 후원군도 기대할 수 없었다. 반전을 기대할 요소가 하나도 없
는 상황이었다.

"우리 모자들은 신경 쓰지 마세요. 우리의 운명은 우리가 개척할
것이니."

소서노의 목소리는 차가웠다. 아니 얼음장 같았다. 추모는 그런 그
녀를 안쓰러운 눈으로 쳐다보았지만 소서노는 외면했다.

"이것이 원래 당신이 계획한 것이었어요. 내가 그렇게 후계를 내세
우자 했을 때 이런 당신의 의도를 알았어야 했는데……."

소서노는 추모에게 등을 돌린 채 말했다.

"하지만 나는 당신을 진정으로 사랑 했소."

추모는 마지막으로 자신의 진심을 말했다.

“…….”

그러나 그녀는 끝내 고개를 돌리지 않았다. 그리고는 그의 곁을 떠나갔다.

소서노의 자리를 대신한 것은 예씨부인이었다. 그녀는 유리가 변란을 일으킨 지 사흘 만에 추모를 찾아왔다. 실로 이십여 년 만이었다. 부부의 인연을 맺고 헤어진 지 이십년이 넘었다면 남과 다름없는 사이였다. 하지만 이십여 년 동안 힘든 삶을 살면서 남몰래 눈물 흘리며 그리워한 남편이어선지 예씨는 추모를 꼭 껴안고는 눈물을 흘렸다. 반가움과 서러움 그리고 원망의 눈물이었다.

“미안하오. 그동안 찾지 못해서…….”

예씨는 아무 말도 하지 않았다.

“나랏일이라는 것이 개인의 감정대로 되는 것이 아니어서…….”

추모는 변명 아닌 변명을 해보았다.

“이제는~ 당신을 누구에게도 넘겨주지 않을 것입니다.”

예씨는 야무지게 말했다.

이 만남이후 예씨는 추모의 곁을 떠나지 않았다.

두어 달이 지났을 무렵 소서노의 위상은 급격히 떨어졌고 비류와 온조는 천덕꾸러기 신세로 전락하고 말았다. 이렇게 되자 추모의 마음은 더욱 고통스러웠다. 그 어느 쪽도 편들 수 없는 상황에서 그의 속은 점점 타들어 갔고 술을 마시는 횟수 또한 늘어 갔다.

무더위가 한풀 꺾이는 가 싶더니 아침저녁으로는 제법 차가운 바람이 불었다. 짙은 푸르름의 끝은 갈색이었다. 푸른 산들이 갈색으로 변할 즈음 비류와 온조가 추모를 찾았다. 추모는 그를 보자마자 안쓰러운 생각에 어쩔 줄을 몰라 했다.

"너희들에게는 참 미안하구나. 내 의지에 의해 이렇게 된 것도 아니고, 그렇다고 되돌릴 수도 없는 상황이고……."

"저희도 이해하고 있습니다. 저희가 아버님을 찾아 뵌 것도 이런 이유입니다."

온조와 비류는 여전히 추모를 아버지라 불렀다. 이런 이들에게 더욱 미안한 마음이 들었다.

"말해 봐라. 내가 도울 수 있는 일이라면 무엇이든지 돕겠다."

"저희도 이제 스물이 넘었습니다. 지난 두 달 동안 저희들끼리 많은 의논을 하였습니다."

"음……."

"이제 아버님 곁을 떠나겠습니다. 저희도 고구려가 조그만 나라에서 큰 나라로 성장하고 자라는 것을 보았습니다. 이제는 성인이 되어 나라를 위해 일할 수 있는 나이가 되었음에도 불구하고 아무 일도 하지 못하고 지내는 것은 정말 괴로운 일입니다. 그래서 저희는 졸본성의 백성들을 데리고 남쪽으로 내려가기로 했습니다. 낙랑국 아래로 아리수라는 큰 강이 있다고 하는데 그곳으로 내려가 우리 졸본백성들과 함께 새로운 나라를 세우고 또 무역활동을 하면서 살겠습니다."

"나라를 세우겠다고? 그것 참 좋은 생각이다. 젊은 나이에 이렇게 늙어 갈 수야 없지. 새롭게 너희들 나라를 세운다면 참 좋은 일이라 생각한다."

추모는 이곳을 비류와 온조에게 주고 자신은 유리를 데리고 다른 곳에 도읍을 정하려 마음먹고 있었다. 하지만 그렇게 하더라도 활달

하고 적극적인 온조와 비류의 삶은 불행할 수밖에 없을 것이라 생각
했는데 이들이 나서서 먼 곳으로 가 새로운 나라를 개척하겠다니 참
기특했다.

"어머니는 내가 잘 보살필 테니 걱정하지 마라."

"아닙니다. 어머니도 함께 갈 것입니다."

"뭐! 함께 간다고……."

지금 상황에서는 붙잡을 수도 없었다. 또 다른 이별이었다. 한 여자
와 이별하고 다른 여자와 살았는데 원래 여자를 얻으니 또 다른 여자
가 떠나겠다 한다. 추모는 다시 태어난다면 이런 삶을 살고 싶지가
않았다. 평범한 범부로 사냥꾼이 되어 살고 싶었다. 정말 이런 삶이
싫었다. 하지만 이미 대세는 돌이킬 수 없는 상황이라는 것을 추모는
알고 있었다. 축복할 수밖에 다른 길이 없는 것 같았다.

소서노는 추모와의 이별을 몹시 안타까워했다. 하지만 원래 거상
출신인지라 냉정하게 돌아섰다. 미련과 아쉬움을 남기면 앞으로의
여정이 좋지 않을 것 같았다.

"부디 그곳에서도 몸 건강히 잘 사시오. 몸은 떨어져 있지만 마음
으로는 항상 당신을 생각할 것이오. 그리고 비류와 온조의 대업이 잘
이뤄지도록 매일 기도 올리겠소."

추모는 이십여 년 간 살붙이였던 소서노와 헤어졌다.

"저희는 나라를 세우더라도 해모수와 추모로 이어지는 새로운 단
군의 전통을 이어갈 것입니다. 그동안 고마웠습니다. 아버님을 절대
잊지 않을 것입니다."

비류와 온조는 어린 자신들을 걷어 주고 길러 주었던 추모에 대한

애틋한 정과 아리씨의 적손으로서 새로운 조선의 전통을 이어갈 시발점이 된다는 역사적 소명을 잊지 않았다. 아쉬움과 안타까운 마음으로 비류와 온조는 소서노를 데리고 고구려를 떠났다. 그들은 졸본성에 살던 백성들을 데리고 떠났다. 상업 활동을 하며 살았던 이들은 물상이 풍부했지만 추모는 떠나는 이들에게 많은 곡식과 말 그리고 많은 철제무기를 내어 주었다. 이 정도의 무기면 어느 곳에 가든지 정복주가 될 수 있었다.

소서노와 비류와 온조가 떠난 뒤 추모는 멍하니 남쪽 하늘만 바라보는 날들이 늘어났다. 그럴 때마다 예씨는 남몰래 눈물을 흘려야 했다. 자신은 변하지 않았는데 잃어버린 이십여 년이 그를 변하게 했다고 생각했다. 차라리 만나지 않았으면 그를 그리워하는 마음만으로도 행복할 수 있었다는 안타까운 마음마저 들었다.

끝내 추모는 쓰러졌다. 예씨는 그를 극진히 간호했다. 하지만 추모는 자신을 애타게 그리워하는 여인의 마음을 알지 못한 채 자리만 보전했다. 기원전 18년 음력 9월, 추모는 끝내 자리에서 일어나지 못했다. 고구려를 세운지 19년 만의 일이었다. 이제 막 새로운 삶을 시작하려는 예씨부인의 슬픔은 말할 수 없이 컸지만 이것이 하늘이 추모와 자신에게 준 운명이라 체념했다. 마지막 숨을 거두기 전 추모는 잠깐 정신을 차리는 듯 했다. 그리고는 마지막 말을 남겼다. 유리와 예씨에 대한 미안한 마음과 함께 유리에게는 자신이 못다 이룬 소명, 예맥 조선을 반드시 통일하라는 말을 힘겹게 남겼다. 그리고는 더 이상 말문을 잇지 못했다. 추모는 우리 민족사에 커다란 초석을 놓고 짧은 생을 마쳤다. 온 고구려 백성과 예씨의 오열 속에 추모는 졸본성의 용산에 묻혔다. 그의 죽음을 애도하는 많은 무리들은 그가 이루지 못한 꿈을, 역사적 소명을 반드시 이루겠다는 다짐을 하며 그를 보냈다.

유리명왕과 그의 대신들은 추모의 시호(諡號)를 동명성왕이라 했다.

 "대왕님 한나라에서 사신이 왔습니다."

"한나라에서? 현도군 태수가 보낸 사신인가?"

"아닙니다."

"그럼 요동군 태순가?"

"그것도 아닙니다."

"그러면?"

"한평제를 죽이고 황제가 된 왕망이 직접 보낸 사신입니다."

"왕망이라면 한나라를 멸망시킨 신(新)나라 황제가 아닌가? 그가 어쩐 일로 우리에게 사신을 보냈단 말인가?"

"흉노를 공격하기 위해 군사를 보내 달라는 협조 요청입니다."

AD 5년 한나라 재상 왕망은 한나라 평제를 독살한 뒤 섭황제가 되었다가, 드디어는 선양(禪讓)형태를 띠고 황제가 되었다. 나라 이름을 신(新)이라 한 그는 여러 가지 개혁 정책을 펼쳤다. 하지만 이는 오히려 많은 반발만을 사 나라는 점점 혼란스러워졌다. 이틈을 타 한나라 북쪽에 있던 흉노가 한나라 영토를 공격했다. 다급해진 왕망은 흉노를 공격하기 위해 고구려에 협조를 요청한 것이다.

AD 12년 봄, 유리명왕은 이미 고인이 된 재사를 대신하여 새롭게 좌보가 된 을두와, 협보[30]를 대신하여 우보가 된 송옥구, 그리고 각 나부의 대가들을 모아 대가회의를 열었다. 송씨부인과의 사이에서 낳은 아들 셋 중 살아 있는 유일한 아들인 삼남(三男) 무휼도 말석의 한 자리를 차지하고 있었다. 한나라 황제가 고구려에 사신을 보내기는 처음이었다. 한사군의 하나인 현도군만을 상대해온 고구려에는 너무나 큰 사건이었다.

"한나라 왕망이 흉노를 공격하기 위해 군대 파병을 요청했는데 어떡하면 좋겠소?"

왕망은 황제가 된 이후에 나라 이름을 이미 신(新)으로 바꾸었지만 유리명왕은 여전히 한나라라 칭했다.

"아직 우리 힘은 미약하고 흉노는 우리와는 아무런 은원 관계가 없으니 섣불리 군사를 움직이지 말고 가만히 있는 것이 좋을 것입니다."

소나부의 대가인 송옥구가 대가들을 대표하여 말했다.

"하지만 그렇게 되면 저들은 흉노를 정벌한 후 그들을 앞세워 우리

---

30) 협보는 유리명왕이 정세를 돌보지 않고 지나치게 사냥만 일삼는다며 충언을 간하다 유리명왕에게 쫓겨났다. 그러자 그는 온조가 더 추모의 정통성을 이어받은 자라며 그가 세운 백제 땅으로 도망가 버렸다.

를 공격할 것입니다. 이이제이(以夷制夷)라는 저들의 변방정책 상 틀림이 없습니다. 그러니 신중하게 생각하셔야 할 것입니다."

재사를 대신하여 재상 자리에 오른 을두치는 신중하게 대처하기를 요구했다. 이로 인해 대가들 사이에는 논란이 일어났다. 하지만 결론은 군대를 파견하기로 결정이 났다. 후환이 두려웠기 때문이었다.

"군대를 파견하기는 하지만 흉노와는 싸울 수가 없습니다."

갑자기 결론을 뒤집는 말이 들렸다. 말석에 앉아 있는 무휼이었다. 그는 죽은 형들을 대신하여 사실상 태자노릇을 하는 유리명왕의 셋째 아들이었다.

"그게 무슨 소리냐?"

"흉노는 이전에 조선의 한 축을 담당하였던 우리의 형제국가입니다. 그런데 그들을 치기 위해 한나라 편에 선다는 것은 있을 수 없습니다. 선왕의 유훈이 무엇입니까? 예맥조선을 통일하고 한나라군을 이 땅에서 몰아내는 것이었습니다."

"하지만 아직은 저들과 맞설 힘이 없습니다."

좌보가 여전히 신중한 논리를 펼쳤다.

"이미 한나라는 왕망에게 망하였습니다. 지금은 한나라가 아니고 신나라입니다. 당연히 한사군도 주인을 잃은 상태이고요. 제가 듣기로 신나라는 안팎으로 여러 가지 도전을 받아 어려운 상태라고 합니다. 제 생각에는 만약 한사군을 이 땅에서 몰아낼 생각이 있다면 지금이 가장 적기라고 생각합니다."

일변 맞는 말이었다. 하지만 조그만 나라들을 다스리고 있는 대가들은 무휼의 주장에 쉽게 동조하지 않았다. 조그맣긴 하지만 그래도 왕으로 남아서 편하게 지내는 것이 더 좋았기 때문이다.

"무휼의 말이 맞소. 내가 임금 자리에 있은 지 삼십 년이 다 되었지만 나는 아직도 아버님의 유훈을 제대로 지킨 것이 없소. 우리 고구려가 존재하는 목적이 결국은 한나라군을 이 땅에서 몰아내는 것이오. 나는 결심했소. 이 기회에 현도군을 이 땅에서 몰아낼 것이오."

유리명왕은 아들 무휼의 의견에 동조했다. 무모한 생각이라고 우보와 좌보가 말렸지만 유리명왕과 무휼의 생각을 막을 수는 없었다.

무휼이 대모달이 되어 일만 명의 고구려군을 이끌고 전쟁터로 나가기로 했다. 왕망의 요구에 응하는 체 군사를 끌고 가다 현도군을 기습 공격하기로 전략을 세웠다. 무휼은 소나부 출신의 장수 연부를 데리고 출정했다.

무휼은 한나라 현도군 태수 전담에게 흉노족을 공격하기 위해 출격한다는 통지를 했다. 현도군 태수는 고맙다는 말과 함께 역시 북쪽으로 군사를 움직였다. 무휼은 동가강을 따라 북으로 진군했다. 그러다가 현도군 태수가 군사를 북으로 이동시킨 틈을 이용하여 진군방향을 틀어 기습적으로 현도군의 도읍지인 홍경을 공격했다. 작전은 성공이었다. 아무런 의심 없이 고구려군을 대하던 현도군은 고구려군의 기습을 받아 힘 한 번 제대로 써보지 못하고 도성을 내 주고 말았다. 무휼은 여기에 그치지 않았다. 기세를 몰아 요동지역까지 쳐들어갔다.

다급해진 요동군은 대윤 전담을 내세워 고구려군을 막게 했다. 하지만 이들도 기세가 오른 고구려군을 막지 못했다. 치열한 접전 끝에 무휼은 적장 전담을 목 베고는 기세 좋게 요동지역에 입성했다. 작전은 성공했다. 마침내 요동 땅에서 한나라군을 몰아내는 데 성공한 것이다. 할아버지의 유훈은 이뤄졌다. 무휼은 감격의 눈물을 흘리며 하늘에 제사를 지냈다.

그러나 왕망은 수수방관만 하고 있지 않았다. 대장군 범우를 보내 흉노족에 앞서 고구려를 먼저 토벌하게 했다. 범우가 한나라군을 이끌고 온다는 소식에 무휼의 쾌재를 불렀다. 외우내환에 휩싸인 그가 이번 싸움에서 패한다면 다시는 군대를 보낼 여력이 없기 때문이었다.

무휼은 대책을 세웠다. 부산(副山)에 매복을 숨긴 후, 요동벌판에서 접전을 벌이다 부산 쪽으로 유인하여 공격하는 전략이었다. 무휼은 사출도의 진법을 펼치고 적들을 맞이했다. 첫 접전에서 기선을 제압했다. 그리고는 사냥 몰이를 하듯 한나라군을 매복조가 숨어 있는 부산 지역으로 몰아갔다. 한나라군은 고구려군의 기세에 눌려 계속 도망갔다. 드디어 한나라군을 아군이 매복해 있는 지점으로 모는데 성공한 무휼은 마지막 공세를 펼쳤다. 승리를 확신했다. 드디어 한나라군을 이 땅에서 몰아냈다고 생각했다.

그러나 복병이 있을 줄은 예상하지 못했다. 갑자기 수만 명의 적군이 등 뒤에서 공격해온 것이다. 뜻밖에도 부여군이었다. 고구려 토벌의 명령을 받은 범우는 혼자의 힘만으로는 상승세인 고구려군을 상대하기가 벅차다는 생각을 하여 부여에 도움을 청하였다. 부여군도 한나라의 요청으로 이미 군사를 출동시킨 상태였기에 고구려의 배후를 공격해 달라는 범우의 작전에 흔쾌히 응했던 것이다. 부여군의 움직임을 간파하지 못한 무휼은 곧바로 큰 위기에 빠졌다.

"활로를 찾아야 합니다. 모든 군사가 다 살아 돌아갈 수 없습니다."

도저히 활로가 보이지 않자 부원수로 따라나선 연부가 비장한 태도로 말했다.

"어떻게 하려는 것이오."

"우리 소나부 군사들로 저들을 막을 것이니 왕자께서는 활로를 찾아 가십시오."

"아니오, 사내가 싸우다 죽으면 그것보다 의미 있는 죽음은 없소. 나도 저들과 끝까지 싸울 것이오."

"왕자님은 다음 대권을 이을 분입니다. 왕자님이 여기서 전사하면 동명성왕의 유훈은 누가 이어갑니까? 여기는 제게 맡기시고 얼른 활로 찾아 떠나십시오."

결국 무휼은 연부의 희생으로 인해 요동 땅을 빠져 나올 수 있었다. 한나라 대원수 범우는 요동과 현도군을 되찾고 연부의 목을 장안성으로 가져가는 것으로 전쟁을 끝냈다. 비록 승리하긴 했지만 고구려군에게 큰 곤욕을 치른 그는 감히 고구려에까지 군대를 보낼 생각을 하지 못했던 것이다.

고구려군의 피해도 막심하여 아무래도 고구려의 정복 활동은 주춤할 수밖에 없었다. 더구나 고구려의 이런 위기를 경쟁자 부여는 놓치지 않았다.

해가 바뀐 AD 13년 11월, 유리명왕이 등극한지 32년 째 되는 해였다. 고구려의 새로운 도읍지 국내성을 향하는 파발마의 급한 발길이 며칠 째 계속 이어지고 있었다.

"부여왕 대소가 고구려를 공격하기 위해 군대를 끌고 남하하고 있습니다.”

“부여왕 대소가 송하강을 따라 빠른 속도로 남하하고 있습니다. 이 속도라면 열흘이면 국내성에 도착할 것입니다.”

“동쪽 방어선인 순나부의 한 축이 무너졌습니다. 이 속도면 이레면 국내성에 도달할 수 있습니다.”

다급한 소식들이 계속 이어지자 유리명왕은 대가회의를 열어 대책을 간구했다. 재사와 협보 그리고 오이와 마리는 이미 없었다. 그들의 아들들이 이제 대가회의의 자리들을 채우고 있었다.

“작년에 우리가 현도군과 싸워 큰 패배를 맛보았는데 이제 또 다시 부여군을 맞아 싸울 여력이 우리에겐 없습니다.”

“그렇다고 항복할 수는 없지 않소.”

무휼은 자신을 질책하듯 바라보고 있는 우보인 송옥구를 바라보며 말했다. 작년에 있었던 전쟁에서 패배하여 위축이 될 만도 했건만 무휼은 여전히 당당했다.

“지금은 자존심을 세울 때가 아니오. 동명성왕께서 힘들게 세운 나라인데 잘못하다간 오십년 만에 망하게 생겼어요. 일단은 위기를 넘겨야 하오. 어떤 굴욕을 참고서라도 사직은 보호해야 하오. 그래서 다시 힘을 길러 부여에 맞서야 하오.”

좌보인 을두도 송옥구의 의견에 동조했다. 지금 부여와 싸우는 것은 자살 행위라 생각했다. 그는 일단은 저들의 요구를 들어주어 전쟁을 피한 후 힘을 길러 다시 부여에 맞서야 한다고 주장했다.

“저들이 요구하는 것은 태자를 인질로 보내고 저들의 신하가 되라는 것인데, 누가 저들의 인질로 갈 것이오? 태자 해명은 이미 죽고 없는데……."

작년의 패전 이후 유리명왕은 기세가 많이 꺾여 있었다. 그래서 형들이 죽은 후 맏이가 된 무휼(혹은 주류)을 슬쩍 쳐다보며 장탄식을 했다. 지금 이 상황에서는 좌보와 우보의 말을 듣는 것이 가장 현명하다고 생각했다. 하지만 부여의 조건을 들어준다면 결국 부여에 인질로 가야 할 사람은 무휼이었기에 그는 무휼의 눈치를 살핀 것이다. 아들이긴 했지만 사내다운 기상을 지닌 그에게 자신의 생각을 일방적으로 강요할 수는 없었던 것이다.

"저들에게 굴복할 수 없습니다. 제게 군사를 주시면 나가 싸우겠습니다."

"이미 소나부의 군사는 절반 이상 잃지 않았느냐? 역부족이야."

유리명왕은 냉정하게 말했다. 소나부는 무휼이 다스리는 지역의 군대로 지난 번 전투에 이들을 이끌고 참전했었다. 무휼은 국내성으로 왕도가 옮겨진 뒤에도 유리명왕을 따라 나서지 않고 졸본성에 남아 여전히 그 지역을 통치했다. 소나부는 계루부의 별칭으로 추모는 비류국과 졸본성을 소나부라 불렀다.

"아닙니다. 해볼 만합니다."

"불과 삼천의 군사로 열 배가 넘는 군대를 어떻게 막아."

"해 볼만 합니다."

무휼은 소신을 굽히지 않았다.

"전쟁은 자신감만으로 되는 것이 아니다. 작년에도 너는 큰 소리를 쳤지만 결국은 패하고 말았다."

유리명왕은 끝내 작년의 패배를 들춰냈다. 이제는 현실에 맞게 대처해야 한다는 판단에서였다.

"돌아가신 동명성왕께서 유훈으로 부여를 공격하여 예맥을 통일하라 하셨고, 다음으로는 현도군을 비롯한 한사군을 조선 땅에서 몰아내라고 하셨습니다. 고구려의 존재 목적은 여기에 있습니다."

무휼은 전쟁의 당위성을 말하며 자신의 소신을 굽히지 않았다.

"문제는 작년에 이기지 못했다는 것이야. 우리의 군대를 삼분의 일이나 잃었고. 그 결과 우리는 부여와 맞설 만한 힘이 없다는 것이고!"

유리명왕은 현실을 인지하지 않으려는 아들을 마침내 큰 소리로 꾸짖었다.

"지지 않았습니다. 우리는 승리를 목전에 두었습니다. 다만 부여가 동족인 우리를 배반하고 한나라 편에 붙었기 때문에 그 싸움에서만 졌습니다. 연부 장군의 희생을 의미 있게 하기 위해서라도 싸워야 합니다. 복수를 해야 합니다."

무휼은 결코 물러서지 않았다. 오히려 더 큰 소리로 말했다.

"…… 작년에 수많은 군사를 잃었는데 어떻게 부여와 싸워?"

유리명왕은 무휼의 기상을 꺾고 싶지가 않았다. 그래서 자신의 감정이 가라앉기를 기다렸다. 약간 누그러진 목소리로 되물었다.

"전쟁은 숫자로만 하는 것이 아닙니다."

무휼은 한 발도 물러서지 않았다.

"……."

유리는 대답대신 아들의 얼굴을 유심히 쳐다보았다. 찢어질 듯 위로 솟은 눈 속에 감춰진 눈동자는 상대를 제압하는 강한 빛을 발하고 있었다. 그의 눈에서 유리명왕은 이미 잃은 두 아들을 떠올렸다. 자신을 능가하는 기개를 지녔던 두 아들은 매우 도전적이었다. 그들의 기상을 꺾으려다 결국은 아들들을 죽이고 말았다.[31] 그런데 지금 셋째 아들까지 자신의 결정에 반대하고 있다. 그는 마지막 남은 아들마저 잃고 싶지 않았다. 그래서 그는 아들의 눈 속에서 자신감을 읽어 내려 하고 있었다. 어쩌면 자신의 아들들이 자신이 생각하는 것 이상으로 능력이 있을 수도 있다는 생각이 들었다. 사실 작년의 현도군과의 전투에서도 아들은 생각 이상으로 잘 싸웠다. 그 정도면 패배라고 말할 수도 없었다. 부여만 아니었어도 위만조선의 패배이후 잃어 버렸던 요동 땅을 되찾을 수도 있었다. 작년의 전투에서 패한 후 자신은 기가 꺾였는데 아들은 오히려 해볼 만하다며 자신감을 더 가졌다. 그런데 패배의 책임을 물어 아들을 위축시키는 것은 잘못된 것일 수도 있다는 생각이 들었다. 혹시 아들 무휼이 자신의 예상과 달리 승리할 수도 있는 일이었다.

"그래 좋다. 너에게 모든 병권을 줄 터이니 마음껏 한 번 싸워 보아라."

유리는 이왕이면 아들이 소신껏 싸울 기회를 주는 것이 좋겠다고 생각했다.

"감사합니다. 반드시 승리하여 할아버님의 유훈을 이루고 말겠습니다."

---

31) 첫째 아들 도절은 대소의 인질 요구에 불응하다 아버지의 분노를 사게 되어 화병으로 죽었고, 둘째 해명은 매우 기개가 높은 아들이었는데 이 또한 유리명왕의 정책에 반대하다 유리명왕이 자결할 것을 명하여 결국 자살하고 말았다.

무휼은 자신감에 가득 찬 목소리로 말했다.

부여왕 대소는 부여군을 이끌고 학반령 고개를 넘고 있었다. 십 팔 년 전(유리명왕 14년) 오만 명의 군사를 이끌고 고구려를 공격한 이후 이번이 둘째 번이다. 지난 번 공격에서는 대설이 내려 동사자가 속출하여 군대를 물릴 수밖에 없었다. 그 때의 타격으로 대소는 한동안 고구려를 공격할 엄두를 내지 못했다. 이십 년이 다 되는 시간을 기다려 다시 고구려를 공격하는 중이다. 첫 싸움에서 워낙 많은 군사를 잃어 다시 군사를 키우는 데 이만큼의 시간이 흐른 것이다.

아버지 금와왕이 죽은 후 부여의 왕이 된 대소는 제일 먼저 생각한 것이 고구려의 침공이었다. 젊은 시절 그가 꿈꾸었던 것도 예맥조선의 통일이었기 때문에 고구려를 공격하는 것은 너무나 당연한 것이었다. 태자 시절 그는 아버지 금와왕에 불만을 가졌다. 고구려왕이 된 추모의 아내와 아들, 그리고 어머니는 다 부여에 있었다. 이들을 이용하면 얼마든지 고구려를 굴복시킬 수 있었는데 금와왕은 오히려 고구려와는 싸우지 않고 선린 관계를 유지했던 것이다. 그가 왕이 되었을 때는 이미 인질들이 다 고구려로 넘어간 뒤였다. 고구려에 사신을 보내 신하노릇하기를 요구하고 태자를 부여에 인질로 보내라 했다. 저들이 태자를 인질로 보내면 싸우지 않고도 고구려를 굴복시키는 것이고 그렇지 않으면 군대를 보내 고구려를 정벌할 심산이었다. 고구려 유리명왕은 태자를 인질로 보내려 하였지만 정작 인질이 되어야 할 태자는 절대 부여에 굴복하지 않겠노라며 끝내 부여로 가지 않았다.[32]

이 일로 인해 대소는 전 부여에 동원령을 내려 오만 명의 군대를 모았다. 십육 세부터 육십 세까지 싸울 수 있는 모든 장정은 다 끌어 모은 것이다. 고구려의 성장을 지켜본 대소는 이 기회에 고구려를 완전 복속시키리라 마음먹었던 것이다. 농사를 다 끝낸 후 원활한 보급을 위해 강이 얼어붙기를 기다렸다. 강을 이용하면 마차가 쉽게 달릴 수 있고 군사들도 어렵게 산을 넘지 않아도 되었기 때문이다. 11월에 접 어들어 강이 꽁꽁 얼어붙자 대소는 공격 명령을 내렸다. 오만 명이라 는 대군이 고구려를 공격하기 위해 행군을 시작했다.

행군 중 문제가 생겼다. 갑자기 눈이 내리기 시작하더니 천지가 다 꽁꽁 얼어붙어 버렸다. 도저히 행군할 수 없었다. 대소는 포기할 수 없어 계속 진군을 명령했고 군사들은 추위에 얼어 죽는 자가 속출했 다. 고구려를 공격하기도 전에 먼저 추위에 진 것이다. 결국 절반 이상 의 동사자(凍死者)를 내고 철군하고 말았다. 그 이후 대소는 잃어버린 병력을 만회할 방법이 없었다. 할 수 없이 다시 장정들이 자라나기를

---

32) 유리는 부여왕 대소를 무서워하여 인질을 보내려하였으나 송양 왕의 딸에게서 얻
   은 태자 도절은 이에 응하지 않았다. 그래서 유리명왕은 그를 핍박하였으며 이로
   인해 도절은 울분으로 병이나 죽고 말았다.
   유리명왕이 송양왕의 딸에게서 얻은 아들이 셋 있었다. 첫째가 도절이고 둘째는
   해명, 셋째가 무휼이다. 이들은 유리명왕이 도읍지를 국내성으로 옮겼을 때 따라
   가지 않고 졸본 땅에 그대로 살았다고 했는데 이를 볼 때 이들 아들들은 유리명왕
   의 친자가 아닐 가능성도 있다. 「삼국사기」에는 유리명왕 2년에 송양의 딸을 왕
   비로 맞았고 4년에 송비가 죽었다고 했는데 그 사이에 세 명의 아들을 얻을 수가
   없다. 「환단고기」에는 송양의 딸과 주몽이 결혼하였는데 주몽이 죽고 난 뒤 그 여
   인을 유리가 취했다고 전해진다. 이 말이 일리가 있는 것이 유리의 셋째아들 무휼
   을 광개토대왕비에는 대주류(大朱留)라 했는데, 이 때 주류는 주몽이 남긴 아들이
   라는 의미로 해석하기도 한다. 그래서 그들은 유리를 따라 국내성으로 가지 않고
   졸본 땅에 남았다고는 해석도 가능하다. 「환단고기」에서는 유리가 주몽의 아들이
   아닌 소수맥 출신의 정복자라고 주장한다. 따라서 「삼국사기」의 기록이 잘못되었
   거나 아니면 「환단고기」의 주장이 옳을 수 있다.

기다리면서 적절한 때를 기다렸다. 그리고 이십 년 가까이 지난 지금 절호의 기회를 맞이했다. 고구려가 한나라군을 공격하다 많은 병력을 잃고 패배를 당한 것이다. 대소는 그 틈을 놓치지 않았다.

아버지 유리명왕으로부터 병권을 넘겨받은 무휼은 제일 먼저 할아버지 추모의 사당을 찾아 하늘과 조상에 제사를 지냈다.

'드디어 제가 하늘의 뜻을 실행하게 되었습니다. 하느님 저를 도와주시어 우리 조선족을 통일하게 해주시고 이 땅에서 한나라 사람들을 몰아내게 해주옵소서. 저승에 계시는 할아버지 저에게 힘을 주소서. 할아버지가 이루고자 했던 소망을 제가 꼭 이룰 수 있게 도와주옵소서. 이제는 할아버지 옆에서 아직도 한을 품고 있을 형님들, 저는 이세 비로소 형님들이 품었던 이상을 실현할 수 있게 되었습니다. 제가 휘두르는 칼에 형님들이 함께 하시고 제가 내지르는 함성 속에 형님들의 한이 품어 나오게 하여 주옵소서. 제가 치켜 올리는 고구려의 기치에 형님들이 품었던 이상이 펼쳐 나오게 하여주옵소서.'

무휼은 억울하게 죽었던 두 형님의 한을 떠올리며 이제부터는 자신이 죽는 날까지 두 사람의 혼백과 함께할 것을 맹세했다. 그리고 군사들을 끌어 모아 출정했다.

작년에 있었던 한나라와 전투에서 그동안 심혈을 기울였던 고구려의 기마대가 많은 손실을 보았다. 더군다나 재사가 키워 놓았던 절나부의 정예 부대들이 많은 피해를 보았다. 그는 이런 날을 예상하고 졸본 땅에서 또 다른 정예병사들을 육성해 놓았다. 뿐만 아니라 이제는 고구려의 병권을 잡았기 때문에 다른 나부의 모든 군사들을 동원할 수 있었다. 그는 고구려군을 이끌고 부여의 군사를 맞이하러 학반령 쪽으로 진군했다. 그가 믿는 것은 조상신이었다. 한 맺힌 조상들이 반드시 자신과 함께하여 지혜를 주고 힘을 주리라고 믿었다. 또 하나 그가 숨겨 놓은 비장의 무기는 승리를 장담하며 부여와 싸우기를 주장했던 이유였다.

"무휼 왕자님은 두렵지 않습니까?"

"무엇이 말이오?"

"죽음이. 그리고 죽은 후의 세계가?"

무휼의 물러서지 않는 기상에 두려움과 동시에 경외심을 갖게 된 우보 을두가 행군 중에 넌즈시 물었다.

"내가 두려운 것은 회한이 남는 삶을 사는 것이오? 죽음과 그 이후의 세계는 내가 간여할 수 있는 것이 아니오. 다만 후회 없는 삶을 살기 위해 나는 노력할 뿐이오. 더구나 그것이 옳은 길이라면 나는 후회하지 않는 삶을 택할 것이오."

"하지만 그 옳은 삶이 때로는 백성들을 어려움에 빠지게 할 수도 있지 않습니까?"

"나는 가능성이 없는 싸움은 벌이지 않소."

무휼은 가볍게, 그러나 결코 가볍지 않은 소리를 내뱉고는 입술을 꽉 깨물고는 앞만 보고 걸었다.

마가, 우가, 저가, 구가의 모든 군대와 모을을 제외한 다섯 명의 동생들을 다 이끌고 부여성을 출발한 대소의 부여군은 사기가 매우 높았다. 작년에 현도군과 연합군을 이뤄 고구려군을 이긴 경험이 있기 때문에 군사들은 자신감이 가득했다.

넓은 평원지대를 달리다 드디어 얼어붙은 삼통하를 따라가며 고구
려 국경지대로 이동했다. 강의 상류로 접어 들 무렵 길을 바꾸어 산으
로 접어들었다. 고구려의 왕도인 국내성을 공격하기 위해서는 산을
넘어야 했기 때문이다. 멀리 압록강 쪽으로 돌아가는 방법도 있었지
만 그것은 너무 먼 길이었다.

아침에 밥을 지어 먹고 다시 길을 나섰다. 산길에 익숙하지 않은 부
여군은 천천히 진군했다. 이제는 마차가 다닐 수 없기 때문에 양식을
말과 소에 싣고 고개를 넘고 있었다. 이미 오래 전부터 고구려에 첩자
를 보내 고구려의 정세는 다 알고 있었다. 부여의 침공에 고구려에서
는 꼬리를 내리고 강화를 맺어야 한다는 여론이 우세하다는 보고를
이미 들었다. 무휼이라는 왕자가 호전적으로 나오긴 하지만 대세는
이미 강화라는 연락을 받았기에 대소는 큰 긴장감 없이 고개를 넘고
있었다. 어차피 이빈 전쟁은 국내성에 도착하여 성을 사이에 두고 공
방전이 벌어질 것이라 예상하고 있었다. 전쟁이 길어지면 겨울을 나
야 하기 때문에 가능한 한 빨리 전투를 끝내려는 것이 부여성을 출발
할 때 가졌던 대소의 생각이었다.

매서운 칼바람이 귀를 에고, 몸속으로 파고드는 찬바람은 살을 도
리는 것 같았다. 대소는 지난 일차 고구려 원정에 있었던 실패를 떠올
리며 또 다시 뜻하지 않은 날씨로 실패를 맛보지 않을까 심히 걱정되
었다. 하지만 다행으로 눈은 내리지 않았다. 추위만 빼고는 모든 것이
순탄해 보였다.

갑자기 말 잔등에 잔뜩 기대어 추위와 싸우며 천천히 걸어가는 부
여군의 머리 위로 요란한 소리가 들렸다.

"윙~~"

울리는 화살이었다. 대소는 사방을 둘러보았다. 산 속의 모든 생물들은 잠들어 있었다. 산 속에 살아 있는 생물은 아무 것도 보이지 않았다. 하늘을 보는 순간 그는 경악하고 말았다. 어느새 몰려왔는지 까마귀 떼들이 몰려와 온 하늘을 새까맣게 물들여 해를 가리고 있었던 것이다.

"전투준비!"

대소는 다급한 목소리로 명령을 내렸다. 그보다 더 빠른 것은 화살이었다. 아무것도 보이지 않던 학반령 고개 위에서 비처럼 화살이 쏟아졌다. 골짜기를 길게 늘어서서 진군하던 부여군이 몸을 숨길 곳은 없었다. 잘 훈련된 무수한 군사들이 힘 한 번 제대로 써 보지 못하고 쓰러졌다. 얼어붙은 몸 속을 파고든 화살로 신음하며 죽어 갔다. 그렇다고 산 위에 있는, 보이지 않는 적을 향해 공격할 수도 없었다. 일단 여기를 빠져나가는 것이 상책이었다.

"후퇴하라!"

하지만 후퇴하는 길도 만만치 않았다. 좁은 골짜기를 수많은 인파가 빠져 나가려 하니 서로 얽혀 넘어지고 밟히고 아수라장이었다. 압사자도 속출했다. 그야말로 진퇴양난이었다. 대소는 화가 났다. 한 번 제대로 싸워 보지도 못하고 이렇게 번번이 물러서는 것이 너무 허망했다. 이를 갈았다. 이전에 추모도 미꾸라지처럼 자신의 손아귀에서 벗어났는데 이번에는 자식들마저 얄밉게도 몸을 숨기고 이렇게 비겁하게 공격하고 자신은 결국 군사를 물려야 하는 것에 정말 화가 났다.

학반령을 무사히 빠져나왔을 때는 세 명 중 한 명은 죽거나 부상당했다. 채 싸움을 하기도 전에 참담한 결과가 나타난 것이다. 대소는 이를 갈았다. 이대로는 절대 군사를 물릴 수 없었다. 그는 야영을 하며 내일을 기다렸다.

추위와 죽음의 공포에서 겨우 벗어난 군사들은 어둠이 깊어지자 곳곳에 불을 피워 놓고 짐승 가죽을 머리끝까지 덮어쓰고는 서리를 맞으며 곯아 떨어졌다. 그렇게 겨울밤은 점점 깊어 갔다. 달빛이 희미해지는가 싶더니 눈발이 내리기 시작했다. 밤새 피워 놓았던 모닥불이 부스스 소리를 내며 꺼지기 시작했다. 순간 사방은 캄캄한 어둠 속으로 빠져들었다. 사각거리며 내리는 눈 소리 뿐 아무 소리도 들리지 않았다. 잠시 시간이 흐른 후 그 소리의 끝에는 이상한 소리가 묻어나고 있었다. 사람 소리인지 동물 소리인지 알 수 없는, 그러나 분명한 것은 깃털처럼 가벼운 소리였다. 잠들어 있는 부여군 앞에서 이들 소리는 멈췄다. 잿빛 장삼을 입은, 수를 헤아릴 수 없는 무수히 많은 장정들이 순식간에 부여군 진영에 나타난 것이다. 이들은 잠들어 있는 부여군의 목을 향해 날카로운 검을 내려찍었다. 단발마의 비명이 순간적으로 울려 퍼지는 가 싶더니 금방 사그라졌다. 이들은 올 때 모습 그대로 소리 없이 사라졌다. 일식경 전부터 내리기 시작한 눈발은 오래지 않아 이들의 발자국을 완전 지워 버렸다.

동료가 죽었는지 살았는지도 모르게 깊은 잠에 빠져 들었던 부여군은 점점 몸을 내리 누르는 눈의 무게를 이기지 못하여 결국은 잠에서 깨어났다. 그리고는 사방에 붉게 물들어 있는 핏자국에 기겁을 하고 자리를 박차고 일어났다. 임금을 찾았다. 임금이라고 타탕 속에서 잠이든 대소는 간밤에 눈이 내린 지도 모르고 깊이 잠들어 있었다. 그는 황급히 자신을 찾는 목소리에 마냥 누워 있을 수 없었다. 벌떡 자리에서 일어섰다.

"적의 기습입니다."

"도대체 어떤 적이냐?"

어제 치열한 접전을 벌였는데 설마 적들이 또 다시 공격할 리는 없다고 생각했다. 그는 놀란 가슴으로 타탕 밖으로 뛰쳐나갔다. 적의 모습은 보이지 않았다.

"적은 어디에 있느냐?"

"소리 없이 나타났다 사라졌습니다. 수많은 우리 장정들의 목을 베어 놓고……."

"어떻게 그런 일이 있을 수 있단 말인가?"

"목격자의 말로는 잿빛 장삼을 입은 무리들이 어둠을 틈타 소리 없이 사라졌다 합니다."

"왜 그때는 말하지 않았는가?"

"아침이 되어서야 저들이 저지른 일들을 발견할 수 있었습니다."

"피해가 어느 정도냐?"

"삼천 명 정도의 병사들이 목숨을 잃었습니다."

"삼천 명이나 되는 대규모의 병사들이 죽어 갔는데 아무도 몰랐단 말인가?"

"바람처럼 나타났다 바람처럼 사라졌습니다."

부장은 공포에 절은 목소리로 답했다. 대소는 더 이상 그를 질책할 수가 없었다. 자신도 격전을 치렀던 고구려군이 또 다시 공격하리라고는 상상도 하지 못했었다. 그는 고뇌했다. 고구려를 반드시 꺾어야

하는데 손아귀에 들어올 듯 하면서 끝내 들어오지 않는다. 이번에도 마찬가지다. 제대로 싸워 보지도 못하고 계속 타격을 받고 있다.

'정녕 고구려는 하늘이 세운 나라인가? 고구려를 공격하는 것은 하늘을 거스르는 일인가?

대소는 급속하게 자신감을 잃었다. 추모가 살아 있을 때부터의 일을 하나씩 떠올렸다. 매순간마다 하늘이 그와 함께 한 것 같은 생각이 들었다.

'나는 추모에게 졌다. 나도 예맥 통일의 꿈을 가졌는데 결국 하늘은 나에게 기회를 주지 않았다. 힘이 있을 때는 아버지가 그 힘을 막았고 이제는 하늘이 막는구나.'

대소는 철군 명령을 내렸다. 제대로 싸워 보지도 못했지만 이미 승패는 결정되었다고 생각했다. 노련한 그는 군사들 마음 속에 있는 패배감으로는 더 이상 싸워서 안 된다는 것을 알고 있었던 것이다.

AD 22년, 대무신왕은 부여왕 대소를 공격했다. 대소 왕의 고구려 침공을 막아낸 무휼은 이듬해 태자의 자리에 올랐다가, AD 18년 아버지 유리명왕이 죽자 왕위를 이어받았다. 고구려의 삼대 임금이 된 것이다. 왕위에 오른 지 3년이 되던 해 동명왕묘(東明王廟)를 세웠다. 그리고는 사당에 참배를 한 후에 신하들에게 부여를 공격할 뜻을 분명히 밝혔다. 아직은 시기상조라는 말을 무시한 채 뜻이 있는 사람이 행해야 한다며 자신의 소신을 굽히지 않았다. 마치 부여를 공격하기 위해 왕이 된 사람 같았다. 2년간의 준비 기간을 거쳐 2월에 부여를 공격하기 시작했다.

대무신왕은 부여를 공격하기 위해 많은 인재들을 등용했다. 그동안 고구려에 투항해 왔지만 중앙 정부에 이름이 알려지지 않았고, 또 등용도 하지 않았던 사람들을 찾아 나섰다. 비류수에서는 부정을 얻었고, 이물(利勿) 땅에서는 많은 군량을 제공받았다. 적곡 땅에서는 창을 잘 쓰는 마로(麻盧)라는 자도 얻었다. 무엇보다도 그가 든든하게 여기는 것은 괴유(怪由)였다. 구척장신에 날카로운 눈을 가진 그는 무골과 묵거 선비가 키운 선비였다. 지난번 부여와의 전투에서도 그는 선비들을 이끌고 한밤 중 잠들어 있는 대소의 부대를 기습하여 큰 승리를 거두었고, 이로 인해 대소는 결국 퇴각했다. 십 년 가까운 세월이 흐르는 동안 선비들은 더욱 강해졌다. 더군다나 이들은 전부 기병이었다. 이것이 대무신왕으로 하여금 부여 원정을 결심하게 한 가장 큰 이유였다.

대소 왕[33]은 9년 전 고구려 침공에서 실패한 후 고구려에 대한 공격은 접었다. 대신 아들에게 그 임무를 넘겨주려 하였다. 그러나 고구려 왕 대무신왕이 부여를 공격해 온다는 첩보를 들었다. 순간 그는 화가 치밀었다. 아무리 고구려가 성장 중인 나라라 하더라도 부여에는 아직 힘이 미치지 못하였다. 더군다나 요즘 들어서는 고구려에 대해 아무런 위해를 가한 적이 없었다. 자신을 우습게 보는 고구려는 용서할

---

33) 추모보다 나이가 많은 대소왕이 이 때까지 살아 있었다는 것은 불가능한 일이다. 따라서 당시에 대소왕은 대소의 아들일 가능성이 많다. 일반적으로 고대에는 이름이 없는 경우가 많았기 때문에 직책이나 부족의 이름을 그냥 기록하는 경우가 많은데 「삼국사기」 등 모든 책에 대소로 나오는 것은 이런 경우가 아닌가 생각한다. 하지만 고구려의 태조가 백세 가량 살았다는 당시의 기록 등을 생각해 볼 때 가능할 수도 있는 일이기에 일단 대소왕으로 기록한다.

수 없었다. 비록 원정에는 실패했지만 방어는 자신 있었다. 더군다나 부여에서 전쟁이 벌어진다면 산악이 아닌 평원에서 벌어질 수밖에 없고 평원에서의 전투는 기병 중심인 부여가 당연히 유리하였다.

흰 눈이 녹아내리고 검은 들판에 새싹이 날 무렵 대무신왕은 이만 명의 고구려 군을 이끌고 전격적으로 부여를 침공했다. 산을 건너고 아직 얼어붙은 강을 따라 곧바로 부여성으로 진격했다. 그러나 들판으로 나서자 큰 어려움에 직면하게 되었다. 강가를 벗어나 들판으로 나서자 겨우내 얼었던 땅이 녹아 진창길이 되고 말았다. 기병을 많이 육성하긴 했지만 여전히 보병이 많은 고구려군이 진격하기에는 여간 어려운 것이 아니었다. 부여성으로 향하는 길은 너무나 멀어 보였다.

어려운 진격을 계속하던 고구려군 앞에 부여군이 나타났다. 사출도[34]의 진용을 갖추고 모습을 드러낸 부여군은 위용이 넘쳐 보였다. 수적으로도 자신들을 압도하고도 남았다. 여러 번의 전투에서 패하였기에 부여군의 숫자는 많지 않을 것으로 판단했는데 자신들보다 세 배는 많아 보였다. 대소는 고구려군이 침공한다는 소식에 부여의 모든 부족을 다 동원한 것이다. 그 동안 자신에게 잘 협조하지 않았던 저가 출신의 모을도 자신의 부족을 이끌고 참전했다.

---

34) 부여가 쓴 '사출도'는 오늘날 윷놀이 판과 같은 것이다. 각 꼭짓점에는 마가, 우가, 저가, 구가의 부족을 배치하고 이들 한 부족이 양변을 맡게하여 이중의 방어벽을 치는 것이다. 한 가운데는 왕이 또한 이중의 방어벽을 쳐서 공격하고 물러나는 진법이다. 이 진법은 사냥하고 전쟁할 때 큰 위력을 발휘하였는데 고구려도 이 진법을 그래도 받아 오부족을 편성하고 각 지역을 방어하게 했다. 이는 나중에 청나라의 팔기군제의 모태가 되기도 하는데 청나라 팔기군은 이 진법을 바탕으로 오늘날 중국의 광활한 영토를 개척하였다.

고구려군도 부여와 마찬가지로 사출도의 진법을 펼쳤다. 계루부를 가운데 두고 나머지 순나부, 연나부, 관나부, 절나부를 사방에 배치하여 각 나부가 양 변을 막게 하는 이중의 방어망을 폈다. 각 변에는 네 개씩의 부대가 이중으로 배치된 형태였다. 대무신왕이 이끄는 중앙의 계루부에는 세 겹으로 근위대를 배치하여 적진으로 향했다.

대무신왕은 진군을 멈췄다. 진창길을 달려 적진에 다가가는 것은 어리석다고 판단했기 때문이다. 소명의식을 가지고 원정에 나섰지만 막상 공격을 하려하니 불안했다. 아무래도 무리한 싸움 같았다. 우보와 좌보가 말린 이유를 알 것 같았다. 그렇다고 여기서 물러설 수는 없었다. 그는 괴유를 불렀다. 그는 비정규군인 선비들을 이끌고 이 전쟁에 참전했다. 부여공격이라는 이 역사적 순간에 자신들이 빠질 수 없다며 멀찍이서 대무신왕을 쫓아오고 있었다. 원래 이들은 적에게 감춰진 전력으로 정규군이 전투를 벌이면 전황을 살피다 적을 기습하는 것이 기본 전술이었다. 하지만 대무신왕은 상황이 불리해지자 그를 부른 것이다. 자신이 미처 깨닫지 못한 계책이 나올 것 같은 예감 때문이었다.

"아무래도 이 상태에서 정면 대결을 벌이는 것은 우리에게 불리할 것 같아서 불렀소. 좋은 방법이 없겠소?"

"여기는 들판이기 때문에 당연히 저들이 싸움에 유리할 것입니다. 제 생각에는 다시 강 쪽으로 군사를 되돌리는 것이 좋을 것 같습니다."

"강 쪽으로 후퇴한다고?"

"강가에는 아침, 저녁으로 안개가 많이 끼기 때문에 기습을 가할 수 있기 때문입니다."

"하지만 지금 이 상태에서 우리가 군사를 물리면 저들이 공격해 오지 않을까?"

"당연히 그렇게 하겠지요. 저들은 지난 번 싸움에서 제대로 싸우지도 못한 채 군사를 물렸기 때문에 이번에는 제대로 한 번 싸워 보려고 덤벼들 것입니다."

"그러면 군사를 물리기보다는 차라리 진을 치고 맞서 싸워야 하지 않을까?"

"군사를 물리면 분명 저들은 급하게 우리를 공격할 것입니다. 그때 제가 나서겠습니다. 아무리 여기가 부여 땅이긴 하지만 기마술에 관한 한 저희가 더 낫습니다. 저는 다른 부족은 내버려두고 곧바로 대소를 공격할 것입니다. 제가 대소의 부대를 격파하고 대소를 죽이면 당연히 저들은 주춤할 것입니다. 그 틈을 이용하여 대왕께서는 부대를 강가로 물리고 방어진을 친 채 기다리십시오. 분명 아침, 저녁으로 안개가 낄 것입니다. 그 때마다 저들을 괴롭히다 결정적 승기를 잡으면 그 때 전력을 쏟아 공격하십시오."

괴유는 명쾌했다. 그는 산천을 주유하면서 하늘에 제사지내고 수련 활동을 하는 선비였기에 지형지물을 이용하는 것에 능했다.

"좋은 생각이오. 그렇게 합시다."

대무신왕은 군사들에게 송화강변으로 후퇴하라는 명령을 내렸다. 부여군의 기세가 만만찮음을 본 고구려군은 매우 긴장한 상태였는데 후퇴 명령이 내리자 일단은 잘 됐다는 생각으로 정신없이 달아나기 시작하였다. 그 틈을 대소는 놓치지 않았다. 제대로 한 번 붙어보고 싶었던 대소는 공격 명령을 내렸다. 사방에서 부여군이 달려왔다. 하지만 진창길이라 그 속도는 빠르지 않았다.

그때였다. 보병들 뒤에서 숨죽이고 있던 괴유가 부여군을 향해 돌격하기 시작했다. 그들은 부여군보다 기마술이 뛰어나 훨씬 빠른 기동력을 보였다. 괴유는 다른 부족은 쳐다보지도 않고 곧바로 화려한 갑옷을 입은 대소를 향해 공격했다. 대소는 자신을 향해 달려오는 일단의 기마대를 보는 순간 미소가 흘렀다. 이렇게 정면으로 싸우기를 너무나 기다렸던 것이다.

"돌격!"

드디어 들판에서 부여군과 괴유가 이끄는 고구려 선비들 사이에 접전이 벌어졌다. 칼과 칼이 부딪히고 창과 창이 엇갈리면서 치열한 살육전이 벌어졌다. 처음 전세는 기동력이 좋은 고구려 선비군이 더 유리했다. 괴유는 기세를 이용하여 곧바로 대소 왕을 공격했다. 호위병들을 가볍게 목 벤 그는 오래지 않아 대소와 마주칠 수 있었다. 괴유는 늙어 기력이 쇠한 대소를 향해 장검을 내리쳤다. 대소는 목으로 날카롭고 묵직한 괴유의 칼을 받아 내야 했다.

"대소가 죽었다."

대소의 전사 소식은 부여군의 진영으로 빠른 속도로 퍼져 나갔다. 기세를 올리며 고구려군을 추격하던 부여군은 주춤거렸다. 그 틈을 이용해서 고구려군은 강가로 재빨리 물러설 수 있었다. 모든 것은 괴유의 의도대로 풀리는 듯했다.

그러나 뜻하지 않은 일이 발생했다. 분명 왕을 잃은 부여군은 군사를 물려야만 했다. 또 고구려군도 그렇게 예상했었다. 하지만 아니었다. 왕의 죽음과 상관없이 잠시 주춤거리던 부여군은 다시 기세를 올리기 시작했다. 특히 괴유의 기병대에 대한 공격은 맹렬했다. 부여군은 대소가 죽었음에도 불구하고 지휘 체계가 흔들리지 않았다. 사출도의 특성이 그랬다. 한 방향을 책임지는 사람들은 부족장이었기 때문에 대소가 죽었다고 지휘체계가 흔들리는 것은 아니었다. 특히 대소가 죽자 곧바로 지휘권을 이어 받은 사람은 저가 출신의 모을이었다. 대소와 경쟁 관계였던 그는 대소의 죽음에 아랑곳하지 않고 자신의 진영에 갇힌 고구려군에게 맹공을 퍼부은 것이다.

대소를 죽이고 기세를 올렸던 괴유는 부여군의 포위 속에 완전 갇히고 말았다. 대소만 죽이면 손쉽게 적진을 빠져 나갈 수 있을 것이라 생각했던 것이 오산이었다. 괴유는 사방에서 밀려드는 적을 맞아 혈전을 벌였다. 하지만 역부족이었다. 적은 베어도 끝없이 밀려들었다. 더 이상 버틸 힘이 없다고 판단한 괴유는 죽을 결심을 했다. 최소한 선비들의 목숨이라도 건져야 했다. 그는 죽음을 각오하고 활로를 뚫기 시작했다. 그의 긴 팔에서 내려찍는 검은 매우 위력적이었다. 부여군은 쉽게 그에게 접근하지 못했다. 그의 가슴에도 이미 몇 개의 화살이 꽂혀 있었다. 그의 전신은 누구의 것인지 모르는 피로 물들여 있었다. 의식이 점점 흐려졌다. 다행이 활로를 뚫고 도망가는 많은 선비들의 모습이 보였다. 그는 하늘을 향해 웃었다. 하지만 하얀 이빨은 보이지 않았다. 입속까지 피로 가득 차 있었기 때문이다. 그리고는 말에서 떨어졌다.

괴유의 분전으로 겨우 강가에 도착한 대무신왕은 진을 치고 부여군을 맞이할 준비를 하였다. 도중에 대소 왕을 목 벴다는 소식을 들었다.

고구려 진영에서 환호성이 올랐다. 이도 잠시 괴유가 적진에서 빠져나오지 못하고 전사했다는 소식이 연하여 들렸다. 매우 애석하고 분한 일이었지만 그의 분전 덕분에 적왕을 죽였기 때문에 이제 이 싸움은 자신에게 승산이 있다고 판단했다.

오판이었다. 불과 얼마 전에 대소 왕이 분명히 전사했다는 소식을 들었는데 부여군이 새까맣게 몰려오고 있었다. 온 들판을 덮은 것 같았다.

"전투준비!"

대무신왕은 다급하게 명령을 내리며 방어진을 쳤다.

"와~~!"

부여군은 기세등등했다. 조금도 위축됨이 없이 고구려군을 공격해왔다. 왕을 잃었음에도 불구하고 지휘 체계는 흔들림이 없었다. 당황한 것은 오히려 대무신왕이었다. 예상과는 다른 방향으로 전투가 전개되고 있었기 때문이다.

기병 중심인 부여군의 기세는 대단하였다. 이미 고구려군 기병대는 적과의 일전에서 비록 왕을 죽이는 큰 성과를 냈지만 수적 열세를 극복하지 못하고 엄청난 타격을 입었다. 이런 상황에서는 부여군과 싸우는 것은 매우 어리석었다. 산속으로 들어가 저들의 기병대가 제대로 활동하지 못하게 하는 것이 가장 현명한 방법 같았다. 하지만 이제는 군사를 물릴 수도 없었다. 그냥 싸웠다. 방어진을 치고 힘닿는 데까지 적과 싸웠다. 대무신왕도 직접 전장에 나서 검을 휘둘렀다. 이제는 전술이나 전략은 통하지 않았다. 살아남는 것 그것이 가장 중요한 일이라 생각되었다. 고구려군은 용맹하게 싸웠지만 결국은 점점 밀리고 있었다. 이대로 가다가는 전멸할 지도 모른다는 위기의식이 들었다.

"후퇴하라! 산을 찾아 도망가라!"

다급한 명령이 이어졌지만 퇴로도 막혔다. 이제는 정말 기적을 바랄 뿐이었다.

'하늘이시여 고구려를 이렇게 버릴 것입니까? 고구려는 하늘의 뜻으로 세운 나라입니다. 고구려를 굽어 살펴 주시옵소서.'

대무신왕은 마음속으로 빌고 또 빌었다. 하늘의 도움이 없이는 도저히 이 위기에서 빠져나갈 방법이 없었던 것이다.

위급을 다투는 그 순간 정말 기적이 일어났다. 날이 어두워지면서 강변에 안개가 끼기 시작한 것이다. 저녁노을이 비친 안개는 참 아름다웠지만 이도 고구려군에게는 처절한 아픔일 뿐이었다. 안개가 점점 심해지자 부여군의 공세는 거짓말처럼 줄어들었다. 오래지 않아 불과 한 치 앞도 분간 못할 만큼 안개가 짙어지자 부여군은 결국 군사를 물리고 말았다.

"하늘이 고구려를 버리지 않았다. 하늘이 고구려와 함께 한다!"

대무신왕의 입에서는 절로 감탄사가 쏟아졌다.

"천지신명이시여, 정말 감사합니다. 천지신명이시여, 이 도우심을 절대 잊지 않을 것입니다."

대무신왕은 다시 한 번 하늘에 감사한 후에 군사들을 수습하기 시작했다. 절반 이상의 군사가 죽거나 부상당했다. 전쟁터에 따라나선 우보는 자신의 의견을 무시한 임금을 원망할 법도 했지만 하늘에 감사하다는 말만 연발했다.

"부여왕을 죽여 소기의 성과는 이루었으니 이제 철수해야 합니다."

우보인 송옥구는 임금에게 조심스럽게 자신의 뜻을 전했다.

"내가 너무 내 고집만 피웠던 것 같소."

대무신왕은 우보의 말을 듣지 않고 원정에 나섰다가 괴유를 비롯한 많은 군사를 잃은 것에 대해 사과했다.

"지금은 그런 것을 따질 때가 아닌 것 같습니다. 어떻게 이곳을 빠져나가느냐가 문제입니다."

"지혜를 모아 봅시다."

"내일 아침까지는 이 안개가 계속 이어질 것입니다. 내일 낮이 되면 안개가 걷힐 것이고 그렇게 되면 우리는 또 다시 공격을 받을 것입니다. 오늘 밤에 이곳을 탈출해야 합니다."

간밤의 안개로 인해 공격을 멈출 수밖에 없었던 부여군은 격렬했던 한낮의 전투의 피로를 이기지 못해 깊이 잠들었다. 지난번 고구려 원정에서 이런 상황에서 기습을 받은 경험이 있는 부여군은 안개가 끼지 않은 들판으로 멀찌감치 후퇴하여 진을 쳤다. 다행히 간밤에 아무 일도 벌어지지 않았다. 여전히 강변에는 안개가 짙었다. 척후병들을 보내 고구려군의 동태를 살피게 했다. 고구려군은 여전히 강변에 진을 친 채 머물고 있다는 보고였다. 아침밥을 해먹고 힘을 비축한 후 안개가 걷히길 기다리며 천천히 전장으로 향했다. 어차피 전투는 안개가 걷혀야 시작할 수 있기 때문이었다. 해가 중천을 향해 느릿느릿 움직이면서 동시에 안개를 서서히 걷어갔다. 저쪽 강변에 엷은 안개 너머로 시꺼먼 물체들이 보이기 시작했다. 고구려군이었다.

"돌격!"

대소를 대신한 모을이 부여군에게 공격 명령을 내렸다.

"와~~"

　어제의 승전으로 기세가 오른 부여군은 옅은 안개 너머로 화살을 날렸다. 함성을 지르며 돌격해 들어갔다. 다음 순간 그들은 벌어진 입을 다물지 못했다. 그들이 긴장한 채 공격한 적은 허수아비였다. 그리고 아무리 둘러보아도 고구려군은 보이지 않았다.

　사지에서 겨우 돌아온 대무신왕은 자신의 성급한 결정으로 많은 군사들을 잃은 것에 대해 안타까워했다. 괴유의 사당을 세워주고 전사한 군사들을 위해 위령제도 지냈다. 하지만 후회는 하지 않았다. 비록 힘든 싸움이었지만 부여는 반드시 정복해야할 대상이었고 숙적인 대소 왕을 죽인 것만으로도 큰 성과를 거두었기 때문이었다. 언젠가는 다시 힘을 길러 부여를 공격할 것이라 다짐했다.

　부여 원정이 있던 그 이듬해 부여왕 모을이 군사를 이끌고 고구려로 귀순했다. 대소 왕이 죽은 후 대소 왕의 친동생 모갑과 이복동생 모을은 치열한 권력 투쟁을 벌였고 그 결과 부여는 둘로 쪼개지고 말았다. 싸움에 진 모갑은 자신의 부족인 마가족을 이끌고 아버지의 출신 지역인 갈사 지역으로 도망가고 말았다.[35] 싸움에서 이긴 모을도 피해는 심각하였다. 큰 부족인 마가족이 빠져나간 뒤 나라를 유지하기가 쉽지 않았다. 그는 큰 결심을 하고 군사를 이끌고 고구려에 귀순하고

---

35) 신채호는 이 나라를 남부여라 했다. 이 부여는 광개토대왕 때에 이르러서야 비로소 정복되었다.

말았다. 대무신왕은 크게 기뻐하여 그를 부여국의 대가로 삼고 그 지역을 통치하게 했다.

　부여가 항복해 옴으로 인하여 드디어 추모가 나라를 세운 후 처음 목표로 삼았던 예맥 통일은 손자인 대무신왕대에 이르러서야 이룰 수 있게 되었다. 대무신왕은 예맥조선의 통합을 이룩한 후 제일 먼저 동명성왕묘를 찾아 할아버지에게 아뢰었다.

　"하늘이 원하셨고 할아버지가 소원하셨던 예맥조선의 통일을 이제야 이루었습니다. 이 모든 것이 하늘과 조상님들의 은덕인 줄 알고 있습니다. 소자는 여기서 멈추지 않고 한사군을 몰아내고 잃었던 고토를 되찾는데 온 힘을 쏟을 것입니다. 앞으로도 지켜봐 주시고 힘을 주시옵소서."

난생신화에 대한 유감

고구려의 시조인 주몽과 신라의 시조 박혁거세, 가야의 시조인 김수로는 다 알에서 태어난다. 이를 우리는 난생(卵生)신화라고 부른다.

사람이 알에서 태어날 리는 없다. 진시황, 공자, 소크라테스보다 후세에 살았던 실존인물인 이들을 언제까지나 신화적 존재로 내버려 둘 것인가? 그 상징적 의미를 풀어서 우리 민족의 뿌리를 찾아야 한다는 생각이었다.

당시 우리나라는 한자를 그냥 사용하기보다는 향찰이나 이두식으로 표기하는 경향이 더 강했다.(설총이 당시 서로 다르게 사용되던 향찰을 통일했다는 사료에서 이를 충분히 추정할 수 있다.)

향찰식으로 卵(알, 난)을 풀이하면 뜻을 취해야하는데 (향찰은 우리말 실질형태소는 뜻을 취하고 형식형태소는 소리를 취한다.) 뜻은

‘알’ 이다. 그런데 알은 당시에 ‘아리’ 로 불렸다.(고대로 갈수록 연철식 발음이 더 강했기 때문이다.) 따라서 알은 뜻 알(卵)이 아니라 그냥 ‘아리’ 로 부르는 것이 올바르다.

그러면 ‘아리’ 는 무엇인가?

광개토대왕비에 주몽의 아버지는 ‘해모수’ 라 하고 주몽의 성씨도 해씨라 밝혔다. 해모수는 자신을 하느님의 아들 곧 단군이라 하였는데, 이로 미루어 단군의 성씨도 해씨가 될 수 있다.

신채호는 단군의 성을 세분화하여 진한 조선의 단군은 해씨, 말한과 불한조선의 단군은 한씨라고 말했다.

그런데 알에서 태어난 수로는 김씨, 혁거세는 박씨, 주몽은 해씨로 다르게 표현하고 있다. 심지어 연개소문의 성인 연(淵)을 일본서기에는 伊梨(이리)라 표기하고 있다. ‘이리’ 는 곧 ‘아리’ 이다.

이를 정리해보면 ‘아리’ 는 박(둥글다), 김(금, 빛난다), 해(태양), 한(크다, 위대하다), 연(아리의 중국식표기)로 나타나는데 이를 다시 종합해볼 때 ‘아리’ 는 크고 둥글고 빛나는 해(태양)를 의미한다고 할 수 있다. 즉 기마민족인 단군족이 숭배했던 태양을 의미하는 것이다.

따라서 ‘아리’ 는 태양(고대인들에게는 신)을 상징하기도 하고 태양(하늘)의 후손인 단군의 혈통을 의미하기도 한다. 이것은 지역에 따라서 한자인 김, 박, 해, 한, 연으로 나타난다.

우리의 ‘아리랑’ 도, 한강을 ‘아리수’ 라 하는 것도 나는 이번 작업을 통해 새롭게 그 의미를 해석해 본다.

　이렇게 생각하면 알에서 태어난 수로나 혁거세, 주몽은 단군의 후손인 성스러운 혈통인 아리씨 출신의 사람으로, 지역민들이 이들을 왕(당시는 제사장적 역할)으로 내세워 고대국가로 발전했다는 가설이 성립될 수 있다. 마치 유대인들이 '레위지파'를 제사장으로 내세우는 것과 같은 맥락이다.
　이 '아리'는 신이기 때문에 민중들에게는 주술적 힘을 발휘하여 아리랑을 찾고 부르면서 어렵고 힘든 삶을 위로 받았다. 19세기말 대원군이 경복궁을 창건할 때 많은 민간인들을 부역시켰는데, 이때 노역에 시달린 많은 사람들이 아리랑을 불렀다는 것도, 일제시대 때 우리나라를 떠난 사람들이 아리랑을 기억하고 노래 불렀던 깃이 예가 될 수 있다.

　아리랑은 우리나라뿐 아니라 유라시아의 북부 민족들 사이에도 널리 퍼져 있는데 이는 이 지역의 사람들이 태양신을 숭배했던 기마민족의 후손들이기 때문이다. 나는 그렇게 생각한다.

글을 맺으며, 저자 박혁문

BC 109년	조선왕 우거 한나라 무제의 공격을 물리침
BC 108년	조선왕 우거 암살, 재상 성기 암살, 위만조선 한나라에·멸망
BC 71년	대수맥 지역 한나라 현도군 공격
BC 37년	고주몽(동명성왕) 고구려 건국
BC 36년	고주몽 비류국 병합
BC 32년	고주몽 행인국 공략
BC 28년	고주몽 북옥저 공략
BC 19년	동명왕 죽음, 유리왕 즉위
BC 18년	유리왕 동명왕묘(東明王廟)세움
BC 9년	고구려왕 선비를 공격하여 항복시킴
AD 3년	고구려 도읍지를 국내성으로 옮김
AD 12년	한나라(신나라) 왕망 흉노를 공격하기 위해 고구려에 원조를 요청
AD 13년	부여왕 대소 고구려 침공하여 대패
AD 14년	유리와 양맥을 멸하고 한나라 현도군의 고구려현 빼앗음
AD 18년	고구려왕 2대 유리왕 죽고 3대 대무신왕 즉위
AD 22년	고구려 대무신왕 부여를 공격하여 부여왕 대소를 죽임
AD 23년	부여왕 귀순
AD 26년	대무신왕 개마국 공격 멸망시킴
AD 49년	고구려 5대 모본왕 한나라 북평, 어양(오늘날 북경), 상곡, 대원 등을 습격
AD 56년	태조왕 동옥저 토벌
AD 118년	태조왕 한나라 현도군 공격
AD 146년	태조왕 한나라 요동군 공격 대방령 죽이고 낙랑태수 처자 잡아옴

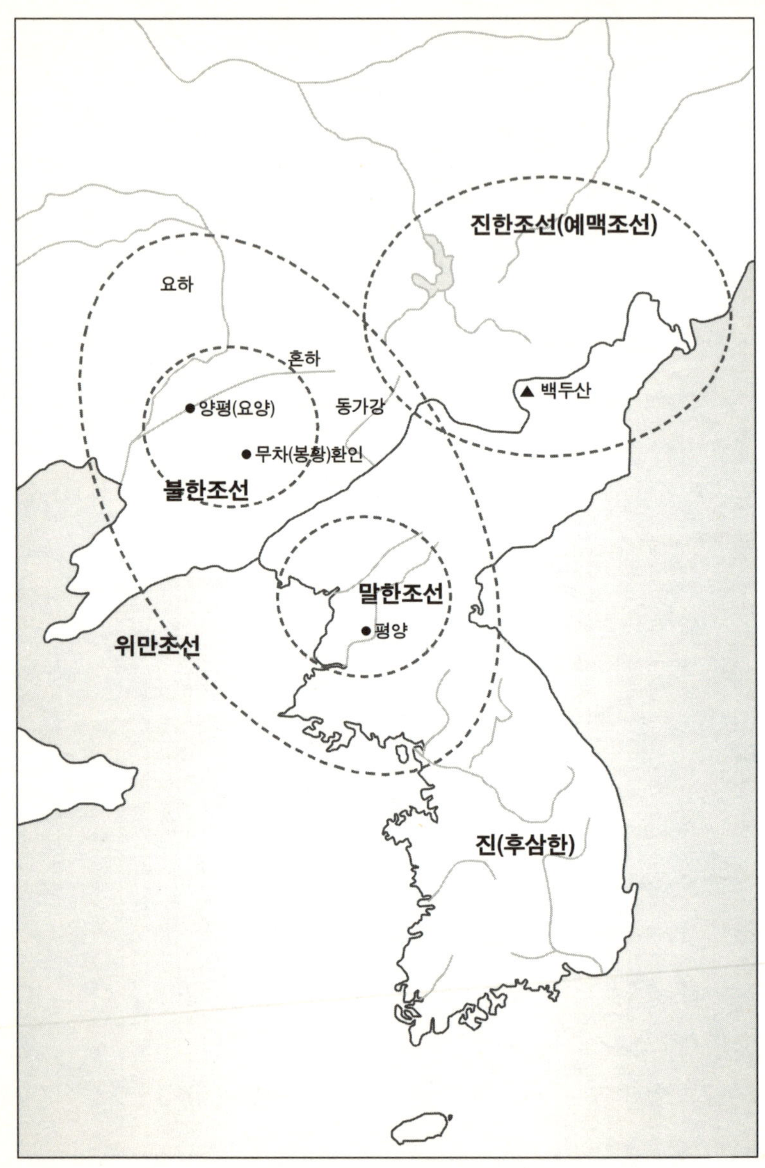

고조선 강역도(기원전 2세기 무렵)

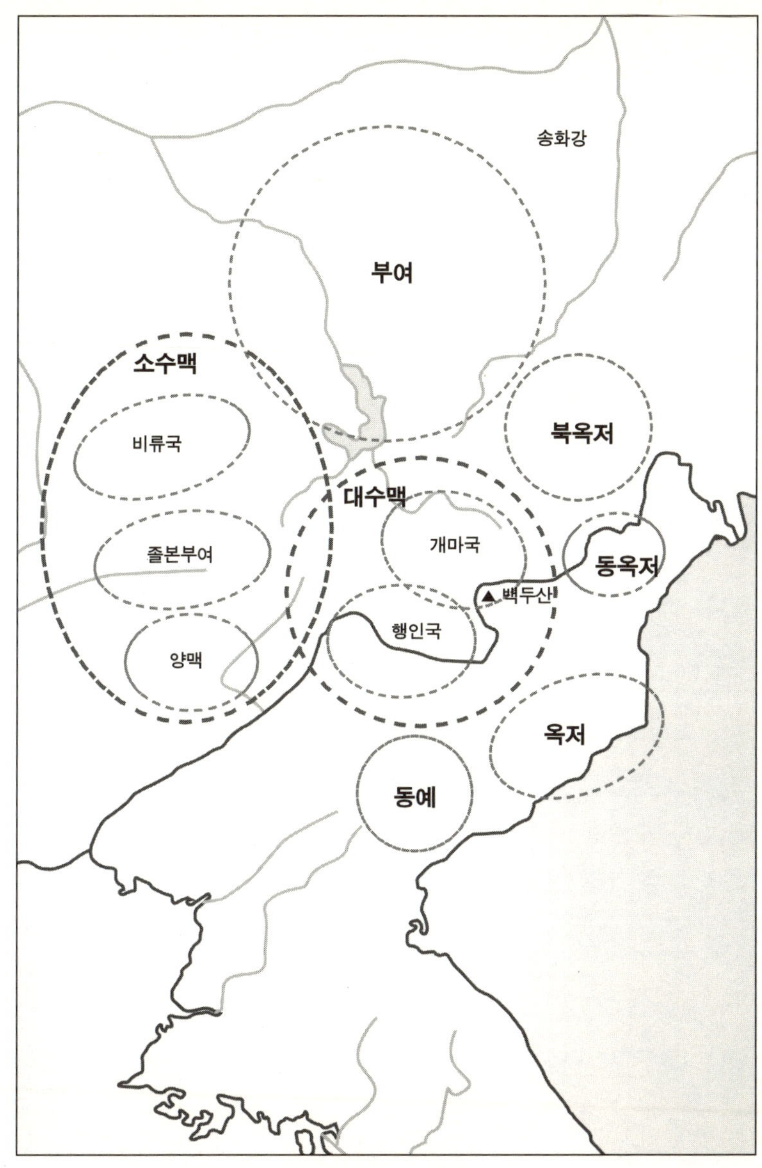

예맥조선 강역도